DUELLE

BARBARA ABEL

Duelle

ÉDITIONS DU MASQUE

*Merci de tout cœur à Martine, Stéphane, Richard
et Pascal pour leur généreuse complicité.*

© Barbara Abel et Éditions du Masque,
département des éditions Jean-Claude Lattès, 2005.
ISBN : 2-253-11399-9 – 1re publication – LGF
ISBN : 978-2-253-11399-7 – 1re publication – LGF

Pour Élise, évidemment.

« Des insectes très petits rampaient sur le sommet de hautes herbes. L'un d'eux dit aux autres : "Voyez ce tigre couché près de nous ; c'est le plus doux des animaux, jamais il ne nous fait de mal. Le mouton, au contraire, est un animal féroce ; s'il en venait un, il nous dévorerait avec l'herbe qui nous sert d'asile ; mais le tigre est juste, il nous vengerait." »

Jean Potocki,
Manuscrit trouvé à Saragosse.

C'était un matin comme les autres. Les enfants avaient pris place autour de la table, Max encore tout endormi devant son bol de Nesquik, avec ses cheveux en bataille et sa petite frimousse froissée, fermée à l'agitation matinale. Léa, sa grande sœur, déjà pimpante au réveil, ses longs cheveux châtains sagement posés sur ses épaules comme si elle n'avait pas bougé de la nuit, entamait ses céréales avec délectation. Lucy ne parvenait pas à comprendre comment sa fille faisait pour se réveiller parfaitement toilettée, elle qui mettait un temps fou à domestiquer sa tignasse informe, puis à ranimer ses traits amollis par le sommeil. L'âge y était sans doute pour quelque chose, bien qu'elle n'ait pas le souvenir d'avoir jamais eu la fraîcheur si éblouissante aux premiers battements de cils. Léa était un vrai mystère.

Comme à son habitude, Yves est descendu vers huit heures moins le quart, tiré à quatre épingles et rasé de frais, un nuage d'after-shave flottant autour de lui. Il a embrassé les enfants, puis Lucy, avant d'avaler une tasse de café, debout devant la table, le coup d'œil saisissant au vol la position des aiguilles de l'horloge murale.

Il est beau, Yves. C'est un solide gaillard de trente-neuf ans, un mec de maintenant, l'allure dynamique et responsable, mais avec une douceur sereine dans son regard noisette. Il travaille d'arrache-pied pendant la semaine, fait régulièrement du sport pour entretenir sa forme et passe de bons moments en famille le week-end.

Lucy profite de la présence d'Yves dans la cuisine pour monter en vitesse se doucher et s'habiller. Six minutes. C'est le temps qu'elle prend pour se donner une allure présentable, son déguisement de maman respectable comme elle dit, avant de s'octroyer une partie de la matinée pour se transformer en femme désirable.

Quand elle redescend, Yves est déjà dans le vestibule. À ses côtés, Max attend le baiser paternel, pieds nus et nez levé.

— Où sont tes pantoufles, Max ? gronde gentiment Lucy. Tu vas prendre froid !

Yves attrape le petit garçon qu'il chatouille tendrement avant de le reposer par terre.

— Je suis en retard... Je file !

— Léa ! crie Lucy en direction de la cuisine. Viens dire au revoir à papa !

La gamine surgit dans le vestibule et saute avec souplesse dans les bras de son père. Yves embrasse chaleureusement sa fille, puis attrape la nuque de maman avant de poser un baiser sur ses lèvres.

— À ce soir, mes amours. Passez une bonne journée.

Wendy, la chatte de la maison, grosse d'une nouvelle portée, apparaît juste à temps pour le saluer d'un miaulement joyeux. Juste avant de disparaître, il se retourne vers Lucy :

— N'oublie pas, Marc et Didier viennent dîner ce

soir.

– Je n'ai pas oublié, répond-elle sur un ton d'évidence, comme si ce rappel était totalement superflu.

La porte se referme. Lucy soupire. Puis se reprend.

– Bon. On se dépêche, les enfants. Nous aussi, on est en retard.

Alors les gamins s'élancent dans l'escalier en faisant la course, suivis par maman qui, d'une voix un peu lasse, leur demande de faire moins de bruit.

De retour à la maison, Lucy s'affale sur une chaise de la cuisine. C'est un de ces petits moments de quiétude qu'elle affectionne tout particulièrement : la maison est vide, le silence résonne paisiblement autour d'elle, la demi-heure qui suit ne sera consacrée qu'à cette inertie béate, quelques minutes de paresse indolente qu'elle s'octroie farouchement chaque jour de la semaine.

La jeune femme en profite pour dévorer quelques magazines *people*, non sans éprouver de peu recommandables sentiments lorsqu'elle apprend que telle star du show-biz est en cure de désintoxication ou que telle autre s'est fait larguer pour une jeunesse. On ne peut pas tout avoir ! Sa lecture la passionne. C'est son moment à elle. Sans oublier l'horoscope qui, même si elle s'en défend, modifiera son humeur au gré des prévisions.

Aujourd'hui ne fait pas exception à la règle et, tout en sirotant un café sucré dont elle est friande, Lucy s'informe avec curiosité de ce que lui prédisent les astres :

« *Vie sociale : Coups de tonnerre, foudre, pluies diluviennes : un orage se prépare au-dessus de votre tête ! Des événements inattendus peuvent survenir et vous déstabiliser. Mais il suffira d'un peu de malice pour déjouer le sort et retourner la situation à votre avan-*

tage. Dans le cas contraire, attendez-vous à quelques revers de fortune. Amour : Vénus vous fait grise mine et la passion est mauvaise conseillère. Méfiez-vous des coups de sang! Santé : Bonne en général. Ménagez toutefois votre tension. »

Lucy soupire, lorsque les prédictions sont mauvaises, sa crédulité s'en trouve aussitôt anéantie. Mais celles d'aujourd'hui la laissent perplexe. D'un haussement d'épaules, elle décide de n'en pas tenir compte et referme le magazine.

Voilà. C'est ici que notre histoire commence.

C'était un matin comme les autres jusqu'à ce qu'un coup de sonnette fasse voler en éclats la routine d'une vie bien huilée.

Après ce coup de sonnette, plus rien ne sera jamais comme avant.

Coups de tonnerre

1

– Lucy Gilot ?

Les yeux écarquillés, Lucy découvre sur le pas de sa porte une femme dont le visage ne lui est pas inconnu. Elle est suivie de près par deux hommes, dont l'un pointe sur elle une grosse caméra ornée du sigle « Direct'Life ».

– Bonjour, je suis Sylvie, de l'émission « Devine qui est là ? », qui passe tous les lundis sur Direct'Life, renchérit aussitôt la femme braquant un micro sur elle. Connaissez-vous le principe de notre émission ?

« Devine qui est là ? »… Sylvie… Mais oui ! C'est bien elle ! C'est la fidèle assistante du célèbre animateur de télévision, Jacques Duvier, qui présente son émission vedette tous les lundis soir.

– Heu… Oui… Je la regarde de temps en temps, bredouille Lucy sans oser comprendre.

Déconcertée, la jeune femme ne bronche plus. Elle jette un furtif coup d'œil sur l'ensemble de la rue, comme à la recherche d'une explication. Mais la rue ne présente aucune particularité, si ce n'est le véhicule devant chez elle. Et là-bas, de l'autre côté, elle aperçoit la silhouette de madame Cannot, sa voisine d'en face, le nez collé à la fenêtre de son salon.

– Pouvons-nous entrer ? Il semble que quelqu'un cherche à vous retrouver.

Le cœur battant, Lucy s'efface précipitamment afin de permettre à la petite équipe de pénétrer chez elle. La

Cannot en sera pour ses frais… Sylvie s'avance d'un pas conquérant à l'intérieur du vestibule. Passablement désorientée, Lucy surprend au passage le reflet de son image dans le miroir du hall d'entrée. Elle y découvre une jeune femme aux traits éteints par l'absence de maquillage, les cheveux relevés en un chignon informe, sans grâce, sans charme, elle qui pourtant se targue d'être jolie. Mais à trente-cinq ans, c'est vrai, il s'agit de donner un petit coup de pouce à la nature si l'on veut paraître à son avantage. Sans parvenir à cacher totalement sa gêne, Lucy guide ses hôtes jusqu'au salon.

– C'est par là. Ne faites pas attention au désordre, je… je ne vous attendais pas, ajoute-t-elle en laissant échapper un petit rire faussement décontracté.

Puis elle leur demande de lui accorder quelques minutes. Sylvie jette un coup d'œil professionnel sur l'espace pour installer le matériel nécessaire. Lucy s'enfuit vers la salle de bains dans laquelle elle s'enferme, comme si un monstre féroce la poursuivait. La jeune femme scrute les traits de son visage avec contrariété. Bon Dieu, qu'elle est moche, ce matin! D'une main fébrile, elle farfouille dans sa trousse à maquillage avant d'en extirper un tube de fond de teint. Et tandis qu'elle étale le produit crémeux sur l'ensemble de son visage, le geste nerveux mais efficace, un flot de pensées déferle en vrac dans sa tête.

« Devine qui est là? »… Une émission un peu racoleuse qu'elle regarde pourtant et avec plaisir encore, parce que des individus qu'elle ne connaît pas viennent y dévoiler une partie de leur histoire. C'est un déferlement d'émotions en tout genre, certains pleurent ou gueulent, d'autres rient, une prise directe avec la vie dans tout ce qu'elle a de banal et d'extraordinaire. C'est le destin du commun des mortels mis à la une, le quart d'heure de gloire devant des milliers de téléspec-tateurs à la portée de tous, le prime time des anonymes qui déboule chez elle sans crier gare.

« Quelqu'un cherche à vous retrouver »…

Lucy ferme les yeux et son cœur s'affole un peu plus dans sa poitrine. Il semble que le moment tant espéré et en même temps si redouté soit enfin arrivé. On l'attend pendant des années, et lorsque « ça » arrive enfin, on se rend compte qu'on n'est pas du tout prêt ! Mais seule devant son miroir, Lucy ne peut se mentir : ça fait tellement longtemps qu'elle rêve de cet ins-tant ! En regardant « Devine qui est là ? », justement… Combien de fois ne s'est-elle pas imaginée à la place de ces gens exposés sous les feux des projecteurs, tous ceux qui, par lassitude ou par désespoir, ont décidé de tenter leur dernière chance afin de retrouver celui ou celle qui hante leur esprit depuis des années…

Perdue dans ses pensées, la jeune femme refait la mise au point sur le reflet que lui renvoie le miroir. Elle a mis trop de fond de teint, c'est moche ! Pourquoi justement ce matin ? Elle a mal dormi, la maison est dégueulasse, elle est habillée comme un sac à patates, et les trois autres en bas qui l'attendent pour la filmer « au naturel » !

Tant pis ! Lucy asperge son visage d'un jet d'eau glacée avant de l'enfouir dans un linge propre. Il faut qu'elle se calme, et surtout qu'elle redescende faire bonne figure. Faire bonne figure… Tu parles ! En émergeant de sa serviette, elle se découvre les pom-mettes rougies. Au moins, ça lui donne des couleurs. Elle y ajoute un soupçon de rose sur les lèvres puis passe à la hâte un coup de peigne dans ses cheveux. Pas le temps pour les finitions, elle donnera le change le jour de l'émission. Pour l'heure, elle a rendez-vous avec son destin et même si ça ne se passe pas comme elle l'avait rêvé, l'urgence de la situation l'empêche d'en mesurer tous les regrets.

Lorsqu'elle réapparaît dans le salon, Lucy découvre Sylvie en train de contempler les multiples cadres disposés sur la cheminée, photos de famille sur lesquelles quelques instants d'une vie ont été figés sur papier glacé. On y voit Lucy et Yves tendrement enlacés dans leur jeunesse et, juste à côté, l'incontournable photo de mariage. Puis c'est Léa à un jour, rougeaude et fripée, pelotonnée dans les bras de Lucy à l'air éreinté dans un décor de maternité aseptisée. Sur le cliché suivant, une dame d'un certain âge sourit à l'objectif, tenant avec fierté une Léa grandie d'une bonne année. À côté d'elle, plus effacé, un homme d'une cinquantaine d'années tente d'occuper le peu de place qu'on lui laisse sur la photo. Il y a aussi Yves déguisé en vampire et, un peu plus loin, Léa et Max dans une piscine gonflable, étincelante sous le soleil du jardin.

Le salon a été envahi. En un instant, le caméraman a poussé l'un des fauteuils dans un coin afin d'avoir un peu plus de place pour se mouvoir. Derrière lui, l'ingénieur du son s'applique à faire quelques essais. Dissimulée sous le buffet, Wendy observe ces transformations l'air méfiant.

– Je vous sers une tasse de café ? demande Lucy qui, tout à coup, se sent de trop dans son propre salon.

Le sourire engageant, Sylvie accepte. Le caméraman refuse d'un geste de la main tout en poursuivant les vérifications techniques nécessaires. L'ingénieur du son semble ne pas avoir entendu la question.

– Ce sont vos enfants ? demande l'assistante en pointant du doigt les photos qu'elle vient d'examiner avec intérêt.

– Oui. La plus grande, c'est Léa, elle a sept ans. Et à côté d'elle, c'est Max qui a trois ans.

– Ils sont adorables !

D'un sourire modeste, Lucy reçoit néanmoins le compliment avec fierté, puis elle disparaît dans la cuisine pour reparaître quelques secondes plus tard avec le café.

– Du sucre ?

– Merci, non.

Sylvie s'installe sur le divan, s'empare d'une tasse et y trempe ses lèvres avec précaution. Lucy en profite pour prendre place à côté d'elle.

– Vous captez notre chaîne, ici, en Belgique ? s'informe l'assistante comme si elle parlait chiffons.

– Nous avons le câble, répond Lucy en adoptant le ton léger de son interlocutrice. C'est un caprice de mon mari mais je dois dire que je ne suis pas la dernière à en profiter. Et j'aime beaucoup votre émission, ajoute-t-elle dans un élan de sympathie.

À son tour, Sylvie reçoit le compliment d'un sourire entendu.

– Si vous connaissez notre émission, vous vous doutez sans doute de la raison de notre visite ?

– Je n'ose pas vraiment y croire, répond Lucy d'un ton fiévreux.

– Il s'agit bien d'une personne qui cherche à vous retrouver. Comme vous le savez, nous ne sommes pas autorisés à vous révéler l'identité de cette personne. Mais avant de commencer, j'aimerais savoir si, a priori, vous accepteriez de répondre à son invitation et de venir sur notre plateau pour participer à l'émission.

La gorge de Lucy s'assèche en une fraction de seconde. Elle se sent rougir tout en sachant déjà qu'il est trop tard pour réfléchir.

– Oui, bien sûr…

– Et vous avez une petite idée de la personne qui cherche à vous retrouver ?

– Je ne pourrais pas le jurer à cent pour cent, mais disons que j'en suis presque certaine…

Sylvie jette un rapide coup d'œil vers ses deux acolytes.

– O.K. ! Alors on va commencer. Soyez la plus naturelle possible, tout se passera bien. Aujourd'hui, nous ne ferons qu'une très courte interview, juste le minimum pour vous présenter en deux mots et connaître vos sentiments à l'égard de cette invitation. Nous aimerions jouer sur l'effet de surprise, vous comprenez ?

– Tout à fait, répond Lucy en avalant avec difficulté une salive inexistante.

– Denis, Fabien… C'est bon pour vous ?

– C'est bon, répond Denis en braquant son objectif vers elle.

– On peut y aller, réplique à son tour Fabien.

– Bien…

L'assistante fait face à la caméra et, d'un sourire ravageur, entame son speech.

– Nous venons donc d'arriver chez Lucy Gilot qui vit dans une jolie maison de maître dans la commune de Saint-Gilles, à proximité de Bruxelles. C'est bien cela, Lucy ?

Denis fait pivoter la caméra vers Lucy.

– Nous sommes à Bruxelles, rectifie la jeune femme. Saint-Gilles est l'une des 19 communes qui composent Bruxelles. Disons, pour être plus claire, que Paris est divisé en arrondissements et Bruxelles en communes.

– Vous semblez très touchée de savoir que quelqu'un cherche à vous retrouver, reprend Sylvie sans se départir de son grand sourire. Mais avant de vous demander

22

si vous avez une idée de l'identité de cette personne, Lucy, j'aimerais vous présenter à nos téléspectateurs… Quel âge avez-vous ?

– J'ai trente-cinq ans.

– Vous êtes mariée ?

– Oui, depuis dix ans, et j'ai deux enfants : une fille de sept ans, Léa, et un petit Max de trois ans.

– Racontez-nous un peu votre vie… Avez-vous une profession ?

– Non, je ne travaille pas actuellement, répond Lucy sur un ton d'excuse. Disons que mon mari a une bonne situation, il est photographe professionnel, dans le milieu de la mode et de la publicité. Autrefois, j'occupais un poste de secrétaire dans une petite boîte de production, mais je ne m'y épanouissais pas. Ce n'était pas mon truc, quoi…

– Comme vous le savez maintenant, nous sommes venus vous rendre visite à la demande d'une personne qui tente de vous retrouver depuis quelques années, sans succès. Tout à fait entre nous, Lucy, avez-vous une idée sur l'identité de cette personne ?

– Oui, je pense savoir qui c'est.

– Et pouvez-vous nous dire à qui vous pensez ?

Lucy inspire une grande bouffée d'air avant de plonger son regard dans celui de Sylvie. L'assistante l'encourage d'un battement de cils serein, le sourire engageant et l'attitude concentrée.

– Je pense qu'il s'agit de ma mère, lâche alors la jeune femme comme si elle avouait une faute impardonnable. Je veux dire… ma mère biologique.

Une étincelle d'excitation allume le regard de Sylvie qui, sous une apparente impassibilité, enchaîne aussitôt.

– Et pourquoi pensez-vous à elle ?

– Parce que je ne la connais pas… Pour tout vous dire, elle m'a abandonnée à la naissance, et je me suis toujours dit qu'un jour, elle essaierait de me retrouver. En tout cas, je l'espérais.

Lucy se tait soudain, prise sous l'assaut d'un émoi qu'elle semble ne pouvoir dominer. Voyant les larmes briller au fond des yeux de son interlocutrice, l'assistante vole à son secours, le timbre plus chaud, plus doux. Plus… maternel.

– Et vous n'avez jamais eu envie de savoir qui elle était… D'entreprendre les démarches nécessaires afin de la retrouver ?

– Si… Bien sûr ! répond la jeune femme d'une voix serrée. J'en ai eu terriblement envie ! Mais en même temps, je me disais que ce n'était pas à moi d'aller vers elle. Si elle m'a abandonnée, c'est qu'elle avait ses raisons, et j'avais toutes les peines du monde à entamer une recherche approfondie sans savoir si elle avait envie de me revoir. Et puis, je voudrais dire aussi que j'ai été adoptée par des gens formidables, qui m'ont élevée comme si j'étais leur propre fille… J'ai eu une enfance très heureuse. Entreprendre les démarches pour retrouver ma mère biologique, c'était aussi prendre le risque de faire de la peine à mes parents… Et remuer un passé qui m'est totalement inconnu me fait un peu peur j'avoue.

Lucy a retrouvé ses moyens. D'un geste discret, elle passe rapidement son index sous ses yeux afin d'en chasser toutes traces de larmes. Sylvie en profite pour entamer la conclusion de l'interview.

– Et aujourd'hui, vous pensez donc que c'est elle, votre maman biologique, qui cherche à renouer le contact avec vous ?

– Je ne vois pas très bien qui d'autre chercherait à me retrouver.

– Comme vous le savez, je ne peux pas vous dire si votre idée est la bonne, mais si je suis là aujourd'hui, c'est pour vous remettre cette enveloppe.

Avant de poursuivre, l'assistante sort de son porte-documents une large enveloppe qu'elle tend d'un geste ample à Lucy.

– Il s'agit de l'invitation qu'une mystérieuse personne nous a chargés de vous remettre en mains propres. Pouvez-vous déjà nous dire si vous acceptez de venir sur notre plateau afin de découvrir qui se cache derrière cette enveloppe ?

– Oui, répond Lucy d'un air grave, j'accepte l'invitation.

– Alors je vous donne rendez-vous dans deux semaines et je serai particulièrement heureuse de vous accueillir sur le plateau de « Devine qui est là ? ».

Sylvie se fige dans un sourire flamboyant et attend le signe de Denis attestant que tout est dans la boîte. Dès que le caméraman relève la tête, l'assistante se relâche, et son sourire retrouve aussitôt une dimension plus spontanée.

– C'était très bien, murmure-t-elle à l'intention de la jeune femme qui la dévisage d'un regard hypnotique, comme si elle doutait encore de la réelle présence de la petite équipe de télévision dans son salon.

Puis, après avoir une nouvelle fois fouillé dans son porte-documents, Sylvie se tourne vers Lucy et lui remet un petit dossier de carton rose dans lequel sont reprises toutes les informations dont la jeune femme aura besoin pour se rendre à l'enregistrement de l'émission.

– Je vous demanderai d'être très ponctuelle et de respecter les quelques impératifs que nous vous soumettons dans ce dossier. Prenez le temps de le lire, vous avez encore le droit de refuser l'invitation si vous le souhaitez. Mais lorsque vous aurez signé le contrat qui se trouve à l'intérieur de cette pochette, sachez que nous comptons sur vous et sur votre présence. J'aimerais également savoir s'il vous serait possible de nous consacrer un après-midi afin que nous puissions tourner un petit reportage sur vous et votre famille, mettons…

Sylvie se penche sur son agenda, dont elle consulte les dates d'un air soucieux.

– … Vendredi prochain, dans trois jours ?

– Vendredi ? Mais mon mari et mes enfants ne seront pas là et…

– À quelle heure rentrent-ils à la maison ?

– Je vais chercher mes enfants vers 16 heures et Yves ne rentre jamais avant 18 heures-18h30.

– C'est parfait ! Nous serons là aux environs de 15 heures, le temps de prendre quelques vues de votre environnement et de votre intérieur. Et, si cela ne vous dérange pas, nous vous accompagnerons dans vos tâches journalières jusqu'au retour de votre mari.

– D'accord, répond Lucy quelque peu acculée par l'enthousiasme de Sylvie.

L'assistante se lève, marquant par là la fin de l'entretien. Sortant de dessous le buffet, Wendy traverse le salon avec un dédain affiché pour ces étrangers qui ont envahi son territoire.

– Le joli minou ! s'exclame Sylvie en avisant la chatte. Oh mais… Elle attend des petits ?

– Oui, soupire Lucy. Les enfants sont ravis mais nous ne pourrons pas les garder. Et jusqu'à présent, je n'ai pas encore trouvé la moindre famille d'accueil !

– Qu'allez-vous en faire ?

Lucy hausse vaguement les épaules.

– M'en débarrasser… Que voulez-vous que j'en fasse ?

Sylvie ne répond pas. Elle regarde la chatte disparaître derrière la porte de la cuisine puis soupire avant de jeter à Lucy un regard teinté de reproche. Celle-ci se sent soudain mal à l'aise et se dandine d'un pied sur l'autre ; Sylvie semble à présent pressée de partir. Elle se dirige prestement vers le hall d'entrée, tandis que Lucy s'attache à ses pas.

– C'est elle, n'est-ce pas ? bredouille-t-elle d'une petite voix craintive. C'est ma mère qui a fait appel à vous pour me retrouver ?

Sylvie se retourne vers la jeune femme.

– Je ne peux pas vous répondre, Lucy, répond-elle fermement sans toutefois se départir de son sourire avenant. Le principe de l'émission consiste justement à ne vous dévoiler l'identité de la personne qui vous recherche que le jour de l'enregistrement. Et de plus, je dois vous avouer que je l'ignore moi-même. Jacques Duvier est très strict là-dessus ! C'est la raison pour laquelle il préfère nous tenir dans l'ignorance, pour que nous ne soyons pas tentés de vous mettre sur la voie. C'est d'ailleurs une autre équipe qui est chargée du reportage qui la concerne.

– Vous dites « la », reprend Lucy en insistant. Il s'agit donc d'une femme ?

– J'ai dit « la » en parlant d'une personne, Lucy. Je suis désolée. Il vous faudra attendre quinze jours.

Quinze jours ! Deux longues semaines qui s'étirent soudain devant Lucy à perte de vue. La jeune femme soupire sans cacher son dépit.

– Et vendredi ? reprend-elle aussitôt d'un ton de plus en plus ténu, comme si elle cherchait néanmoins à s'excuser de son insistance. Vous n'en saurez pas plus vendredi ?

Sylvie affiche une moue à la fois touchée et amusée.

– Je ne peux rien vous promettre, lui concède-t-elle en s'arrêtant devant la porte d'entrée. Mais j'essaierai au moins de savoir s'il s'agit bien de quelqu'un de votre famille. C'est tout ce que je peux faire.

– Merci, murmure Lucy avec reconnaissance.

Sylvie lui tend la main d'un geste franc et chaleureux :

– J'ai été très heureuse de faire votre connaissance, Lucy. On se revoit vendredi. D'ici là, tâchez de ne pas trop y penser, sans quoi le temps vous semblera interminable.

Lucy hoche la tête en esquissant un petit sourire plein de gratitude. Puis, presque à regret, elle les raccompagne à la porte. La jeune femme reste sur le perron, le regard perdu dans le vague, bien après que la voiture a disparu au bout de la rue.

Madame Cannot est toujours à sa fenêtre, mais Lucy semble ne plus la voir.

À quoi ressemble-t-elle?

Lucy se poste devant le miroir et tente de s'imaginer avec vingt ans de plus. Quel âge peut-elle avoir, d'ailleurs? Quelque chose comme cinquante-cinq ans, peut-être soixante... A-t-elle de l'embonpoint, comme ces dames dont les années s'accompagnent de douillettes rondeurs, ou bien s'apparente-t-elle plutôt à ces femmes actives, petites et sèches, aux rides malicieuses et au regard pétillant de sagesse narquoise? Est-elle sophistiquée ou plutôt naturelle? Comment s'habille-t-elle? Comment parle-t-elle? Comment se tient-elle? Droite et digne, ou bien courbée par la rudesse de la vie, le corps plié en deux sous la charge des ans?

Comment répondre à toutes ces questions? Comment se préparer à rencontrer celle qui, après lui avoir donné la vie, a préféré disparaître sans même laisser un nom?

– Je ne dis pas que ce n'est pas une bonne nouvelle… Je dis juste que je ne sais pas si, moi, j'ai envie d'être exposé comme ça aux médias ! Ni mes enfants d'ailleurs !

Yves tourne en rond dans la cuisine. Lucy est installée à table, avec les enfants qui, tout en mangeant, ne perdent pas une miette de la conversation orageuse de leurs parents. La surprenante nouvelle n'a pas eu l'effet escompté auprès du mari. Après avoir écouté Lucy d'une oreille circonspecte, Yves a lâché un grognement pour le moins réprobateur. Puis il a posé ses questions, sur un ton plutôt froid. Comptait-elle se rendre à cette émission ? Sous le coup de la surprise, Lucy a éclaté de rire. Bien sûr qu'elle comptait s'y rendre ! Yves a toisé sa femme d'un regard froid. Et lui, devait-il également se prêter à ce jeu de cons ? De plus en plus ébahie, Lucy a gardé le silence pendant quelques secondes, avant d'expliquer d'une voix sourde qu'il ne s'agissait nullement d'un jeu de cons, mais plutôt d'un moment terriblement important de son existence. Sa véritable mère cherchait à la retrouver. Pour la première fois de sa vie, elle allait être confrontée à sa propre histoire, et peut-être même recevoir les réponses qu'elle attend depuis si longtemps.

– Ce n'est pas toi qui seras exposé aux médias ! rétorque Lucy d'une voix nerveuse. C'est moi qu'on essaie de retrouver. Yves ! Tu le sais, cela fait des années que j'y pense. Et aujourd'hui, c'est elle qui vient me chercher. Je ne peux pas lui dire non !

— Ça aussi, ça me fait bien rire ! raille-t-il en serrant les dents. Elle t'abandonne à la naissance, et tout à coup, elle nous envoie une équipe de télévision pour venir te chercher. Tu m'excuseras, mais je trouve son attitude un peu légère ! Si elle avait réellement eu envie de te retrouver, pourquoi faire appel à cette émission de merde ? Pourquoi…

— On ne peut pas dire « merde », papa ! corrige Léa sans lever le nez de son assiette.

Lucy foudroie son mari du regard.

— Si elle a fait appel à cette émission, c'est qu'elle me cherche depuis longtemps sans parvenir à me retrouver toute seule ! réplique-t-elle en baissant le ton afin de calmer le jeu. Elle ne sait pas que mes parents adoptifs sont partis vivre en Belgique. Elle a dû me chercher dans toute la France… Et elle ne connaît même pas mon nom de jeune fille ! C'est pour cela qu'ils ont accepté sa demande. Ils ne s'occupent que des cas désespérés.

— C'est des conneries ! ricane Yves sans se soucier du coup d'œil furibond que lui lance une nouvelle fois Lucy. Ils prennent n'importe quoi pourvu que ça leur assure un minimum d'audience. Je le connais, moi, le beau monde des médias ! J'y travaille, je sais quelles sont les intentions de ces gens-là ! Ils ne s'embarrassent ni des véritables motivations des gens, ni des dégâts que leur foutue émission provoque dans leur vie privée. Et une femme qui a abandonné son gosse à la naissance et qui cherche à le retrouver trente-cinq ans plus tard, ça fait vendre !

Lucy laisse échapper un gros soupir d'exaspération :

– Bien sûr ! Ce sont tous des sal… d'ignobles individus qui ne cherchent qu'à s'enrichir sur le dos des
gens. Et tu as peut-être raison ! Mais tu vois, ça m'est
bien égal. Tout ce qui m'importe aujourd'hui, c'est de
savoir que ma mère me cherche. C'est un rendez-vous
que je ne manquerais pour rien au monde.

– Tu ne sais pas dans quel engrenage tu t'engages,
Lucy ! On ne sort pas indemne d'une émission comme
celle-là… Tu seras exposée devant des milliers de gens
qui ne rateront rien de tes moindres émotions ! Si tu
chiales, ce sera…

– Pleurer ! l'interrompt Lucy d'une voix autoritaire.
On dit « pleurer ».

– Si tu pleures, reprend Yves en forçant le ton, ce
sera devant des milliers de gens. Il y a tout de même
moyen de laver son linge sale sans en faire étalage
devant tout le monde ! Sans compter nos proches, nos
connaissances, nos amis, nos voisins…

– Ah ! rugit la jeune femme sans plus de retenue.
Nous y voilà ! Avoue-le : voilà ce qui t'ennuie ! Ce
n'est pas tant le fait que ma mère débarque dans notre
vie sans crier gare. C'est juste le « qu'en dira-t-on » !
Tu me déçois beaucoup…

Exaspéré, Yves serre les poings. Il n'a jamais aimé
cette émission. Trop de mièvreries, de complaisance
pour le malheur d'autrui, trop de voyeurisme à son
goût. Et lorsqu'il surprend Lucy scotchée devant le
petit écran, ça le met en rage, surtout quand il devine
que la brillance de son regard cache un flot de larmes
contenues avec difficulté. Il se moque d'elle sans
cacher son agacement, mais la jeune femme reste
indifférente, les yeux rivés à la télé. Bien sûr, elle
admet après coup que c'est de la « merde », et que le
pathos est poussé à son paroxysme. Et après ? Ça lui
plaît, à elle, de voir des gens se retrouver après des

années de silence. Alors Yves abandonne le débat. Il sait qu'elle s'identifie aux invités, qu'elle rêve secrètement de retrouver sa mère, sans oser passer à l'acte tant elle craint de détruire l'harmonie sereine de leur petite vie sans histoire.

Bien sûr, il sait déjà qu'il ne pourra pas y couper, que tous les arguments qu'il trouvera n'auront aucun poids face au désir de Lucy. Mais c'est la manière qui ne lui plaît pas.

– Ne gâche pas mon plaisir, s'il te plaît, reprend-elle d'une voix douce. Et si tu ne veux pas être filmé, je le leur dirai. De toute façon, ils ne peuvent pas diffuser d'images sans notre accord, c'est stipulé dans le contrat que je dois signer.

– Les enfants non plus, je ne veux pas qu'ils apparaissent dans le reportage, rétorque-t-il hargneux, afin de bien faire comprendre à Lucy qu'il tient à avoir le dernier mot.

Lucy soupire d'un air las, mais finit par hocher la tête :

– D'accord. Je leur dirai de ne pas filmer les enfants.

Un silence lourd et pesant envahit la cuisine. Sans mot dire, Lucy débarrasse les deux assiettes avant de se tourner vers Max et Léa.

– Vous pouvez aller jouer, les enfants. Mais dans un quart d'heure, on se met en pyjama !

Restés seuls, Yves et Lucy se taisent, tandis que l'ambiance s'épaissit un peu plus entre eux.

– Yves… murmure-t-elle alors d'une petite voix attendrissante. Je vais retrouver ma mère, tu ne trouves pas cela incroyable ?

Yves lève enfin les yeux vers elle. Puis soupire.

– Si, bien sûr… De toute façon, il aurait fallu régler ce problème un jour ou l'autre.

La douceur de sa réponse redonne un peu de confiance à Lucy.

— À nous de ne pas considérer cela comme un problème justement, rétorque-t-elle tout bas.

Yves demeure songeur. Lucy ose alors une dernière requête.

— J'aimerais que tu appelles Marc et Didier pour annuler. Je n'ai pas vraiment la tête à les recevoir ce soir.

Un nouvel éclat de contrariété traverse le regard d'Yves et Lucy regrette aussitôt sa demande.

— Il est trop tard, Lucy. Si ça se trouve, ils sont déjà en route.

A-t-elle refait sa vie ?

C'est fort probable ! Lucy y pense depuis quelques jours. Sans doute doit-elle se préparer à apprendre qu'elle a des frères et des sœurs, des tantes, des oncles, des grands-parents, un beau-père, et peut-être même des neveux et des nièces dont elle ignore tout... À cette seule pensée, la jeune femme reste perplexe. Faire la connaissance de sa mère sera très certainement une épreuve. Que dire alors de l'étape suivante ? Tout reprendre au début, comme une seconde naissance, apprendre à partager des retrouvailles qu'elle a déjà tant de mal à affronter seule, et surtout accepter l'idée qu'après l'avoir abandonnée, sa mère ait pu fonder une vraie famille...

Et si ça se passait mal ? Yves a peut-être raison de s'opposer à ces retrouvailles ? Sans parvenir à formuler raisonnablement ses inquiétudes, ne craint-il pas que ce retour en arrière forcé ne fasse plus de dégâts que prévu ? Non, impossible d'envisager les choses sous cet angle... Il l'a dit lui-même : il aurait de toute façon fallu régler ce « problème » un jour ou l'autre. Et si sa mère n'avait pas donné signe de vie (comme cette expression convenait bien en de telles circonstances !), c'est elle, Lucy, qui aurait cherché à la retrouver.

Elle avait bien failli le faire quelques années auparavant, lors de sa première grossesse. En devenant mère à son tour, ses pensées s'étaient une nouvelle fois tournées vers celle qui l'avait mise au monde. Et puis, il avait fallu déménager et le couple avait acheté une petite maison située à Saint-Gilles, non loin de la maison communale. Le quartier leur plut immédiatement : ses jolies rues calmes agrémentées de leurs belles demeures du début du siècle, le marché de la place Van Menen tous les lundis, les terrasses alentour fleuries dès les premiers beaux jours, sans oublier cette ambiance de village au milieu de la ville, l'amicale cohabitation des voisins et des commerçants, les fêtes de quartier, les brocantes et les braderies.

Ce fut une période intense, laissant peu de répit aux futurs parents et qui avait relégué les recherches de Lucy au statut d'impératif secondaire. « Ça » attendrait... Mais le besoin impérieux de connaître sa mère alors qu'elle-même allait donner la vie s'était fait ressentir avec insistance. Et cette question de plus en plus envahissante : comment peut-on abandonner son enfant ? Et surtout : pourquoi ? Idée tant de fois ressassée avec rage, puis avec tristesse et parfois même avec rancœur...

La réponse se profile enfin à l'horizon. Et à cette seule idée, Lucy ne peut s'empêcher d'esquisser un sourire plein de confiance.

Surtout ne pas juger ! Laisser venir... Oui, c'est ça, on verra bien !

Une odeur de café envahit la cuisine et Mireille se lève lourdement pour remplir les deux tasses posées sur la table. Elle pousse vers Lucy une coupelle garnie de biscuits chocolatés dont sa fille raffole depuis sa plus tendre enfance. Mireille, c'est la femme plus âgée sur les photos de la cheminée, celle qui tient Léa dans ses bras. Elle repose la cafetière et jette à Lucy un regard larmoyant :

– C'est si soudain, tu comprends… Mais je conçois que tu aies envie de la connaître, c'est tout à fait normal ! Et d'un autre côté, je…

Mireille suspend sa phrase afin de refouler le flot de larmes qu'elle retient difficilement depuis que Lucy lui a annoncé l'incroyable nouvelle.

– Ne t'inquiète pas, maman, murmure la jeune femme d'une voix paisible. Ça ne changera rien entre nous. Papa et toi, vous êtes mes véritables parents, c'est vous qui m'avez élevée ! Rien ne pourra effacer toutes les années que nous avons partagées. Je vous dois tout et je vous aime ! Tu le sais, n'est-ce pas ?

– Bien sûr, ma chérie, bien sûr… Mais tout de même ! Pourquoi revenir après tout ce temps ? Pourquoi…

– Maman ! la coupe Lucy afin d'endiguer le flot d'interrogations sans réponse qui se bousculent dans le cœur de Mireille. Je n'en sais rien ! Toutes les questions que tu te poses, je me les pose aussi. Le mieux que nous ayons à faire, c'est attendre. De toute façon, il est trop tard pour faire marche arrière...

– Oui, sans doute...

Mireille hoche la tête, pensive. Quelques instants plus tard, n'y tenant plus, elle relève la tête et dévisage sa fille :

– Et si ce n'était pas elle ? Si c'était quelqu'un d'autre ?

La question a fusé comme un appel au secours. Sans paraître remarquer le désarroi de sa mère, Lucy ricane gentiment.

– Qui veux-tu que ce soit ?

– Je ne sais pas... Une amie d'enfance peut-être... Tiens, tu n'as plus jamais eu de nouvelles d'Amélie... Tu te souviens, la petite Amélie qui vivait à deux blocs de chez nous, vous étiez inséparables à l'époque.

– Mmmm...

Dubitative, Lucy avale son café par petites gorgées, sans vouloir contredire sa mère.

– Et Yves, reprend Mireille d'une petite voix plaintive. Que pense-t-il de tout cela ?

– Oh... Tu connais Yves ! soupire Lucy, au début, il était plutôt contrarié ! Pas de savoir que ma mère cherchait à me retrouver, mais il n'acceptait pas l'idée de devoir passer à « Devine qui est là ? ». Mais nous en avons discuté hier et il est revenu à des sentiments plus compréhensifs. Il a finalement accepté de participer au reportage que l'équipe viendra tourner demain à la maison.

– C'est bien, acquiesce Mireille d'un ton qui cache mal sa déception. Vous devez vous serrer les coudes, être unis dans l'adversité !

Lucy ne parvient pas à cacher une certaine lassitude.

– Maman... Je ne considère pas vraiment cette nouvelle comme une catastrophe ! Yves en parle comme d'un problème et toi comme d'une épreuve, je dois dire que…

La jeune femme s'interrompt alors car Mireille éclate en sanglots.

– Maman !

Mais « Maman » hoquette sans parvenir à se reprendre, le visage enfoui dans ses mains. Après quelques instants d'immobilisme consterné, Lucy l'enlace tendrement :

– Pourquoi te mets-tu dans un état pareil ? Ça n'en vaut vraiment pas la peine, tu sais ! Tu penses réellement qu'en rencontrant ma mère biologique, tout sera remis en question ? C'est absurde, comment peux-tu croire une chose pareille ? Si j'avais su que ça te ferait tant de peine, je… Maman ! Arrête de pleurer comme ça, tu m'enlèves toute ma joie !

– Excuse-moi, ma chérie, c'est… C'est le choc, répond Mireille en tentant de se reprendre. Pendant longtemps, ton père et moi avons cru que tu chercherais à la retrouver. Et au fil du temps, comme tu ne semblais pas te décider, nous avons cru… Enfin, nous imaginions que tu n'y pensais plus, que… Que nous te comblions assez pour…

– Mais ça n'a rien à voir !

– Lucy ! Ma petite Lucy ! reprend Mireille en se serrant de plus belle contre sa fille. J'ai un affreux pressentiment ! J'ignore ce qu'elle cherche en revenant après trente-cinq années de silence, mais j'ai vraiment la sensation que ses intentions ne sont pas aussi sincères que tu l'imagines. Crois-en mon instinct de mère !

Lucy ne peut s'empêcher d'ébaucher un sourire :

– Avec quoi tu viens, maintenant ?

– Je n'en sais rien ! se défend la vieille dame sans cesser de gémir. Tout ce que je désire, c'est que tu sois prudente. Tu sais qu'aux yeux de la loi, tu es responsable de tes parents… Je veux dire par là que si elle est dans le dénuement le plus total, tu seras obligée de pourvoir à ses besoins, et…

— Arrête… l'interrompt Lucy en levant les yeux au ciel. Tu dis n'importe quoi ! Je n'ai absolument pas l'intention de lui donner quoi que ce soit ! Je veux juste la rencontrer et essayer de comprendre pourquoi elle a fait « ça ». Ça ne m'engage à rien ! C'est elle qui m'a abandonnée, pas moi.

De l'intérieur de sa manche, Mireille extrait un klee-nex usagé dans lequel elle se mouche bruyamment, puis, levant un regard éploré vers sa fille, elle lui saisit le poignet qu'elle serre avec force.

— N'y va pas, ma chérie. Tout cela ne t'apportera rien de bon !

Lucy tente de se dégager sans oser se libérer trop brutalement. Puis, après quelques instants d'hésita-tion :

— C'est trop tard, maman, ment-elle en bredouil-lant. J'ai déjà signé le contrat. Je ne peux plus faire marche arrière sans risquer des poursuites de la part de la production.

Mireille encaisse la réponse sans broncher. Elle enserre toujours le poignet de sa fille dans un étau de désespoir, les yeux rivés sur Lucy. Les secondes passent puis, peu à peu, son poing se desserre et son regard se perd une nouvelle fois, abandonné à d'étranges fantômes.

— Alors tant pis, murmure-t-elle d'une voix sinistre. Advienne que pourra.

Et pour la première fois, Lucy comprend pourquoi elle n'a jamais entamé les recherches afin de retrouver sa mère biologique.

6

Lorsqu'elle quitta l'appartement de sa mère, Lucy se rendit directement au « Pavillon », rue Defacq, le restaurant tenu par son amie Miranda et son mari, Jean-Michel. Miranda avait été l'une des rares personnes à accueillir la nouvelle de Lucy avec tout l'enthousiasme qu'elle méritait. Âgée d'une cinquantaine d'années, elle était américaine, originaire de Pennsylvanie bien qu'étant de souche mexicaine par son père. Elle vivait en Belgique depuis maintenant bientôt vingt-cinq ans. Avec Jean-Michel, ils avaient exercé une quantité de petits métiers en tout genre avant de donner naissance à Dorothée, surnommée Dothy, à l'américaine. Ils achetèrent à bas prix un commerce vendu aux enchères pour en faire un restaurant. « Le Pavillon » fut inauguré un soir de mai, en compagnie de tous leurs amis, tandis que Dothy, à peine âgée de cinq ans à l'époque, s'endormait en souriant sur les genoux de sa mère.

– Ah ! s'exclama Miranda voyant Lucy. Voilà notre star ! Tu peux dire que tu es vernie, toi ! Tu commences ta vie sans maman, et à trente-cinq ans, tu en as trois pour le prix d'une ! Tu les collectionnes ou quoi ?

– Trois ? s'étonna Lucy en embrassant son amie. Pourquoi trois ?

– Ben… Il y a ta mère, Mireille, ça fait une. Il y a celle qui t'invite à la télé, ça fait deux. Et puis il y a moi, la meilleure !

Lucy sourit en lançant à Miranda un regard plein d'affection.

— Heureusement que tu es là, Miranda, parce que la première, elle me court déjà sur le haricot !

— La première ? Laquelle de première ?

— Ma première mère... je veux dire Mireille... Maman, quoi !

— Elle le prend mal ?

— Plutôt, oui !

Miranda l'entraîna énergiquement vers le bar.

— Laisse les vieilles femmes affronter les fantômes de leur passé et trinquons ensemble à l'avenir !

Malgré leurs quinze années d'écart, Lucy et Miranda s'aimaient comme si elles étaient de la même famille. Elles se connaissaient depuis sept ans, quand Yves et Lucy s'étaient installés dans le coin. Lucy venait quelquefois boire un verre au « Pavillon » avec ses amies, juste avant d'accoucher de Léa. Son état de femme enceinte attira immédiatement la sympathie de Miranda qui la prit sous son aile protectrice et lui prodigua conseils et affection. Depuis, elles se voyaient régulièrement, au « Pavillon » pendant le service, ou dehors, alternant séances de shopping, balades et petites soirées entre nanas lorsque Yves devait rester tard au studio.

Miranda remplit deux verres de pastis généreusement servis.

— Alors ça y est ? Tu vas enfin la connaître, cette femme indigne qui t'a lâchement abandonnée !

— Tais-toi, j'ai un de ces tracs ! murmura Lucy.

— Chérie ! Il n'y a pas de quoi te faire du mouron ! C'est plutôt à elle de jouer des castagnettes avec les genoux... Et puis, s'il te plaît, pas de sanglots en te jetant dans ses bras ! Tu m'as bien comprise, hein ? Tu

42

dois rester digne, la tête haute, la poitrine en avant, le sourire serein. Toi, tu as réussi ta vie, tu es heureuse, tu l'as toujours été, et même si tu n'as pas envie de le lui dire d'entrée de jeu, c'est tout de même le message que tu dois faire passer.

– Oui, maman ! répliqua Lucy d'un ton gentiment narquois.

– Tu sais déjà ce que tu vas mettre ? enchaîna Miranda en s'accoudant au bar, les yeux brillants de curiosité.

– Je pensais à mon ensemble gris-vert, celui que je portais pour le nouvel an.

Miranda esquissa une moue dubitative.

– Ça fait pas un peu guindé pour une émission télé ?

– Non, pourquoi dis-tu ça ? se défendit Lucy avec aplomb. C'est chic sans être apprêté, et Yves trouve que ça met mes yeux en valeur.

Les deux amies passèrent quelques minutes à défendre leurs points de vue respectifs, au terme desquelles elles tombèrent d'accord : la jeune femme porterait la jupe avec une blouse claire, plus « cool » selon Miranda bien que moins « classe » d'après Lucy, mais bon, peut-être qu'en effet, l'ensemble faisait un peu trop « collet monté ». Puis elles abordèrent le délicat sujet de la coiffure, Lucy tenant absolument à relever ses cheveux en chignon avec quelques mèches, tandis que Miranda dépensait une énergie folle à lui faire prendre conscience qu'elle avait l'air d'une « vieille tarte » ainsi casquée, que ça faisait des siècles que les femmes ne se coiffaient plus de la sorte et que cet éternel et stupide chignon écrasait son joli visage. Miranda en profita pour prendre toute la clientèle du

« Pavillon » à témoin, obligeant ainsi Lucy, morte de honte, à lui promettre d'aller faire un tour chez le coiffeur en sa compagnie. Au bout de vingt minutes et à court d'arguments, Lucy dut rendre les armes.

— Une dernière chose, reprit Miranda lorsqu'elle eut réduit son amie au silence.

— Vas-y, rétorqua Lucy en soupirant déjà. Au point où j'en suis...

— Tu vas passer à la télé, ça veut dire que des milliers de gens vont être suspendus à tes lèvres pendant au moins un quart d'heure. Une bonne partie de la Belgique aura les yeux rivés sur toi, et ça, c'est quelque chose qui ne t'arrivera plus avant longtemps.

— Oui, et alors ?

— T'as pas envie de citer le nom du bistro au détour d'une phrase, comme ça, juste pour dire que c'est un endroit sympa où on mange bien et que la patronne est adorable ?

Lucy éclata de rire.

— T'es gonflée !

— Sans rire, tu sais combien ça coûte, une pub sur une chaîne à grande audience, même câblée ? Ça va chercher dans les... Oh, encore plus que ça, c'est hors de prix ! Tu me dois bien ça, non ?

— J'essaierai...

— Tu le feras !

— J'essaierai !

Lucy sauta de son tabouret et fit le tour du bar afin d'embrasser son amie.

— Je me sauve, j'ai encore toutes les courses à faire avant d'aller chercher les enfants à l'école. Au fait, tu penses que Dothy pourrait venir les garder demain soir ? Yves a un dîner professionnel et c'est toujours mieux si je l'accompagne.

Miranda la serra chaleureusement contre elle non sans tenter au passage de détacher son satané chignon.

— Je lui poserai la question. Rappelle vers 18 heures pour savoir quoi.

— Au fait, comment va-t-elle?

— En pleine forme! Tu connais ma Dothy, c'est une gamine extraordinaire… À son âge, je faisais beaucoup plus de conneries qu'elle!

— Qui te dit qu'elle n'en fait pas?

Miranda éclata de rire.

— Dothy? Tu rigoles! C'est un ange, cette gosse! Jamais un mot plus haut que l'autre, elle est toujours joyeuse, elle travaille bien à l'école…

— Incorrigible Miranda! gloussa gentiment Lucy. Dès qu'il s'agit de ta fille, on dirait que tu n'as plus de cervelle! Elle pourrait braquer une banque devant toi, tu soutiendrais encore que les billets ont atterri dans son sac par mégarde.

— Qu'est-ce que tu racontes? Dothy n'a jamais rien volé!

— Je dis juste que tu prends toujours sa défense!

— C'est faux! Il se trouve tout simplement que Dothy ne fait pas de conneries. Je le saurais, tout de même! Je suis sa mère, après tout! Allez, file… Tu vas encore m'accuser de te retenir. Et ne t'inquiète pas pour Mireille, elle s'en remettra.

Lucy hocha la tête en souriant. Rien de tel qu'un petit verre en compagnie de Miranda pour lui remettre les idées en place et lui remonter le moral. Chaque fois qu'elle se sentait un peu perdue, la jeune femme se précipitait au « Pavillon ». Non pas pour raconter ses malheurs, la plupart du temps elle gardait ses soucis pour elle, considérant qu'une amie ne servait pas nécessairement de dépotoir à problèmes. Mais la compagnie de Miranda lui faisait du bien, cette façon perpétuellement joyeuse de voir la vie, ce dynamisme inépuisable qu'elle distribuait à la volée, tout cela en faisait une précieuse amie.

7

Et son père ?

Autre grand mystère… Car assurément, il faut un homme et une femme pour faire un enfant. Au commencement, il y a aussi un homme, forcément.

Forcément.

Lucy ne se fait pas d'illusion. Si sa mère l'a abandonnée, c'est que l'homme à l'origine de sa conception n'a pas vraiment insisté pour jouer le jeu. Pas de sortie inopinée pour trouver des fraises des bois un quinze novembre à deux heures du matin. Pas d'oreille collée au ventre de maman pour épier avec émotion un tout petit mouvement de rien du tout. Pas de brusque panique lorsque maman a gentiment annoncé qu'elle ressentait les premières contractions. Non, assurément, il n'y a rien eu de tout cela. Mais qu'importe.

Lucy ignore si elle percera le mystère qui entoure l'identité de son père. Sans doute en saura-t-elle un peu plus dans dix jours, même si sa mère biologique rechigne à lui parler de l'homme qui l'a mise « dans cet état ». Mais du moins connaîtra-t-elle enfin certains détails, insignifiants peut-être, mais qu'on n'apprend pas en fouillant les archives de l'état civil. Comment se sont-ils rencontrés ? Est-il au courant de l'existence de Lucy ? Pourquoi « ça » n'a pas marché entre eux ?

Se sont-ils aimés, au moins un tout petit peu ?

Et pourquoi pas ? On envisage toujours les catastrophes avec une richesse d'imagination d'ordinaire insoupçonnée : une coucherie d'un soir qui a mal tourné, la malchance, la tromperie, ou même le viol… Ou encore peut-être la maladie, la misère, la honte, le piège, autant de raisons qui légitimeraient une part du forfait. Mais il existe d'autres scénarios parfaitement concevables : un homme marié, sans doute riche, dont la situation sociale n'autorise aucun faux pas. Un prêtre peut-être ? Ou un homme connu, un politicien par exemple, ou même un acteur… Une star ! Ça s'est déjà vu… Alors pourquoi pas elle ?

Tous les rêves sont permis, pour dix jours encore.

8

Les jours qui suivirent, Lucy fut prise dans un
tourbillon de sensations fiévreuses et contradictoires.
Elle se prenait à ressentir des assauts de bonheur inex-
pliqués, ivre d'espoir et de confiance, suivis de grands
moments de doute et d'incertitude. Elle ne pouvait
s'empêcher de se poser mille questions, qui entraî-
naient une autre déferlante d'interrogations. Avait-
elle bien fait d'accepter l'invitation de sa « mère » ?
Peut-être en effet cette mère inconnue ne s'était-elle
adressée à « Devine qui est là ? » qu'en désespoir de
cause, ayant tout essayé auparavant ? Lucy, en effet,
ne vivait plus dans son pays d'origine. Ses parents
avaient quitté la France pour raisons professionnelles
quand elle avait cinq ans et, aujourd'hui à la retraite,
ils étaient restés dans ce pays d'accueil dont le paysage
et les habitants les avaient rapidement séduits. Lucy
avait construit sa vie en Belgique et l'idée de retourner
vivre en France une fois la majorité atteinte ne l'avait
même pas effleurée. Si sa mère biologique avait res-
treint ses recherches à l'Hexagone, il n'était donc pas
étonnant qu'elle ait échoué.

Comme convenu, Sylvie revint le vendredi, accompagnée de son caméraman afin de réaliser le petit
reportage qui allait présenter Lucy et sa famille aux
téléspectateurs. Yves se prêta au jeu de bonne grâce,
acceptant même de prendre un congé pour l'après-
midi, et Lucy lui en fut reconnaissante. Ils évoquèrent

en quelques mots leur vie de famille, leur situation actuelle, puis Lucy s'épancha un peu sur son enfance, le statut d'enfant adoptée qu'elle avait assez bien vécu, sa scolarité paisible à l'école du Bois-de-la Cambre, puis à l'Athénée d'Auderghem. Elle parla de ses parents adoptifs en termes élogieux, insistant sur la tendresse et l'attention qu'ils lui avaient toujours prodiguées. Ensuite ils allèrent chercher les enfants à l'école. C'était une jolie école communale, maternelle et primaire, dont les bâtiments anciens agrémentaient de leur charme un quartier tranquille et familial, à quelques minutes en voiture de la maison des Gilot. Sylvie fut immédiatement séduite par le grand préau intérieur, avec son vieux plancher usé, sa longue coursive en mezzanine et ses luminaires majestueux et élégants.

Les enfants ne se tinrent plus d'excitation lorsqu'ils aperçurent leurs parents dans la cour de récréation, escortés d'une équipe de télévision. Après avoir récupéré leurs cartables, ils sortirent de l'école en héros. Il y eut bientôt un attroupement autour de la famille Gilot qui, en quelques instants, devint la célébrité du quartier. On ne parlait plus que de cela : Lucy Gilot allait passer à « Devine qui est là ? », sa mère cherchait à la retrouver. Sa mère ? La dame assez chic qui leur rendait visite le dimanche ? Mais non ! Celle-là, c'est celle qui l'a adoptée. Ah bon ? Lucy Gilot a été adoptée ? Ben oui, t'es pas au courant ? Ah non, je ne savais pas !

Madame Cannot connut également son heure de gloire : perchée sur son perron toute une partie de l'après-midi, Sylvie trouva opportun de lui demander son avis au sujet de sa désormais célèbre voisine. La vieille femme ne tarit pas d'éloges sur la charmante famille qui vivait en face de chez elle, qualifiant les enfants de véritables petits anges. Selon elle, c'était un ménage uni et heureux comme on aimerait en voir plus souvent. Parce qu'aujourd'hui, madame, avec la libération des femmes, les familles ne sont plus ce qu'elles étaient ! On divorce pour un oui ou pour un non si c'est pas malheureux de voir tout ça… Mais madame et monsieur Gilot, vraiment, ce sont des gens bien !

À la fin de la journée, Lucy n'en pouvait plus. Les émotions de la semaine l'avaient totalement vidée. L'équipe de télévision disparut aussi brutalement qu'elle était apparue et chacun rentra chez soi. Dothy avait accepté de garder Léa et Max et devait arriver vers 19h30. Et Lucy, qui avait juste envie de prendre une douche avant de s'affaler dans le divan, dut s'enfermer dans la salle de bains pour revêtir son costume des soirées mondaines. La journée n'était pas terminée.

Max et Léa aimaient bien quand Dothy venait les garder. La jeune fille venait d'avoir dix-sept ans et, munie de son enfance en bandoulière, elle comprenait mieux que maman ce qu'il y avait de rageant à devoir se mettre au lit à 20 heures. Surtout un vendredi soir !

D'autant plus que, comme le disait si bien Max : « Si c'est maman qui est fatiguée, pourquoi c'est moi qui dois aller dormir ? »

9

Les dix jours finirent par passer. En apparence, ce furent des journées comme les autres : lever les enfants, les habiller et les conduire à l'école, rentrer à la maison, faire un peu de ménage et quelques courses, prendre un verre avec Miranda, faire les magasins, aller chez le coiffeur, déjeuner avec papa et maman, les rassurer, cacher ses doutes et ses espoirs, rire quand il le faut, aimer et embrasser à bon escient, ni trop ni trop peu, dormir un peu tout de même, ou du moins fermer les yeux afin de poursuivre le rêve sans qu'il tourne au cauchemar...

Et puis le grand jour arriva.

Lucy se retrouva dans les coulisses du studio sans très bien comprendre comment elle y était parvenue. Elle savait qu'Yves et les enfants étaient dans le public et que sa mère se trouvait à quelques mètres d'elle. Le reste lui était devenu totalement dérisoire. Avant cela, il y avait eu le voyage jusqu'à Paris qui, grâce au Thalys, n'avait duré qu'un moment, trop peu de temps pour qu'elle puisse prendre pleinement conscience de ce qu'elle était sur le point de vivre. Puis ce fut l'arrivée à la gare du Nord, le rendez-vous avec un chauffeur de la production venu les attendre à la sortie du quai, l'excitation des enfants... Lorsque enfin ils gagnèrent les studios, elle eut la sensation d'avoir déjà vécu cent vies.

Ce fut Sylvie qui les accueillit. Avec une incroyable gentillesse, elle conduisit Yves et les enfants jusqu'aux gradins réservés au public avant d'entraîner Lucy dans les coulisses, direction la salle de maquillage afin de la préparer pour son entrée sous le feu des projecteurs.

Ensuite, il y eut l'attente. Interminable. Dans une loge prévue à cet effet, on lui offrit une tasse de café qu'elle but par petites gorgées prudentes, rythmant les secondes immobiles qui faisaient semblant de s'écouler. Sylvie surgissait de temps à autre, par l'entrebâillement de la porte, lui assurant qu'il n'y en avait plus pour très longtemps. Fidèle à elle-même, Lucy hochait la tête en esquissant un petit rire crispé, avant de se retrouver seule face à son reflet dans le miroir de la loge. Alors elle se dévisageait longuement, s'examinant avec minutie, comme si elle tentait d'imprimer dans son esprit chaque trait de son visage afin de pouvoir se reconnaître lorsqu'elle apparaîtrait sur le plateau de télévision.

Miranda n'avait pas eu tort : cette nouvelle coupe de cheveux lui allait bien. Elle aurait bien voulu oser les couper court, tout court, histoire de se donner un genre, mais l'audace lui avait manqué au dernier moment. Trop peur de se perdre, comme si un tel changement allait trahir la Lucy qu'elle avait été jusque-là.

Enfin, Sylvie apparut pour de bon et s'installa à côté d'elle.

— Voilà ! déclara-t-elle en affichant son sourire le plus confiant. Nous allons bientôt commencer. Vous êtes notre première invitée, un assistant va venir vous chercher pour vous conduire jusqu'à la coulisse du plateau. Il s'appelle Gabriel et, comme son nom l'indique, c'est un ange !

Sylvie émit un trémolo rieur pour détendre son interlocutrice. Lucy ne broncha pas.

– Il restera auprès de vous jusqu'au moment où vous devrez entrer sur le plateau. Nous allons ampexer cette émission, c'est-à-dire que nous allons la tourner dans les conditions du direct. Mais s'il y a un pépin, pas de panique, on recommence. Donc, vous ne vous affolez pas, rien n'est définitif. Jacques Duvier va vous présenter en deux mots au public et, lors du montage de l'émission, nous insérerons le reportage que nous avons tourné chez vous. Donc si Jacques fait allusion à ce reportage, ne soyez pas surprise. Puis il vous annoncera. C'est à ce moment-là que vous devrez entrer, mais encore une fois, pas d'inquiétude, mon assistant ne vous quittera pas d'une semelle et c'est lui qui vous donnera le top du départ. Lorsque vous apparaîtrez sur le plateau, vous vous dirigerez vers Jacques, vous lui serrerez la main puis vous vous installerez en face de lui. De toute façon, il vous indiquera votre place. Ensuite, il suffit de répondre aux questions qu'il vous posera avec le plus de naturel. D'accord ?

– D'accord, murmura Lucy d'une voix atone.

– Vous avez des questions ?

– Non…

– Alors je vais vous laisser, Lucy. Gabriel sera là dans quelques petites minutes. C'est un garçon charmant, vous verrez. D'ici là, détendez-vous, tout se passera bien.

Lucy hocha la tête une nouvelle fois avant de fixer la porte derrière laquelle Sylvie venait de disparaître.

Puis elle poussa un long soupir empreint de désespoir. Dans quelle galère s'était-elle mise ? Pourquoi n'avait-elle pas écouté Yves lorsqu'il avait vainement tenté de lui faire prendre conscience de ce qui l'attendait. Comment reconnaître la femme qu'on va lui présenter comme étant sa mère biologique ? Cette mère qui, elle, a refusé de la reconnaître trente-cinq ans auparavant...

Lucy s'est levée d'un bond, prête à prendre ses jambes à son cou pour disparaître par la petite porte. Trouver une issue à cette situation absurde, sans queue ni tête, cette mise en scène débile et dépourvue de toute sincérité. Tant pis pour sa promesse, tant pis pour les autres. Et tant pis pour Elle.

Il ne lui reste que quelques secondes pour prendre sa décision, ensuite il sera trop tard, l'assistant peut survenir d'une minute à l'autre. Il faut qu'elle sorte de là, qu'elle s'évade de cette prison cathodique, de ce guet-apens médiatique.

Sans réfléchir davantage, Lucy s'est précipitée vers la porte qu'elle a ouverte d'un coup, comme si elle manquait d'air.

Devant elle se tient un élégant jeune homme qui lui sourit de toutes ses dents.

– Ça va être à vous, madame Gilot. Si vous voulez bien me suivre...

Lucy s'est reprise, rassemblant ses dernières forces pour esquisser un maigre sourire.

– Vous vous sentez bien ? Ça ira ?

– Oui... Oui, tout va bien, balbutia-t-elle en hochant la tête une énième fois.

– Alors, c'est par là.

Et voilà. Elle avance aux côtés de Gabriel, longeant d'innombrables couloirs qui ressemblent au chemin des Enfers. Lucy le sent bien, une page est en train de se tourner. Une page importante de sa vie, quelque chose d'indéfinissable qui marquera à jamais son existence.

Et elle ne sait pas encore à quel point.

10

– Mesdames, mesdemoiselles, messieurs… Bonsoir !

Un tonnerre d'applaudissements explose au son d'une musique triomphale, tandis qu'un tourbillon de lumière fait voleter ses faisceaux multicolores aux quatre coins du plateau. Lucy, cachée derrière l'un des panneaux du décor, aperçoit les deux chauffeurs de salle orchestrer l'ensemble des réactions du public avec savoir-faire et décontraction.

– Merci d'être fidèles à notre émission, je suis particulièrement heureux de vous retrouver pour un nouvel épisode de « Devine qui est là ? ». Comme vous le savez, au programme de ce soir il y aura des retrouvailles, de l'émotion et du suspens. Imaginez ! Imaginez qu'un jour, Sylvie, ma charmante collaboratrice, vienne sonner à votre porte afin de vous remettre une enveloppe… Dans cette enveloppe : une invitation ! Une invitation qui vous est envoyée par quelqu'un dont vous ignorez l'identité. Quelqu'un qui a déjà tout entrepris pour vous retrouver. Quelqu'un qui, en désespoir de cause, a fait appel à notre équipe afin de réaliser l'impossible ! Voilà le dilemme imposé à chacun de nos invités et je peux d'ores et déjà vous dire, mesdames et messieurs, qu'ils ont tous répondu « oui » ! Pour découvrir, en VOTRE compagnie, l'initiateur de ce rendez-vous mystère. C'est pour cette raison que je vous demanderai de réserver un accueil particulièrement chaleureux à chacun d'entre eux, car cette soirée va très certainement bouleverser le cours de leur existence. Je vous rappelle également qu'avant de découvrir qui se cache derrière cette invitation, chacun de nos invités entendra un message de leur hôte. Ils pourront ainsi y déceler des indices qui, espérons-le, leur mettront la puce à l'oreille. Je leur demanderai ensuite d'affirmer clairement qui est, selon eux, cette personne dont ils ignorent tout. Nous vérifierons ensuite ensemble l'exactitude de leur réponse. S'ils ont répondu correctement, la production de Direct'Life leur offrira un voyage d'une semaine qui, ce mois-ci, les conduira aux îles dominicaines. Dans la deuxième partie de notre émission, et après une courte pause de publicité, nous découvrirons ensemble les trois voyages gagnés lors de nos précédentes émissions. Souvenez-vous, c'était il y a un mois : Roseline retrouvait son amie d'enfance, après plus de vingt années de séparation. Jean-Marc, quant à lui, a eu la grande joie de pouvoir reprendre contact avec son tout premier amour, Christophe, dont les parents avaient, à l'époque, fait le choix d'éloigner leur fils de cette relation qui les dépassait certainement, pour des raisons qu'il ne nous appartient pas de juger ici. Nous verrons ensemble si les années ont eu raison de cette passion d'adolescents et s'ils ont pu, quinze années plus tard, prendre une revanche sur la vie. Enfin, nous retrouverons Élodie qui, grâce à « Devine qui est là ? », a enfin pu se réconcilier avec sa sœur Camille, qu'un conflit de famille a séparées pendant dix longues années. Ils nous rejoindront tous ensuite sur ce plateau pour nous parler de leur expérience. Mais dans l'immédiat, nous allons commencer sans plus attendre en vous présentant notre première invitée de la soirée. Elle s'appelle Lucy Gilot, elle nous vient de Belgique, elle a trente-cinq ans, et habite aujourd'hui une charmante petite maison aux abords de Bruxelles en compagnie de son mari, Yves, et de leurs deux enfants. Je vous propose donc de faire ensemble la connaissance de Lucy, dans un reportage signé Sylvie Desmond.

L'animateur se tait quelques secondes avant d'annoncer d'une voix retentissante :

– Mesdames et messieurs, voici LUCY GILOT !

Lucy se retourne vers Gabriel qui, d'un signe de la tête, lui indique qu'elle peut y aller. Qu'elle DOIT y aller ! La jeune femme hésite encore avant de prendre une grande inspiration. Puis, le visage grave, elle s'avance d'une démarche peu assurée vers le centre du plateau de télévision. À son entrée, un nouveau tonnerre d'applaudissements explose de tous côtés, et le cœur de la jeune femme s'emballe un peu plus. Devant elle, dans une sorte de brouillard, elle distingue la silhouette de Jacques Duvier, le visage souriant et la main tendue dont elle s'empare d'un geste mécanique. Puis, comme le lui a annoncé Sylvie, il lui indique le siège où prendre place. Lucy s'installe donc, la gorge sèche et le sourire figé. Les applaudissements s'interrompent brusquement.

– Tout va bien, Lucy ?

Silence. Lucy attend. Elle fixe l'animateur sans le voir, semble ne pas comprendre ce qu'on attend d'elle.

– Détendez-vous, chère Lucy, nous sommes ici entre amis, reprend Jacques Duvier en souriant, un rien paternaliste. Comment vous sentez-vous ?

– Bien, parvient-elle à articuler.

– Vous avez l'air un peu nerveuse…

– Oui, un peu…

– Rassurez-vous, c'est tout à fait normal ! Lucy, parlez-nous un peu de vous… Je crois savoir que vous étiez autrefois secrétaire dans une agence de production, c'est cela?

– Oui, tout à fait… Mais je n'y suis restée que deux ans et demi… Ce travail ne me correspondait pas et j'ai préféré cesser cette activité pour me consacrer à mes enfants.

– Comme on vous comprend, Lucy! D'autant plus qu'il s'agit là d'un véritable travail à plein temps, je me trompe?

– C'est vrai, oui… Je dois dire que je n'ai pas beaucoup de temps pour moi mais… cela me convient parfaitement!

La jeune femme garde les yeux rivés sur l'animateur, évitant ainsi de penser à ce qui l'entoure. Elle se surprend à le trouver plus vieux qu'à la télévision. Malgré un maquillage outrageusement plaqué sur ses traits marqués, l'homme a belle allure, c'est indéniable. Mais vu de près, et privé du vernis de l'écran, il parvient difficilement à cacher le poids des ans.

– Vous avez en effet l'air d'une jeune femme très bien dans sa peau… Chère Lucy, comme vous le savez, quelqu'un nous a demandé de vous faire venir sur ce plateau afin de prendre ou de reprendre contact avec vous. Vous allez bientôt savoir qui est cette personne, mais auparavant, et avant d'écouter l'indice qui vous permettra peut-être de l'identifier, j'aimerais que vous nous fassiez part de vos déductions. Nous l'avons vu dans le reportage, vous avez déjà une petite idée de l'identité de cette personne, n'est-ce pas?

– Oui…

– Qui est-ce, selon vous?

– C'est ma mère, ma mère biologique.

L'animateur attend que Lucy développe son idée. Mais la jeune femme se tait. Elle a répondu à la question, elle n'en dira pas plus. Jacques Duvier enchaîne rapidement sans se départir d'une douceur quelque peu crispée, comme s'il désirait souffler à Lucy le texte qu'il attend d'elle.

— Elle vous a abandonnée à la naissance et, depuis, vous n'avez jamais eu de contact avec elle, c'est cela ?

— Oui.

Cette fois, sans attendre que la jeune femme enrichisse ses propos, il pose aussitôt la question suivante.

— Quels sont vos sentiments par rapport à elle, Lucy ? Pouvez-vous exprimer ce que vous ressentez vis-à-vis d'une femme qui vous a abandonnée dès les premiers jours de votre vie ?

Lucy réfléchit quelques instants avant de répondre.

— Je n'ai pas envie de la juger, je ne sais pas dans quelles conditions elle m'a mise au monde. Je voudrais dire aussi que j'ai été adoptée par des gens merveilleux qui m'ont élevée comme leur propre fille. J'ai eu une enfance très heureuse et cela doit très certainement contribuer au fait que je n'en veux pas particulièrement à ma mère de m'avoir abandonnée. À vrai dire, j'ai besoin d'en savoir plus pour me faire une opinion.

— Dans le reportage vous racontez que vous n'avez jamais entrepris les recherches nécessaires pour la retrouver. Cette démarche faisait-elle néanmoins partie de vos projets ?

— Oui, bien sûr ! J'ai toujours eu envie de la rencontrer, c'est normal… Mais il est également vrai que je ne me suis jamais posé la question de savoir si j'étais prête pour cette confrontation. Lorsque j'étais enceinte de mon premier enfant, j'ai été à deux doigts d'entamer les recherches. Et puis nous avons acheté notre maison et tout cela est passé au second plan.

— C'est-à-dire qu'au moment où vous alliez vous-même devenir maman, vous avez fortement ressenti le besoin de savoir qui était votre propre mère, c'est cela?

– Oui, tout à fait…

– Et aujourd'hui, Lucy? S'il s'agit en effet de votre maman, car il peut très bien s'agir de quelqu'un d'autre… Vous sentez-vous prête à recevoir certaines réponses concernant votre passé?

– Disons que le fait qu'elle fasse le premier pas joue beaucoup. Je veux dire par là que c'est un aspect des choses qui m'arrêtait souvent, le fait de me dire que, peut-être, elle n'avait pas du tout envie de me connaître… Si elle vient me chercher, si elle a déjà tout entrepris pour me retrouver, c'est que l'envie est là. Et ça, c'est énorme pour moi!

– Une dernière chose, Lucy : êtes-vous vraiment certaine qu'il s'agisse bien de votre mère biologique?

Lucy se bloque, hésite, fouille dans le regard de l'animateur pour y déceler certains éléments de réponse à cette étrange question. Puis elle se souvient : nous sommes à la télévision, il faut du show, du spectacle et du suspense. Alors elle hoche la tête en souriant d'un air légèrement amusé.

– Oui, Jacques. C'est mon dernier mot.

La réponse provoque quelques rires dans l'assemblée. Elle semble également convenir à Jacques Duvier qui, le sourire aux lèvres et sans attendre plus longtemps, lève la tête vers un point indéfini, comme s'il allait s'adresser à quelque créature imaginaire.

– Nous allons donc écouter ensemble le message de cette mystérieuse personne, sans toutefois dévoiler son identité. C'est la règle, vous le savez, ce message ne peut contenir qu'un seul et unique indice. Je vous reposerai ensuite la même question et j'attendrai de vous une réponse définitive. C'est clair pour vous, Lucy?

– Tout à fait clair.

– Je vais tout de suite appeler Sylvie qui se trouve avec notre hôte anonyme dans le studio duplex. Sylvie, vous m'entendez ?

Des enceintes surélevées s'élève un grésillement fortuit, petit incident technique apparemment imprévu.

Lucy tressaille tandis que ses mains se cramponnent à son siège.

11

– Je vous entends parfaitement, Jacques. Nous sommes déjà en place et, à côté de moi, se tient une personne qui, je peux vous le dire, est très impatiente de pouvoir enfin échanger quelques mots avec celle qu'elle recherche activement depuis maintenant plusieurs années.

– Avez-vous travesti la voix de cette personne, Sylvie ?

– Tout à fait, Jacques, elle est totalement méconnaissable. Je vais d'ailleurs tout de suite lui donner la parole afin qu'elle puisse adresser son message à Lucy.

Un souffle crachotant suivi d'un chuchotement diffus sature le plateau. Puis c'est une voix trafiquée, mécanique et impersonnelle qui s'élève des enceintes surélevées avant d'envahir l'assistance. Lucy retient son souffle.

« Lucy ? Heu… Bonjour… »

Silence. Dans un murmure à peine audible, la voix de Sylvie tente d'enchaîner promptement :

– C'est à vous, vous pouvez parler, elle vous écoute.

« Bonjour Lucy, reprend la voix mécanique avec, semble-t-il, un peu plus d'assurance. Cela fait longtemps que je rêve de ce moment et maintenant que j'y suis, ça me paraît tellement irréel… Excuse-moi, je suis très émue… J'espère tout d'abord que tu ne m'en voudras pas de t'avoir fait venir à la télévision, mais je ne savais plus comment faire pour te retrouver. Alors voilà : je vais te donner un indice qui pourra, je l'espère, te permettre de m'identifier. Cet indice, le voici : nous n'avons eu qu'un seul contact, c'était le 13 février 1969, mais je ne me souviens absolument pas de toi. »

Quelques chuintements crépitent encore dans les haut-parleurs, puis le micro est brutalement coupé, replongeant l'ensemble du plateau dans un silence opaque. Jacques Duvier se tourne alors vers Lucy et la dévisage, interrogateur.

– Cet indice vous évoque-t-il quelque chose ? demande-t-il enfin.

La jeune femme lève les sourcils en signe de totale incompréhension.

– Le 13 février 1969, c'est ma date de naissance, ce qui ne peut que confirmer mes doutes… Mais je ne comprends pas vraiment pourquoi elle dit ne pas se souvenir de moi…

– En effet… Si l'on imagine qu'il s'agit de votre mère, la déclaration de cette personne est pour le moins surprenante.

– Je n'y comprends plus rien… rétorque Lucy de plus en plus déconcertée.

La jeune femme prend peur. Si c'est sa mère qui vient de parler, cela ne correspond pas vraiment à ce qu'elle aurait souhaité entendre, pas de cette façon, pas comme ça. Elle se sent acculée, obligée de donner à tout prix une réponse dont elle n'est absolument plus certaine.

– En même temps, cela expliquerait bien des choses, continue-t-elle en poursuivant le fil de ses pensées. Si elle n'a gardé aucun souvenir de moi, c'est peut-être qu'elle était amnésique ? C'est peut-être la raison pour laquelle elle m'a abandonnée ?

– Ce serait une explication, en effet, approuve Jacques Duvier, de plus en plus réjoui par le suspense qui se joue sur son plateau.

– Quelque chose lui aurait fait perdre la mémoire, un événement tragique, et elle m'aurait abandonnée, puisque je ne représentais plus rien à ses yeux. Et des années plus tard, après avoir retrouvé la mémoire, elle aurait tout entrepris pour renouer le contact…

Duvier ne dit rien. Il donne à Lucy l'opportunité d'élaborer son scénario, de telle manière qu'elle puisse bientôt lui donner une réponse définitive. Sur le plateau, une atmosphère lourde d'attente plane dans le public. La caméra s'approche de la jeune femme, cadre son visage en gros plan, fixant de son œil aveugle les méandres dans lesquels elle se débat.

– C'est maintenant à vous de faire votre choix.

La voix de Jacques Duvier arrache Lucy à son désarroi. Pour l'y replonger plus profondément.

– Décidez en votre âme et conscience, poursuit-il de cette voix grave et hypnotique qui marque les secondes d'un suspense purement médiatique. Qui est, selon vous, la personne qui vous recherche depuis si longtemps ?

Lucy jette un coup d'œil perdu à l'animateur avant de se tourner vers le public, à la recherche d'Yves. Mais elle est environnée de silhouettes sombres et anonymes. Impossible de distinguer le moindre trait dans ce magma immobile. L'espace d'un instant, la jeune femme a la sensation d'être entourée de mannequins de bois, membres figés, raidis dans une attitude faussement naturelle, les yeux égarés, fixant au loin un point inexistant.

– Pensez-vous toujours qu'il s'agit de votre mère ?

– Je n'en sais plus rien, bredouille-t-elle en secouant la tête. Et en même temps, si ce n'est pas elle, je ne vois pas du tout qui cela pourrait être.

– Il va pourtant vous falloir faire un choix, chère Lucy.

« Oui, se dit-elle, c'est ce qu'il y a de mieux à faire. Tout ce que je veux, c'est savoir qui est là. Même si ce n'est pas ma mère… »

– Pouvez-vous nous donner une réponse, Lucy ?

La jeune femme acquiesce avant d'inspirer une grande bouffée d'air.

– Je vais rester sur ma première impression. Je pense qu'il s'agit bien de ma mère.

– Vous pensez ou vous en êtes sûre ? Il me faut une réponse définitive.

– J'en suis sûre, répond Lucy dans un murmure.

– Très bien ! Alors nous allons vérifier ensemble si cette réponse est exacte. Je vais demander à Sylvie de venir nous rejoindre sur le plateau en compagnie de cette mystérieuse personne.

Spotlight, faisceaux lumineux et musique reprennent leur danse endiablée tandis qu'au fond du studio, deux panneaux du décor pivotent sur eux-mêmes, laissant apparaître deux silhouettes féminines. La première est celle de Sylvie, Lucy la reconnaît sans peine. Son cœur bat à tout rompre dans sa poitrine, elle sent sa gorge se serrer au fur et à mesure que les deux femmes approchent. Elle est fixée sur son siège, pétrifiée par le spectacle qui s'offre à elle. Scrutant avec détresse la seconde silhouette, elle se sent bientôt prise de vertiges, décryptant un à un chaque trait qui, de seconde en seconde, devient de plus en plus précis. Et lorsque le contour mouvant prend corps, lorsqu'elle est enfin si proche d'elle qu'elle pourrait la toucher juste en tendant le bras, Lucy ne peut contenir un hoquet de surprise, réprimant difficilement une terrible nausée.

12

– Lucy, je vous présente Angèle.

Lucy a peine à la regarder. Elle lui jette de petits coups d'œil par intermittence, baissant précipitamment le regard dès qu'un contact visuel s'établit entre elles. La jeune femme tremble de tous ses membres et sent les larmes lui monter aux yeux face à l'incroyable révélation qui se tient devant elle.

– Il faut dire que la ressemblance est éblouissante ! poursuit l'animateur pour détendre un peu l'atmosphère de stupéfaction qui règne sur le plateau.

Car il s'agit bien d'une nouvelle stupéfiante.

– Dites-nous, Lucy, à votre avis… Qui est Angèle ?

Lucy tourne la tête vers Jacques Duvier et le fixe intensément. Il semble même que ce soit la seule chose dont elle se sente capable dans l'immédiat. Elle s'accroche à son regard, sans oser esquisser le moindre mouvement vers la personne qui se tient toujours face à elle.

– C'est… On dirait que c'est… Que c'est… MOI ! finit-elle enfin par articuler.

Duvier éclate d'un rire joyeux et détendu.

– Rassurez-vous, Lucy. Angèle n'est ni votre clone, ni votre hologramme. Angèle est tout simplement votre sœur jumelle qui, comme vous, a été abandonnée par votre mère. Et adoptée par une famille qui, apparemment, a préféré passer sous silence le fait que vous étiez deux à la naissance.

Lucy semble complètement vissée à son siège, blême, plus raide et froide qu'une statue de pierre. L'animateur commence à ressentir le malaise qui plane entre les deux sœurs.

– Prenez place, Angèle, installez-vous à côté de Lucy, propose-t-il gentiment à la nouvelle venue.

La jeune femme s'exécute sans se faire prier. Elle s'assied juste à côté de Lucy et provoque ainsi une seconde vague de saisissement dans le public. Elle est, en effet, la copie conforme de sa sœur : même taille, même corpulence, mêmes traits... Il n'y a que la coupe de cheveux et les vêtements qui les différencient l'une de l'autre. Angèle est plus masculine, moins sophistiquée que Lucy. À part cela, elles sont exactement semblables. Mais outre leur parfaite ressemblance, il y a également dans leur attitude quelque chose qui les unit indubitablement, leur trouble, leur manière d'exprimer une stupéfaction pantelante pour Lucy, émue pour Angèle. Cette façon de fuir le regard de l'autre, de s'accrocher des yeux aux bouées de sauvetage passant à leur portée, juste pour ne pas affronter la réalité de ce qu'elles sont désormais : les deux moitiés d'un tout.

– Comment vous sentez-vous, Angèle ? demande l'animateur.

– Ça va, ça va... répond la jeune femme en faisant un immense effort pour contenir son émotion.

– Alors, évidemment, nous avons un millier de questions à vous poser. Ce n'est pas tous les jours que deux sœurs jumelles se découvrent après trente-cinq années de séparation. Mais la première question qui me vient à l'esprit, et que beaucoup de téléspectateurs doivent se poser : comment se fait-il que vous connaissiez l'existence de Lucy alors qu'apparemment, Lucy ignorait tout de la vôtre ?

Angèle jette un petit coup d'œil furtif en direction de Lucy avant de reporter toute son attention sur Jacques Duvier. Elle tente de sourire mais la commissure de ses lèvres trahit son désarroi. Lucy ne lui a toujours pas adressé la parole.

– J'ai découvert l'existence de Lucy lorsque j'ai effectué des recherches pour retrouver ma mère…

La jeune femme tente de se raccrocher aux mots qu'elle doit à présent formuler afin de raconter son parcours.

– Il faut expliquer qu'à l'époque, il était encore possible de séparer deux enfants jumeaux, et ce, dès la naissance, poursuit-elle en tentant de faire le vide dans sa tête. C'est quelque chose qui ne se fait plus du tout aujourd'hui, mais lorsque nous sommes nées, Lucy et moi, les lois en vigueur sur l'adoption n'étaient pas aussi regardantes en matière des droits de l'enfant. En fait, c'est tout à fait par hasard que j'ai découvert l'existence de Lucy. Quand je me suis rendue à la mairie afin de retrouver le nom de ma mère. Cela a débuté par un quiproquo car l'employé qui se chargeait de mon dossier m'a demandé plusieurs fois des précisions sur mon nom et surtout sur mon prénom. En fait, il avait retrouvé l'extrait de naissance de Lucy. C'est comme ça que j'ai découvert que j'avais une sœur jumelle, mais au début, c'était plus une supposition qu'une réelle certitude. Apparemment, j'ai été adoptée directement à la maternité, quelques jours avant Lucy, mais cela, je ne l'ai appris que plus tard. Ça a l'air d'un détail mais de ce fait, il n'y a pas eu d'intervention d'un centre d'adoption, ce qui, par la suite, a considérablement compliqué les choses pour retrouver Lucy. Ce serait donc le gynécologue qui aurait autorisé mon adoption auprès de l'état civil. Cela non plus, ça ne se fait plus du tout aujourd'hui. Les nouveau-nés sont placés en pouponnière pendant une période de deux mois avant de pouvoir être adoptés si la famille d'origine n'est pas revenue sur sa décision. Mes parents adoptifs savaient donc que j'avais une sœur jumelle, puisque ce sont eux qui ont choisi entre nous deux, mais il est probable que les parents de Lucy n'aient pas été mis au courant de la situation, ce qui explique pourquoi elle ignorait mon existence.

– Mais vous aussi vous ignoriez l'existence de Lucy lorsque vous étiez enfant… Vos parents ne vous ont jamais dit que vous aviez une sœur jumelle ?

Le visage d'Angèle se fait plus dur tandis qu'un trait marque douloureusement son front.

– Ça ne s'est pas très bien passé avec mes parents adoptifs… Lorsque j'ai été en âge de comprendre certaines choses, le dialogue ne passait déjà plus entre nous. Et puis, je pense que ce n'est pas le genre de choses auxquelles ils accordaient de l'importance. Non, ils ne m'ont jamais rien dit.

– Quel âge aviez-vous lorsque vous avez découvert que vous aviez une sœur jumelle ?

– Trente ans.

Quelques murmures d'exclamation s'élèvent dans l'assistance. Duvier enchaîne aussitôt :

– Quel effet cela fait-il d'apprendre, à trente ans, qu'on a une sœur jumelle dont on ignore tout ?

Angèle ne peut s'empêcher d'émettre un petit gloussement facétieux.

– Ben… J'étais à peu près dans le même état que Lucy en ce moment…

Elle épie sa sœur à la sauvette, qui, de son côté, lui lance rapidement un regard en biais. Et cette fois, lorsque leurs yeux se croisent, une lueur de complicité naît enfin entre elles. Car même si Angèle possède une longueur d'avance sur sa sœur, elle sait ce que c'est de découvrir subitement que, depuis toujours, un être parfaitement identique vit, respire, parle et rêve quelque part dans le monde.

— J'ai eu un choc, poursuit-elle en reprenant confiance. J'ai d'abord cru qu'il s'agissait d'une erreur… Et puis, l'employé municipal m'a affirmé qu'il n'y avait pas d'erreur possible, que j'avais bien une sœur jumelle adoptée par une autre famille. Mais il ne pouvait pas me révéler leur nom.

— Cela a dû être terrible pour vous ! Mais pourquoi avoir attendu cinq ans avant d'entamer les démarches pour retrouver votre sœur jumelle ?

— En fait, je me suis tout de suite heurtée à la terrible machine administrative qui ne pouvait rien me dire sur la nouvelle identité de ma sœur. Je crois qu'il y avait une part de mauvaise volonté du côté des employés… Et en plus, à l'époque, aucun centre d'adoption n'avait été requis pour exécuter nos adoptions respectives. Dès lors, comment voulez-vous retrouver quelqu'un dont vous ignorez jusqu'au nom de famille ? Je ne savais même pas dans quelle ville elle avait grandi, ni même si elle vivait toujours en France. J'ai essayé, tant bien que mal, mais je ne savais pas par où commencer ni comment m'y prendre. Ensuite, la vie a continué, la confiance s'est émoussée, vous savez, on finit par se dire qu'on n'y arrivera jamais et à s'en remettre au hasard. Au fond, je n'ai jamais vraiment perdu l'espoir de pouvoir un jour la rencontrer, mais disons que j'ai moi-même été prise par ma propre vie, jusqu'au jour où je suis tombée sur l'une de vos émissions. Là, je me suis dit : « Pourquoi pas moi, pourquoi pas nous ? » Et je vous ai contactés.

— C'est une bien belle histoire, chère Angèle.

Jacques Duvier tourne ensuite son sourire serein vers Lucy, espérant que le premier émoi passé, la jeune femme sera à présent apte à témoigner. Sentant tous les regards tournés vers elle, la jeune femme relève la tête et tourne les yeux vers Angèle. Cette fois, un véritable contact s'établit entre elles, et de leurs traits identiques s'échappe enfin une lueur de reconnaissance. Cela commence par une minuscule étincelle qui les soude aussitôt l'une à l'autre, puis une flamme les happe malgré elles. Elles ne peuvent désormais plus se désavouer. Et cela suffit à leur donner la légitimité qui leur a toujours manqué.

Sur le plateau, le temps semble s'être soudain immobilisé.

Elles se dévisagent à présent sans retenue, éblouies par cette ressemblance étonnante, prodigieuse, insolite. Elles se dévorent des yeux, absorbent chacun de leurs traits au fond de leurs prunelles luisantes d'émoi, se contemplent avec une sorte d'émerveillement incrédule, sans ciller, le regard vissé sur cet étrange miroir qui leur fait mutuellement face. Une bulle d'intimité se forme autour d'elles, tandis qu'elles s'explorent, on dirait presque qu'elles s'apprennent des yeux. C'est comme un téléchargement instantané.

– Comment vous sentez-vous, Lucy? enchaîne l'animateur avec douceur. Pouvez-vous décrire ce que vous ressentez en ce moment même?

– J'ai l'impression de renaître… murmure la jeune femme sans quitter sa sœur des yeux.

Angèle sourit. Puis elle tend la main vers Lucy qui s'en empare avec vigueur. Les deux sœurs trouvent alors le courage de détourner le regard l'une de l'autre afin d'affronter l'extérieur.

– Qu'aimeriez-vous demander, ou dire à votre sœur, là, tout de suite, sans réfléchir…?

Perplexe, Lucy lève les yeux au ciel. Son visage a retrouvé toute sa quiétude et elle se tourne une nouvelle fois vers Angèle dont elle serre toujours la main avec passion.

– As-tu retrouvé la trace de ma… de notre mère ?

Angèle baisse les yeux avant d'annoncer d'un ton monocorde, comme s'il s'agissait d'une information sans importance :

– Elle s'appelait Adeline Lebrun et elle est morte il y a deux ans.

Le sol s'ouvre instantanément sous les pieds de Lucy. Le ciel se fracasse sur ses épaules, ses boyaux se vident, se nouent, se durcissent, son cœur explose, ses membres se crispent, son sang se fige. Morte ? Morte ! Elle est morte…

– Tu… Tu l'as connue ? demande-t-elle très vite pour cacher ce nouvel assaut d'émotions.

– Je l'ai rencontrée… Une fois.

Lucy dévisage sa sœur avec insistance, attendant la suite d'une réponse tant attendue. Son cœur s'est remis à battre à toute volée, cognant contre sa poitrine un haletant S.O.S. muet. Alors Angèle plante ses yeux dans les prunelles de la jeune femme et met dans son regard toute la force dont elle se sent capable.

– Elle n'en valait pas la peine, Lucy. On n'a rien raté.

13

Les coulisses du studio firent office de purgatoire, un large corridor bétonné de gris dans lequel Angèle et Lucy se retranchèrent dès qu'elles le purent. Elles gardèrent le silence quelques instants encore avant d'oser échanger deux ou trois mots dans le semblant d'intimité qu'on leur accorda. Il y avait tant de choses à dire et tant de choses à apprendre ! Jacques Duvier avait réussi à leur extirper une ou deux confidences de plus, avant de les remercier pour ce beau moment d'émotion. C'est ainsi que Lucy apprit que sa sœur n'avait pas connu l'enfance choyée et dorée dont elle avait elle-même profité. À l'antenne, Angèle resta discrète sur cette période de sa vie. Mais personne ne fut dupe : la jeune femme avait apparemment de fort mauvais souvenirs d'une enfance dont elle n'avait aucune envie de faire état. Qu'importe… Les deux sœurs avaient à présent hâte de se raconter.

Des cris d'enfants retentirent dans les corridors avant que Lucy ait repris pied dans sa propre réalité. Cette musicalité si familière la déconcerta, alors qu'elle tentait vainement de rassembler les quelques repères épars qui flottaient en elle. Car soudain, elle n'était plus ni femme ni mère. La Lucy de toujours avait fait place à un nouvel être aux contours encore troubles : elle n'était plus qu'une sœur à présent. Une sœur aux relents d'enfance volée, étouffée sous le sceau du secret mais qui, à la minute même où Angèle était apparue, avait littéralement explosé les murs de la prison dans laquelle elle avait été maintenue durant toutes ces années. Il y avait dans cette sensationnelle découverte une telle évidence, c'est comme si on lui accordait enfin un crédit jusqu'alors sévèrement contesté. Oui, ce fut comme si elle l'avait toujours su ! Et pourtant, Lucy devait bien se l'avouer, il ne lui était jamais venu à l'esprit qu'elle ait pu avoir une sœur jumelle.

« Maman ! Maman ! »

Max et Léa surgirent devant elle et elle se souvint qu'elle était mère et qu'elle avait toute une famille à présenter à sa sœur. Yves suivait de près, s'avançant d'une démarche raide en direction des deux femmes.

– Angèle, je te présente mon mari, Yves, parvint-elle à articuler avec émotion. Et voici mes enfants, Léa et Max.

Angèle, le sourire radieux, s'approcha d'Yves pour lui faire la bise. Celui-ci eut un mouvement d'hésitation, dévisageant la jeune femme avec perplexité. Les enfants s'étaient tus, observant avec curiosité les deux femmes, passant de l'une à l'autre, l'œil rond vissé sur leur ressemblance, contemplant bouche bée la nouvelle venue, telle une copie de maman sur laquelle on se serait amusé à effectuer toute une série de petites transformations… Comme au jeu des sept erreurs…

Yves se tenait toujours raide devant Angèle, la détaillant d'un regard songeur. Angèle hésita à son tour et son sourire avenant disparut de ses lèvres. Elle se redressa instinctivement, observant avec méfiance l'homme qui lui faisait face. Lucy jeta à son mari un coup d'œil assassin puis poussa ses enfants devant elle afin qu'ils accueillent à leur tour cette tante toute fraîche tombée du ciel.

Yves, captant le regard furibond de sa femme, s'avança aussitôt vers Angèle qu'il prit chaleureusement dans ses bras.

– Excusez-moi, Angèle, mais c'est tellement incroyable ! murmura-t-il d'une voix douce. Je me sens un peu dépassé par les événements, vous comprenez… C'est si soudain ! J'ai encore beaucoup de mal à réaliser que ma femme a une sœur jumelle.

Alors Angèle éclata d'un rire franc et, soulagée, répondit aux marques de sympathie de son beau-frère.

Lorsqu'ils quittèrent les studios de télévision, la vie semblait avoir pris une autre teinte. Quelle sensation insolite… Avoir devant soi un être si proche et pourtant totalement étranger ! Ressentir tellement d'affinités, tellement d'intimité pour une parfaite inconnue, ignorer tout de sa *sœur jumelle*… Il y avait dans ces deux termes autant de familiarité que de mystère ! La similarité de leur physionomie, leurs origines communes, la vie qui les avait séparées alors qu'elles venaient de vivre neuf mois dans l'osmose la plus parfaite… Et voilà qu'elles étaient deux étrangères se découvrant avec curiosité, avec avidité, avec appréhension aussi… Comment traduire l'émotion provoquée par l'arrivée d'une sœur ou d'un frère ? Peut-être par autant de bonheur que d'inquiétude, d'excitation que de prudence, de passion que de rejet… Que dire alors lorsque cet événement survient à trente-cinq ans ? Quelle place accorder à ce double dans une vie déjà bien entamée, régie au fil des ans par des devoirs et des obligations, des plaisirs et des envies ?

Angèle, Lucy et sa famille se retrouvèrent autour d'une table, le cœur encore ébranlé par cette singulière rencontre. Le silence timide du début fit bientôt place à un déluge de paroles et la qualité d'écoute qui émanait de chacune des deux sœurs lorsque l'autre parlait était impressionnante. Lucy commença par bombarder Angèle de questions qui, toutes, appelaient d'autres interrogations.

– As-tu un mari? Des enfants?

– Non, rien de tel! J'ai eu quelques amourettes mais rien qui puisse aboutir à une histoire plus sérieuse.

Angèle résuma en quelques mots les hommes qui comptèrent dans sa vie : un certain Vincent dont elle s'était amourachée à dix-huit ans, une liaison passionnelle et tourmentée qui avait duré cinq longues années. Puis il y eut Stéphane, un peintre dont elle avait été le modèle et la maîtresse pendant plusieurs mois jusqu'au jour où l'artiste acheva son œuvre. « Tu vois un peu le tableau! » murmura-t-elle avec amertume. Elle fit du jeune homme un portrait peu élogieux et qualifia leur aventure d'ébauche à peine plus élaborée qu'un croquis d'amateur. Enfin il y eut Franck. Un Américain de passage à Paris, auquel elle avait servi de guide. Elle y avait cru, prête à quitter la France pour le suivre au bout du monde. Ce qu'elle avait d'ailleurs fait… Avant de revenir bredouille quelques semaines plus tard, le cœur meurtri et désormais méfiant envers la gent masculine.

Depuis, elle n'avait eu que des relations d'un soir, et elle ne s'en portait pas plus mal.

– Que fais-tu dans la vie?

– Je n'ai pas de métier à proprement parler… Après mon bac, j'ai suivi une formation dans l'hôtellerie. J'aurais aimé ouvrir un restaurant, ou même un salon de thé. Mais je n'ai jamais pu obtenir de prêt à la banque pour acheter une affaire. Pendant quelques années, je me suis associée avec un gars qui possédait un rez-de-chaussée commercial. Nous avons ouvert un restaurant mais, il y a deux ans, nous nous sommes violemment disputés et j'ai claqué la porte. Aujourd'hui, je suis au chômage.

– Tu n'as rien qui te retienne à Paris, alors ?

Une idée folle venait de germer dans l'esprit de Lucy. La précarité de leur lien venait de lui sauter au visage, à commencer par les trois cents kilomètres qui, au-delà des longues années de séparation, devenaient soudain un obstacle invincible entre elles. À cette seconde précise, et dans le chaos de ses émotions, Lucy ne parvenait pas à l'admettre.

– Tu pourrais rentrer avec nous à Bruxelles, pour quelques jours et… Notre maison est grande, nous avons une chambre d'amis, c'est juste qu'on vient à peine de se retrouver. Ce serait tellement…

Elle parlait très vite, sans regarder son mari, sans même s'inquiéter de savoir si sa proposition lui convenait. Yves la considéra effectivement d'un regard ahuri, incapable de cacher sa surprise. Prise de court, Angèle bredouilla :

– Je… Je ne sais pas, c'est… Je n'avais pas vraiment prévu cela…

– Tu as des trucs à faire les prochains jours ? s'enhardit Lucy.

– Non, pas vraiment, je dois dire que depuis quelques semaines, ma vie n'a tourné qu'autour de cette journée, mais… Je ne voudrais pas m'imposer. Peut-être que… Je peux peut-être venir la semaine prochaine ou dans quinze jours…

– Mais non ! s'exclama Lucy, provoquant un regard plein de reproche chez son mari. Pourquoi attendre ? Rien ne t'empêche de rentrer avec nous ! On a tellement de temps à rattraper ! N'est-ce pas, Yves ?

78

Yves garda le silence, visiblement agacé. Puis un maigre sourire légèrement crispé se dessina sur son visage.

– Sam et Jean viennent souper à la maison demain soir, je ne sais pas si Angèle…

– On peut annuler, pour une fois ! l'interrompit Lucy d'une voix suppliante. Ils comprendront, c'est un cas de force majeure ! Alors, c'est d'accord ?

Angèle observa Yves, puis Lucy. Hésitante, elle s'alluma une cigarette piquée dans le paquet d'Yves puis, histoire de gagner un peu de temps, elle sortit de son sac un vieil agenda.

– Je vérifie tout de même, expliqua-t-elle comme pour se justifier.

La proposition était tentante. Cela faisait en effet plus de deux mois qu'elle ne vivait plus que pour ce moment. Elle allait enfin faire la connaissance de sa sœur. Et voilà que celle-ci devait repartir le lendemain et reprendre le cours de sa vie comme si tout cela n'avait été qu'une parenthèse ! Et elle, qu'allait-elle faire demain ? Soudain, une sensation de vide la frappa de plein fouet, déferlant sur elle avec son cortège de mal-être, d'angoisses et de mélancolie.

– Tu nous vois nous quitter ce soir en se promettant de nous revoir dans une semaine ou deux ? martela Lucy tandis que sa sœur tournait toujours les pages jaunies de son petit calepin. Moi, ça me paraît inconcevable !

Pour toute réponse, Angèle referma son agenda d'un geste décidé. Puis elle ajouta :

– Si Yves est d'accord, ça marche pour moi. Mais je veux être certaine de ne pas vous déranger !

– Tu ne nous déranges pas, Angèle. Yves travaille toute la journée et moi, je suis seule pendant que les enfants sont à l'école. On aura tout le temps de faire plus ample connaissance.

Angèle se tourna vers son beau-frère pour chercher son assentiment. Yves se contenta de hocher la tête, quelque peu forcé.

– Alors d'accord, je rentre avec vous.

– C'est merveilleux ! ne put s'empêcher de s'exclamer Lucy d'une voix de petite fille.

Le chapitre étant clos, la soirée se poursuivit. Lucy raconta à son tour ses diverses expériences professionnelles, puis sa décision d'arrêter de travailler. Yves se détendit à son tour, résumant son métier et sa satisfaction d'assumer à lui seul les dépenses d'une famille dans le confort et dans l'aisance.

Au fil de la soirée, l'atmosphère se relâcha véritablement, les enfants s'endormirent sur la banquette. Ce fut l'heure des confidences. Angèle parla de son enfance, avec pudeur et retenue mais non sans cacher le côté douloureux de ses souvenirs. Adoptée par un couple qui n'avait pu avoir d'enfant, elle fut, durant les cinq premières années de sa vie, choyée et aimée comme une princesse. Et puis survint l'inespéré : sa mère, alors déjà âgée de trente-huit ans, se retrouva enceinte. Pour le couple, ce fut un véritable miracle qu'ils accueillirent avec un bonheur inouï. À la naissance de l'enfant, une petite fille prénommée Alice, Angèle, comme beaucoup d'enfants de son âge en pareille circonstance, manifesta de la jalousie à l'encontre de cette petite sœur, ressentiment que ses parents réprouvèrent sévèrement. La mère traversa aussi une forte dépression postnatale, se détournant de cette enfant qu'elle avait pourtant désirée plus que tout au monde. Désarçonné par une situation à laquelle il n'était nullement préparé, le père reporta toute son affection sur le nouveau-né afin de pallier le manque d'amour maternel. Tout cela ne fit qu'élargir le fossé qui s'était déjà installé entre Angèle et ses parents. Lorsqu'elle émergea de sa léthargie, la mère tenta d'enfouir son sentiment de culpabilité en chérissant son enfant de façon excessive. Angèle se sentit bientôt exclue de ce foyer qui, jusqu'alors, était le sien. Elle réagit de manière rebelle et violente et fut bientôt considérée par ses parents comme le vilain petit canard qui empêchait un bonheur parfait. Dès qu'ils le purent, ils l'envoyèrent en pension afin que d'autres se chargent d'une éducation qu'ils n'avaient plus envie d'assumer. L'institution choisie était certes très réputée, se targuant de donner à ses pensionnaires un enseignement de haute qualité, mais l'essentiel manquait à Angèle pour un épanouissement serein : l'amour de ses parents. La fillette vécut très mal cet abandon à peine camouflé. Elle en ressentit une souffrance qui se traduisit par une sauvagerie difficilement gérable par un organisme non adapté. Elle fut renvoyée d'internat en pensionnat, pour aboutir en fin de course dans une institution plus ajustée à ses révoltes. Pendant ses années d'adolescence, elle se tint constamment sur le fil du rasoir, prête à sombrer dans la délinquance. À dix-neuf ans enfin, au sortir d'une scolarité mouvementée, elle coupa définitivement les ponts avec cette famille d'adoption qui, au demeurant, l'avait surtout rejetée.

— Et tu n'as eu aucune nouvelle d'eux depuis dix-sept ans ? s'enquit Lucy qui ne pouvait concevoir qu'on puisse honnir un père ou une mère.

— Pour tout dire, j'ai revu ma mère et ma sœur il y a quelques mois à peine, après le décès de mon père… (Angèle garda le silence quelques secondes, les yeux perdus dans le vague.) Ça ne s'est pas très bien passé, poursuivit-elle enfin, surtout qu'à ce moment-là j'avais déjà appris ton existence. Je leur en voulais doublement pour ce secret qu'ils s'étaient bien gardés de me révéler. Bref, les circonstances ont rendu l'entrevue épouvantable. J'ai décidé de prendre définitivement mes distances.

Les confidences d'Angèle touchèrent vivement Yves qui avait lui-même connu une enfance douloureuse au sein d'un foyer déchiré par l'alcool. Il raconta à son tour les tourments qu'il avait éprouvés à un âge pourtant caractérisé par l'innocence et l'enchantement : les disputes incessantes de ses parents, les maltraitances dont sa mère était presque quotidiennement victime, puis la disparition définitive de son père, aussi brutale qu'inexpliquée ; un soir, l'homme ne réintégra pas le domicile conjugal, ni le lendemain, ni les jours qui suivirent. La mère alerta la gendarmerie mais on ne retrouva pas la moindre trace de l'homme. Yves en garda longtemps un traumatisme qu'il ne réussit à cicatriser qu'au terme d'une longue thérapie une fois devenu adulte.

— Et maman… Parle-moi de maman.

— Maman ? Il n'y a rien à en dire…

Angèle retint son souffle. Elle hésita quelques secondes avant de se lancer dans la description peu charitable de celle qui les avait mises au monde. Elle en parla comme d'une pauvre femme rongée par la bêtise, sans instruction, sans chaleur et sans morale.

— À force de recherches, j'ai fini par la retrouver. Je ne l'ai vue qu'une seule fois : elle vivait recluse en pleine campagne, non loin d'Orléans, dans une vieille bâtisse délabrée, sans eau ni chauffage. Elle était devenue folle. Elle devait avoir environ soixante ans mais elle en paraissait quatre-vingts. Quand je me suis présentée, elle a nié être ma mère. Tu parles de retrouvailles ! Elle disait qu'elle était la mère de l'humanité, et que j'étais son enfant au même titre que les autres. J'ai essayé de savoir qui était notre père. Elle m'a dit que c'était le diable ! J'étais bien avancée… J'ignore depuis combien de temps elle avait sombré dans la folie mais… Elle n'était plus rien, pas même une femme. Elle se souvenait vaguement de moi, de nous, mais à ses yeux, nous n'étions que le fruit du péché. Une dingue, je te dis ! Je ne l'ai plus jamais revue.

– Tu m'as dit qu'elle était morte…

– Oui… Quelques semaines plus tard, je suis retournée là-bas, c'était plus fort que moi, j'espérais… Lorsque je suis arrivée devant la vieille bâtisse, je l'ai cherchée partout. Il y avait d'autres femmes qui semblaient tout aussi folles qu'elle. Elles m'ont dit qu'elle était tombée gravement malade et qu'elle s'était éteinte. C'est tout ce que je sais.

– De quoi est-elle morte ?

– Je n'en sais rien et les femmes que j'ai vues n'ont pas pu me répondre.

– C'était quand ?

– Il y a quatre ans, plus ou moins…

Lucy garda le silence quelques instants, terriblement déçue. Avoir fantasmé durant toute sa vie sur l'identité d'une mère, l'avoir rêvée belle et douce, riche et aimante, pour apprendre qu'elle avait sombré dans la folie et oublié jusqu'à l'existence de ses enfants.

Angèle observa sa sœur avec douceur.

La jeune femme saisit la main de Lucy sur laquelle elle exerça une petite pression afin d'attirer son attention. Lucy releva la tête et rencontra le regard de sa sœur. Alors Angèle lui sourit, pleine de confiance et de chaleur.

– Tu ne dois rien regretter, Lucy. La seule chose qu'elle ait fait de bien dans sa vie, c'est de nous avoir abandonnées.

14

Miranda resta sans voix.

Son regard passa de Lucy à Angèle, puis d'Angèle à Lucy, les détaillant avec stupeur. Puis elle se signa avec rapidité en énumérant à voix basse une litanie de noms de saints en espagnol avant de crier en direction de la cuisine :

– Jean-Michel ! Jean-Michel ! Viens vite voir ce que Lucy nous a rapporté de Paris !

Aux cris perçants de sa femme, Jean-Michel apparut presque instantanément, se frottant les mains sur son tablier. Le restaurateur se figea sur place en contemplant les deux sœurs. Miranda, reconnaissant Lucy à sa coiffure, embrassa son amie.

– Tu nous présentes ? lui demanda-t-elle en désignant Angèle comme s'il s'agissait d'une extraterrestre.

Angèle et Lucy éclatèrent de rire. Puis Angèle s'avança pour embrasser Jean-Michel et Miranda. Lucy lui avait déjà beaucoup parlé d'eux, de l'amitié qu'elle entretenait depuis quelques années avec le couple, de la générosité et de l'optimisme légendaire de Miranda. Et déjà, elle avait envie de les aimer. Et de s'en faire aimer.

– Bonjour… Lucy m'a beaucoup parlé de vous. Moi, c'est Angèle. Je suis la sœur jumelle de Lucy.

Miranda s'est frotté les yeux pour s'assurer qu'elle ne rêvait pas.

– Ben merde alors !

Puis se tournant vers Lucy :

– Et ta mère, qu'est-ce qu'elle devient là-dedans ?

– Six pieds sous terre, depuis quatre ans, répondit Angèle sans attendre. Et ça n'est pas une perte !

– Ben merde alors, répéta Miranda abasourdie.

La restauratrice resta bouche bée, contemplant les deux sœurs sans mot dire avant de les entraîner toutes les deux vers le bar afin de leur offrir un verre. Et un remontant pour elle. Ensuite elle voulut tout savoir. Lucy lui raconta sa version des faits, puis ce fut au tour d'Angèle de lui résumer son parcours… Miranda n'en finissait pas de dévisager les deux jeunes femmes, tentant de découvrir les infimes détails qui les différenciaient l'une de l'autre.

– Lucy est légèrement plus grande, commenta-t-elle. C'est imperceptible, mais je suis certaine qu'elle a un ou deux centimètres de plus qu'Angèle. Au niveau du menton aussi, il y a une petite différence. J'ai l'impression qu'Angèle est plus carrée… Sinon… C'est fou ! À part la coiffure, on aurait du mal à vous reconnaître.

Puis, avec la volubilité qui la caractérisait, elle s'adressa à Lucy :

– Et Mireille, elle est déjà au courant ?

– Non, pas encore, répondit Lucy. Elle m'a laissé un nombre incalculable de messages sur mon répondeur pour savoir comment s'était passée l'émission… Nous ne sommes rentrés de Paris que ce matin, je compte passer chez elle dans l'après-midi.

– Avec Angèle ?

– Non, d'abord toute seule, je crois que ça vaut mieux. Je lui présenterai Angèle demain ou après-demain. Le temps qu'elle digère.

– Et l'émission… Quand passe-t-elle à la télévision ?

— Lundi prochain, répondit Angèle.

— Magnifique ! Le jour de fermeture du restaurant. On vous invite à la regarder tous ensemble ?

C'est à cet instant que Dothy fit irruption dans le restaurant. L'adolescente avait une façon plutôt bruyante d'annoncer son arrivée, lançant un « bonjour tout le monde ! » à la cantonade, qui s'adressait autant à ses parents qu'à la clientèle du restaurant. Elle se dirigea d'un pas assuré vers sa mère et, passant à côté d'Angèle qui, installée à l'extrémité du bar, lui cachait la présence de Lucy, lui fit la bise.

— Salut Lucy ! Wouaaa ! Ça te va super bien les cheveux courts ! Et alors, t'as retrouvé ta mère ?

Puis, sans attendre de réponse particulière, elle embrassa sa mère.

— Salut M'man. Papa est là ?

— Dans la cuisine. Tu n'as rien remarqué ? s'enquit Miranda en désignant les deux sœurs assises côte à côte.

— Ben oui, Lucy a coupé ses…

Le silence qui suivit fut plus éloquent que toutes les exclamations du monde.

— Ils me plaisent beaucoup, commenta Angèle une heure plus tard, tandis qu'elle ressortait du « Pavillon » en compagnie de sa sœur. Ils sont vraiment adorables !

— Ce sont nos amis les plus chers, rétorqua Lucy avec fierté.

Angèle soupira d'aise.

— La vie a l'air tellement agréable, ici ! Tout semble si simple, les gens sont gentils, ils t'accueillent comme s'ils te connaissaient depuis toujours, sans te juger, sans se méfier… Ça me change de Paris !

– Tu as entendu ce que t'a dit Miranda, lui rappela aussitôt Lucy. Si tu as envie de rester à Bruxelles, il y a une chambre pour toi au-dessus du restaurant.

– Je sais, soupira une nouvelle fois Angèle. J'ai bien envie de me laisser tenter.

Durant une heure, les deux sœurs avaient partagé avec Miranda leur besoin de se voir le plus souvent possible afin de pallier le manque que la vie leur avait imposé. Angèle ne pouvait rester indéfiniment chez sa sœur, les deux jeunes femmes en étaient parfaitement conscientes. Miranda avait alors informé Angèle de l'existence d'une chambre aménagée dans les combles du restaurant, qui avait déjà accueilli bon nombre de leurs amis étrangers. Elle avait le temps d'y réfléchir à son aise, personne n'occupant l'endroit pour l'instant. Les deux sœurs étaient aux anges.

Dans la voiture, sur le chemin du retour, Angèle et Lucy restèrent silencieuses, perdues dans leurs pensées. Puis, alors que Lucy s'était arrêtée à un feu rouge, Angèle se tourna vers elle.

– Et ta maman? Tu crois qu'elle va accepter la nouvelle?

– Maman? s'esclaffa Lucy en gloussant. Tu veux dire qu'elle va être enchantée! Rien que le fait de savoir que ce n'est pas ma mère… je veux dire «notre» mère qui me recherche, je pourrais lui annoncer que je largue ma famille pour me retirer au couvent, elle trouverait cela formidable!

Lorsqu'elles rentrèrent chez Lucy, Angèle ne put s'empêcher d'éprouver une quantité de sentiments contradictoires. Ainsi que la veille quand elle avait découvert la maison des Gilot, elle fut à nouveau frappée par le luxe et le confort dans lesquels vivait sa sœur. Outre l'espace auquel elle n'était guère habituée, l'aménagement ainsi que la qualité du mobilier dénotaient une aisance qui lui était étrangère. Elle en ressentit de l'admiration, une sorte d'émerveillement fébrile qui, d'un autre côté, la renvoya brutalement à ses propres échecs : dans le même intervalle de vie, Lucy s'était mariée, s'installant dans une situation durable. Elle avait ainsi donné naissance à deux enfants auxquels elle avait été à même d'offrir chaleur et bien-être, tout ce qu'Angèle n'avait jamais pu recevoir ni donner. Et pour couronner le tout, elle avait des amis, un entourage social qui semblait être à l'image de sa maison : convivial et agréable.

Angèle mesura pour la première fois l'ampleur du gouffre qui la séparait de sa sœur.

— On se prépare une tasse de café et on fait le point de la situation ? proposa Lucy en disparaissant déjà dans la cuisine.

Angèle acquiesça sans mot dire. Tout allait trop vite. Il y avait chez Lucy une sorte d'énergie trépidante qui emportait tout sur son passage. Angèle se sentait ballottée d'un côté à l'autre de ses espoirs sans parvenir à reprendre son souffle : hier matin encore, elle ignorait tout de sa sœur, et voilà qu'aujourd'hui elle était dans sa ville, dormait dans sa maison, discutait avec ses amies.

La jeune femme rejoignit sa sœur dans la cuisine.

— On est assez différentes l'une de l'autre, non ?

— Pourquoi dis-tu cela ? demanda Lucy tout en préparant le café.

— Je ne sais pas… Tu as une famille, une maison située dans un beau quartier, tu as l'air d'avoir une vie bien organisée, ton mari gagne de l'argent…

Lucy garda le silence quelques instants, paraissant accorder plus d'attention à sa tâche qu'à ce que lui disait Angèle. Puis elle dévisagea sa sœur.

— Ça t'ennuie ?

Elle avait posé cette question avec beaucoup de gentillesse et de douceur. Angèle s'en défendit aussitôt, se récriant qu'il n'en était rien, que bien au contraire, cette différence l'amusait, la passionnait même, qu'elle leur permettait de conserver une certaine individualité dans cette incroyable ressemblance. Que c'était juste une constatation.

Lucy hocha la tête, pensive. Puis elle disposa les tasses sur la table, le lait, le sucre ainsi que quelques biscuits chocolatés, avant d'inviter sa sœur à prendre place autour de la table. Wendy en profita pour sauter sur les genoux de sa maîtresse et se laissa paresseusement caresser en ronronnant.

– Elle est pleine ? s'informa Angèle qui remarquait seulement le ventre arrondi de la chatte.

– Oui, à mon grand malheur ! répondit Lucy sans cesser de cajoler l'animal. Ça t'intéresse, un petit chat ?

– Non ! s'exclama Angèle sans hésitation. Je n'ai déjà pas assez de place pour moi, alors un chat…

Lucy ne releva pas. Elle pensait avoir décelé dans le ton de sa sœur une pointe de reproche qu'elle espérait n'être que le fruit de son imagination.

– Que vas-tu faire des chatons, demanda Angèle comme pour éviter une discussion qu'elle n'avait pas envie d'aborder.

Lucy soupira.

– Je n'en sais rien. Je ne peux pas les garder et si personne n'en veut…

Angèle dévisagea sa sœur, essayant de deviner la suite d'une phrase qu'elle n'avait pas formulée. Lucy sentit peser sur elle un nouveau reproche.

– Je n'ai pas vraiment le choix ! se défendit-elle faiblement.

— Heureusement qu'ils n'ont pas fait « ça » avec nous ! railla Angèle, à moitié moqueuse.

— Que veux-tu dire ?

— Ben… Nous non plus, personne ne voulait de nous.

Lucy haussa les épaules.

— Ce n'est pas vraiment comparable !

Les deux sœurs gardèrent le silence. Un silence que Lucy, un peu mal à l'aise, finit par briser.

— Alors, ça te dit ? lui demanda-t-elle en changeant résolument de sujet.

— Quoi donc ?

— La chambre de Miranda.

Les yeux de Lucy luisaient d'une excitation fiévreuse, dépourvue de toute retenue.

— Je ne sais pas… Il faut que je me fasse à l'idée, répondit Angèle, hésitante. Tu comprends, j'ai ma vie à Paris, mes amis… Même si je n'ai pas de boulot, je… Franchement, il faut que je réfléchisse. Mais sinon oui, pourquoi pas, a priori ce serait bien…

— Prends ton temps, lui souffla Lucy sur un ton exalté qui trahissait tout le contraire. Miranda te l'a dit, rien ne presse. Mais tu ne trouverais pas ça merveilleux qu'on soit enfin réunies ? On pourrait se voir tous les jours ! Il y a beaucoup de choses à rattraper, non seulement entre nous, mais aussi avec les enfants. Ils ont enfin une tante à qui ils pourront confier leurs petits tracas, toutes ces choses que l'on n'a pas forcément envie de raconter à ses parents. Jusqu'à présent, c'est Dothy qui jouait un peu ce rôle, mais toi ce n'est pas pareil. Toi, tu es leur vraie tante. Ils ont besoin de te connaître et de te voir souvent pour s'attacher à toi. Et puis, quelle revanche sur la vie ! Toi, tu m'as retrouvée, et maintenant j'ai la sensation que c'est à moi de tout faire pour te conserver. Sincèrement, Angèle, qu'est-ce qui te retient à Paris ? Si ce sont juste tes amis, ce n'est pas vraiment un problème. Avec le Thalys, le trajet ne dure plus qu'une heure vingt ! Et puis, tu sais, la vie est beaucoup plus facile ici. Tu pourrais même te trouver un petit boulot… Tu t'installerais d'abord chez Miranda, histoire d'avoir du temps pour te retourner et ensuite…

– Lucy, Lucy ! s'exclama Angèle comme si elle appelait à l'aide. Je sais tout cela, ajouta-t-elle aussitôt d'un ton qui se voulait plus doux. C'est juste que… Ça ne fait que deux jours que nous nous connaissons et…

– Tu as raison, excuse-moi.

Le silence retomba sur la cuisine. Angèle se sentait troublée par cette explosion de sympathie qui la touchait sincèrement. Elle percevait le désir de sa sœur, se sentant au centre de toute son attention, même si celle-ci la pressait un peu trop à son goût. Cela faisait tellement longtemps qu'elle n'avait pas ressenti tant de chaleur prodiguée sans mesure pour sa petite personne et… Mon Dieu, que ça faisait du bien ! C'était un peu comme si elle rentrait au bercail après des années d'errance parsemées d'épreuves et de misères sentimentales. L'enthousiasme provoqué par son arrivée la bouleversait véritablement. Et d'un autre côté, elle se sentait déracinée, littéralement arrachée à son quotidien qui, sans être franchement folichon, représentait tout ce qu'elle avait réussi à construire au cours de sa vie. Lucy avait raison sur pas mal de points, à commencer par l'importance de construire ensemble quelque chose de solide, de se rapprocher des enfants, de se voir régulièrement si elle voulait intégrer cette famille qui l'accueillait à bras ouverts. Et l'idée de venir vivre auprès de sa sœur la séduisait incontestablement. Mais encore une fois, les événements s'enchaînaient à une vitesse folle et Angèle se prit à craindre toutes sortes de choses, elle qui pourtant était connue pour son tempérament de feu, plutôt combative et audacieuse, agissant d'ordinaire sans s'inquiéter de la conséquence de ses actes. Et si ça ne marchait pas entre elle et Lucy? Si au bout de quelque temps, sa sœur prenait ses distances et la délaissait? Et si Yves ou les enfants ne l'appréciaient pas?

Mais il se pouvait très bien aussi que ce soit elle qui ne s'accommode pas de la compagnie des Gilot… Yves et Lucy avaient un côté petit-bourgeois qui la mettait parfois mal à l'aise. Certes, ce côté très organisé pouvait lui apporter un équilibre structurel qui, jusque-là, lui avait fait défaut. Mais à trente-cinq ans, il est souvent difficile de s'habituer à un autre style de vie que le sien. De toute façon, il n'était pas question de vivre avec eux, mais bien de se rapprocher.

Et puis… Et puis, Bruxelles avait en effet l'air d'être une capitale agréable, mais cela lui plairait-il d'y vivre vingt-quatre heures sur vingt-quatre? On ne change pas de pays, comme ça, sur un coup de tête!

Non, décidément, il lui fallait du temps pour réfléchir. Peut-être en effet la chambre proposée par Miranda n'était pas une mauvaise solution, quelque chose de temporaire qui n'engageait à rien. Et si réellement elle s'y sentait bien, si elle trouvait là un sens nouveau à son existence, rien ne l'empêchait alors de se mettre en chasse d'un petit boulot afin de pouvoir emménager dans un véritable appartement…

Lucy avait raison! Après tout, pourquoi ne pas risquer le coup? Cela faisait tellement longtemps qu'elle recherchait sa famille et, maintenant qu'elle l'avait trouvée, voilà qu'elle devenait craintive. Et puis il n'était pas forcément nécessaire d'abandonner sa petite chambre parisienne. Si les combles du « Pavillon » étaient gracieusement mis à sa disposition, rien ne l'empêchait de conserver son propre domicile, tel un refuge gardé sous le coude en cas de pépin.

Tout cela coulait de source, c'était évident. Une évidence que Lucy avait exposée sans faux-fuyant, peut-être un peu trop précipitamment, mais de manière tout à fait légitime.

À cet instant, Angèle sut qu'elle allait dire oui. Oui pour la chambre de Miranda. Pour le reste, on verrait plus tard. De toute façon, elle avait besoin de changer d'air. À Paris, les mauvais souvenirs s'agglutinaient et elle tournait en rond. Et même si tout cela lui faisait un peu peur, elle avait peut-être enfin l'opportunité de reprendre son existence en main.

Et de faire un beau pied de nez à la vie, cette chienne qui, jusque-là, n'avait jamais rien fait d'autre que de lui pisser dessus.

15

En effet, tout alla très vite.

Deux jours plus tard, Angèle rentrait à Paris afin d'empaqueter ses affaires. Elle en profita pour avertir son entourage de son départ imminent, à commencer par Jérémie, son ami d'enfance, son confident, son frère. Jérémie Lavaux. Celui qui est au courant de tout et accourt dès qu'on appelle à l'aide. Jérémie avait trente-six ans et sortait d'un pénible divorce dans lequel deux enfants avaient été pris en otages mais sa situation commençait lentement à se stabiliser. À part cela, il était pianiste, donnant des cours de solfège et de piano ainsi que quelques concerts épars pour alimenter ses rêves de carrière.

Jérémie fut sincèrement heureux pour son amie, bien que son départ le touchât fortement. Ils s'étaient tous deux rencontrés dans l'un des pensionnats qu'Angèle avait écumés au cours de sa prime adolescence et, même si elle n'y avait pas fait long feu, les deux jeunes gens étaient depuis restés en contact. Jérémie connaissait Angèle mieux que personne, ses errances, ses plaies et ses souffrances, son parcours chaotique, ses révoltes et ses carences affectives. Il l'encouragea donc dans sa décision de s'installer non loin de Lucy, lui rappelant qu'elle touchait enfin à son but : retrouver sa sœur et rattraper le temps perdu. Enfin, il lui promit de venir la voir souvent, le train était tellement rapide, exigeant qu'en échange elle revienne de temps à autre passer un week-end avec lui. Les deux amis s'étreignirent avec émotion en se disant au revoir.

Le lendemain, Lucy venait chercher Angèle au volant d'une fourgonnette de location et aida sa sœur à y charger ses affaires. Puis elles reprirent la route, celle de leur nouveau départ…

– Tu verras, commenta Lucy dès qu'elles furent sorties du périphérique, tu seras bien. J'ai tout arrangé avec Miranda. Pour la nourriture, tu n'as pas de souci à te faire : tu dors juste au-dessus d'un restaurant. Et moi, je suis assez libre en journée… On aura du temps pour se voir.

– Je peux subvenir à mes besoins ! se défendit Angèle, quelque peu irritée par le côté « mère poule » de sa sœur. J'ai un peu d'argent, tu sais.

Bien sûr, les intentions de Lucy étaient tout à fait louables : elle s'inquiétait de son confort. Mais tout de même, Angèle ne se considérait pas non plus comme un oisillon tombé du nid. Elle était parvenue à mener sa barque jusque-là sans l'aide de sa sœur, et même si son radeau avait maintes fois frôlé le naufrage, elle estimait qu'elle ne s'en était pas si mal sortie.

– Je le sais bien, la rassura Lucy d'un ton apaisant. Le seul problème, c'est qu'il n'y a pas de cuisine équipée dans ta chambre. Tu pourras prendre ton petit déjeuner, mais pour ce qui est des repas chauds, tu devras descendre au restaurant.

– Je paierai ce que je consommerai, insista Angèle.

– Laisse tomber. Ils jettent des quantités de nourriture chaque semaine. Tu contribueras seulement à réduire le gaspillage. Et puis, si vraiment ça te gêne, tu n'auras qu'à donner un coup de main.

Angèle ne répliqua pas. Pour dire vrai, cela l'arrangeait plutôt, sa fortune mensuelle ne lui permettant pas de faire des folies. En vérité, tout s'annonçait sous les meilleurs auspices.

– Par contre…

Lucy s'interrompit, son attention paraissant être accaparée par une voiture qui les doublait.

– Par contre, reprit-elle une fois le véhicule passé, pour les soirées, nous… Nous ne sommes pas fort disponibles. Tu comprends, les enfants doivent se lever tôt et, le soir, Yves rentre du travail assez fatigué. Nous sommes plutôt casaniers en semaine. On ne bouge pas beaucoup. Je ne dis pas qu'on se couche avec les poules, mais c'est vrai que… Enfin, bref, la vie de famille exige certaines habitudes que l'on peut difficilement déranger.

– Je comprends.

– Mais tu pourras rester avec Jean-Michel et Miranda… Le restaurant marche très bien le soir, il y a beaucoup de monde. Au bout d'une semaine, tu connaîtras tous les habitués et tu n'auras plus une minute à toi !

L'idée de passer ses soirées seule serra le cœur d'Angèle, mais en effet, elle aurait toujours la possibilité de traîner au bar du « Pavillon ». À Paris, elle ne sortait pas beaucoup, faute d'argent. Mais il était rare qu'elle reste seule plusieurs soirées consécutives, il y avait toujours une copine de passage. Et puis Paris débordait d'activités en tout genre : concerts gratuits, expositions, happenings ou festivals de toutes sortes… Elle espéra qu'il en serait de même à Bruxelles.

Durant le trajet, les deux sœurs discutèrent sans relâche, se racontant en détail certaines périodes de leur vie. Elles découvrirent ainsi de troublantes similitudes, comme ce journal intime qu'elles avaient inauguré à la même date, le lendemain de leur douzième anniversaire, et qui s'était achevé vers le milieu de leur seizième année, quelques jours après le quinze août, et pour la même raison : une rupture douloureuse, leur premier amour de vacances. Lucy avait conservé son journal mais Angèle avait égaré le sien dans l'un de ses nombreux déménagements. Elles constatèrent également des points communs dans leur parcours scolaire, même si celui d'Angèle avait été beaucoup plus chaotique que celui de Lucy. Elles avaient ainsi toutes deux commencé par s'orienter vers la section math durant le même trimestre de la même année, avant de changer d'avis et de choisir le latin-grec au début du deuxième trimestre. De même, elles avaient toutes deux fait partie de la troupe de théâtre durant l'année de la rhéto pour Lucy, celle du bac pour Angèle.

Mais ce qui les troubla le plus, ce fut lorsque Lucy raconta qu'elle s'était cassé la jambe gauche quand elle avait onze ans, après une chute en patins à roulettes. À cette même période, Angèle s'en souvenait parfaitement, elle avait ressenti de fortes douleurs dans le genou gauche qui l'avaient empêchée de marcher pendant une quinzaine de jours. On l'avait envoyée faire des radios dont l'analyse n'avait révélé aucune explication à son mal. On en avait donc conclu qu'elle jouait la comédie. Peu après, la douleur disparut aussi mystérieusement qu'elle était apparue.

Ces révélations les bouleversèrent. Lucy avait déjà entendu parler de ces incroyables analogies reliant par une sorte de fil invisible des jumeaux séparés l'un de l'autre par plusieurs centaines de kilomètres, même si chacun ignorait l'existence de l'autre. Mais le fait de l'avoir vécu personnellement la perturba plus encore. Angèle, quant à elle, en eut le souffle coupé.

À chaque souvenir se recoupant de manière affolante, les deux sœurs se mettaient à pousser des cris hystériques, rivalisant pour raconter la première ce qui lui était arrivé. Les mêmes mots et les mêmes tournures de phrases sortaient de leur bouche au même moment, faisant résonner dans l'habitacle une sorte de gospel à deux voix.

À deux reprises, Lucy manqua emboutir la voiture qui la précédait, laissant imprudemment sa vigilance céder la place à son émoi.

Au bout d'une heure de route, étourdies par cette avalanche d'émotions aussi poignantes qu'incontrôlables, elles firent une halte afin de reprendre leurs esprits devant une tasse de café.

— Comment tout cela est-il possible ? s'interrogea Angèle en tournant sans relâche la petite cuillère dans son gobelet.

— Je n'en sais rien, murmura Lucy, encore tout émue. Peut-être la disposition des astres au moment de notre naissance…

— Oui, mais ma douleur au genou ? Ce ne sont tout de même pas les astres qui m'ont empêchée de marcher pendant deux semaines !

— Je n'en sais rien, répéta Lucy, de plus en plus perplexe. Vraiment, je n'en sais rien.

Puis, sans raison apparente, elle émit un petit rire discret, comme amusée par une pensée cocasse.

— Pourquoi ris-tu ? s'informa sa sœur.

— Dire que depuis toutes ces années, je lis mon horoscope sans savoir que je lisais également le tien.

Cette idée étonna Angèle.

— Tu y crois, toi, à l'influence des astres ?

— Et pourquoi pas ? Tout le monde sait que la Lune agit sur nous, sur les animaux, sur les courants…

Angèle acquiesça, pensive.

— Si ce sont réellement les astres qui gèrent notre existence, pourquoi ne suis-je pas, moi aussi, mariée à un bel homme très riche qui m'aurait donné deux beaux enfants ?

Lucy se raidit imperceptiblement. Elle venait de percevoir dans le ton de sa sœur une légère pointe de jalousie, sans doute inconsciente mais qui la mit soudain mal à l'aise.

— Nous ne sommes pas si riches que cela… murmura-t-elle comme pour s'excuser.

Elle n'ajouta rien de plus. La différence de leur train de vie était en effet frappante. Elle s'en était fait la réflexion en découvrant la chambre de bonne dans laquelle vivait Angèle à Paris : une mansarde non dépourvue de charme, mais brillant par la modestie de sa superficie et par l'absence certaine de confort. De même, les affaires de sa sœur révélaient toutes une usure difficilement dissimulable. À trente-cinq ans, la pauvreté de ses ressources était en effet affligeante mais Lucy s'était bien gardée d'en faire la remarque à Angèle.

Quelques minutes plus tard, elles reprirent la route.

— Et ta maman ? s'informa Angèle. Comment a-t-elle pris la nouvelle, finalement ?

— Très bien, comme prévu. Un peu secouée, bien sûr, on le serait à moins, mais je dois dire qu'elle a fait preuve d'un sang-froid que je ne lui connaissais pas.

— Ce qui veut dire ?

— Tout simplement qu'elle a eu beaucoup de mal à cacher son soulagement. Surtout quand elle a appris que notre mère était morte. Oh, je ne lui en veux pas, je peux la comprendre… D'ailleurs à ce propos, elle organise demain soir un petit souper chez elle pour fêter ton arrivée.

— C'est gentil…

— Elle brûle de te rencontrer. Après tout, l'histoire se termine assez bien pour elle puisque, au lieu de me partager avec une autre maman, elle se retrouve aujourd'hui avec deux filles. Ce qu'elle préfère de loin à la première solution.

– Quel genre de femme est-ce?

Lucy soupira en cherchant ses mots.

– Disons qu'elle a une forte personnalité, mais sans être tyrannique à proprement parler. Elle s'arrange toujours pour obtenir ce qu'elle veut. Et quand elle ne peut pas faire autrement, elle n'hésite pas à jouer avec les sentiments des autres. Pas méchamment, non, mais pas très subtilement non plus. C'est d'ailleurs le côté qui m'irrite le plus chez elle. Sinon, c'est une maman merveilleuse et je serais difficile de m'en plaindre.

– Quelle chance! railla Angèle.

Une nouvelle fois, Lucy se tut, embarrassée par la réaction de sa sœur. Elle commençait à se sentir désemparée par l'inégalité de leurs parcours respectifs, un peu honteuse de faire ainsi étalage de toutes ses richesses matérielles et affectives. Mais d'un autre côté, elle ne pouvait pas non plus s'inventer une enfance malheureuse juste pour faire plaisir à Angèle!

– Et ton papa? demanda Angèle pour rompre le silence gêné qui s'était installé entre elles.

– Lui, c'est autre chose. Disons que, face au tempérament envahissant de maman, il a choisi de lui donner invariablement raison. Il ne dit pas grand-chose, et n'est donc pas très gênant. Je ne l'ai jamais connu autrement et, quand j'étais petite, c'est toujours maman qui décidait pour lui. J'ai sans doute manqué d'autorité paternelle, mais bon…

Lucy sentait bien qu'elle noircissait volontairement le tableau.

– En même temps, c'est mon papa et je l'aime tel qu'il est, acheva-t-elle d'un ton plus ferme, un peu honteuse d'avoir fait cette description peu élogieuse dans le seul but de ne pas blesser sa sœur.

Angèle ne releva pas. Elles continuèrent de discuter, de tout, de rien, Lucy dépeignant à Angèle le tableau idyllique de ce qu'allait être leur existence. Lorsqu'elles arrivèrent à Bruxelles en fin d'après-midi, Lucy conduisit directement sa sœur au « Pavillon » où les attendaient Jean-Michel et Miranda.

Une fois les valises posées, Lucy dodelina d'un pied sur l'autre devant sa sœur, l'air un peu embarrassé.

– Je dois rentrer chez moi, maintenant, l'informat-elle d'un ton penaud. Dothy garde les enfants mais j'ai promis de la libérer avant le dîner… Installe-toi à ton aise, je repasserai demain matin, on aménagera tout cela ensemble. J'ai quelques petites choses qui pourraient t'intéresser pour meubler ta chambre, ajouta-t-elle en guise d'excuse. Miranda t'a préparé un repas pour ce soir. Tu descends quand tu veux au restaurant et tu y restes le temps que tu veux. Je suis désolée de t'abandonner comme ça, mais je reçois des collègues d'Yves ce soir et nous n'avons pas pu repousser la soirée… C'est important pour lui.

Elle serra Angèle avec chaleur.

– Je suis heureuse que tu sois là…

Angèle, un peu déboussolée, répondit mécaniquement à l'étreinte de sa sœur. Lucy reprit son sac et son manteau puis, après l'avoir embrassée une dernière fois, sortit précipitamment de la pièce comme si elle avait le diable à ses trousses.

– N'oublie pas, demain soir je te présente à mes parents ! cria-t-elle en dévalant déjà les escaliers.

Restée seule, Angèle fit le tour de son nouveau logis. C'était une pièce toute simple et mansardée. Une porte donnait sur une petite salle d'eau contenant tout le nécessaire : des toilettes, un évier et une douche. La jeune femme se fit la réflexion que la chambre était légèrement plus grande que celle qu'elle avait à Paris. « Pour eux, c'est juste un grenier ! » se dit-elle avec ironie. Elle ouvrit sa valise afin de ranger ses vêtements dans la penderie, puis entreprit de faire son lit, sur lequel elle s'affala ensuite.

« Qu'est-ce que je fous ici ? »

Regard fixé au plafond. Et maintenant ? Tout s'était précipité, elle n'avait pas vraiment pris le temps de... Si, elle l'avait fait, mais peut-être pas assez longuement et elle pensa que cette décision était complètement irré-fléchie. Lucy, elle, était maintenant rentrée chez elle, retrouvant ses enfants, son mari, sa belle maison, son quotidien tellement rassurant... Avait-elle seulement idée de ce que c'était que de se retrouver seule dans une ville inconnue le soir de son arrivée ? D'accord, Miranda et Jean-Michel étaient en bas, mais Angèle ne les connaissait pas vraiment. Et puis ils avaient leur boulot ! Pris par le restaurant, ils n'auraient cer-tainement pas le temps de s'occuper d'elle. Angèle se dit que Lucy avait un côté un peu immature, à vouloir que tout se passe selon ses désirs : elle exigeait que sa sœur vive à proximité, histoire de la voir le plus souvent possible, mais sans consentir à perturber son petit train-train quotidien. Le mari et les enfants avaient bon dos, c'était pratique !

« La vie de famille exige certaines habitudes que l'on peut difficilement déranger », parodia Angèle en ridiculisant délibérément le ton de sa sœur.

Elle s'aperçut qu'elle ne savait pas grand-chose de Lucy, de son caractère surtout, et... « C'est pour ça que tu es ici, ma belle ! » se sermonna-t-elle avec autant de conviction qu'elle en était capable. « C'est justement pour la connaître que tu as pris cette décision ! Et puis, tu n'as pas besoin de chaperon, tu es une grande fille maintenant, tu peux te débrouiller toute seule ! Bruxelles n'est pas le bout du monde, on y parle la même langue que toi, et si vraiment tu ne te plais pas ici, tu rentres chez toi quand tu veux ! »

Angèle se redressa vivement, ragaillardie par ce coup de fouet. Elle allait se faire une beauté et descendre au restaurant afin de ne pas passer la soirée seule à se morfondre. Dans la salle de bains elle disposa ses produits de beauté, puis se posta face au miroir. Le regard un peu perdu, elle se mit alors à étudier les traits de son visage, comme si elle les découvrait pour la première fois. Lucy... Angèle. Angèle et Lucy. Elle aplatit volontairement ses cheveux sur son front, tentant de reproduire la frange de sa sœur. Puis elle força quelques sourires, de ceux qui appartenaient à Lucy lorsqu'elle parlait de sa vie, de ses enfants tellement extraordinaires, et aussi de son mari, si beau, si bien, si tellement tout... Le rictus s'accentua. Elle prit des poses caricaturales, forçant sur le côté coincé de sa sœur avant d'imiter une gestuelle maniérée et un peu ridicule. Elle poursuivit sa pantomime, de plus en plus grotesque. Son regard perdit bientôt l'éclat de malice qui rendait sa gesticulation cocasse, et se fit mauvais. Elle se raidit soudain, abandonnant toute singerie, et se lança un coup d'œil haineux.

Quelques secondes plus tard, elle éclatait en sanglots et pleura longuement, longuement, sans se quitter des yeux.

16

Angèle mit quelque temps à s'adapter à sa nouvelle vie. Pourtant, elle fut accueillie par tous à bras ouverts. Jean-Michel et Miranda furent aux petits soins pour elle et, dès le lendemain soir, elle fit la connaissance des parents adoptifs de sa sœur qui la reçurent comme si elle avait été leur propre enfant. Peut-être justement cet enthousiasme la renvoya-t-il d'emblée à ses blessures, cicatrices affectives dont elle n'avait pas encore fait le deuil. C'est Mireille qui, sans le savoir, réveilla les démons endormis dans l'esprit de la jeune femme, faisant ressurgir ses premières angoisses d'enfant : l'ombre d'une rivale détestée pour sa seule présence, juste parce qu'elle existe, pour ce qu'elle est, de chair et de sang, évoluant avec naturel dans une légitimité volée. Cette opacité révoltée se dressa brutalement devant elle au moment où elle s'y attendait le moins, l'isolant du bonheur ambiant.

Ça lui tomba dessus d'un coup, pendant l'apéritif, tandis qu'elle observait avec émerveillement les allées et venues de Mireille, sa façon de s'assurer de ce que les désirs de chacun soient parfaitement comblés. L'atmosphère chaleureuse qui régnait dans l'appartement lui rappela combien le regard bienveillant de parents attentifs et aimants lui avait manqué durant son enfance. Elle pensait avoir réglé le problème depuis bien longtemps, persuadée qu'avec l'âge sa soif inextinguible de reconnaissance s'était éteinte.

Elle constata avec dépit qu'il n'en était rien.

Les enfants étaient adorables, Yves était charmant, Lucy paraissait au comble du bonheur et Jacques, le papa de Lucy, veillait avec silence et bonhomie sur sa petite tribu. Tout était parfait. Comme Lucy l'avait prédit, Mireille avait retrouvé sa sérénité. La vieille dame avait dévisagé Lucy avec autant d'émoi que de soulagement. Certes, la stupéfiante nouvelle la désorienta quelques instants, mais le simple fait de savoir que la mère biologique de Lucy n'était plus en état de nuire lui donna l'énergie nécessaire pour croire à l'incroyable. Une fois le choc passé, Mireille retrouva sa fougue habituelle, prenant en main la direction des opérations afin que tout se passe selon sa volonté.

— Je ne m'y ferai jamais ! déclara-t-elle en gloussant tandis qu'elle observait avec perplexité la physionomie d'Angèle, tellement identique à celle de sa fille.

Les deux sœurs échangèrent un coup d'œil complice.

— Et toi, papa ? questionna Lucy en se tournant vers son père, silencieux comme à son habitude. Tu ne dis rien…

— Je suis comme ta mère, ma chérie, j'ai du mal à y croire ! répondit-il avec un flegme qui démontrait tout le contraire.

Lucy ne put s'empêcher de soupirer avec lassitude. Ça, c'était du « papa » tout craché ! Si elle voulait réellement savoir ce qu'il ressentait, elle devrait attendre d'être seule avec lui. Alors Jacques ôterait la muselière invisible dont il se parait chaque fois que sa femme le tenait en laisse. Petit et rond, il était tout le contraire de Mireille : taiseux, réfléchi, plutôt introverti, exprimant difficilement ses sentiments, il donnait la sensation d'être de ceux qui se laissent porter par le courant, masses transparentes passant sur cette terre sans laisser de trace. Mais Lucy savait, ou plutôt espérait, qu'il n'en était rien.

En vérité, Jacques avait pris le parti de céder définitivement la parole à sa femme. Et son silence presque permanent pouvait tout autant signifier un accord qu'une contestation. Au choix. Un choix que Mireille ralliait inlassablement à son opinion. Le couple avait cessé de se disputer depuis une bonne vingtaine d'années. C'est également à cette époque qu'ils firent chambre à part.

— En tout cas, c'est vraiment gentil à vous de m'accueillir si chaleureusement, murmura Angèle pleine de reconnaissance.

— C'est tout naturel ! décréta Mireille avec une bienveillance maternelle. Après tout, vous auriez pu être notre fille, si le hasard avait voulu que vos parents choisissent Lucy plutôt que vous !

Et voilà…

Cette phrase formulée dans la plus parfaite innocence transperça la poitrine d'Angèle telle une lame affûtée lui lacérant le cœur avec une cruauté sans faille. Instinctivement, elle tourna les yeux vers Lucy qui lui sourit avec sérénité. Et de voir ce visage tellement semblable au sien traduire des sentiments si différents acheva de l'anéantir. Subitement, elle mesura au plus profond d'elle-même toute l'injustice de la vie. Mireille avait mis le doigt sur la plaie, celle qui, elle devait bien se l'avouer, l'avait déjà tiraillée quelques jours auparavant lorsque, faisant la connaissance de Lucy et de sa famille, elle avait découvert l'ampleur du fossé qui séparait l'existence de sa sœur de la sienne.

— Quelle histoire tout de même ! poursuivit Mireille en apportant le dernier plateau de zakouski. Comment se fait-il qu'on ne nous ait rien dit à l'hôpital ? Nous avions tout de même le droit de savoir que l'enfant que nous adoptions avait une sœur ! À la réflexion, je trouve même cela criminel ! Avaient-ils le droit de vous séparer ?

Mireille leva les yeux au ciel en secouant tristement la tête puis s'enquit de la scolarité de Léa avant de disparaître dans la cuisine pour achever son repas. Lucy informa ses parents que la fancy-fair de l'école avait lieu le mois suivant, date qu'il fallait à tout prix bloquer car chaque classe avait préparé un petit spectacle pour les familles. Jacques s'excusa déjà de sa possible absence : son arthrose le faisait de plus en plus souffrir et l'empêchait souvent de bouger. Lucy hocha la tête sans tenter de l'encourager à venir. Elle savait que son père ne supportait que difficilement ce genre de manifestation. Du fond de sa cuisine, Mireille promit d'être présente.

Lorsqu'elle réapparut dans le salon, elle reporta une fois de plus toute son attention sur Angèle.

– Et vous, ma petite Angèle ? Parlez-nous un peu de vous.

Angèle se troubla. Elle esquissa un sourire qui se voulait confiant mais sentait bien que son regard la trahissait. Yves prit place sur l'accoudoir du fauteuil de Lucy, enlaçant les épaules de sa femme d'un geste tendre. Celle-ci lui caressa l'avant-bras dans un signe de parfaite complicité. Angèle ferma les yeux. Le tableau du bonheur venait de l'agresser de son insupportable douceur, lui broyant littéralement le cœur. À quoi s'était-elle attendue ? Qu'avait-elle cherché en tentant maladroitement de recoudre les deux poches déchirées d'un même pantalon ? L'une avait retrouvé un costume de choix auquel elle s'était unie dans une parfaite harmonie… Tandis que l'autre s'était lamentablement accrochée tant bien que mal au reste d'un tissu informe, pendouillant au bout de quelques pauvres fils usés. Un patchwork disgracieux dont le coloris avait fini par déteindre au cours de trop nombreuses douches froides.

Ses lèvres se mirent à trembler, l'obligeant à se détourner pour masquer son désarroi. Tous les regards étaient fixés sur elle, attendant une réponse, un aveu peut-être, tandis que la jeune femme maîtrisait à grand-peine une émotion qui tentait à tout prix de sortir de sa poitrine. Les secondes passaient, intensifiant sa gêne et son malaise. Et elle, elle luttait, tout en retenant au plus profond de son cœur une tristesse infinie, un assaut de larmes qui débordait de chaque parcelle de ses entrailles, montant et se gonflant, prêt à exploser si on ne le laissait pas bientôt s'exprimer, jaillir de son carcan de bonnes manières.

Elle ferma les yeux afin de retenir les sanglots comprimés aux portes de ses paupières closes et, au moment où elle tenta une dernière fois de faire face à ses hôtes, elle s'effondra en pleurs et se mit à hoqueter à fendre l'âme.

Lucy fut la première à se précipiter pour la serrer dans ses bras.

– Angèle! Que se passe-t-il? Angèle, ma petite sœur… Qu'est-ce que tu as?

– Mille pardons, sanglota-t-elle en essayant lamentablement de se reprendre. C'est… C'est l'émotion…

– Oh! s'exclama Mireille qui, à son tour, se précipita vers la jeune femme afin de l'entourer de son affection. Il ne faut pas vous mettre dans cet état! Nous sommes tous très heureux de vous avoir retrouvée… Vous êtes des nôtres, à présent! N'est-ce pas?

Angèle acquiesça sans toutefois parvenir à prononcer une parole de plus. Lucy lui caressa les cheveux, Jacques lui tendit un mouchoir et Yves lui servit un verre de bourbon bien tassé.

— Tiens, Angèle, ça te fera du bien.

La jeune femme s'empara du verre en jetant à Yves un regard reconnaissant. Puis elle éclata d'un rire pathétique, cassé par un dernier sanglot.

— Excusez-moi, murmura-t-elle tout en essuyant son visage baigné de larmes. Je dois vous paraître complètement stupide ! J'ai… J'ai subitement eu la sensation d'avoir enfin trouvé ce que je cherchais depuis des années.

— Et que cherchiez-vous depuis des années, ma petite ? questionna Mireille qui, décidément, n'en ratait pas une pour mettre les pieds dans le plat.

Angèle tritura son mouchoir humide entre ses longs doigts effilés. Puis elle posa sur la vieille dame un regard à la fois serein et épuisé.

— Une famille, madame. Cela fait des années que je recherche *ma* famille.

Mireille lui rendit un sourire lumineux.

— Appelez-moi Mireille, mon enfant. Cela me ferait tellement plaisir !

17

Commença alors pour Lucy une période d'intense bonheur. De ces cycles roses qui balancent entre la légèreté et l'enchantement, donnant à la vie une douceur radieuse. Ce fut comme si on lui avait enfin apporté toutes les réponses à ses éternelles questions, suscitant ainsi en elle une paix sereine qu'elle ne se souvenait pas avoir jamais ressentie. Le temps filait sur la pointe des pieds sans qu'elle en prenne conscience. Elle était bien. En rencontrant Angèle, elle découvrit ce que signifiait ne plus être seule avec ses incertitudes et ses interrogations, ses regrets et ses déceptions, ses « si » et ses « peut-être »… Aujourd'hui, enfin, elle était deux. Ou bien elles n'étaient qu'une, c'était selon. Selon l'envie, selon le plaisir… Mais dans tous les cas, le fardeau que Lucy se trimbalait dans l'âme depuis sa naissance se trouva subitement allégé d'un grand poids, celui de l'ignorance qui, contrairement à ce que l'on pourrait croire, pèse une tonne de doutes.

Angèle, quant à elle, parut s'habituer peu à peu à sa nouvelle existence. Durant les jours qui suivirent, les deux sœurs se retrouvèrent quotidiennement. Pendant la semaine, elles se rendaient l'une chez l'autre et bavardaient des heures entières, se racontant leur vie, ou alors elles se donnaient rendez-vous en ville, s'octroyant ainsi quelques heures durant lesquelles elles partageaient différentes occupations : shopping, séance de cinéma, piscine, promenades, bouquinistes… Autant d'activités qui, en vérité, leur permettaient de se découvrir, d'apprendre leurs goûts respectifs, leurs opinions personnelles, leurs convictions intimes. Elles ressentaient toutes deux l'impérieux besoin de se dévoiler l'une à l'autre, soucieuses de rattraper le temps qu'on leur avait volé. Et à chaque fois qu'elles étaient d'accord sur un sujet, elles se dévisageaient avec émotion, comme si elles tenaient enfin la preuve irréfutable qu'elles étaient réellement sœurs, par-delà tout ce qui faisait leur incontestable gémellité.

Pendant le week-end, Angèle prit bientôt l'habitude de passer le dimanche après-midi chez sa sœur, partageant ainsi le repas dominical qui réunissait depuis une décennie les deux familles de Lucy : celle qui l'avait élevée et celle qu'elle avait fondée. À son tour, Angèle découvrit l'envers du décor des liens familiaux, tensions et complicités, griefs et gratitudes, animosités et sympathies que tout clan s'impose avec fatalisme. Elle y prenait généreusement part, s'alliant aux uns pour tel projet, s'opposant aux autres pour telle idée, dans une sorte d'allégresse qui, involontairement, lui faisait considérer tout cela comme une sorte de jeu dont l'importance lui paraissait bien relative.

Néanmoins, son statut particulier lui pesait encore quelquefois. Certes, elle était maintenant considérée comme un membre de la famille, la seule personne même parmi les adultes, à partager avec Lucy de véritables liens de sang. Mais l'absence de passé commun lui revenait sans cesse en pleine figure, dans un détail, une anecdote, un jeu de regards, un geste familier. Il y avait toujours un moment où, au beau milieu du repas, la nouvelle venue perdait le fil de la conversation, ne comprenant plus de qui l'on parlait, à quoi l'on faisait allusion ou pourquoi l'on riait.

À chaque fois, ces moments lui étaient pénibles car ils lui rappelaient cruellement une époque où son existence même était ignorée. Elle restait malgré tout la pièce rapportée, comme si – et c'était le comble ! – elle avait été adoptée. Mais Angèle faisait tout pour reléguer aussi rapidement que possible ces pointes d'amertume dans l'oubli. Durant cette période de découverte, elle se crut heureuse. Heureuse de savoir, enfin, qui était sa sœur. Heureuse également de découvrir en elle la complice qu'elle espérait. Heureuse surtout d'être reconnue pour ce sang inconnu qui lui coulait dans les veines et qui, jusque-là, lui semblait plus être une camisole de force qu'une source d'énergie. Au fil du temps, leurs liens se resserrèrent avec une facilité et une rapidité qui les surprirent elles-mêmes. Elles eurent vite l'impression de se connaître depuis toujours.

Deux semaines plus tard, Lucy fit la connaissance de Jérémie, venu passer un week-end à Bruxelles avec Angèle. Ils se rencontrèrent à la terrasse du *Verschueren*, un café saint-gillois devenu l'un des lieux de prédilection d'Angèle lorsque les trop rares beaux jours donnaient l'illusion d'être en vacances. Jérémie serra Lucy dans ses bras comme s'il retrouvait une amie de longue date. La jeune femme en fut surprise autant que flattée.

– Désolé pour cette familiarité, annonça-t-il d'emblée en riant de son audace, mais j'ai l'impression de vous connaître depuis toujours.

– Alors autant se tutoyer tout de suite, on gagnera du temps, renchérit Lucy avec chaleur.

Le courant passa tout de suite. Jérémie traitait en effet Lucy comme une vieille copine et celle-ci se prêta au jeu avec un plaisir évident.

La veille du départ de Jérémie coïncidant avec le jour de fermeture hebdomadaire du « Pavillon », Angèle organisa un repas afin de présenter son vieux copain à tout le monde. Les restaurateurs avaient mis les fourneaux à la disposition de leur hôte, ravis d'être pour une fois invités chez eux. Ce fut une soirée sympathique au cours de laquelle tous accueillirent Jérémie avec cordialité. Comme souvent, les femmes se retrouvèrent à la cuisine, Lucy et Miranda tenant compagnie à Angèle pendant qu'elle achevait les dernières préparations culinaires, tandis que dans la salle, Yves, Jean-Michel et Jérémie échangeaient quelques propos ordinaires sur le mode de la camaraderie prudente. Dothy, quant à elle, traînassait dans sa chambre après avoir promis d'honorer de sa présence le repas d'Angèle.

– Tu la connaissais bien, l'ex de Jérémie ? s'enquit Lucy auprès de sa sœur.

– Nous avons été copines pendant quelques années, expliqua Angèle tout en sortant les lasagnes du four. Mais elle n'a pas été très réglo avec Jerry… Quand les choses ont commencé à aller mal entre eux, j'ai essayé de ne pas prendre parti. Et puis… Tu sais comment ça se passe : dès que je tentais de faire entendre raison à Sonia, elle me reprochait d'être du côté de Jerry et de vouloir tout lui remettre sur le dos. Finalement, j'ai cessé de la voir. Et puis, Jerry et moi, on se connaît depuis tellement longtemps, ce n'est pas une nana qui allait nous brouiller !

– Qu'est-ce qui n'allait pas entre eux ? s'enquit Miranda.

– Tout et rien… Le schéma habituel. Elle lui reprochait de ne pas avoir de boulot stable alors qu'elle se faisait chier toute la journée dans un bureau. Je crois qu'ils ont eu des problèmes d'argent, ce qui n'a rien arrangé. Et puis, je suppose qu'une routine bien installée a achevé de les user. Elle s'est mise à aller voir ailleurs, histoire de donner du piment à sa vie. Quand il a découvert le pot aux roses, Jerry n'a rien trouvé de mieux que de se barrer pendant une semaine sans rien dire. Au retour, elle avait fait constater par voie d'huissier l'abandon du domicile conjugal et a obtenu le divorce à son avantage. À partir de ce moment-là, la guerre était déclarée.

– C'est raide ! murmura Lucy.

– Plutôt, oui. Jerry s'est battu comme un enragé pour obtenir le droit de garde des enfants une semaine sur deux. Ses gamins, c'est tout pour lui. Et puis, le manque de dialogue entre lui et Sonia était terrible ! Jerry est comme ça : une fois que c'est cassé, c'est foutu !

Angèle gratifia Lucy d'un petit sourire fataliste puis saupoudra les lasagnes de gruyère avant de les remettre au four. Lucy soupira :

– Les séparations avec des gosses au milieu, c'est toujours le drame. Surtout que la plupart du temps, ce sont les gamins qui trinquent. Je croise les doigts pour que ça ne nous arrive jamais.

– Ça a plutôt l'air de marcher entre vous, non ? demanda Angèle en se redressant.

– On n'a pas à se plaindre.

Lucy reprit son souffle comme si elle allait ajouter quelque chose, puis sembla se raviser. Angèle poursuivit :

– Moi je trouve cela admirable, un couple qui se connaît depuis dix ans et qui arrive encore à se supporter. Je ne sais pas comment vous faites !

– C'est l'amour, ça, ma belle ! s'exclama Miranda de sa voix chaude et rocailleuse. Si ça ne t'est jamais arrivé, c'est que tu n'as pas encore rencontré l'homme de ta vie.

Angèle ne put s'empêcher de ricaner.

– Avec ma chance habituelle, l'homme de ma vie a dû se perdre en chemin et rencontrer une autre femme. C'est comme ça depuis que je suis née : le bonheur m'a toujours frôlée sans jamais me toucher !

C'était sorti tout seul, on pourrait presque dire une « phrase manquée », prononcée malgré elle, trop vite, bêtement. Angèle s'en aperçut au moment même où les mots lui sortaient de la bouche, retardant d'une demi-seconde un regret déjà cuisant. La flèche toucha son but, contaminant Lucy d'un poison dont la toxine se répandit jusque dans son ventre. Elle resta sans réaction quelques instants avant de dévisager sa sœur d'un air interloqué. Angèle, décontenancée, prit le parti de faire comme si de rien n'était, puisqu'elle n'avait pas voulu dire ce qu'elle avait pourtant dit. Miranda s'aperçut du malaise et fit aussitôt diversion avec ce qui lui passa par la tête.

– De quoi te plains-tu ! Tu es belle, tu es jeune, tu es libre… Tu n'as de compte à rendre à personne, tu fais ce que tu veux quand tu le veux… S'endormir tous les soirs à côté du même torse velu, je ne te le cache pas, ça a de sacrés avantages. Mais tout de même…

Elle suspendit sa phrase, prise de court, perdant le fil d'une idée qu'elle n'avait pas. Le silence envahit la cuisine, tandis qu'Angèle surveillait la cuisson de son plat. Lucy détourna le regard, trop consciente du malaise que les propos d'Angèle avaient fait naître, mais incapable d'en trouver la parade.

Ce fut Dothy qui, à son insu, rattrapa la sauce. Coutumière des entrées fracassantes, elle fit irruption dans la cuisine, réclamant avec désinvolture l'imminence du dîner : elle mourait de faim ! Angèle sauta sur la jeune fille, lui mit d'office deux bouteilles de vin entre les mains et la chargea d'installer les convives autour de la table. Miranda en profita pour disparaître à la suite de sa fille.

Les deux sœurs se retrouvèrent seules, face à face. Angèle s'apprêta à s'excuser, cherchant ses mots pour expliquer à Lucy qu'il n'avait nullement été dans ses intentions de la rendre responsable de quoi que ce soit… Mais Lucy la devança, lui posant une question qui surprit Angèle, paraissant reprendre le fil de la conversation.

– Et Jérémie… Il n'a jamais été amoureux de toi ?

Angèle dévisagea sa sœur avec de grands yeux étonnés comme si l'idée ne lui était même jamais venue à l'esprit.

– Jerry ? s'écria-t-elle dans un éclat de rire. On se connaît depuis trop longtemps !

Puis, haussant les épaules comme on chasse d'un battement de cils une idée grotesque :

– Impossible de voir en lui un mâle sexué, si tu vois ce que je veux dire. Je l'ai connu en culotte courte, les genoux crottés et les biceps aussi fluets qu'une pince de crabe.

Lucy, pourtant, s'accrocha à son idée.

– Mais lui… Peut-être que ses sentiments ont évolué ? Il te regarde toujours avec tellement de tendresse !

– T'as remarqué ça, toi ?

Angèle abandonna subitement le ton superficiellement enjoué qu'elle avait adopté pour donner le change de sa précédente maladresse. Puis elle posa sur Lucy un regard grave.

– Il y a dix ans, on a eu une petite aventure qui s'est soldée par un échec, raconta-t-elle de but en blanc. Disons qu'on s'est vite rendu compte du prix à payer, et on était trop attachés l'un à l'autre pour risquer de se

116

perdre. Ensuite Jerry a rencontré Sonia, ce qui a réglé le problème une fois pour toutes.

– Et aujourd'hui ?

– Aujourd'hui ? Rien… On est copains. À la vie, à la mort.

Lucy se tut, apparemment satisfaite de la réponse. Elle gratifia sa sœur d'un gentil sourire avant de s'enquérir de ce qu'il fallait encore apporter à table. Angèle lui remit un dessous-de-plat, puis sortit les lasagnes du four. Mais avant que Lucy ne quitte la cuisine, elle l'interpella :

– Lucy…

– Oui ?

– Tu sais, tout à l'heure, je n'ai pas voulu sous-entendre que… Enfin, c'est sorti tout seul et ça ne voulait rien dire. Du moins, rien qui nous concerne toutes les deux.

Lucy hocha la tête, le regard tranquille.

– Je sais.

18

Dans le préau de l'école, l'animation est à son comble. C'est aujourd'hui que se déroule la fancy-fair annuelle, tant attendue par tous les élèves. Angèle accompagne les Gilot, fidèle à son nouveau statut de tante préférée. Dès leur arrivée, Max et Léa se précipitent vers d'autres enfants, se joignant aussitôt à l'excitation générale. L'espace du préau est divisé en allées bondées présentant aux visiteurs de larges tapis sur lesquels une multitude d'objets hétéroclites sont disposés à la portée de tous. Cette année, la fancy-fair se double d'une brocante organisée par l'association des parents d'élèves. Partout, on regarde, on soupèse, on hésite, on marchande, on vend et on achète. Le rideau rouge de la scène a été suspendu pour l'occasion, cachant aux yeux de tous le décor du spectacle des enfants qui aura lieu à quinze heures. Sur le côté, un bar de fortune invite petits et grands à partager une collation conviviale pour quelques centimes seulement : sodas, jus de fruits, café et bières mais aussi gaufres, crêpes, chocolats ou petits paquets de chips. Les bénéfices iront à l'Amicale de l'école en vue de financer une partie du voyage de fin d'année. Dans la cour de récréation jouxtant le préau, des tentes multicolores décrivent un large cercle, tel un camp retranché, incitant parents et enfants à participer aux nombreuses activités proposées : pêche aux canards, tir à l'arc, jeux de boules ou encore tombola. Au centre du cercle, un jeu de chaises musicales géant est déjà mis en place et débutera à quatorze heures tapantes. Ceux qui veulent participer sont priés de s'inscrire sans attendre au stand de la pêche aux canards.

Yves et Lucy retrouvent certains parents avec lesquels ils échangent d'aimables propos. Angèle s'attache aux pas de sa sœur, un peu perdue dans la cohue. Lucy ne perd aucune occasion de la présenter à leurs nombreuses connaissances : voici la maman d'Aurélie, la meilleure amie de Léa. Facile à reconnaître, elle est aussi rousse que sa fille, et Léa lui a déjà parlé de sa grande copine de toujours. Dans l'avalanche de prénoms qui résonne autour d'elle, Angèle tente de s'y retrouver : Léa et Aurélie se connaissent depuis la maternelle. C'est avec Aurélie et ses parents que Léa est partie en Sardaigne l'année passée, pendant quinze jours. En retour, Yves et Lucy ont emmené la petite rouquine à Djerba avec eux, lors des derniers congés de Noël. Les deux gamines sont inséparables, d'autant plus que Léa est secrètement amoureuse du grand frère d'Aurélie. Mais cela, c'est un secret que la fillette a fait promettre à sa tante de ne divulguer sous aucun prétexte. Même sous la torture.

À chaque présentation, on s'étonne, on s'écrie, on s'extasie : « Mon Dieu, que votre sœur vous ressemble ! Si ce n'était la coupe de cheveux, il est impossible de vous différencier ! Mais j'ignorais que vous aviez une sœur jumelle ! » Lucy glousse en sortant l'inévitable réponse : « Moi aussi, je l'ignorais ! » Tout le monde s'esclaffe : la vie nous réserve tout de même de drôles de surprises !

Angèle identifie quelques noms dont elle a déjà entendu parler, jusque-là sans visage. Au bout d'une heure, elle n'en peut plus. Elle mélange les prénoms des enfants comme ceux de leurs parents et se perd

119

dans le tumulte général. Séparée de sa sœur, on la salue comme si elle était familière des lieux. Certains même la complimentent sur sa nouvelle coupe de cheveux. À la longue, elle s'ennuie un peu. Pour passer le temps, elle tente de s'y retrouver : ce grand lard boutonneux est le frère d'Émilien, qui est dans la classe de Léa… Non, Émilien est en maternelle avec Max et n'a qu'une grande sœur, la petite grosse qui s'empiffre de gaufres au bar. Le boutonneux ? Elle ne sait plus. À qui appartient ce petit blondinet qui reste collé à ses basques comme s'il la connaissait depuis toujours ? D'accord, c'est Damien, le prétendant officiel de Léa sauf que Léa, elle, n'en a cure. Elle s'y est un peu intéressée l'année passée mais c'est de l'histoire ancienne.

De loin, Angèle observe Lucy et Yves plaisanter en compagnie d'autres parents.

— Ma chérie ! Je ne suis pas en retard, n'est-ce pas ? Désolée ! Où sont les enfants que j'aille les embrasser ?

Mireille vient de faire une entrée remarquée ! Yves soupire avec résignation.

— Dommage que ta mère souffre d'hystérie chronique et non pas d'Alzheimer, chuchote-t-il à l'oreille de sa femme.

Lucy hausse les épaules en pinçant discrètement le bras de son mari avant de se tourner vers sa mère pour l'embrasser.

— Je suis contente que tu sois là, maman, j'avais peur que tu aies oublié la date, lui dit-elle entre deux baisers. Désolée de ne pas te l'avoir rappelée, je n'ai pas eu une seconde à moi.

— Tu deviens folle, ma chérie ? Je te l'ai moi-même rappelée, il y a deux jours à peine ! rétorque Mireille en se dévissant déjà la tête à la recherche de ses petits-enfants. Où sont-ils donc, ces adorables vauriens ? Au fait, ajoute-t-elle en se tournant vers sa fille, tu as apporté le livre de recettes que je t'ai demandé ?

Lucy ouvre de grands yeux arrondis par la surprise.

– Le livre de recettes ?

– Mais oui, celui des salades en tout genre, je t'ai dit que j'en avais besoin pour ma prochaine réunion de crochet.

– Quand m'as-tu demandé cela ?

– Avant-hier, enfin ! Quand nous nous sommes croisées sur le parking du Carrefour ! Ah ! Je vois Léa... J'arrive tout de suite, ma chérie. Et ne t'inquiète pas pour les recettes, je passerai les prendre demain.

Mireille disparaît dans la foule. Lucy fronce les sourcils : « Quand nous nous sommes croisées sur le parking du Carrefour ! Avant-hier... Mais je n'étais pas chez Carrefour avant-hier ! » Maman commence à sucrer les fraises... Ou alors, peut-être que... Des yeux, elle cherche sa sœur qui s'est une nouvelle fois éclipsée. La trouve à siroter une bière au bar.

– Angèle... tu étais chez Carrefour avant-hier ?

Surprise, Angèle manque d'avaler de travers. Quelques gouttes de bière coulent sur son chemisier. Le temps d'essuyer tout cela, et la jeune femme offre un délicieux sourire à sa sœur.

– Oui, j'ai été chez Carrefour, pourquoi ?

– Tu as rencontré ma mère ?

– Oui, j'ai oublié de te le dire. On a fait la causette quelques minutes, mais j'étais assez pressée.

– Elle a cru que c'était moi.

– Oh !

Sourire d'étonnement. Angèle hausse les épaules en signe d'innocence. Lucy la dévisage, perplexe, avec, au fond des yeux, un point d'interrogation et d'incompréhension.

Angèle lève les mains dans un geste d'impuissance.

— Désolée, elle m'a appelée « ma chérie », j'ai cru que ça m'était destiné.

— Mais comment a-t-elle pu nous confondre?

— Oh… Sans doute à cause de mon bonnet… Il pleuvait, j'avais mis mon petit bonnet de laine.

Détente. Les épaules se relâchent et Lucy sourit à son tour.

— C'est vrai qu'elle appelle tout le monde « ma chérie ». Du moins, tout ce qui porte une jupe. Elle t'a demandé un livre de recettes?

— Oui…

Angèle se trouble. Quelques instants seulement.

— Mon livre de recettes sur les salades, ajoutet-elle précipitamment. Ça m'étonnait aussi qu'elle le demande, je ne me souvenais pas lui avoir dit que j'en avais un. Maintenant, je comprends : elle m'a prise pour toi.

Lucy se tranquillise.

— On ne peut pas vraiment lui en vouloir… Qu'est-ce que tu fais? Tu restes là ou tu viens près de nous?

— Je termine ma bière et j'arrive.

— On est dans la cour. Je nous ai tous inscrits pour la chaise musicale… Tu joues avec nous?

Angèle vide sa bière d'une traite.

— Je ne raterais cela pour rien au monde!

Tous les participants sont déjà en place, debout devant leur chaise. Tout autour, une foule s'est réunie pour encourager les joueurs. Un monsieur Loyal, cape rouge, gants blancs et chapeau haut de forme, achève de rappeler à tous les règles du jeu. Il tient un micro à hauteur de sa bouche comme un chanteur populaire : c'est le directeur de l'école. Au milieu d'un joyeux tohu-bohu, il s'apprête à engager le décompte final et, dans quelques secondes, la musique donnera le top du départ.

C'est un tube de Claude François qui éclate dans les haut-parleurs, faisant se mouvoir dans un même élan les trente participants. Quelques-uns se trompent déjà de sens et provoquent les moqueries de leurs adversaires. Bientôt, une chenille humaine se trémousse en rond au rythme de la chanson. Qui dure, dure, dure… La tension monte un peu. On rigole beaucoup. Puis, soudain, grand silence. La chanson s'est tue. Après un quart de seconde de surprise figée, trente personnes se précipitent vers vingt-neuf malheureuses chaises. Bousculades. Confusion. Quelques-uns restent debout. On crie : « par ici, il en reste une ! Ici aussi ! Grouille, grouille ! » Les autres s'accrochent à leur chaise comme s'il en allait de leur vie. Un grand moustachu court dans tous les sens… Avant de s'apercevoir qu'il reste seul debout. Monsieur est éliminé. Et Claude François reprend sa chanson.

Vingt minutes plus tard, il ne reste plus que quatre chaises au milieu du cercle. Yves et Léa sont écartés depuis longtemps. Ils ont rejoint Mireille dans la foule de plus en plus compacte venue assister au final. Reste monsieur Piron, instituteur de la cinquième A, une dame d'un certain âge, madame Pinchot, l'institutrice de Léa, qui ne s'est jamais autant amusée, Lucy et Angèle. C'est maintenant Daniel Balavoine qui pleure dans les haut-parleurs, son fils sa bataille dont personne ne se soucie pour l'instant. Quelques secondes plus tard, il s'interrompt brutalement, aussitôt relayé par des cris d'exhortation fusant de partout. Madame Pinchot s'est fait éliminer par l'une des deux jumelles et reste penaude devant les chaises toutes occupées. Yves se déchaîne, hurlant des paroles d'encouragement à Lucy. Léa, quant à elle, a pris le parti de sa tante. Mireille ne sait qui choisir. Qu'importe : elle s'égosille, pour une fois qu'on la laisse s'exprimer sans lui faire de remarques !

Le tour suivant, c'est la grand-mère qui est éliminée. La tension est à son comble. Mireille n'en peut plus. Monsieur Piron soupèse d'un regard méfiant les deux jumelles : il en a deux pour le prix d'une et ne sait laquelle est la plus dangereuse. De toute façon, dans ce tourbillon sans fin, il commence à les confondre, ne sachant plus si c'est celle aux cheveux courts qui a légèrement poussé madame Pinchot hors de la chaise, sur laquelle elle n'était d'ailleurs assise que d'une demi-fesse, ou si c'est celle aux cheveux longs. Balavoine reprend sa complainte, tandis que les trois participants se remettent en route, ralentissant la cadence lorsqu'ils passent devant les deux chaises restantes.

Silence !

Lucy et Angèle n'ont fait qu'un bond vers les chaises, chacune la sienne. Monsieur Piron n'a rien vu venir. Il éclate de rire et, d'un geste théâtral, salue la foule au comble de l'excitation. Les deux sœurs restent seules en lice.

Pour l'occasion, on demande une minute de silence. Monsieur le directeur se place entre Lucy et Angèle : l'aubaine est trop belle. Il présente les deux concurrentes au public, émerveillé de voir deux femmes au même visage s'affronter. On fait durer le suspense. Puis monsieur Loyal se retire. Une nouvelle chanson démarre. La foule éclate de rire : un petit plaisantin a mis la chanson-titre des « Demoiselles de Rochefort ». Lucy et Angèle tournent en rond autour de la dernière chaise sans se quitter des yeux. Sourire aux lèvres, elles se jaugent, tentent de s'intimider, de se distraire, de se faire rire. Tout le monde retient son souffle. Elles tournent, pirouettent au même rythme, longent la chaise, se hâtent, ralentissent, se frôlent, s'amusent…

Silence !

Personne n'a eu le temps de crier. En un quart de seconde, elles se sont assises toutes deux sur la chaise et rivalisent à présent de force, se poussent, s'accrochent, se chassent, se bousculent. Les hurlements ont repris de plus belle, encourageant les deux sœurs. Lucy est à gauche, Angèle est à droite. L'une se presse contre sa sœur, tente de la rejeter sur le côté, mais l'autre tient bon et se cramponne. Malgré tout, peu à peu, Lucy perd du terrain. Angèle parvient à se glisser d'un centimètre de plus au centre du siège, puis en profite pour déstabiliser Lucy en lui saisissant la main qu'elle cherche à décrocher du dossier. Lucy s'essouffle. Elle lâche la chaise une infime seconde, dans l'espoir de trouver une prise plus ferme, au moment même où Angèle lui décoche un coup de coude dans les côtes. Le choc n'est pas douloureux mais prend Lucy par surprise. Elle lâche prise et tombe par terre, sous l'explosion triomphale de la foule en liesse.

Hors d'haleine, Angèle s'installe royalement sur la chaise, avant de toiser sa sœur d'un regard victorieux.

On l'acclame. Étourdie, elle reste assise, semble ne plus vouloir bouger. Des yeux, elle fixe Yves dans la foule, le mange du regard. Monsieur le directeur vient enfin se poster à côté d'elle, puis lui prend le bras en signe de triomphe. Lucy s'est redressée et, bonne joueuse, félicite sa sœur. Alors seulement Angèle semble revenir sur terre. Un sourire efface aussitôt ses traits crispés. Elle enlace Lucy qui, d'un murmure dans l'oreille, la sermonne gentiment :

— Tu aurais pu me faire mal !

— Qu'est-ce que j'ai fait ?

— Tu m'as donné un coup de coude dans les côtes.

— J'ai fait ça ? Désolée…

— Tout de même, ce n'est qu'un jeu !

Angèle embrasse Lucy pour se faire pardonner.

19

Elles sont quatre. Quatre jeunes femmes qui se détaillent avec curiosité. Deux paires se faisant face dans un quadrilatère parfait, dont l'une répond à l'autre tandis que, de l'autre côté du miroir, le reflet de ce couple étrange épouse l'attitude de son modèle dans une synchronisation parfaite.

Angèle et Lucy ne cessent de se dévisager dans la glace, comparant les multiples similitudes avant de débusquer les infimes nuances. Puis Lucy relève ses cheveux, tentant de reproduire la coiffure d'Angèle.

– C'est chouette, les cheveux courts, murmure-t-elle d'un air ravi. J'y ai déjà pensé mais je n'ai jamais osé… Peur que ça ne fasse pas assez féminin.

– Et le verdict ?

– Non, ça te va assez bien. Je n'aurais peut-être pas choisi cette coupe-là, mais ça met ta nuque en valeur.

Angèle vérifie d'un coup d'œil amusé.

– On a une jolie nuque en fait, pouffe-t-elle un peu coquine.

– Moi, j'aime bien nos épaules. Je les trouve gracieuses.

– On a de longs bras…

– Et de belles mains.

Elles éclatent de rire, sur le même ton, ce qui provoque une autre déferlante d'hilarité. Puis Lucy soupire.

– C'est bête… Je suis sincère quand je dis que je me serais bien coupé les cheveux. J'hésitais, j'avais peur de le regretter, mais j'en avais de plus en plus envie. J'aurais dû le faire avant de te rencontrer. Maintenant, c'est trop tard.

– Pourquoi trop tard?

– Ça ferait un peu « too much », non?

– Tu veux dire qu'on se ressemblerait trop?

Lucy hoche la tête, une lueur d'excitation dans le regard. Angèle revient à leur image et contemple encore une fois le miroir dans le miroir. Puis elle hausse les épaules.

– Et alors? Après tout, on est jumelles.

– La tête d'Yves! s'exclame Lucy comme si elle envisageait de commettre un acte audacieux autant que prohibé.

– Si tu te coupais les cheveux?

Lucy confirme.

– Il s'agit plutôt de ta tête! s'insurge Angèle.

– Ce n'est pas si simple, rétorque Lucy en se détournant du miroir.

Angèle la suit des yeux. Puis revient à son reflet.

– Tu les aurais coupés comment? interroge-t-elle en aplatissant sur son crâne sa coupe savamment désordonnée.

Lucy revient se poster devant le miroir.

– Encore plus court. Un peu comme Audrey Hepburn dans « Sabrina ».

Angèle imagine.

– Ça peut être joli.

Puis elles gardent le silence, rêveuses. Leur regard s'effleure dans un chassé-croisé. Elles se sourient.

– Ça ne nous coûte rien d'essayer… murmure Angèle, prudente.

Lucy hésite.

– Je ne sais pas…

– Tu crois vraiment qu'Yves y trouverait à redire ?

– Je ne sais pas…

– Où est le problème ?

Lucy hausse les épaules. Angèle insiste.

– Qu'est-ce qui le gênerait : que tu aies les cheveux courts ou bien le fait qu'on ne pourrait plus nous différencier ?

– Un peu des deux… sans doute.

– Pose-lui la question, tu verras bien.

– Mauvaise tactique !

– Pourquoi ?

– Parce que s'il refuse, je serai piégée.

– Au nom de quoi a-t-il le droit de refuser ?

– Pas refuser catégoriquement, bien sûr ! Il n'est pas idiot. Il me laissera toujours le choix. Mais d'un autre côté, je suis tout de même censée lui plaire, à lui plus qu'à tout autre.

– Tu es censée te plaire à toi d'abord.

– Je me plais quand je lui plais.

– Vu comme ça, évidemment… Laissons tomber.

Lucy ne dit rien. Elle se tourne vers sa sœur et chipote dans ses cheveux, tentant de reproduire la coiffure qu'elle a en tête. Puis elle la contemple avec émerveillement.

– N'empêche, c'est joli. Tu vois, je verrais bien une coupe dans ce genre, un peu plus court même.

Angèle se regarde à son tour. Et sourit.

– Tu as raison, c'est pas mal du tout. Et moi, rien ne m'empêche de me coiffer comme ça. Reste seulement à trouver un bon coiffeur.

– Le mien est très bien. Si tu veux, je prends rendez-vous pour toi.

Angèle défie sa sœur d'un sourire mutin.

– Pour nous ?

Lucy reste quelques instants sans réaction, le regard perdu dans le vide. Puis elle sourit à son tour.

– D'accord. Pour nous.

20

Les événements s'enchaînèrent avec une logique presque diabolique. D'abord insidieuse, puis de plus en plus envahissante, Angèle fit tout pour ne pas y accorder la moindre importance, mais l'Idée lui revenait sans cesse en tête, comme une petite bête crapuleuse et nauséabonde qui s'accroche à tout ce qu'elle peut, rêves et espoirs, désirs et projets, telle une sorte de cancer moral. Et ce ne fut pas faute de la chasser à coups de talon cérébraux, résolument au début, désespérément ensuite.

Rien n'y fit.

Elle se surprenait à échafauder avec fébrilité un plan machiavélique qui lui permettrait de réaliser son vœu le plus cher. Le plus fou, le plus improbable. La machine s'était mise en route malgré elle et, un peu affolée, elle décida finalement de la laisser s'emballer toute seule, espérant qu'ainsi, et une fois l'Idée suffisamment mûre, celle-ci la laisserait en paix, sans exiger de passage à l'acte. Comme un fantasme que l'on vit si intensément en rêve qu'il n'est nul besoin de le réaliser pour l'assouvir.

Tout commença chez le coiffeur. Elles avaient fini par le faire, riant sous cape comme deux gamines qui s'apprêtent à jouer un bon tour à leurs parents. Pour être certaines d'être parfaitement semblables, elles se firent coiffer par le même coiffeur, l'une à la suite de l'autre, Angèle en premier, laissant encore le temps à Lucy de mûrir parfaitement sa décision. Le résultat affiché sur la tête de sa sœur lui ôta ses derniers doutes et la jeune femme prit place sur le siège qu'Angèle venait de quitter.

Une demi-heure plus tard, plus personne ne savait qui était qui.

C'est à ce moment précis que l'Idée traversa pour la première fois l'esprit d'Angèle, une idée folle, si incroyable que la jeune femme n'y accorda pas le moindre crédit. Elle gloussa intérieurement avant de reporter toute son attention sur sa nouvelle coupe de cheveux. Elle se plaisait beaucoup ! Ça lui donnait un genre qu'elle n'aurait jamais imaginé pouvoir avoir, à la fois féminine sans être guindée, séduisante sans paraître idiote, originale sans être singulière. Elle conservait sa personnalité tout en changeant de style, elle se reconnaissait tout en se redécouvrant. Non, vraiment, ça lui plaisait beaucoup !

Lucy ressentit la même chose. Une sorte de renaissance. Lucy, sœur d'Angèle. Jumelle. Copie conforme. Originale. Tout cela était encore si nouveau !

Ensuite elles rentrèrent chez Lucy, ne cessant de se dévisager l'une l'autre pour admirer leur nouvelle coiffure. Plus besoin de miroir ! Lorsqu'elles pénétrèrent dans le salon, Wendy les accueillit d'un miaulement désorienté. L'animal était étendu de tout son long sur le divan et l'intrusion intempestive des deux sœurs venait de troubler son sommeil. L'œil rond, elle considéra les jeunes femmes, passant de l'une à l'autre sans cacher sa surprise. Son ventre s'était encore arrondi et Angèle s'enquit de la date prévue pour la naissance des chatons.

— Dans une quinzaine de jours, je pense, répondit Lucy.

— Tu ne sais toujours pas ce que tu vas en faire ?

– Non. Ou plutôt, si ! J'en ai parlé à ma pharmacienne, elle a bien voulu me vendre un petit flacon de chloroforme. C'est plus efficace que l'éther, je ne risque pas de les rater. Ils ne sentiront rien.

Angèle n'ajouta rien.

– Mon Dieu ! murmura Lucy en avisant une photo d'elle sur la cheminée du salon, encore coiffée « à l'ancienne ». Je me demande ce qu'Yves va penser ! Et les enfants… J'espère qu'ils vont me reconnaître ! Et surtout qu'ils vont aimer !

– Tu ne leur as rien dit ?

– J'ai juste dit qu'ils auraient une surprise en rentrant ce soir, histoire qu'ils soient de bonne composition.

– Ils vont adorer !

Angèle détailla à son tour les photos posées sur la cheminée. Elle s'empara de celle représentant Lucy et Yves le jour de leur mariage, dont elle examina avec attention les visages radieux. Lucy, dix ans plus jeune, resplendissante dans sa robe de mariée, souriant d'un air émerveillé à l'objectif. Le bonheur se lit à livre ouvert sur son visage. Elle penche un peu la tête vers l'épaule d'Yves, droit et fier, dont on devine le bras enlaçant tendrement la taille de sa femme. Mon Dieu qu'il est beau ! Qu'ils sont beaux ! Et semblent tellement amoureux l'un de l'autre…

– J'ai raté beaucoup de choses… murmura Angèle.

Lucy se figea une nouvelle fois. Elle n'aimait pas les sous-entendus de sa sœur, pleinement consciente que la vie l'avait beaucoup gâtée si on la comparait à celle d'Angèle. Une fois de plus, elle eut peur de ce rapport de force qui ne cessait de jaillir en petites réflexions amères, même si elle sentait qu'Angèle s'en défendait obstinément.

– Raté… Dans quel sens ?

– Tout ça… répondit Angèle d'un ton rêveur. Ton mariage, la naissance des enfants, tous ces moments tellement importants dans une vie que l'on partage habituellement avec ses proches.

– Ah…

Lucy ne put réprimer un soupir de soulagement. Elle avait cru un moment qu'Angèle parlait de sa propre vie, sans homme, sans enfants, la comparant une fois de plus à la sienne et constatant avec amertume son propre gâchis.

– Bah… On va essayer de rattraper tout ça. N'est-ce pas ?

Angèle lui adressa un pauvre sourire en signe d'acquiescement.

– On se fait un café ? proposa Lucy en se dirigeant déjà vers la cuisine.

L'inévitable café ! Une sorte de rituel auquel Lucy ne dérogeait jamais, dès qu'elle en avait l'occasion… Angèle reposa le cadre sur la cheminée d'une main légèrement tremblante. L'Idée venait de surgir pour la deuxième fois dans son esprit, un peu plus agaçante qu'une heure auparavant, chez le coiffeur. Elle ne put s'empêcher de jeter un coup d'œil circulaire autour d'elle, contemplant le mobilier de sa sœur dont elle connaissait à présent chaque détail. Elle n'aurait sans doute pas mis le canapé à la même place, et aurait opté pour une table de salle à manger ronde, bien moins encombrante que ce meuble massif et rectangulaire… Si elle avait été la maîtresse de maison, sans doute aurait-elle repeint les murs d'une couleur plus audacieuse, au lieu de cette tapisserie ornée de fins motifs floraux, joli mais somme toute assez conventionnel. Et la lampe sur pied aurait valsé à la poubelle, c'est sûr ! Si elle avait été la maîtresse de maison, elle…

Angèle fronça les sourcils en secouant la tête.

– Qu'est-ce que tu fais ? lui demanda Lucy en passant la tête par la porte de la cuisine.

Elle sursauta, et un sentiment de honte l'envahit.

– Rien… répondit-elle peut-être un peu trop précipitamment.

Elle sentit ses joues se teinter de rouge, trahissant le malaise qui s'était emparé d'elle. Heureusement, Lucy était déjà retournée dans la cuisine. Elle s'empressa de la rejoindre puis l'aida à disposer les tasses sur la table.

– Et Yves… s'enquit-elle comme si cette pensée venait de lui traverser l'esprit. A-t-il encore des contacts avec sa famille ?

– Quasi jamais, répondit Lucy tout en versant le café dans les tasses. Un coup de téléphone de sa mère une fois l'an. Et son père, tu le sais, a disparu du jour au lendemain sans laisser de traces. Mais je dois dire qu'il ne s'en est jamais plaint.

– Il a des frères et des sœurs ?

– Pas à sa connaissance.

– Il n'a que vous alors…

– Oui, on peut dire ça comme ça, rétorqua Lucy en souriant. Il n'a que nous.

Angèle demeura silencieuse, perdue dans ses pensées. Puis, paraissant suivre le fil d'une réflexion :

– Il est proche de ses enfants ?

La question dérouta Lucy qui ne sut comment l'interpréter.

– Je veux dire, est-ce qu'il s'occupe beaucoup des enfants ? compléta Angèle pour bien se faire comprendre.

– Dans la mesure de ses disponibilités, répondit Lucy tout en ouvrant un paquet de biscuits au chocolat. Il faut dire qu'il travaille beaucoup et que souvent, quand il rentre à la maison, il est fort fatigué. Mais il est très attaché aux enfants, s'empressa-t-elle d'ajouter. Il s'en occupe plus souvent le week-end. Par exemple, c'est toujours lui qui va conduire Léa à son cours de claquettes.

– Léa prend des cours de claquettes ?

– Tu ne savais pas ? Elle est merveilleuse, tu sais ! Elle danse déjà comme une vraie petite vedette de Broadway. Pourquoi demandes-tu tout cela ?

Angèle lui sourit en haussant les épaules.

– Pour rien… répondit-elle d'un ton qui se voulait léger. Disons que je m'aperçois qu'on s'est beaucoup raconté notre passé, mais que je ne connais pas grand-chose de ta vie actuelle.

21

Le lendemain matin, lorsque Angèle téléphona à sa sœur pour connaître la réaction d'Yves à propos de sa nouvelle coiffure, Lucy lui raconta évasivement qu'il avait bien aimé, de même que les enfants, avant de finalement éclater en sanglots. Très étonnée, Angèle tenta d'en savoir plus, puis parvint à comprendre qu'Yves était rentré tard, bien après minuit, et qu'il n'avait pas eu la réaction espérée par Lucy. Il l'avait distraitement complimentée sur son nouveau look avant de se mettre en pyjama et de se glisser sous la couette, éteignant sans attendre sa lumière. Lucy, qui avait attendu le retour de son mari toute la soirée, en ressentit une frustration telle qu'elle resta éveillée une bonne partie de la nuit, sans parvenir à trouver le sommeil.

— Ce n'est pas si grave, commenta Angèle afin de dédramatiser une situation dont elle ne parvenait pas à comprendre la gravité. Pourquoi te mets-tu dans un état pareil ?

— Je ne sais pas… renifla Lucy.

On la sentait perdue.

— Il a beaucoup de boulot, poursuivit Angèle d'un ton rassurant, il est préoccupé, il ne s'est pas rendu compte à quel point son avis t'importait…

— Sans doute, oui…

— Tu veux qu'on prenne un café ensemble ?

— Je veux bien.

– On se retrouve au « Pavillon » dans une heure ? Donne-moi un petit coup de sonnette quand tu arrives, je descendrai tout de suite.

– D'accord.

Lucy arriva trois quarts d'heure plus tard. À son entrée, Miranda poussa un cri de ravissement et ne cessa de la complimenter, non sans lui rappeler que ça faisait bien longtemps qu'elle l'encourageait à changer de coiffure et que voilà, une fois de plus, elle avait eu raison ! Lorsque Angèle arriva à son tour, Miranda écarquilla les yeux.

– C'est malin ! s'exclama-t-elle en levant les bras au ciel. Comment faire pour vous différencier maintenant ?

– C'est le but ! pouffa Angèle en embrassant la restauratrice. Tant qu'à être jumelles, autant l'être tout à fait !

Miranda resta perplexe quelques instants puis, méfiante, se tourna vers Lucy.

– Tu es bien Lucy, n'est-ce pas ?

Angèle s'insurgea d'un ton blessé.

– Ah non ! Lucy, c'est moi ! Tu ne reconnais même plus ta vieille copine ?

Miranda ouvrit la bouche, puis la referma, avant de dévisager les deux sœurs d'un regard indécis. Lucy et Angèle gardèrent le silence, l'œil amusé et le sourire malicieux. Au bout d'un moment, Miranda haussa les épaules en se tournant résolument vers Lucy.

– Mais non ! Tu es bien Lucy, je reconnais ton pull.

Angèle éclata de rire tandis que Lucy acquiesçait.

– N'empêche, tu as hésité ! répliqua Angèle en prenant place au bar, juste à côté de sa sœur.

138

Miranda les maudit toutes les deux pendant une longue minute avant de reconnaître qu'effectivement, elle avait hésité. Alors l'Idée prit pour la troisième fois l'esprit d'Angèle en otage, accompagnée cette fois d'une rengaine triomphale. La jeune femme se sentit à nouveau rougir, concentrant toute sa force de volonté pour chasser l'inconcevable dessein de son imagination. Son cœur battait à tout rompre, les pensées s'entrechoquaient dans son crâne, ricochant entre leur désir de pouvoir s'exprimer en toute liberté et la réticence d'Angèle à les laisser éclore. Elle retint son souffle. Quels que soient les remords ressentis à avoir de tels projets, le résultat était là : Miranda ne les avait pas distinguées, du moins pas sans l'aide de leurs vêtements. Le doute l'avait assaillie lorsqu'on lui avait laissé entendre que celle qu'elle prenait pour Lucy pouvait tout aussi bien être Angèle ! La restauratrice était pourtant une amie proche, elle connaissait Lucy depuis de longues années, la côtoyant presque chaque jour…

Angèle frissonna. Mon Dieu, à quoi pensait-elle ?

Elle se pencha pour embrasser sa sœur et, gentiment, s'enquit de son moral. Lucy lui assura que tout allait bien, qu'elle était tout bêtement fatiguée et que le manque de sommeil amplifiait de simples déceptions sans réelle importance. Ensuite elles commandèrent un café que Miranda leur servit aussitôt, tout en exigeant d'être dans la confidence. Que se passait-il ? Pourquoi Lucy tirait-elle cette tête de chien battu ? Quelles étaient ces simples déceptions sans importance ?

Lucy lui raconta leur aventure capillaire de la veille ainsi que sa longue soirée solitaire, le coup de téléphone hâtif d'Yves sur le coup des 21 heures, l'informant qu'il en avait encore pour un petit moment au labo et qu'il ne serait pas de retour avant minuit.

– Ça n'a rien d'extraordinaire ! commenta Miranda. Ce n'est pas la première fois qu'il passe la soirée enfermé dans son studio…

– À cette heure-là, c'est plutôt naturel de ne penser qu'à son lit, même si sa femme vient de changer de coiffure, ajouta Angèle.

Lucy garda le silence quelques instants, les lèvres pincées l'une contre l'autre dans une expression douloureuse. De nouvelles larmes emplirent bientôt ses paupières et elle s'effondra une fois encore, sanglotant à fendre l'âme comme si tous les malheurs du monde venaient de s'abattre sur ses frêles épaules. Angèle et Miranda se regardèrent sans cacher leur étonnement. Elles entourèrent Lucy de leur affection, attendant que la jeune femme ait asséché le flot de sa tristesse apparemment infinie. Puis elles exigèrent des éclaircissements.

– J'ai téléphoné au studio vers 22h30, expliqua Lucy en hoquetant. Juste pour savoir s'il avait pris le temps d'avaler un sandwich ou s'il préférait que je lui prépare une assiette froide. Personne n'a répondu. J'ai cru qu'il avait terminé son travail plus tôt et qu'il était sur le chemin du retour.

– Et ?

Lucy darda ses deux interlocutrices d'un regard éploré.

– Je crois qu'il me trompe.

Angèle et Miranda échangèrent un nouveau regard dans lequel la surprise ne céda que difficilement la place à la perplexité.

– Tu as essayé de le joindre sur son portable ? s'enquit Miranda non sans mettre ses neurones à rude épreuve à la recherche d'une explication plausible.

– Il était coupé.

– Et tu lui as demandé d'où il venait ? demanda Angèle à son tour.

– Non...

– Tu aurais peut-être dû commencer par là...

– Trop peur de la réponse.

– À savoir ?

Lucy soupira douloureusement.

– S'il m'avait répondu qu'il était au studio, j'en serais morte.

Pour la troisième fois, Angèle et Miranda se lancèrent un rapide coup d'œil, comme pour se concentrer sur la conduite à adopter. Puis elles rivalisèrent d'explications : Lucy était-elle vraiment certaine qu'Yves travaillait toujours dans son propre studio ? Connaissait-elle la nature exacte du projet sur lequel il travaillait pour l'instant ? N'était-il pas possible qu'il se soit rendu au journal pour discuter de la mise en page, choisir un certain nombre de clichés ou effectuer une retouche bien définie ? Dans ce genre de boulot, les horaires étaient souvent décalés en raison de « dead lines » toujours plus serrées. Ou alors peut-être avait-elle cru qu'il était au studio, mais en vérité, il était en extérieur et n'avait pas eu la présence d'esprit de le lui signaler... Si elle ne lui demandait pas son emploi du temps, comment pouvait-elle être certaine qu'il lui avait menti ?

– Donne-lui au moins une chance de s'expliquer avant de penser au pire !

– D'autant plus que, si ça se trouve, il était tout bêtement dans son labo en train de développer des clichés.

– Dans quel état tu te mets pour sans doute trois fois rien !

– Une bonne explication, c'est ce qu'il y a de mieux pour mettre les choses à plat.

– Au final, tu verras que tu t'es inquiétée pour rien et vous en rirez tous les deux.

Lucy hochait la tête, esquissant de pauvres sourires tout en essuyant ses yeux rougis par les larmes.

Angèle considéra sa sœur d'un regard froid… Elle ressemblait à une adolescente en proie à son premier chagrin d'amour. Un cœur broyé par une déconvenue tellement dérisoire, mais dont la souffrance avait affolé l'imagination, transmettant à son cerveau une foule d'images toutes plus cruelles les unes que les autres. À trente-cinq ans ! Après dix ans de mariage !

Angèle soupira. L'Idée, quant à elle, en profita pour repartir à l'assaut des désirs secrets de la jeune femme.

22

Être à la place de Lucy.

Réparer l'injustice du hasard, se réapproprier ce qui aurait pu être, redistribuer les cartes afin de se donner une seconde chance.

« Après tout, vous auriez pu être notre fille, si le hasard avait voulu que vos parents choisissent Lucy plutôt que vous ! »

La voix de Mireille venait de surgir dans un lointain écho ricanant, faisant résonner à l'infini la remarque qui avait tout déclenché.

Trente-cinq ans auparavant, dans la maternité où elles avaient vu le jour, un petit nuage de prospérité avait flotté au-dessus des deux fillettes, perplexe et indécis, ne sachant sur quel berceau se poser. Puis les parents adoptifs d'Angèle étaient venus et l'avaient emportée. Soulagé d'un dilemme par trop cruel, le petit nuage n'avait donc plus eu à hésiter : il s'était répandu avec générosité sur le seul berceau encore occupé.

L'Idée venait de s'approprier toutes les pensées d'Angèle, paralysant ses réflexes de défense. Entre l'inconcevable et le probable, il était tellement facile d'imaginer ce qu'aurait été sa vie si, au moment de choisir entre les deux nourrissons, ses parents adoptifs avaient jeté leur dévolu sur Lucy. Cet instant délicat, à la fois anodin et pourtant si capital, cette seconde qui avait bouleversé son avenir tout entier, pulvérisant du même coup toutes ses chances de bonheur… Comment cela s'était-il passé? Avaient-ils joué à « Am Stram Gram » pour faire leur choix, index tendu en direction des deux poupons, passant de l'une à l'autre au rythme de la rengaine enfantine? Ou bien avaient-ils longuement observé les deux bébés, les détaillant chacune à leur tour, les prenant dans leur bras dans l'attente d'un signe de reconnaissance? Pourquoi l'avaient-ils choisie, elle? Avait-elle été élue en raison de critères mûrement pensés?

Et s'ils avaient choisi Lucy, que se serait-il passé pour elle, Angèle?

Sans doute aurait-elle eu une enfance heureuse, choyée par des parents aimants, imprimant au plus profond de son être cette confiance tranquille, cette force paisible qui attire la chance et le bonheur. Jacques et Mireille ne semblaient pas être des gens d'une intellectualité très élevée. Bien sûr ils avaient leurs défauts, leurs problèmes, comme tout le monde. Mais c'étaient des personnes simples, agissant en leur âme et conscience suivant les principes élémentaires du respect d'autrui. Et surtout, ils avaient la précieuse faculté de savoir dispenser sans retenue la tendresse et l'amour dont tout enfant a besoin pour pouvoir s'épanouir dans la sécurité et la plénitude. Ils représentaient aux yeux d'Angèle cette base inébranlable, toujours présente, inamovible, un point d'ancrage qui permet aux adolescents de pouvoir se risquer au-dehors, commencer à explorer le monde avec confiance et aisance : car même si, pour une raison ou une autre, les choses devaient mal tourner, ils avaient toujours l'assurance de posséder une retraite hospitalière, là où ils pourraient panser leurs blessures au sein du logis accueillant de leur enfance. C'est ce qui avait cruellement manqué à Angèle : lorsqu'elle s'était mise à vouloir voler de ses propres ailes, aucun nid douillet n'existait pour elle, quelque part dans le vaste monde, prêt à la recevoir, la conseiller ou tout simplement la consoler en cas de coup dur. Elle avait appris la vie à coups de bâton, sans répit, sans complice expérimenté pour la guider, sans base solide à laquelle se raccrocher lorsqu'elle se sentait perdue. Lucy, elle, avait grandi dans le moelleux confort de bras bienveillants, capables de s'ouvrir avec générosité, mais également de se refermer autour d'elle lorsqu'elle avait eu besoin de protection. Tandis qu'Angèle, c'est un coup de pied au derrière qui l'attendait lorsqu'elle avait besoin d'aide, lui laissant à jamais la douloureuse cicatrice d'une méfiance farouche et craintive dans le cœur. Elle ne demandait pourtant pas grand-chose... Un repaire familier, un refuge où se blottir lorsque le monde rugissait trop bruyamment, une retraite à l'abri des méchants. Si elle avait juste possédé cela, tout aurait été possible : dotée d'un équilibre serein, elle se serait baladée dans la vie avec l'aisance d'une reine découvrant son royaume.

Elle aurait tout d'abord eu une scolarité normale, qui lui aurait donné toutes ses chances pour aborder des études supérieures estimables, dont elle aurait choisi l'orientation en fonction de ses compétences et de ses envies. Lucy, elle, n'en avait rien fait. Elle était devenue femme au foyer, dépendante de son mari et s'écroulant en pleurs à la moindre contrariété. À trente-cinq ans ! Après dix années de mariage ! Quel gâchis !

Son diplôme en poche, Angèle aurait pu avoir accès à une profession enviable, gagner sa vie en faisant un boulot qu'elle aimait, ressentir de la fierté pour ce qu'elle accomplissait chaque jour. Et forte de cette reconnaissance publique et personnelle, elle aurait très certainement fini par rencontrer l'homme de sa vie qui, contrairement à ce qu'elle avait toujours pensé, ne s'était nullement égaré sur un chemin trop éloigné de celui qu'elle avait elle-même emprunté. Car cela aussi résultait tout naturellement de ce court instant où ses parents adoptifs l'avaient privée du petit nuage de prospérité ! Elle en était à présent intimement convaincue : l'homme de sa vie avait bien été au rendez-vous ! C'était elle qui s'était perdue en chemin… Et à sa place, Lucy s'était présentée. Elles se ressemblaient tellement que l'homme de sa vie n'y avait vu que du feu. On ne pouvait pas lui en vouloir. N'importe qui, à sa place, se serait trompé.

Lucy, elle, avait tout laissé pourrir autour d'elle.

Admettons qu'Yves la trompe. À qui la faute ? Si ce triste constat n'apparaissait que dix années après leur mariage, Angèle voulut en déduire qu'Yves n'était pas coutumier de ce genre de trahison. Dès lors, quoi de plus naturel que de se poser la question de savoir pourquoi il était allé voir ailleurs. Lucy n'avait-elle pas également des responsabilités majeures dans la possible infidélité de son mari ? Quand on est mariée à un homme tel que celui-là, n'est-ce pas un plaisir quotidien que de le chérir chaque jour davantage ?

Angèle ferma les yeux. Une passion corrosive déferla sur son cœur, comme subitement libérée de sa prison d'interdits. L'heure n'était plus aux mensonges, sinon pour nier l'évidence d'une situation qu'elle ne se sentait plus la force de contester. Yves… Depuis le premier jour de leur rencontre, elle l'avait trouvé séduisant. D'abord intimidée, elle avait prudemment gardé ses distances envers cet homme épris de sa jumelle. Puis, au fil du temps, elle s'était agaillardie, partageant avec lui une relation à la fois complice et réservée. Mais de plus en plus, elle se sentait attirée par lui, physiquement, avec ce désir de le voir, de le toucher, de le

sentir. Tomber amoureuse de son beau-frère… Voilà
bien la dernière chose à faire ! Et pourtant, à l'annonce
de son éventuel adultère, Angèle avait ressenti un sentiment de jalousie qui lui avait broyé l'estomac. Yves
frémissant sous les caresses d'une autre femme ! Une
femme qui, indubitablement, ne lui ressemblait pas…
Tant qu'il couchait avec Lucy, la sentence du propre
désir d'Angèle n'avait nullement cherché à émerger à
la surface de sa raison. Il couchait avec sa femme, qui
elle-même était sa copie conforme. Mais aujourd'hui,
les choses étaient bien différentes ! S'il avait trompé
Lucy, cela signifiait qu'il n'était plus heureux avec
elle. Et de le savoir malheureux et mentalement disponible fit exploser en elle une vérité à laquelle elle
n'avait, jusqu'alors, voulu accorder aucun crédit.

Oui, Angèle était sérieusement éprise d'Yves. Elle
se l'avouait enfin. Au mépris de toute raison.

Voilà, c'était pensé, c'était dit. Pas encore tout à fait
assumé mais presque digéré.

Et d'envisager l'étape suivante fit frémir la jeune
femme.

– Tiens, prends ça !

Miranda venait de déposer devant Lucy un verre
bombé et court sur pied, à moitié rempli d'un liquide
ambré dans lequel flottaient une myriade de petites
paillettes mordorées.

– Qu'est-ce que c'est ? s'informa Lucy en louchant
avec méfiance sur le verre.

– C'est de la liqueur d'or ! annonça fièrement
Miranda. Une fabrication de Jean-Michel, d'après la
recette secrète de sa grand-mère. Goûte-moi ça, ça te
rendra ton moral. Les petites paillettes qui baignent
dans la liqueur, c'est de l'or à vingt-deux carats. Oui

ma chère !

Angèle, le teint pâle, en réclama également un verre. Il lui fallait bien ça pour assimiler les singulières révélations qui s'étaient fait jour dans son esprit. La jeune femme ne disait mot, encore trop accaparée par ses tortueuses pensées.

– J'ai l'air d'une idiote, non ? soupira Lucy en trempant précautionneusement ses lèvres dans le verre.

– Tu as l'air d'une femme amoureuse, répliqua Miranda en souriant amicalement.

Angèle ferma les yeux. En une phrase anodine, Miranda venait de lui lacérer le cœur d'une lame tranchante, chauffée à blanc. Sa poitrine tout entière se consuma sous l'assaut d'un conflit intérieur, proie désespérée se débattant seule contre d'effroyables démons clandestins. Une fois de plus, elle n'avait personne à qui se confier. Jérémie ? Serait-il seulement capable de comprendre l'insupportable dilemme qui lui dévorait l'âme ? Angèle elle-même avait encore beaucoup de mal à mesurer l'énormité de ce qu'elle était en train d'imaginer.

Juste imaginer ?

Oui ! Tout cela n'était que fantasmes malsains issus d'une carence affective trop profonde pour disparaître par la seule force de sa raison. Elle paraissait forte mais, en vérité, elle était fragile, cachant sa vulnérabilité derrière un tempérament combatif. Mais ce qui la gênait par-dessus tout, c'était de ressentir une nouvelle fois cette jalousie acerbe aveugler son jugement, prendre possession de sa personnalité sans qu'elle puisse rien faire pour l'endiguer au nom de sa conscience.

Dans un éclair foudroyant aussi bref que précis, le passé lui revint en pleine figure, faisant renaître dans sa mémoire un flot de souvenirs douloureux : parmi eux, celui d'une chambre d'enfant plongée dans une pénombre douillette, au centre de laquelle deux berceaux se tiennent côte à côte. Le silence ouaté de la chambre laisse percevoir un duo de souffles paisibles se répondant à l'unisson. Confuse dans un premier temps, l'image se précise rapidement : dans chacun des deux berceaux, un nourrisson somnole d'un sommeil tranquille. Bien vite, il y a un bruit de petits pas feutrés, assourdis par la moquette moelleuse de couleur claire. Les murs sont recouverts d'une tapisserie bleu ciel, agrémentée de fins motifs floraux aux teintes pastel. Tout est calme. La maison semble s'assoupir dans la tranquillité d'un soir d'été.

Le souvenir volète vers l'un des deux berceaux, contemplant avec curiosité le visage épanoui du nourrisson qui l'occupe, puis contourne le meuble pour s'arrêter à proximité du deuxième berceau. Une ombre s'étend sur le visage du poupon endormi, il y a une odeur de lait, de crème pour bébé, mêlée aux effluves douceâtres d'une couche récemment souillée.

Puis, soudain, l'image se brouille. Il n'y a plus rien, tout s'est effacé dans une sorte de brouillard tourmenté, comme subitement happé par une obscurité poignante et compacte. Un cri fracture le silence feutré de la nuit, une porte claque dans la maison, un vagissement résonne dans le lointain avant d'éclater juste là, tout près, à quelques centimètres à peine. Le bébé pleure. Il crie même, on dirait presque qu'il se débat et, juste à côté de lui, l'autre nourrisson se joint aussitôt à l'alarme fraternelle. Un bruit sourd se répète à l'infini dans un tempo affolé, et Angèle discerne les battements d'un cœur égaré. Tout se précipite. La chambre est bientôt baignée d'une lumière aveuglante tandis que dans l'encadrement de la porte, une silhouette échevelée pousse un hurlement.

« Angèle ! »

Ensuite, tout disparaît. Les cris, les odeurs, la lumière, les pleurs…

Ce fut tellement fugace que la jeune femme n'en garda aucune évocation distincte. Comme ces impressions de déjà-vu, déjà-ressenti, mais sans rien de tangible pour apporter confirmation à ce qui s'est soudain esquissé dans son esprit. Le souvenir s'effaça aussi brutalement qu'il était apparu, ne lui laissant qu'une sensation confuse et nébuleuse.

Angèle secoua la tête afin de chasser les pénibles réminiscences qui accaparaient encore ses pensées. Assez ! En proie à un malaise grandissant elle avala d'une traite le verre de liqueur d'or que Miranda venait de déposer devant elle.

– Quelle descente ! s'exclama Miranda d'un ton joyeusement admiratif.

– Une descente aux enfers, rétorqua Angèle presque involontairement, tandis qu'elle reposait le verre vide sur le comptoir.

Lucy l'observa avec curiosité.

– Tu vas bien ?

Angèle fit un effort surhumain pour reprendre figure humaine. Elle avait la terrible sensation que tout ce qu'elle ressentait pouvait se lire sur son visage. Le regard baissé, elle inspira une grande bouffée d'air pour se donner une contenance, espérant ainsi pouvoir faire rapidement face à sa sœur. La regarder dans les yeux sans ciller. Chasser la honte qui recouvrait ses traits d'un masque d'infamie. Un silence lourd et déplaisant s'était abattu sur elle. Il fallait qu'elle bouge, qu'elle réponde à Lucy de la manière la plus banale possible. La situation devenait stupide.

Angèle se tourna vers sa sœur d'un geste précipité,

bien plus violent qu'elle ne l'aurait souhaité. Au passage, elle heurta le verre de Lucy dont le contenu se renversa sur les genoux de la jeune femme.

À peine le temps d'une réaction, Lucy bondit de son siège afin d'éviter le reste de liqueur qui gouttait encore du comptoir. Dans sa précipitation, elle bascula vers l'arrière et, les pieds pris dans son tabouret, tomba à la renverse. D'abord pétrifiée, Angèle mit quelques secondes avant de se précipiter vers sa sœur. Miranda avait déjà fait le tour du bar pour s'assurer que son amie n'avait rien de cassé. D'un geste rassurant, Lucy leur signifia qu'elle avait eu plus peur que mal. Et tandis que Miranda tendait la main afin d'aider la jeune femme à se relever, Angèle baissa la tête, telle une enfant surprise en train de faire une grosse bêtise.

– Pardon ! murmura-t-elle à l'adresse de Lucy.

23

Durant les deux semaines qui suivirent, Angèle prit ses distances. Non pas qu'elle refusât catégoriquement de voir sa sœur, mais disons plutôt qu'elle se trouva subitement toute une série d'occupations dans lesquelles Lucy n'avait guère de place. Les deux femmes continuèrent à se téléphoner presque quotidiennement, échangeant propos badins et confidences sans conséquence. Elles se virent quelques fois, mais jamais chez Lucy. En terrain neutre, comme se l'était imposé Angèle, encore trop effrayée à l'idée de tomber inopinément sur Yves, ou même de ne pas résister à détailler fiévreusement les quelques photos de la cheminée, clichés sur lesquels il figurait, offrant à l'objectif son bonheur d'époux et de père.

Lucy, quant à elle, ne parut pas remarquer le soudain éloignement de sa sœur, ce qui aida Angèle à combattre ses démons intérieurs. Du moins à ne pas les nourrir d'opportunités obsédantes et autres spéculations menaçantes. Elle espérait qu'ainsi, l'Idée se lasserait de tant d'apathie et de mauvaise volonté. Car même si certaines vérités avaient d'autorité pris place dans sa conscience, la jeune femme s'imposa une révolte obstinée afin de ne pas se rendre sans combat. Plus tard, il est vrai, elle reconnaîtra honteusement ne pas avoir été assez impitoyable envers elle-même pour pouvoir légitimer une défense irréprochable… Mais quelque chose d'indicible la poussait à se considérer plus comme une victime que comme la prédatrice qui s'installait lentement en elle. De là naîtra une sorte de négligence qui émoussera trop vite sa vigilance. Du moins, c'est ainsi que, sans l'excuser, elle justifiera son acte. Le combat était perdu d'avance. De cela au moins, elle en sera certaine, sans nul doute pour alléger le repentir de sa trahison future, un remords de plus venu s'ajouter au poids d'une amertume déjà bien lourde à trimballer. Qu'importe… Une fois de plus, Angèle se retrouvait seule face à l'adversité, ce dont elle avait l'habitude. Mais pour la première fois de sa vie, c'est contre elle-même qu'elle allait devoir se battre.

Un choix était à faire. Un choix évidemment impossible, mais dont l'alternative devenait, au fil des jours, d'une urgence capitale.

Angèle mit quinze jours avant de prendre sa décision.

À partir de là, aucun retour en arrière ne fut plus possible.

24

– Les petits chats sont nés !

Sans lui laisser le temps de se défaire de son manteau, Lucy, toute en émoi, entraîna sa sœur jusqu'à la buanderie où Wendy avait mis bas pendant la nuit. Angèle découvrit avec ravissement une portée de trois chatons roses et aveugles, pelotonnés contre leur mère. À leur entrée, Wendy leva vers les deux femmes un regard farouche.

– Tu vas les tuer ?

– Je n'ai pas le choix. Mais j'ai du mal. Ils sont si mignons !

– Garde-les alors !

– C'est hors de question. Yves n'en veut pas et de toute façon, que ferait-on de quatre chats à la maison ? Non... Je dois les tuer, aujourd'hui même, et de préférence avant le retour des enfants. Je leur dirai qu'ils sont morts à la naissance.

Angèle resta dubitative quelques instants. Puis, tournant la tête vers sa sœur, elle la considéra d'un air grave.

– Tu veux que je le fasse ?

Lucy ne quittait pas les chatons des yeux. Elle haussa les épaules, parut hésiter puis hocha la tête.

– Où est le chloroforme ? s'enquit fermement Angèle.

Lucy soupira en s'arrachant à la contemplation des petites bêtes. Puis elle se leva.

– Je vais le chercher, répondit-elle en quittant la pièce à regret.

Quelques instants plus tard, elle revenait munie du flacon de chloroforme, d'un sac plastique ainsi que d'un linge propre. Les deux sœurs échangèrent un regard tragique.

– Je vais faire ça dans le jardin, décida Angèle.

La jeune femme avança la main vers la portée. Aussitôt, Wendy souffla rageusement en montrant les crocs. Lucy dut intervenir, flattant la chatte d'une main cajoleuse tandis qu'Angèle s'emparait un à un des petits chats.

Une fois dans le jardin, Angèle déposa délicatement les nouveau-nés sur la pelouse et s'empara du flacon, du sac et du linge que Lucy tenait toujours dans ses mains.

– Va m'attendre dans le salon, je n'en ai pas pour longtemps.

Lucy voulut répliquer.

– Ce n'est pas la peine d'être deux pour faire « ça » ! l'interrompit fermement Angèle. Sinon, fais-le toi-même.

Lucy n'insista pas. Elle jeta un dernier regard aux chatons et s'en retourna lentement vers la maison.

Angèle attendit que sa sœur ait disparu dans la cuisine avant de se tourner vers les petites bêtes. Celles-ci se contorsionnaient douloureusement sur l'herbe, donnant maladroitement de petits coups de tête à l'aveuglette, à la recherche du chaud pelage maternel. La jeune femme resta quelques longues minutes à les contempler, les caressant tendrement du bout de l'index tout en murmurant des paroles de réconfort. La journée était douce, seuls quelques nuages blancs ornaient le ciel de leur lente progression.

Soudain, Angèle s'empara d'un des chatons qu'elle recueillit au creux de sa main. La petite bête ouvrit la bouche dans un cri muet, sans cesser de faire aller sa tête à gauche et à droite, museau en l'air en quête d'une odeur familière. Angèle posa sa main sur le chaton dans un geste d'apaisement. Elle sentit le petit corps palpiter sous sa paume, chaud, trépidant... vivant. À côté d'elle, sur la pelouse, gisaient le flacon de chloroforme, le sac de plastique et le linge.

Alors, de son autre main, elle saisit la petite tête de l'animal et, d'un coup sec, lui brisa la nuque. Il n'y eut aucune résistance. À peine un faible craquement presque inaudible. Le petit corps se figea une infime seconde, pattes raidies dans un souffle, puis s'affaissa instantanément.

Angèle procéda de la même façon pour les deux autres chatons. Ensuite elle mit le linge dans le sac avant d'y entasser les petites bêtes mortes. Puis elle ferma le plastique de trois nœuds superposés. Elle se releva enfin sans lâcher le sac, s'empara du flacon de chloroforme qu'elle fourra dans sa poche.

Lorsqu'elle reparut dans le salon, Lucy l'interrogea du regard.

— C'est fait, murmura Angèle d'une voix sombre.

Lucy hocha la tête.

— Tu as utilisé tout le chloroforme ?

— Oui, tout. Je n'ai pas voulu prendre de risque.

Lucy baissa la tête.

— Qu'est-ce que je fais de ça ? demanda Angèle en agitant le sac devant le visage de sa sœur.

— On va les enterrer au fond du jardin, au pied des rhododendrons.

Foudre

25

Observation.

Dans un premier temps, seule l'étude minutieuse du quotidien de Lucy, et ce jusque dans ses moindres détails, est à l'ordre du jour. Un travail de chaque instant qui ne laisse aucun répit à Angèle. Tout est à apprendre : la façon de bouger de sa sœur, ses attitudes, ses expressions, ses réactions, sans oublier sa manière de parler qui, même si elle rejoint sensiblement la sienne, dans l'intonation par exemple, diffère en certains points, comme le vocabulaire employé ou le style utilisé pour certaines tournures de phrases.

Puis vient la multitude invraisemblable de particularités à emmagasiner pour se fondre parfaitement dans la gestuelle de Lucy : ses habitudes et ses automatismes, la façon dont elle prépare le café par exemple, en comptant méticuleusement quatre doses d'arabica pour cinq barrettes d'eau, ou cette manie qu'elle a de refermer le sachet du pain sitôt après en avoir extrait une tranche, alors qu'Angèle le laisse ouvert jusqu'à ce qu'elle ait terminé de déjeuner. Retirer ses chaussures dans le hall d'entrée avant même d'enlever son manteau. S'asseoir éternellement à la même place, que ce soit à la table de la cuisine, à celle de la salle à manger ou sur le divan du salon. La manière de mettre le couvert, celle de faire son lit ainsi que celui des enfants. Plus une foule de détails aussi insignifiants qu'élémentaires : la place de chaque chose dans la maison, le fonctionnement de la machine à laver, du lave-vaisselle, du sèche-linge, de la chaudière, de la chaîne hi-fi. Prévoir 40 euros pour la femme de ménage qui vient tous les mercredis. Ranger systématiquement toutes les souches, tickets et bordereaux des différentes dépenses du ménage dans une boîte à chaussures prévue à cet effet, qui elle-même se trouve dans le buffet du salon, afin de pouvoir les vérifier au cas où, on ne sait jamais. Mettre le courrier bien en évidence sur la table de la salle à manger afin qu'Yves puisse le consulter sans difficulté à son retour du boulot. Utiliser la vaisselle courante pour les repas quotidiens, mais le beau service offert par Mireille en cadeau de mariage pour le dîner du dimanche et les soirs de réception. Chaque soir, tirer le verrou de la porte de la cave ainsi que celle du garage, laisser le trousseau de clé familial sur la petite étagère du hall d'entrée, sortir les poubelles tous les mercredis et dimanches soir, faire sécher les serviettes de bain humides sur le radiateur de la salle d'eau, ne pas s'éterniser au téléphone au cas où Yves tenterait d'appeler... Et encore mille autres choses dont Angèle n'aurait même pas soupçonné l'importance.

La mémorisation méthodique des goûts de Lucy dont il est primordial d'enregistrer chaque détail s'avère également être un boulot fastidieux : deux morceaux de sucre dans le café mais pas de lait, les vêtements de couleur bleue qu'elle aime associer à ceux de couleur jaune, pour elle comme pour ses enfants. Douche plutôt que bain, miel plutôt que confiture, débats télévisuels plutôt que films, huile plutôt que beurre, T-shirt plutôt que chemise de nuit. Sans oublier la marque de ses cosmétiques, la radio qu'elle allume sitôt rentrée chez elle, toujours sur la même fréquence, les tisanes de tilleul qu'elle se prépare tous les soirs après le repas... C'est un véritable travail de titan, une masse d'informations à obtenir sans mettre la puce à l'oreille, discrètement, naturellement, subtilement.

Regarder, guetter, épier, souvent déduire, parfois deviner, toujours vérifier.

Chaque certitude est soigneusement consignée dans un petit carnet prévu à cet effet. Angèle a, au préalable, dressé la liste de tout ce qu'elle doit savoir, dont elle barre au fil du temps les renseignements obtenus.

Puis elle met sur pied un plan d'action pour découvrir les facettes plus intimes de la vie de sa sœur. Sitôt qu'elle apprend qu'Yves reste travailler plus tard au bureau, elle se propose généreusement de venir aider Lucy pour s'occuper des enfants. C'est ainsi qu'elle découvre tout le rituel du soir, l'heure à laquelle il faut aller les chercher à l'école, Max d'abord, à la maternelle, dans l'aile gauche du bâtiment, puis Léa à la garderie de la section primaire. Leur permettre de regarder la télévision au retour de l'école, une demi-heure mais pas plus. Préparer le repas pendant qu'ils sont dans le bain, puis les faire manger entre 18h30 et 19 heures. Refuser toute négociation sur le grignotage avant de passer à table, ainsi que l'obligation de mettre peignoir et pantoufles au sortir du bain. Mais être plus coulante sur l'appétit du soir, ne pas se braquer s'ils ne terminent pas leur assiette. Le cérémonial du coucher enfin, une histoire pour chacun d'eux, le verre d'eau sur la table de nuit, mettre une couche à Max qui n'est pas encore propre la nuit, remonter une seule fois dans les chambres si besoin en est, puis hausser le ton s'ils rechignent à s'endormir. Laisser la lumière du corridor allumée et la porte de la chambre entrouverte. Enfin, préparer les affaires du lendemain, cartables dans le hall d'entrée, vêtements dans la salle de bains.

Le seul petit problème qui se pose à l'esprit d'Angèle pour cet aspect précis du quotidien est d'imaginer la même soirée agrémentée de la présence d'Yves. Que fait-il et que ne fait-il pas ? Le couple s'occupe-t-il du ménage à parts égales ? Yves met-il la main à la pâte lorsqu'il s'agit de préparer le repas, donner le bain aux enfants ou les mettre au lit ?

Pour répondre à ces multiples questions, Angèle s'impose un dimanche soir, alors que l'après-midi familial a été particulièrement cordial. La réponse lui saute vite au visage : Yves ne rechigne pas à faire la cuisine, dresser le couvert ou ranger la maison, mais ne s'occupe pas beaucoup des enfants. De ce côté-là, c'est Lucy qui fait tout le boulot.

De plus en plus souvent, Angèle se propose également d'accompagner Lucy pour faire ses courses. Elle peut ainsi découvrir l'essentiel des goûts de la famille : telle marque de yaourt pour Max, telle autre pour Léa. Pour le vin, qu'importe que ce soit un bordeaux ou un bergerac, pourvu qu'il soit mis en bouteille au château. Deux bouteilles d'eau pétillante chaque jour, Yves étant un grand consommateur. Gouda jeune, lait entier, pain complet, boîte de thon au naturel, légumes frais, déodorant à vaporisateur, gel moussant pour les cheveux, produits light autant que possible, éviter les surgelés sauf pour la soupe, préférer les bocaux en verre aux boîtes de conserve, céréales au miel pour les enfants mais nature pour Yves. Jamais d'abats ni de triperies, mais ne pas lésiner sur la charcuterie. Œufs bio, ou du moins issus de poules élevées en plein air, tomates en provenance d'Italie si possible... Bref, une liste invraisemblable de détails à retenir, puis à noter méticuleusement dans le petit carnet.

Ensuite il y a l'entourage social du couple à connaî-tre, ainsi que leurs passifs respectifs. Pour cela, une seule et unique solution : traîner le plus de temps possible en compagnie de Lucy. Et à chaque rencontre, lui poser des questions d'apparence insignifiante.

– Qui est-ce ?

– Madame Cannot, la voisine d'en face.

– Elle a l'air gentille.

– Mouais… Disons qu'elle n'est pas trop gênante.

– Vous la connaissez bien ?

– Pas plus que ça. Bonjour-bonsoir, rapport de bon voisinage. Mais il faut s'en méfier, c'est une vraie pipelette ! En plus, on dirait qu'elle passe sa vie aux fenêtres de sa maison, à guetter les allées et venues de la rue. Un soir, je me suis disputée avec Yves et il est parti en claquant la porte, histoire de prendre un peu l'air. Il était déjà tard, je dirais bien minuit, minuit et demi… Quelques jours plus tard, Miranda m'a appris que des rumeurs circulaient dans le quartier comme quoi notre couple battait de l'aile. Je suis persuadée qu'elle n'y est pas pour rien.

« Enregistré ! note Angèle dans un coin de sa tête. Se méfier de la voisine d'en face. »

Plus difficile à cerner, les collègues et connaissances d'Yves : différencier ceux qui entretiennent un rapport amical avec le couple de ceux ne partageant qu'une relation professionnelle avec Yves. C'est, le plus souvent, une suite de noms sans visage, quelques renseignements glanés par-ci par-là, notés au hasard d'une conversation téléphonique ou d'une discussion avec Miranda. Impossible d'en dresser une liste exhaustive. Sans oublier les amis des époux, une bonne dizaine de couples venus d'horizons variés et datant d'époques diverses de leur vie commune. Très difficile à cerner sans poser une multitude de questions qui, à la longue, peuvent paraître suspectes.

Les connaissances de Lucy sont, fort heureusement, plus restreintes. Il y a les parents des différents camarades de classe des enfants avec lesquels elle échange quelques mots le matin et le soir, lorsqu'elle conduit ou va rechercher Max et Léa, mais sans plus… S'ajoutent à cela quelques commerçants du quartier ainsi que de rares amies d'enfance ne donnant plus signe de vie qu'une ou deux fois l'an. À part cela, rien ! La pauvreté de l'entourage proche de Lucy a déjà étonné Angèle : Lucy n'a presque pas d'amies. Seule Miranda remplit ce rôle.

Quant aux rapports intimes que Lucy entretient avec son mari, la question s'avère plus délicate. De plus en plus, Angèle se risque à confier à sa sœur certains aspects de sa propre vie privée, espérant ainsi que Lucy se laissera également aller à quelques confidences. Mais la jeune femme reste très discrète. Elle n'évoque la plupart du temps que diverses petites anecdotes sans grand intérêt pour Angèle, ne lui apprenant pas grand-chose de plus que ce qu'elle sait déjà. De plus, Lucy a percé le mystère de l'emploi du temps de son mari durant la fameuse soirée de sa nouvelle coiffure… Soupçons bien injustifiés envers un homme dont le seul souci est d'apporter à sa famille confort et sécurité : il se trouvait, en effet, en extérieur pour un reportage photo destiné à un magazine de société. Fausse alerte donc. Lucy a retrouvé sa joie de vivre et file le parfait amour avec son adorable mari. Ce qui ne perturbe pas Angèle le moins du monde. Le nombre de ses motivations est considérable, à commencer par le leitmotiv dont elle se répète chaque jour la formule, telle une devise incontournable : « Chacune son tour ! » Et si la fausse nouvelle de la trahison d'Yves a été le déclencheur de son plan d'attaque, tant mieux ! Au moins, la niaiserie de Lucy aura servi à quelque chose.

Par contre, vis-à-vis d'Angèle, Lucy se révèle être d'une écoute remarquable, réellement parfaite dans le rôle d'amie et de conseillère. Angèle pousse la tentative plus loin, allant jusqu'à avouer à sa sœur des problèmes sexuels qu'elle n'a pourtant pas. Peine perdue : Lucy écoute, préconise, réconforte… Sans jamais s'épancher à son tour.

Tout cela prend du temps. Mais qu'importe : Angèle a déjà perdu trente-cinq ans. Elle n'en est plus à quelques mois près.

26

Miranda déplia les nappes, serviettes et linge de table qu'elle s'apprêtait à insérer dans la machine. Le lavoir automatique était désert à cette heure de la journée et, perdue dans ses pensées, elle répéta mécaniquement les gestes mille fois accomplis que nécessitait cette corvée malgré tout reposante.

Son esprit, quant à lui, s'en allait vagabonder vers d'autres rives.

Dothy lui donnait du souci. Elle sentait bien que l'adolescente lui échappait, sans véritablement parvenir à comprendre quand, comment et pourquoi le fil s'était rompu. Réellement rompu? Le terme était peut-être un peu fort. Non, le lien qui unissait la mère et la fille était toujours aussi dense, mais Miranda se sentait un peu dépassée par les événements. De plus en plus souvent, Dothy s'autorisait des sorties nocturnes jusqu'aux petites heures du matin, en pleine semaine et sans l'accord de ses parents, trop absorbés par la bonne marche du restaurant. Miranda en avait déjà parlé avec Jean-Michel qui, en sa qualité de père, avait prôné un renforcement des règles disciplinaires au sein du foyer. Fidèle à son rôle de mère poule, Miranda avait tenté de ménager la chèvre et le chou, rappelant à son mari l'importance de conserver, envers et contre tout, la confiance qui avait toujours régné entre eux et leur fille. Mais aujourd'hui, elle se sentait perplexe.

La veille, Dothy avait une fois de plus fait le mur, provoquant à son retour la colère de son père. La jeune fille s'était alors braquée avant de s'enfermer dans sa chambre, non sans omettre de claquer toutes les portes qui s'étaient trouvées sur son passage. Et ce matin, la réconciliation n'avait pas eu lieu.

– C'est l'âge, avait décrété Miranda en guise d'explication.

Ce qui ne résolvait rien, elle en était bien consciente.

Miranda soupira. « C'est étrange ! se dit-elle. Depuis sa naissance, nous avons toujours tenté de lui donner le meilleur de nous-mêmes afin de ne pas reproduire les erreurs classiques des parents trop préoccupés par leur métier. » Disponibilité, écoute, dialogue, autonomie, indépendance… Jean-Michel et Miranda s'étaient en effet employés à conserver une grande liberté d'action, tant dans leur profession que dans leur vie privée. Par exemple, les périodes de vacances scolaires représentaient à leurs yeux la plaie de l'organisation obligatoire de l'existence familiale. L'enfer des embouteillages sur la route des vacances, les inévitables et accablantes files d'attente dans les différents parcs d'attractions, les plages bondées, les hôtels complets, l'énervement quotidien pour ne pas se trouver mêlés à la foule des estivants venus goûter en masse aux joies des nombreuses activités proposées par les agences de voyages… Voilà une chose qu'ils étaient toujours parvenus à éviter. Leur statut d'indépendants leur avait permis de choisir en toute liberté la période de vacances idéale. Ainsi, ils avaient pu offrir à Dothy le confort des séjours effectués en dehors des cycles imposés par l'État. Ils avaient mis un point d'honneur à donner à Dothy l'existence privilégiée de ceux qui n'ont de compte à rendre à personne.

Mais bien vite ils avaient dû se résoudre à rentrer dans les rangs. À leur grande surprise, Dothy leur avait rapidement reproché cette rébellion domestique qui l'isolait de son entourage scolaire. Elle désirait, elle, partir en vacances en même temps que tout le monde. Elle exigeait un emploi du temps conforme à celui de ses amies afin de profiter de leur compagnie jusqu'au dernier jour d'école. Partir quinze jours avant les autres et revenir quand tout le monde est parti, elle n'appréciait que très modérément ! Ils avaient essayé de faire mieux que leurs voisins et s'étaient finalement trouvés confrontés aux mêmes problèmes : dégradation du dialogue, révolte contre leur autorité pourtant si flexible, fêlure dans les rapports familiaux. Miranda savait que ce devait sans doute être un passage obligé, cette période tourmentée que l'on nomme l'adolescence… Mais cela l'attristait, la laissant démunie et désorientée.

Quant aux notes scolaires de Dothy, elles venaient de connaître une très légère ascension, pas de quoi crier victoire mais dénotant un certain effort qu'il convenait tout de même de reconnaître et de louer. L'adolescente se situait plus dans la moyenne inférieure de sa classe que dans le peloton de tête, ce dont Miranda prenait lentement conscience sans vouloir céder à la panique.

Par contre, certaines occupations de sa fille lui redonnaient l'espoir de ne pas la voir succomber à cette sorte d'apathie qui touche la plupart des jeunes. Depuis quelques semaines, Dothy avait rallié une troupe de théâtre amateur dont le cheval de bataille était de monter de petits spectacles destinés à être joués dans les hôpitaux auprès des enfants malades. Belle idée ! Miranda n'était pas mécontente de savoir que sa fille allait être confrontée à certaines réalités moins futiles. De plus, la jeune fille semblait y attacher beaucoup d'importance, ne ratant les répétitions sous aucun prétexte et passant des heures dans sa chambre afin de mémoriser son texte, trouver de nouvelles idées de gags ou confectionner des costumes avec les moyens du bord : vieilles chemises de papa, tabliers troués, robes démodées de maman, tout était recyclé et détourné suivant les besoins du spectacle. De quoi ravir Jean-Michel et Miranda !

À part ça, on ne pouvait pas trop se plaindre. Le bistro marchait bien, les finances étaient stables et au sein de son couple, l'ambiance était plutôt à la roucoulade. Et sa chère Lucy avait l'air en pleine forme ! Rassurée quant à la fidélité de son époux, elle resplendissait. Sa nouvelle coiffure avait entraîné une métamorphose vestimentaire qui lui allait à ravir. D'apparence plus soigneuse et de fait plus coquette, elle paraissait rajeunie de dix ans. Angèle, quant à elle, ne quittait plus sa sœur... Contrairement aux semaines précédentes durant lesquelles elle s'était littéralement terrée dans sa chambre, il était devenu quasi impossible de voir les deux jeunes femmes l'une sans l'autre. Angèle aussi se transformait, révélant un aspect plus raffiné de son tempérament que la version robuste de Lucy qu'elle était à son arrivée en Belgique. À l'instar de sa sœur, la jeune femme dévoilait également une métamorphose physique et même spirituelle qui était tout à son avantage. Comme si la personnalité des deux femmes s'était coulée dans une sorte de vases communicants, chacune puisant dans le récipient de l'autre afin d'en extraire les atouts qui leur faisaient défaut. À cela, Miranda n'avait rien à redire. Autrefois, soupçonnant son mari d'une liaison extraconjugale, Lucy se serait sans doute effondrée, dépourvue de toute ressource offensive. Lucy a ce côté un peu puéril, dont Miranda a déjà tenté de lui faire prendre conscience, sans grand succès. Cette fois-ci, tout au contraire, Lucy avait fait preuve d'un sang-froid qui ne lui correspondait habituellement pas : prenant le taureau par les cornes, elle avait d'emblée percé l'abcès pour découvrir que ses craintes n'étaient nullement fondées.

N'empêche, il était tout de même curieux d'observer à quel point les personnalités des deux sœurs se fondaient l'une dans l'autre. Miranda avait déjà entendu parler des rapports fusionnels qui pouvaient exister entre certains jumeaux, unissant leurs efforts pour ne plus faire qu'une seule et même personne. C'était troublant. Surtout qu'elle ne pouvait pas incriminer l'une des deux sœurs d'imiter l'autre au détriment de toute originalité. Si au moins elle avait constaté qu'Angèle reproduisait l'apparence, l'attitude ainsi que la personnalité de Lucy pour lui ressembler aussi fidèlement que possible... Mais non ! Le mimétisme se faisait de part et d'autre, se rejoignant dans une parfaite symbiose pour donner naissance à un être nouveau qui n'était plus ni Angèle, ni Lucy. En y réfléchissant, Miranda y décela un côté malsain qui la dérangeait. Et le fait que cela concernât sa meilleure amie ne faisait que l'exaspérer plus encore...

En vérité, elle ne savait pas quoi en penser. Elle sentait bien que l'arrivée d'Angèle apportait à Lucy une force et une confiance en soi qu'elle ne lui connaissait pas, mais en même temps... Elle avait changé ! D'une manière positive, sans doute, mais... Ce n'était plus vraiment Lucy. Miranda se demanda si Jérémie avait constaté les mêmes transformations chez Angèle, qu'il connaissait depuis l'enfance. La prochaine fois que le musicien serait en visite à Bruxelles, elle essayerait de lui poser la question, discrètement, juste pour savoir. Et Yves, qu'en pensait-il ? Avait-il, lui aussi, remarqué la métamorphose de sa femme ? Si tel était le cas, il ne paraissait pas s'en plaindre.

Miranda haussa les épaules. Après tout, cela était sans doute naturel… Découvrir à trente-cinq ans qu'on a une sœur jumelle peut bouleverser une vie. Le contraire aurait été surprenant. Bien sûr… Elle secoua la tête, chassant ainsi le trouble qui la prenait chaque fois qu'elle pensait à l'arrivée d'Angèle dans la vie de son amie. Que Lucy ait trouvé en la personne de sa sœur une autre confidente ne lui plaisait peut-être pas outre mesure ? Un peu de jalousie ? Possible… Allons ! C'était idiot, elle n'avait plus quinze ans !

27

La vie d'Angèle s'organise peu à peu. Dans ce nouveau décor, entourée de sa nouvelle famille et de ses nouveaux amis, elle se découvre une place qu'elle sait n'être que provisoire, quelque chose d'intermédiaire entre le passé et l'avenir. Le présent est devenu une sorte d'itinéraire obligatoire, rythmé par les victoires et les défaites de ses ambitions, tel un parcours fléché qu'elle suit aveuglément, sans plus penser ni réfléchir aux raisons qui la poussent à agir. Il y a eu un point de départ décidé en toute connaissance de cause, il y aura un terme qui ne prendra effet que lorsqu'elle aura atteint son but.

Alors seulement, elle pourra commencer à vivre.

À présent, tout est clair. Les choses se sont mises en place avec une simplicité si lumineuse qu'elle se sent resplendir d'une confiance rarement éprouvée jusque-là. Rien de plus normal puisque ce n'est qu'aujourd'hui qu'elle sait qui elle est vraiment. Sa vie tout entière ne fut ponctuée que par la longue recherche stérile d'une identité insaisissable, glissant comme une anguille entre les traits de sa personnalité sans jamais éclore véritablement. Celle qu'elle est réellement est là, devant elle, imposture vivante qui la condamne indéfiniment à l'échec. Mais tout cela ne sera bientôt plus qu'un mauvais souvenir. Une erreur de parcours aujourd'hui sur le point d'être rectifiée. Une méprise, une confusion, un impair du destin. Un simple quiproquo.

Elle pourra passer à l'acte très prochainement.

Les quelques doutes subsistants ont été ôtés. Tout d'abord vis-à-vis des enfants. Depuis quelque temps, Angèle se propose d'aller les chercher à l'école, ce que Lucy accepte en général avec joie. Ça lui laisse un peu plus de temps pour accomplir ses « nombreuses » tâches quotidiennes tout en constatant avec ravissement l'implication de sa sœur dans la vie de famille. Ce petit arrangement comporte plusieurs avantages pour Angèle, le premier étant de pouvoir tester sa conformité avec Lucy aux yeux de Max et de Léa. L'expérience s'est révélée tout à fait concluante : jeudi dernier, en arrivant à l'école, elle leur a fait croire qu'elle était leur mère. Léa lui a fait remarquer que ce devait être Angèle qui venait les chercher, ce à quoi il lui fut répondu que la chose ne s'était pas déroulée comme prévu, leur tante ayant eu un imprévu de dernière minute. La gamine a fait la moue quelques instants avant de se contenter de la réponse fournie. Et lorsque les deux bambins la gratifièrent de la douce appellation de « maman » pendant un bon quart d'heure, Angèle eut un mal fou à réprimer un cri de victoire. Après quoi, elle leur avoua son imposture, justifiant son acte par une petite farce décidée sur le coup, ainsi que la surprise qu'elle désirait leur faire d'être bien leur tantine adorée.

Les autres avantages concernent bien évidemment l'entourage de la famille Gilot. Dont les institutrices des deux bambins qui, chaque fois qu'elle va les chercher à l'école, l'accueillent invariablement par un « Bonjour madame Gilot ! » plein d'assurance et d'évidence. Personne ne remet en doute son identité. Même ceux qui savent pertinemment que Lucy a une sœur jumelle qui lui ressemble comme deux gouttes d'eau. Dès lors, pourquoi elle, Angèle, devrait-elle douter de son nom, de son rôle, de sa place ?

Yves ensuite, qui la confond invariablement avec sa femme. Pas d'inquiétude de ce côté-là, le couple semble s'être mis sur pilote automatique, vivant côte à côte et non plus ensemble. Et ce ne sont pas les quelques gestes tendres qu'ils esquissent en public qui la détromperont… Elle sait bien, elle, que le bel Yves ne regarde plus Lucy comme un être désirable, mais plutôt comme la mère de ses enfants, la femme de ménage du foyer ou la compagne conciliante de ces trop nombreuses soirées privées depuis bien longtemps de toute saveur. Les derniers remords ont donc été balayés d'un coup de tranquillité sereine. Yves n'est qu'une victime, lui aussi. Victime de la malchance innée d'Angèle, victime d'un terrible malentendu perpétré trente-cinq années auparavant. C'est donc à elle de remettre de l'ordre dans cet indéfinissable chaos. C'est sa manière à elle de réparer les torts qu'elle lui a, bien involontairement, fait subir.

N'est-ce pas la moindre des choses ?

Reste à savoir ce qu'elle va faire de Lucy.

L'évidence d'une solution radicale concernant le sort de sa sœur s'impose peu à peu à son esprit. Oh… Elle y a déjà beaucoup songé, mais la gravité de cette décision l'effraie. Elle doit l'apprivoiser, petit à petit, en douceur, avec précaution et discernement. Et pour cela, elle n'a qu'une seule solution : envisager une à une toute autre alternative, peser le pour et le contre de chaque possibilité, donner une chance à Lucy de s'en sortir… vivante. Mais quoi qu'elle fasse, elle en revient toujours au même constat : si elle lui laisse la vie sauve, celle-ci fera tout pour reprendre sa place, disposant d'une foule d'arguments infaillibles pour prouver son identité, à commencer par la pléiade de souvenirs qu'elle partage avec Yves et dont Angèle ignore tout. Et cela, c'est tout simplement inconcevable.

L'idée la dégoûte, l'angoisse, l'obsède, la terrifie. Mais pas autant que de laisser sa sœur poursuivre impunément une existence qui ne lui appartient pas entièrement, et qui, aujourd'hui certainement, ne la concerne plus. C'est maintenant à son tour de profiter des bienfaits du petit nuage de prospérité ! Il s'en est fallu de peu que Lucy jouisse librement, avec une désinvolture presque insultante, de l'erreur de ses parents adoptifs. Et cela, c'est une faute qu'Angèle ne peut laisser passer sans réagir.

Il aurait été si simple de prendre sa sœur entre quatre yeux et de lui dire : voilà, tu t'es bien amusée jusqu'ici, tu as bénéficié d'une chance qui m'était, au départ, destinée autant qu'à toi, c'est aujourd'hui mon tour de prendre la place. Je me rends bien compte que tu as agi de façon tout à fait involontaire, car tu ignorais tout de mon existence. C'est pourquoi je te pardonne. Mais à présent que je suis là, il n'y a plus à discuter. Je t'ai laissé les trente-cinq premières années, à toi de me laisser les trente-cinq suivantes. Il n'est pas besoin de mettre tout le monde au courant : faisons l'échange discrètement, explique-moi les quelques choses importantes à savoir et va faire ta vie ailleurs.

Mais elle doute que Lucy soit d'accord avec ce point de vue… Ne serait-ce qu'à cause des enfants.

Alors elle n'a pas d'autre solution. Ce n'est pas complètement sa faute. C'est ainsi.

Pour le reste, elle avisera. Elle sait bien qu'elle sera maintes fois confrontée à d'amples difficultés dont elle n'aura pas le début d'une solution. Un coup de téléphone dont l'interlocuteur lui est totalement inconnu et avec lequel il faudra converser comme si elle le connaissait depuis toujours. L'évocation de souvenirs dont elle ignorera tout, que ce soit avec les enfants, avec Yves ou même avec Mireille et Jacques. Pour les amis, elle ne craint pas grand-chose… Elle a remarqué que Lucy n'entretient aucune relation véritablement étroite avec quiconque, excepté bien sûr avec Jean-Michel et Miranda, qu'elle commence à bien connaître, elle aussi. Mais tout cela ne l'effraie pas. Du moins pas autant que de rester à jamais Angèle, la sœur, la tante, la belle-sœur. La pièce rapportée. La femme égarée.

Elle composera. Elle trouvera les mots, les attitudes, les réactions adéquates pour se dépêtrer des diverses embûches que sa nouvelle vie sèmera sur sa route. C'est le prix à payer, elle le sait. Cela l'excite autant que cela l'angoisse. Et d'un autre côté, elle a hâte d'y être confrontée. Toutes ces inconnues qu'elle ne peut prévoir deviennent une sorte de moteur à la fois provocant et émoustillant. Quelle vie passionnante elle s'apprête à vivre ! Quelle folie, quelle ivresse, quelle exaltation ! Fini la misère sociale d'une existence sans lendemain, sans projet, sans espoir…

Retrouver Lucy fut la première étape d'une résurrection indispensable à son bien-être moral. Aujourd'hui, elle peut enfin en entamer la seconde phase : se retrouver elle-même.

28

– J'ai fait le tri dans ma garde-robe… Je me débarrasse de quelques vêtements. Si ça t'intéresse, viens jeter un coup d'œil avant que je ne les donne aux « Petits Riens ».

Il y avait chez Lucy un côté « grande sœur » qui commençait tout doucement à agacer Angèle.

– Super ! Je passerai en début d'après-midi comme prévu.

Puis elle ajouta, non sans une pointe d'ironie qui perça malgré elle :

– Ça tombe bien, je n'ai presque plus rien à me mettre !

– Passe plutôt vers midi, rétorqua joyeusement la voix de Lucy. Max s'est réveillé tard ce matin et je ne lui fais pas faire de sieste. Ainsi, nous pourrons partir plus tôt à la braderie du quartier. On y trouvera peut-être un ou deux bibelots pour toi…

Les restes, les surplus, les secondes mains, les occasions, ça faisait un peu « soupe populaire pour parents pauvres »… Angèle se mordit la lèvre inférieure pour ne pas envoyer sa sœur sur les roses. Avec une ou deux insultes en prime pour décorer. Genre bibelots dégotés dans une brocante. Lucy était si gentille ! Une vraie mère poule ! Dégoulinante de bons sentiments, sans oublier la générosité et la compassion qui vont avec. De quoi vomir !

— Bonne idée! rétorqua-t-elle d'un ton réjoui. Je serai chez toi à midi pile. Bises, à tout à l'heure.

Angèle raccrocha précipitamment, comme si le téléphone lui brûlait la paume. Elle resta quelques instants à contempler le combiné qu'elle venait de reposer, tentant de purger toute l'animosité accumulée au fil des jours, goutte à goutte, avec ce trop-plein d'hostilité qui lui rongeait le cœur. Parce que Lucy faisait ça par bienveillance et que c'en était devenu insupportable. Et surtout parce que, de toute façon, ça ne changerait rien. Elle était condamnée. Quoi qu'elle fasse. Alors, continue comme ça, ma pauvre Lucy, ça m'aide. Ça m'aide quand tu penses à moi pour reprendre les vieilles loques dont tu as usé l'attrait jusqu'à la corde, et aussi pour me trouver quelques antiquailles sans forme, sans charme et sans étiquette. Parce qu'ici, je ne suis de toute façon qu'une Lucy numéro deux, l'occase de l'année, la dernière histoire triste à raconter le soir devant la télé. La petite sœur qui ne va pas très bien en ce moment, qui a du mal à joindre les deux bouts alors on lui file un coup de pouce. Il faut dire qu'elle n'a pas eu beaucoup de chance, la pauvre... Mais bon, à trente-cinq ans, va-t'en recommencer ta vie! Sans compter que si elle veut des gosses, elle n'a plus beaucoup de temps devant elle. L'horloge biologique tourne de plus en plus vite, et même si aujourd'hui on peut faire des mômes jusqu'à quarante ans, c'est tout de même un peu risqué pour une première grossesse. Déjà qu'elle n'a pas encore trouvé le père... Pourtant elle est jolie! C'est bizarre, non? Qu'est-ce qui ne va pas chez elle?

Angèle nourrit son ressentiment. Elle compte dessus pour aller jusqu'au bout. Elle lui donne à manger à la petite cuillère, une bouchée pour maman, une bouchée pour papa… Une bouchée pour la belle maison meublée façon *Marie-Claire*. Une bouchée pour les gosses qui sont beaux et qui rigolent tout le temps. Et enfin une bouchée pour Yves, avec ses avant-bras bronzés, finement recouverts d'un duvet de poils sombres, ça laisse deviner le torse velu, terriblement viril.

Alors elle s'entraîne à détester Lucy. Question d'hygiène mentale.

— T'es déjà là? Entre, je termine d'habiller Max.

Lorsque Angèle apparaît dans le salon, Léa l'accueille à grands cris de joie avant de lui sauter dans les bras.

— Tu viens avec nous à la braderie?

— Oui ma puce!

— Génial! Papa aussi, il vient! Il a pu se décommander d'un rendez-vous très important, c'est maman qui l'a dit.

— Génial! répète Angèle sur le même ton que la gamine.

Yves apparaît à son tour, remontant de la cave dans laquelle il vient apparemment d'effectuer une réparation quelconque. Sans jeter de coup d'œil à Angèle, il traverse le salon tout en frottant son pantalon à l'aide d'un mouchoir déjà maculé de suif.

— Tu crois qu'il y aurait un pantalon propre pour moi en haut? Je viens de m'en mettre partout sans même m'en rendre compte.

— Bonjour Yves! s'exclame Angèle d'un ton moqueur.

— Tu t'es encore trompé, papa! ajoute Léa en riant sous cape.

Yves redresse la tête d'un air effaré. Puis, découvrant sa belle-sœur, il lève les yeux au ciel.

— Désolé, Angèle, je crois que je ne m'y habituerai jamais. Je n'ai pas entendu la sonnette alors j'ai cru que…

Il s'approche de sa belle-sœur pour lui faire la bise.

— Enfin, tu sais bien, comme d'habitude ! achève-t-il en guise d'excuse.

— Je sais, Yves, concède Angèle avec beaucoup d'indulgence. Du moment que tu ne me mets pas la main aux fesses…

— Dieu m'en préserve ! rétorque-t-il en mimant une attitude des plus choquées. Lucy est en haut ?

— Elle termine d'habiller Max.

Yves disparaît dans le corridor non sans avoir demandé à Léa de monter avec lui afin d'achever sa toilette. Restée seule, Angèle se dirige vers la cuisine pour se servir une tasse de café. Elle soupire avec espoir, jetant un coup d'œil circulaire sur l'ensemble du rez-de-chaussée. Elle va devenir une mère plus vraie que nature, plus tendre, plus gaie, plus jolie, plus tout que Lucy ! Car elle a un avantage de taille sur sa sœur : elle connaît son bonheur ! Son seul petit regret reste de n'avoir pu vivre ces moments merveilleux que sont la grossesse, l'allaitement, ainsi que le spectacle magique de voir grandir ses enfants, étape par étape. Pour Léa, il y aura très certainement un gros manque, la fillette allant déjà sur ses huit ans. Mais pour Max, ma foi, trois malheureuses années à rattraper, ce n'est pas insurmontable. Elle les aime déjà comme s'ils étaient siens. Et puis d'ailleurs, qui lui dit que la famille s'arrêtera là ? Max n'a que trois ans, il n'est donc pas exclu de pouvoir lui donner un petit frère ou une petite sœur… Angèle ferme les yeux en serrant les poings. Mon Dieu, ce serait tellement beau ! Si elle pouvait à son tour donner un enfant à Yves, tout rentrerait dans l'ordre comme par enchantement. Elle retrouverait ainsi sa place, celle que Lucy lui a volée, légitime parmi les siens, remise sur le droit chemin de la famille qui lui était destinée. Personne ne peut rattraper le temps perdu, Angèle en est parfaitement consciente. Mais du moins, elle a aujourd'hui la possibilité de remettre un peu d'ordre dans l'indescriptible chaos que ses parents adoptifs ont engendré en se trompant d'enfant.

– Maman t'appelle…

Angèle sursaute avant de poser sur Léa un regard surpris. Perdue dans ses pensées, elle n'a pas entendu venir la fillette. Celle-ci la dévisage de ses grands yeux verts.

– Maman demande que tu viennes en haut, répète-t-elle.

– J'y vais tout de suite, ma puce.

Elle se lève et rejoint Lucy dans sa chambre, au premier étage. Yves a changé de pantalon et Max est fin prêt pour partir. Le petit garçon s'élance lui aussi dans les bras de sa tante qui le reçoit dans un éclat de rire.

– Salut, petit bonhomme. Mais tu es beau comme un prince, aujourd'hui !

– Tiens, regarde ce qu'il y a sur le lit et prends ce qui t'intéresse, lui propose Lucy. Il y a pas mal de trucs qui sont encore en bon état, tu trouveras peut-être ton bonheur.

– Je prends tout, déclare aussitôt Angèle sans jeter le moindre coup d'œil sur le lit.

– Comme tu voudras ! Je mets tout cela dans des sacs et on peut y aller.

Quelques instants plus tard, ils redescendent tous au rez-de-chaussée et, pendant que Lucy enfile leurs manteaux aux enfants, Yves aide Angèle à descendre les deux gros sacs de plastique contenant les vieux vêtements de sa femme.

— Tu viens déjeuner avec nous demain ? s'enquiert Lucy auprès de sa sœur.

— Bien sûr ! Un dimanche sans vous ne serait pas un vrai dimanche ! Et puis… J'ai quelque chose d'important à vous annoncer.

De concert, Yves et Lucy se retournent d'un bloc vers elle.

— Ah bon ? Et… on peut savoir ce que c'est ? demande Lucy en dévisageant sa sœur d'un regard surpris.

Angèle soupire, l'attitude hésitante…

— Je ne sais pas si c'est vraiment le moment…

— De quoi s'agit-il ? insiste Yves.

— Eh bien… Disons que… Voilà ! Je voulais vous l'annoncer de manière moins abrupte, mais de toute façon, ma décision est prise. Alors, que vous l'appreniez maintenant ou demain…

Elle se tait, le regard grave, un peu triste, ne sachant apparemment pas par où commencer. Toute la famille s'est immobilisée dans l'attente d'une révélation qui semble difficile à sortir.

— Ne te fais pas prier ! s'impatiente Lucy.

Angèle redresse la tête pour affronter la contrariété de sa sœur. Puis, le regard clair et calme, elle annonce d'une voix tout à fait tranquille :

— Je retourne vivre à Paris.

La nouvelle fait l'effet d'une bombe. Sous le coup de la surprise, Léa pousse un gémissement plaintif qui donne toute l'ampleur de sa déception, tandis qu'Yves et Lucy gardent le silence, observant Angèle comme s'ils espéraient lire sur les traits de son visage l'expression courante qui trahit la plaisanterie. Mais de toute évidence, Angèle est très sérieuse.

– Comment ça, tu retournes vivre à Paris ? s'exclame enfin Lucy après avoir assimilé l'information. Tu ne te plais pas ici ?

– Ça n'a rien à voir... Et puis, quand je dis que je retourne vivre à Paris, c'est plutôt momentané ! Disons que j'ai besoin, pour quelque temps, de retrouver mes bases, ma petite chambre sous les toits, mes amis, mes activités... Je n'ai jamais dit que j'allais m'installer ici définitivement et... Et puis, ce n'est pas très loin, je reviendrai régulièrement. Je peux même revenir une fois tous les quinze jours, passer un week-end ou l'autre avec vous, histoire d'être présente pour le repas dominical...

Lucy paraît catastrophée. Elle ne cesse de dévisager Angèle comme si elle était témoin d'un véritable désastre humanitaire. Yves semble s'en remettre plus rapidement, et sa réaction transperce la gorge d'Angèle d'une douleur venimeuse.

– Je te comprends, Angèle... Après tout, c'est déjà fantastique de t'avoir eue tout ce temps... C'est vrai que tu dois te sentir un peu déracinée ici... Et puis, rien ne nous empêchera de venir te dire bonjour, nous aussi !

– Mais pourquoi veux-tu repartir ? répète Lucy, qui semble ne pas vouloir accepter la nouvelle. On est bien ensemble, tu ne trouves pas ? Je... C'est la première fois que je ressens tellement d'affinités pour quelqu'un... J'ai besoin de toi, moi !

– Moi aussi, Lucy ! rétorque Angèle d'une voix grave. Mais tu comprends, toi, tu as ton mari, tes enfants, tes parents, alors forcément tu es comblée... Moi, il me manque tout ce qui composait ma vie jusqu'au moment de te connaître. J'en ai besoin également, cela faisait partie de mon bonheur. Ici, je suis heureuse mais il me manque quelque chose. Jérémie me manque, mes habitudes me manquent, mes soirées entre copains me manquent… Mais ce n'est pas pour cela qu'on ne se verra plus puisque je peux revenir souvent.

— Moi, je ne veux pas que tu partes ! s'écrie Léa d'un air boudeur.

Max semble seulement comprendre ce qui provoque la consternation générale.

— Tu vas partir, tatie ? demande-t-il à Angèle en levant vers elle de grands yeux étonnés.

Angèle s'accroupit à hauteur du petit garçon.

— Oui mon cœur, mais je ne vais pas partir très loin. Et je reviendrai souvent pour te faire des chatouilles et m'occuper de toi, je te le promets !

Max hoche la tête sans répliquer, mais son regard dénonce le doute et la trahison qu'il ressent dans son petit cœur d'enfant.

— Ne me regarde pas comme ça, le conjure Angèle en le serrant dans ses bras. Je te promets qu'on se verra très vite et beaucoup plus souvent que tu ne le crois. Tu me fais confiance ?

L'enfant hoche une nouvelle fois la tête sans toutefois modifier la douloureuse expression qui luit dans son regard.

— Mais quand est-ce que tu pars ? interroge Lucy de sa voix toujours atterrée.

— Lundi.

— Lundi ? Après-demain ?

Angèle acquiesce d'un battement de cils. C'est le coup de massue. Lucy s'assoit sur une marche d'escalier pour reprendre ses esprits.

– Enfin, Lucy, ce n'est pas si dramatique ! gronde Yves, un peu agacé par la réaction démesurément accablée de sa femme. On dirait que le monde s'écroule !

– Je ne m'attendais pas à ce que ça te fasse cet effet-là… rétorque Angèle sans cacher sa surprise. Si j'avais su, je… Je vous aurais peut-être prévenus plus tôt.

– Tu as décidé ça quand ? murmure Lucy, toujours sous le coup de l'émotion.

– Oh… Ça fait plus ou moins un mois que l'idée me travaille, mais j'ai réellement pris ma décision la semaine passée.

– Et tu ne peux pas rester une ou deux semaines de plus, le temps que je me fasse à l'idée ?

Yves commence à perdre patience.

– Lucy ! Tu ne crois pas que tu exagères un peu ?

– Qu'est-ce que ça changerait ? réplique Angèle dans un murmure plein de regret.

Puis elle se rapproche de sa sœur et s'installe à ses côtés sur l'escalier.

– Il n'y a aucune raison pour que ça te mette dans un tel état. Ça ne changera pas grand-chose, tu sais. On se téléphonera souvent, et puis j'en ai déjà parlé à Miranda : elle me garde la chambre, si du moins personne n'en a besoin. Rien ne m'empêchera de venir passer quelques jours avec toi.

– Bon, on y va ? s'exclame Yves qui commence à avoir des fourmis dans les jambes.

Sans mot dire, Lucy se lève à regret, achevant d'habiller Max d'une casquette.

– Et demain, tes parents seront là ? s'enquiert Angèle en parlant de l'inévitable repas dominical.

– Pas moyen d'y échapper ! réplique Yves en devançant Lucy. Jacques et Mireille ont pris un abonnement perpétuel et impossible à résilier. Une chance pour nous ! ajoute-t-il non sans cacher l'ironie de ses propos.

– C'est le but des repas familiaux, tu as oublié ? rétorque Lucy en fustigeant son mari d'un regard noir.

Léa saute de joie.

– Doudou et Mamy vont venir demain ?

– Comme d'habitude, ma chérie, lui répond son père dans un soupir résigné. Tout le monde est prêt ? Alors on est partis !

– J'en profiterai pour leur annoncer la nouvelle, déclare Angèle d'une voix douce.

Puis, louchant discrètement vers Yves : « Patience, mon amour, songe-t-elle en silence. Bientôt, tu ne seras plus obligé de supporter ces dimanches assommants. Je te le promets ! »

29

Le soleil de juin donne à la chaussée de Waterloo un petit air de fête malgré un vent frisquet venu rappeler qu'on est en Belgique et que l'été a bien du mal à s'imposer. De part et d'autre de la rue, les commerçants bradent leurs prix, les particuliers vident leurs fonds de grenier et les cafés sortent, pour l'occasion, leur terrasse et barbecue. La fanfare communale fait le tour du quartier, tambour battant et majorettes au pas, avant de passer le reste de l'après-midi au bistro du coin. On croise les politiques venus en force, sourires aux lèvres et mains tendues : les élections régionales approchent à grands pas. La famille Gilot descend tranquillement la chaussée en direction du parvis de Saint-Gilles pour ensuite bifurquer vers la rue de Moscou où, sur la petite place, le manège tourne sans discontinuer à la grande joie des enfants. Partout, ça sent le hamburger et la saucisse grillée, tandis que des haut-parleurs disposés à chaque coin de rue diffusent les tubes sirupeux des cinquante derniers étés.

Yves et Lucy se promènent d'un pas tranquille, saluant les uns, bavardant avec les autres, histoire d'entretenir aimablement les rapports de bon voisinage. Angèle ne perd pas une occasion de prendre note de nouvelles informations concernant l'entourage de sa sœur, ainsi que de mettre à jour celles qu'elle a déjà. Tout cela est enregistré dans un coin de sa tête avant de pouvoir les noter dans son petit carnet sitôt rentrée chez elle. Sa détermination reste intacte, à peine émoussée par la décision inéluctable qu'elle a prise au sujet de Lucy. Mais pour l'heure, elle se contente de focaliser son attention sur d'autres détails à régler de manière impérative.

Lucy, quant à elle, semble avoir digéré la nouvelle du départ de sa sœur. Du moins, elle n'y fait plus allusion et se comporte avec Angèle comme si de rien n'était. Mais lorsque Yves s'éloigne un instant en compagnie des enfants pour leur offrir une glace, elle saisit le bras de sa sœur et fait quelques pas avec elle.

— Il faut absolument que je te parle, lui murmure-t-elle sur un ton de conspiration.

— Je t'écoute.

— Non, pas ici, pas maintenant... Demain, pendant le repas, on trouvera bien deux ou trois minutes pour s'isoler... Je comptais t'en parler lundi mais je ne m'attendais pas à ce que tu partes, alors...

Angèle l'observe d'un regard curieux. Elle s'apprête à lui poser quelques questions sur le sujet qui semble la tracasser mais Yves revient déjà vers elles, provoquant un changement d'attitude aussi radical que maniéré chez Lucy.

— Tiens, regarde ces chandeliers, là... s'écrie-t-elle. Tu ne les trouves pas splendides?

Angèle lorgne du côté indiqué par sa sœur. En effet, elle découvre deux horreurs se dressant avec emphase au milieu d'un capharnaüm d'objets tous plus kitch les uns que les autres.

— Ça ferait bel effet chez toi, non? insiste Lucy en s'approchant de l'étal.

Puis, s'adressant au vendeur :

— Vous les vendez à combien, les deux chandeliers?

– Trente-cinq euros.

– Pour les deux ?

– Chacun ! précise le marchand.

– Ça fait cher !

– Ce sont des chandeliers à cinq branches, madame !
De style romain avec décorations fleuries martelées et
ciselées. Ça coûte le double sur le marché !

– Laisse tomber, chuchote Angèle à l'oreille de sa
sœur.

– Ils sont superbes ! rétorque Lucy dans un murmure émerveillé. Je vous en donne cinquante euros
pour les deux, reprend-elle à l'adresse du vendeur sans
se soucier de l'embarras de sa sœur.

– Laisse tomber, je te dis, répète Angèle. C'est au-
dessus de mes moyens !

– Laisse-moi faire.

Elle fixe le vendeur d'un œil amusé, attendant sa
réaction.

– Soixante euros, réplique celui-ci d'un ton ferme.
Je n'irai pas en dessous. Et encore, j'y perds !

Lucy fait la moue. Soixante euros, c'est déjà une
petite somme… Mais il y en a deux pour ce prix-là, et
la jeune femme a dans l'idée d'en offrir un à Angèle
et de garder le deuxième pour elle. Comme le symbole
de leur gémellité.

– D'accord, je les prends.

Et, joignant le geste à la parole, elle se saisit de son
sac avant d'y fourrer la main à la recherche de son
portefeuille. Le vendeur s'empare des deux chandeliers
qu'il emballe délicatement dans un fourreau improvisé
de papier journal.

– Tu es folle ! murmure Angèle en serrant les
dents.

– Ne t'excite pas, réplique sa sœur en farfouillant
toujours dans son sac. J'en prends un pour moi et je

te donne le deuxième. Ils seront comme nous, deux copies conformes séparées par le destin. À ma mort, tu reprendras le mien. Et si tu pars la première, je ferai pareil. Bon Dieu ! Où ai-je fourré ce portefeuille ?

À l'évocation de la disparition de Lucy, Angèle s'est imperceptiblement raidie. Elle scrute le visage de sa sœur, tentant de déceler un quelconque sous-entendu dans ses propos. Mais Lucy semble déjà avoir oublié ce qu'elle vient de dire et empoigne son sac d'une main ferme avant de l'ouvrir en grand afin de le sonder du regard.

— Merde ! s'exclame-t-elle au bout d'un instant. J'ai dû oublier mon portefeuille à la maison !

— On ne peut pas dire « merde », maman ! gronde Max, venu manger sa glace aux côtés de sa mère.

— Tu as raison, mon cœur... Maman dit n'importe quoi. Il faut dire « Zut ». C'est plus poli.

— Alors ? Vous les prenez ? s'impatiente le vendeur.

— Mettez-les-moi de côté, je repasserai les prendre tout à l'heure, lui propose-t-elle.

Le commerçant hoche la tête en signe d'accord puis retourne s'asseoir sur une caisse. Lucy s'éloigne à petits pas sans cesser de fouiller son sac.

— C'est fou ! Je ne l'ai pourtant pas sorti de mon sac !

Lucy, Angèle et Max rejoignent Yves et Léa arrêtés un peu plus loin devant un autre étal.

— Yves ! J'ai dû oublier mon portefeuille à la maison. Continuez sans moi, je vous rejoins un peu plus loin.

Et sans attendre, elle repart au pas de course en sens inverse. Yves, Angèle et les enfants poursuivent la balade, marchandent quelques bibelots, puis font halte devant le manège, sur lequel Max et Léa prennent place. L'après-midi est festif et, profitant de l'absence momentanée de sa sœur, Angèle se prend une nouvelle fois à rêver : pendant que les enfants tournent en rond au son de la « Bamba », elle se tient à côté d'Yves, frôlant de son bras celui de son beau-frère. C'est un moment de pur bonheur, l'un de ces instants volés où tout s'arrête. L'espace de quelques secondes, Angèle ferme doucement les yeux, se sentant dériver vers une ivresse alanguie. Il s'en faut de peu qu'elle ne pose sa tête sur l'épaule d'Yves, se serrant contre lui, tous deux en extase devant la joie de *leurs* enfants. L'arrêt du manège la ramène à la réalité. Max et Léa exigent un deuxième tour qui leur est accordé sans difficulté.

Tandis que les enfants repartent vers de nouvelles aventures, Yves en profite pour jeter un œil aux échoppes jouxtant le manège, laissant à Angèle le soin de les surveiller. La jeune femme se charge donc de leur faire signe lorsqu'ils passent devant elle, comme le ferait toute maman aimante, de même qu'elle les exhorte avec véhémence à attraper la floche qui leur permettra de gagner un tour gratuit. Quelques instants plus tard, Yves la rejoint muni d'un nouveau sac en plastique.

– Tu as trouvé quelque chose ? s'enquiert Angèle sans quitter le manège des yeux.

– Deux cassettes vidéo : « La vie est belle » de Frank Capra et « Piège mortel », avec Christopher Reeves et Michael Caine. Je ne sais pas dans quel état elles sont, mais pour deux euros chacune, je ne peux pas vraiment être volé.

« Piège mortel »… L'évocation du titre fait frémir Angèle tandis que…

— C'est incompréhensible ! Je n'arrive pas à remettre la main dessus. Pourtant, j'en suis certaine, je ne l'ai pas sorti de mon sac !

Yves et Angèle se retournent. Lucy est là, bredouille et soucieuse. Le manège s'arrête de tourner, les enfants sortent de leurs engins pendant que d'autres bambins se précipitent au centre du carrousel. Abandonnant Lucy et Yves à leur incompréhension, Angèle en profite pour réceptionner Max et Léa qui réclament à grands cris un troisième tour de manège. Elle leur donne à chacun un nouveau ticket puis revient se poster aux côtés de sa sœur et de son beau-frère.

Lucy se justifie, explique en long et en large à son mari chaque instant de son emploi du temps, démontrant par là qu'elle n'a pu oublier son portefeuille nulle part.

— Et tu as regardé dans la salle de bains ? insiste Yves en tentant encore de trouver une explication logique à la disparition de l'objet.

— Partout, je t'ai dit ! Il a disparu…

— Alors c'est qu'on te l'a volé !

— Mais comment ? Mon sac était fermé…

Yves marque son ignorance. Lucy enrage. Elle en a presque les larmes aux yeux.

— Il me fallait bien cela !

Angèle ne peut s'empêcher de hausser un sourcil hautain. Pauvre Lucy ! Voilà bien le grand drame de sa vie : on lui a volé son portefeuille ! Ça, c'est une véritable catastrophe ! La malheureuse en sera réduite à faire opposition et à commander un duplicata de toutes ses cartes, qu'elles soient bancaires ou d'identité. En voilà un fameux coup du sort ! C'est franchement inhumain, ce qu'on vient de lui faire !

– Bon… Je rentre à la maison pour faire opposition à mes cartes de banque puis j'irai au commissariat signaler le vol de mon portefeuille. Vous n'avez qu'à continuer sans moi. On se retrouve à la maison en fin d'après-midi.

« C'est ça, occupe-toi de ton portefeuille, je m'occupe de ta famille… »

Lucy s'approche d'Yves et l'embrasse rapidement sur la bouche. Angèle détourne le regard.

– Yves, ajoute-t-elle avant de s'éloigner. J'ai réservé deux chandeliers à l'étal du coin de la rue de Rome… Tu veux bien les reprendre en repassant ? Il en demande soixante euros.

Yves acquiesce et embrasse sa femme à son tour. Quelques secondes plus tard, Lucy disparaît derrière le rideau opaque de la foule. Angèle, quant à elle, se saisit du bras de son beau-frère auquel elle s'accroche quelques instants. Un peu étonné, Yves la dévisage gentiment.

– On ne va pas se laisser abattre, n'est-ce pas ? lui chuchote-t-elle à l'oreille dans un éclat de rire enfantin.

Yves hoche la tête, un peu tendu, laissant poliment son bras à la disposition de sa belle-sœur. Bientôt, le manège s'arrête. Yves en profite aussitôt pour s'arracher à l'étreinte d'Angèle et grimpe sur le carrousel afin d'y récupérer ses enfants. Quelques instants plus tard, ils poursuivent tous les quatre leur promenade dans les rues en fête.

Soudain, sans aucune raison apparente, Max s'écrie de sa petite voix fluette :

– Zut alors !

Étonné, Yves lui demande la raison de son indignation :

– Que se passe-t-il, mon cœur ? Pourquoi dis-tu
« zut » ?

L'enfant lève vers son papa un regard d'évidence,
comme si sa question était complètement absurde :

– Ben, parce qu'on ne peut pas dire « merde »,
papa !

30

De retour chez elle, Angèle prépare ses bagages qu'elle viendra reprendre demain en fin d'après-midi, juste après le repas dominical de la famille Gilot. Juste avant de prendre possession de sa place et de son identité. Elle contemple d'un œil sec les quelques effets personnels qui marquent trente-cinq années d'une existence aujourd'hui sur le point d'être révolue. Tout est là. Il n'y a pas grand-chose. Certains bibelots lui sont précieux et elle regrette déjà de devoir s'en séparer.

Il y a le petit bracelet de plastique blanc qu'on lui passa au poignet le jour de sa naissance, marqué d'une date et d'un prénom au feutre noir. Elle prend l'objet dans sa main et le caresse longuement du bout des doigts, les yeux perdus dans le vague. Puis, au moment où elle s'apprête à le remettre dans son sac, elle hésite. Le serre dans son poing fermé. Semble prendre une décision et le range dans sa poche.

Il y a aussi un vieil ours en peluche au poil usé, borgne et recousu de partout. Son ami de toujours, son confident, témoin d'une enfance morose et douloureuse. Angèle le prend dans ses bras et le presse tendrement contre elle, reniflant une dernière fois l'odeur familière de ses désillusions. Toutes ses larmes de petite fille sont venues mourir ici, absorbées par le pelage râpé de l'ourson. Il en conserve une rigidité coagulée, dont la teinte même s'est estompée au fil des ans. Angèle s'en sépare la mort dans l'âme. Mais là aussi, sa décision est prise : rien ne doit plus la rattacher à la fillette qu'elle fut jadis.

Le reste… Le reste n'est que matériel. Ses vêtements, sa trousse de toilette, quelques photos, deux ou trois livres qu'elle a dévorés et se plaît à relire de temps à autre. Rien d'irremplaçable.

Puis elle se lève et ouvre le tiroir de sa table de nuit dont elle extrait une feuille de papier recouverte d'une écriture plutôt irrégulière. Pour la énième fois, elle relit le message rédigé avec soin, dont elle a pensé chaque mot, chaque phrase, chaque idée relatée dans l'intimité de sa souffrance. Rester le plus près de la vérité, c'est ce qui lui permettra d'accéder à tous ses rêves de bonheur.

« Lucy, ma sœur, ma chérie,

Comme je te l'ai dit, je repars. Je repars vivre mon existence loin de celle que j'aurais pu avoir et qui, sache-le, me manque déjà terriblement. Mais le bonheur n'était pas au rendez-vous. J'ai cru, en voulant te retrouver, que j'allais enfin saisir la place qui m'était due. Je constate à présent qu'il n'en est rien. Pardonne-moi. Je n'ai pas osé te le dire en face, terrifiée à l'idée d'assister à la peine que j'allais te faire. J'ai été lâche, je le sais, mais je ne suis pas parvenue à trouver le courage de t'avouer mes véritables projets : je pense ne plus revenir… Du moins, pas dans l'immédiat. Vivre à vos côtés me renvoie chaque jour à tout ce que j'ai raté auprès de vous, de même qu'à mes propres échecs. Mais surtout, le secret que je porte me semble de plus en plus lourd à porter. Ma main tremble en écrivant ces lignes car l'aveu que je m'apprête à te faire me coûte. Mais j'ai pris la décision de t'avouer ici les sentiments que je ressens pour Yves. Oui, tu l'auras compris, j'aime ton mari. Je l'aime non pas comme une belle-sœur, mais comme une femme, dans le désir et la passion. Et d'être témoin de votre amour me torture chaque jour davantage. Je ne le supporte plus. J'en suis désolée. J'espère que tu trouveras les mots pour expliquer mon départ aux enfants sans leur en révéler la véritable raison. Tu leur diras que je les aime profondément et que je ne cesserai de penser à eux. N'essaie pas de reprendre contact avec moi.

Je t'aime malgré tout.

Angèle. »

Ne pas en dire plus. Ni trop ni trop peu. Rester évasive quant à ses véritables motivations mais justifier son acte dans la cohésion de ses sentiments les plus secrets. La raison de sa disparition sera ainsi éclaircie sans pour autant apporter plus de précisions par trop concrètes. Laisser une part du mystère pour alimenter les ragots du dimanche midi. Resteront les questions sans réponse qu'elle se gardera bien de développer. Les enfants ? Bien sûr qu'elle leur expliquera. Ils oublieront vite, noyés dans le bonheur de vivre au sein d'une famille exemplaire.

Voilà, elle pense qu'elle n'a rien oublié.

Angèle s'allonge sur son lit afin de se repasser le film du lendemain. Tout doit être minutieusement réglé. Aucune faute ne sera permise.

Demain midi. Dimanche. Toute la famille est réunie. Elle annonce son prochain départ à Mireille et à Jacques en leur promettant de revenir régulièrement leur dire bonjour. L'après-midi se déroulera au gré de la routine : jouer avec les enfants, complimenter Lucy pour son repas, échanger quelques mots avec Jacques, subir les lourdes réflexions de Mireille…

Son attitude laissera transparaître de la mélancolie et de la nostalgie. Elle sera sombre, se forcera à rire, restera de longs moments les yeux perdus dans le vague, embrassera les enfants à tous moments, emplira ses yeux du tableau idyllique de cet instant qui, ils le comprendront plus tard, sera le dernier repas qu'elle partage avec eux. Puis, vers 17 heures, elle prendra congé. En les étreignant tous très fort contre elle, les yeux embués de larmes et le cœur serré. En y repensant plus tard, ils décèleront l'adieu tapi sous l'au revoir. Puis elle rentrera chez elle. Elle passera par le restaurant où elle ira embrasser Jean-Michel et Miranda, sans oublier Dothy, si elle est là… Ensuite, il ne lui restera plus qu'à attendre.

Comme soudain prise d'un doute, Angèle se redresse sur son lit et farfouille sous le matelas. Elle en extrait le portefeuille de Lucy subtilisé dans le sac de sa sœur le matin même, qu'elle palpe fiévreusement pendant un court moment. Tout va bien, il est là. Pour plus de précaution, elle le range déjà dans la poche intérieure de son manteau. Ce serait trop bête de l'oublier sous le matelas alors que… Dans la foulée, Angèle vérifie que le flacon de chloroforme, le mouchoir ainsi que la fiole d'essence sont bien présents dans la petite poche extérieure de son sac de voyage.

Oui, tout est là.

Demain donc…

Vers 19 heures, Angèle rassemblera ses affaires et sortira par la porte côté privé pour ne pas se faire voir des restaurateurs. Au préalable, elle aura placé sa lettre d'adieu bien en évidence sur le lit de telle sorte que Miranda la trouve quelques jours plus tard, lorsqu'elle viendra aérer la pièce. Puis elle se mettra en route, se dirigeant vers le terrain vague repéré deux semaines auparavant. L'endroit est idéal, même s'il n'est pas la porte à côté : sombre, dissimulé derrière de hautes palissades qui le dérobent aux yeux d'éventuels passants, donnant par ailleurs sur une route fort peu fréquentée, et de plus parsemé de carcasses et déchets en tout genre, dernière précaution pour le moins appréciable qui, même si l'endroit devait être visité par quelques importuns, lui permettra de se soustraire aux regards indiscrets. Avant d'y parvenir, elle fera un petit détour par la cabine téléphonique qui se trouve deux rues plus loin. C'est de là qu'elle téléphonera à Lucy, aux environs de 20 heures.

– Madame Gilot?

– Oui…

– Bonjour, pardonnez-moi de vous déranger, mais j'ai trouvé ce matin un portefeuille vous appartenant.

Elle ne doute pas de la joie de Lucy qui, même si elle a déjà fait opposition à ses cartes de banque, sera ainsi exemptée de refaire toutes les démarches administratives pour dupliquer sa carte d'identité, ses papiers de mutuelle, ses différentes cartes de fidélité, et cetera, et cetera. Sans compter le soulagement de retrouver tous ces petits riens personnels que l'on garde dans son portefeuille : photo des enfants, numéro de téléphone griffonné sur un bout de papier, petits porte-bonheur placés dans le porte-monnaie pour assurer la prospérité du ménage…

Il ne restera plus qu'à lui donner rendez-vous une demi-heure plus tard, à l'adresse précise du terrain vague.

– Je vous attends vers 20h30, lui précisera-t-elle. Et venez vous-même, je ne remettrai votre portefeuille à personne d'autre que vous. On ne sait jamais… La photo de la carte d'identité me permettra de vérifier que vous êtes la bonne personne.

Lucy trouvera peut-être cela étrange, mais cela l'obligera à se rendre elle-même au lieu du rendez-vous. Histoire, pour Angèle, de ne pas voir arriver Yves, ce qui serait très embêtant.

Ensuite… Ensuite tout doit aller très vite. Prendre Lucy par surprise et l'endormir au moyen du mouchoir imbibé de chloroforme qu'Angèle placera de force sur la bouche et le nez de sa sœur. Une fois inconsciente, il faudra la traîner jusqu'au centre du terrain vague et se dissimuler derrière une carcasse de voiture ou un fourré de mauvaises herbes afin de faire l'échange : déshabiller Lucy pour enfiler ses vêtements puis la vêtir de ses propres effets, s'emparer de son sac dans lequel elle replacera son portefeuille, sans oublier de laisser la valise au nom d'Angèle Massaux à proximité du corps. Enfin, dernier détail qu'elle vient tout juste d'imaginer : placer le petit bracelet de plastique blanc portant le prénom d'Angèle autour du poignet de Lucy. Tel un pied de nez au destin qui, trente-cinq années auparavant, a interverti les identités.

Voilà.

Il ne restera plus qu'à imbiber d'essence le corps inanimé de Lucy avant d'y mettre le feu. La carcasse retrouvée sera impossible à identifier et, même si les techniques actuelles permettent aux enquêteurs de donner un nom au corps calciné, tout le monde croira qu'il s'agit d'Angèle. Ce qui n'a rien d'étonnant puisque Lucy est bien vivante, poursuivant son existence sereine au sein de sa famille.

L'incinération du corps est primordiale. Tout d'abord parce que tuer sa sœur de ses mains la rebute autant que cela la terrifie. On ne s'improvise pas assassin en un tour de main, justement. Mettre le feu à des vêtements imbibés d'essence reste un geste bien plus anodin. Mais aussi, et surtout, parce que la paix de son avenir en dépend. Car, comment être certaine que, malgré leur parfaite gémellité, un détail importun ne vienne pas les différencier l'une de l'autre : un grain de beauté, une cicatrice, sans compter que Lucy a déjà connu deux grossesses qui ont très certainement modifié son corps… À ce propos, il lui faudra changer de gynécologue afin de ne pas se trahir. Comment expliquer qu'un ventre vierge de toute gestation ait pu donner naissance à deux enfants ?

Angèle ne peut s'empêcher de frissonner. Elle espère qu'elle ne défaillira pas au moment d'appliquer le mouchoir imbibé de chloroforme sur le visage de Lucy. Elle espère surtout que sa sœur ne se débattra pas comme une furie… Mais elle en doute. Lucy est faite de ces chairs trop tendres, ramollies par le confort et l'absence de soucis. Elle ne fait pas de sport et ses plus grands efforts quotidiens consistent à porter les courses du magasin à la voiture et de la voiture à la maison.

Expulsant un soupir qui se veut rassurant, Angèle reprend le fil de son plan. Demain, entre 20h30 et 21 heures, tout sera réglé.

Ensuite, la nouvelle Lucy rentrera chez elle en possession de son portefeuille égaré la veille. Quelques jours plus tard, Miranda lui transmettra la lettre d'Angèle. Lucy en sera fort affectée mais reprendra rapidement le dessus. Et, conformément aux souhaits de sa sœur, elle ne cherchera jamais à reprendre contact avec elle.

Angèle soupire. Puis ferme les yeux. Pourvu que tout se déroule selon son plan, sans accroc ni imprévu d'aucune sorte. La mort de… La mort d'Angèle n'est qu'une étape obligatoire. Lucy ne mourra pas. Elle passera de vie à trépas durant un court instant pour mieux renaître de ses cendres. Tel le Phénix d'un doublé renié par tous depuis trente-cinq ans. Les jumelles ne furent jamais deux, Angèle comprend aujourd'hui son erreur. L'une et l'autre ne furent que la moitié d'une personnalité bientôt reconstituée dans la perfection de l'être qui s'apprête à naître. C'est la seule chose qui importe. Seule Angèle disparaîtra dans les flammes de l'enfer, enfin libérée de ses démons.

Et, pour la nuit des temps, purifiée de toutes ses fautes.

31

– Angèle, ma toute petite, qu'est-ce que j'apprends ?
Tu repars vivre à Paris ? Mais pourquoi ? Nous venons
à peine de te retrouver et…

Sans lui laisser le temps de se débarrasser de son
manteau, Mireille s'était précipitée vers elle dès son
arrivée, l'accablant déjà de sa déception teintée de
reproches. À l'instar de sa fille, la vieille dame paraissait catastrophée par la nouvelle et, non sans ironie,
Angèle admira comment, en quelques mots, elle était
parvenue à retourner la situation en lui faisant remarquer que c'était eux qui l'avaient retrouvée, et non le
contraire.

– Maman ! gronda aussitôt Lucy d'un ton réprobateur. Je t'ai demandé de ne pas la culpabiliser d'entrée
de jeu. C'est son choix et nous devons le respecter.
Et puis, elle ne part que momentanément. Tu verras
qu'elle reviendra vite auprès de nous, n'est-ce pas
Angèle ?

Angèle lui adressa un triste sourire accompagné
d'un battement de cils.

– Je le sais bien, ma chérie, mais tout de même !
reprit Mireille de sa voix plaintive qui agaçait tant
Angèle. Ça me fait tant de peine !

Angèle salua tout le monde, l'attitude grave et
mélancolique. En vérité, elle ne devait pas se forcer à
l'accablement… Elle ressentait une tension angoissante
l'envahir chaque fois que sa sœur lui témoignait de la

sympathie. Ses émotions ne contenaient aucune culpabilité par rapport à ce qu'elle s'apprêtait à faire, mais
l'épreuve qui l'attendait la paralysait d'appréhensions
préoccupantes. La journée allait être rude, elle en était
consciente. Sans compter que la moindre erreur pouvait
lui être fatale. Perpétuellement sur le qui-vive, Angèle
adoptait naturellement une attitude tourmentée.

Comme pour l'enliser plus encore dans ses craintes,
Lucy vint l'embrasser chaleureusement, la serrant
contre elle avec tendresse.

– Tu vas bien ?

Après s'être ressaisie, Angèle lui rendit son étreinte
puis la dévisagea longuement, faisant briller dans son
regard une larme de tristesse nostalgique.

– Ça va, murmura-t-elle tout en dominant un sanglot sur le point de lui casser la voix.

– Tu veux boire quelque chose ?

Angèle n'eut pas le temps de lui répondre que les
enfants l'entouraient déjà de leurs bras et de leurs
cris. Elle attrapa Max et le transporta dans un élan
tourbillonnant, avant d'enlacer Léa.

– Tiens, Angèle. Un petit bourbon comme tu les
aimes…

Yves l'avait rejointe et lui tendait un long drink.
Angèle lui jeta un coup d'œil empli d'une langoureuse
reconnaissance.

– Merci, Yves, murmura-t-elle d'une voix à la fois
triste et chaude.

Jacques, du fond de son fauteuil, leva son verre en
direction de la jeune femme.

– Alors, c'est vrai ? Tu nous quittes ?

– J'en suis désolée… répondit-elle du même ton
accablé. Mais ce qu'a dit Lucy est vrai… Je… Je
reviendrai régulièrement. J'ai besoin de… J'ai besoin

de retrouver un peu ma vie. Ce n'est pas que je ne me plaise pas ici, mais…

– Nous le savons, Angèle ! l'interrompit Lucy en volant à son secours. Et puis, peut-être changeras-tu d'avis… On ne sait jamais !

Une petite lueur d'espièglerie avait surgi du fond de ses prunelles, suivie d'un sourire malicieux qu'elle parut ne pouvoir s'empêcher d'esquisser.

– Je vais chercher l'apéritif, ajouta-t-elle aussitôt, comme pour changer de sujet. Angèle, tu viens m'aider ?

Lucy se dirigea vers la cuisine tout en jetant à sa sœur un regard soutenu, lui signifiant par là qu'elle désirait ardemment être seule avec elle quelques instants.

Sitôt isolées du reste de la famille, Lucy fit face à Angèle et se mit à lui parler vite et bas, sur un ton de conspiration.

– Écoute, l'annonce de ton départ m'a prise de court car, en fait, j'ai besoin de toi. Je ne peux pas tout t'expliquer maintenant mais en gros, dans un mois, Yves fête ses quarante ans. Et pour l'occasion, j'aimerais lui préparer une belle surprise. Avec Jean-Michel et Miranda, nous allons organiser une grande fête avec tous nos amis, sans qu'il soit au courant, bien entendu. Je te passe les détails mais… Ne pourrais-tu pas reculer ton départ d'un jour ou deux, le temps que je puisse t'expliquer ce que nous avons en tête et surtout, trouver une solution pour que je puisse combiner tout cela sans lui mettre la puce à l'oreille ?

Angèle pâlit malgré elle. Cette confidence de dernière minute la désorienta et, ne sachant comment réagir, elle poussa un soupir résigné.

– C'est que j'ai déjà pris mes billets de train… balbutia-t-elle afin de cacher son trouble.

Lucy ne cacha pas sa déception.

– Bon... Tant pis... Ce n'est pas grave... Je t'appellerai alors, il faut absolument que je te parle. Ce qui m'importe dans l'immédiat, c'est de savoir si tu penses pouvoir revenir dans deux semaines pour nous aider. Il reste toute une série de petits problèmes auxquels nous n'avons pas encore trouvé de solution et je crois que ta présence nous sera bien utile.

Angèle eut un moment d'hésitation. Puis l'indifférence de sa réponse lui vint à l'esprit : qu'importent les promesses faites aujourd'hui, puisque demain Lucy ne sera plus de ce monde... Elle afficha aussitôt un sourire qui se voulait franc et confiant.

– Bien sûr ! lui certifia-t-elle avec une sorte de grandeur magnanime. Je peux même revenir le week-end prochain, si tu veux.

– Non, pas pendant le week-end. J'ai besoin de te voir seule à seule, sans risque qu'Yves nous surprenne. Et, à la réflexion, le fait que tu ne sois plus à Bruxelles pourra même nous aider. J'ai peut-être une idée mais... Je ne sais pas... Il faut qu'on en discute.

– Appelle-moi demain, je verrai ce que je peux faire.

– De toute façon, j'espère que tu viendras à la fête ! s'insurgea Lucy en chuchotant.

Angèle esquissa un sourire dont l'ironie échappa à sa sœur.

– Pour ça... Tu n'as aucune crainte à avoir. Je serai là.

Lucy lui en fut reconnaissante, ce qui provoqua chez Angèle un trouble désagréable qu'elle s'employa à chasser en détournant le regard. Voilà ! Les difficultés commençaient déjà... Cette fête surprise allait lui causer bien du souci, ne fût-ce que pour savoir qui elle allait devoir inviter. Que faire ? Comment connaître l'identité des personnes qu'Yves aurait plaisir à retrouver pour son anniversaire ? Lucy avait-elle déjà préparé la liste des convives ? Prise de court, Angèle n'eut pas le réflexe de s'enquérir de l'avancée du projet. Et tandis que Lucy lui fourrait déjà deux plats de chips dans les mains, elle vit sa dernière chance d'en savoir un peu plus disparaître au moment même où sa sœur s'apprêtait à quitter la cuisine.

– Aide-moi à apporter l'apéritif, sinon ils vont se demander ce qu'on fiche ici.

Les deux femmes reparurent dans le salon, disposèrent les chips et les zakouski sur la table basse avant de reprendre leur place parmi les autres. Lucy se servit un verre de jus d'orange qu'elle leva ensuite en direction de ses hôtes.

– À quoi buvons-nous ? demanda-t-elle à l'assemblée.

– Nous n'avons pas vraiment de raison de nous réjouir ! objecta Mireille en faisant la moue.

« Pas sûr ! » songea Angèle.

– Pas sûr ! répliqua Lucy de sa voix taquine.

Angèle tressaillit imperceptiblement tandis que Mireille tournait vers sa fille un regard interloqué.

– Tu m'as l'air bien joyeuse !

– J'ai peut-être des raisons de penser qu'Angèle reviendra sur sa décision... déclara-t-elle en dévisageant sa sœur avec gentillesse.

« Compte là-dessus ! » ricana intérieurement Angèle.

– Ah bon ? s'étonna Mireille.

Yves vint enlacer la taille de Lucy et l'embrassa gentiment dans le cou. Son geste glaça Angèle, dont les nerfs avaient déjà été mis à rude épreuve par la confidence de sa sœur. Une haine intense s'empara de ses sens, et soudain la mort de Lucy par combustion lui parut bien douce en regard de la douleur qu'elle éprouvait à l'instant. Consciente d'être sur le point de perdre ses moyens, Angèle inspira une grande bouffée d'air dans l'espoir de reprendre possession de ses émotions.

– Nous avons malgré tout une bonne raison de nous réjouir, rétorqua Lucy sans cesser de sourire.

Elle se tut un court moment, dévisageant un à un chacun de ses hôtes d'un œil brillant. Yves affichait le même sourire entendu que sa femme, à la fois énigmatique et impavide. Et de les voir si complices dans cette attitude vulgairement conformiste attisa une nouvelle fois la haine d'Angèle. Son cœur battait à tout rompre, projetant jusqu'au bout de ses membres une adrénaline fielleuse. Il y avait dans l'air quelque chose d'inhabituel. Quelque chose qui, elle le percevait confusément, la mettait en danger. Ou plutôt quelque chose qui était sur le point d'anéantir ses projets. Tremblante, elle retint son souffle.

– Et on peut savoir de quoi il s'agit ? s'enquit Mireille.

Lucy mit quelques secondes avant de répondre. Son regard malicieux venait de s'intensifier et tout son visage resplendissait d'une joie mystérieuse. Au même moment, Yves accentua la pression de son bras autour des épaules de sa femme.

– Dis-leur ! l'encouragea-t-il.

– Qu'est-ce que vous complotez, bon sang ? s'impatienta Mireille.

Angèle pâlit. En une fraction de seconde, tout son sang se vida de son corps. Elle venait de comprendre.

– Je suis enceinte, murmura Lucy avec émotion.

Pour Angèle, ce fut le coup de grâce. Le silence qui suivit lui parut durer une éternité. La jeune femme eut la sensation d'être soudain précipitée au centre d'un

précipice sans fond, et le vertige causé par son interminable chute lui assena d'intenses nausées. Le sol
se mit à tanguer, les murs semblèrent s'effondrer sur
elle alors qu'elle tentait vainement de se raccrocher à
quelque chose de solide. Mais tout paraissait s'esquiver,
s'échapper, s'éloigner à toute vitesse pour revenir dans
la seconde la percuter avec une rare violence. L'espace
d'un instant, la jeune femme se sentit réellement mal.
Elle planta ses ongles dans le tissu moelleux du divan
afin de ne pas défaillir, puis perçut avec soulagement
les premiers symptômes d'apaisement. Des larmes
de rage emplirent ses yeux tandis qu'elle maîtrisait
toujours à grand-peine d'infimes convulsions qui la
secouaient de toutes parts.

– Ma chérie ! s'exclama Mireille d'une voix stridente en dévisageant Lucy d'un regard médusé. Mais
c'est merveilleux ! Angèle, tu entends cela ? Et depuis
combien de temps ? Mon Dieu, que je suis heureuse
pour vous ! Angèle, ma petite, ce n'est pas le moment
de partir ! La famille s'agrandit, il faut absolument que
tu sois là pour participer à cet heureux événement !

– D'autant plus que nous avons décidé, Yves et
moi, que tu serais la marraine de l'enfant, ajouta Lucy
en enveloppant sa sœur d'un regard tendre.

Besoin de hurler. Envie de tout casser. Soif de se
jeter sur Lucy et de lui arracher les yeux pour ne
plus voir cet insupportable bonheur crier au fond de
ses yeux. Lui lacérer les joues, lui fracasser le crâne
contre une pierre rugueuse, lui extirper ses entrailles
immondes fécondées par la semence d'Yves.

– Tu pleures, tatie ?

Bouche bée, Max scrutait Angèle avec curiosité.
En effet, de grosses larmes coulaient le long de ses
joues sans qu'elle parvienne à les retenir. Lucy se leva
aussitôt pour s'agenouiller auprès de sa sœur.

– C'est l'émotion, renifla Angèle en serrant les dents.

– Toutes mes félicitations, mes enfants ! s'exclama Jacques en s'extirpant avec difficulté de son fauteuil pour aller serrer la main d'Yves.

La liesse qui suivit laissa quelques instants à Angèle pour dominer sa consternation. Mireille se précipita sur Yves pour l'embrasser, puis rejoignit les deux sœurs afin d'étreindre sa fille avec émoi. Dans la confusion générale, personne ne remarqua l'hostile souffrance qui transpirait du moindre trait d'Angèle.

Lorsque chacun fut revenu de sa surprise, Lucy se tourna vers sa sœur. Elle s'installa à ses côtés et, lui prenant la main, plongea ses yeux dans son regard encore baigné de larmes. Au prix d'un effort insensé, Angèle trouva la force d'embrasser Lucy.

– C'est merveilleux ! articula-t-elle dans un dernier sanglot.

Lucy lui caressa gentiment la tête.

– On voulait vous l'annoncer un peu plus tard, car je n'en suis qu'à trois semaines de grossesse et, avant trois mois, rien n'est définitif. Mais vu que tu pars demain, on a décidé de vous l'annoncer aujourd'hui. Personne n'est encore au courant et je vous demanderai de garder le secret jusqu'au terme des trois premiers mois. Même Jean-Michel et Miranda ne le savent pas encore.

Puis, saisissant les deux bras de sa sœur afin d'obtenir toute son attention, elle la darda d'un regard intense, presque suppliant.

– Alors… Tu ne trouves pas que ça change tout ?

La rage au cœur, Angèle hocha silencieusement la tête…

En effet, cela changeait tout.

32

Lorsque le réveil sonna à 7 heures, Lucy eut un mal fou à émerger du sommeil profond dans lequel elle était plongée. La pénombre de la chambre accentua encore cette désagréable sensation d'être réveillée en pleine nuit : au-dehors, le temps semblait s'être mis au gris, dispensant avec avarice une lumière fade et cendrée. Mon Dieu, comme elle se sentait fatiguée ! À côté d'elle, Yves n'avait pas encore bougé et, d'une main lasse, elle entreprit de le secouer. Il poussa un grognement contrarié, se retourna en maugréant, puis redressa péniblement la tête.

– C'est bon… Je suis réveillé.

Tout en s'asseyant sur le bord du lit, Lucy bâilla longuement. Puis, d'un geste mécanique, elle enfila son peignoir et chaussa ses pantoufles avant de disparaître dans la salle de bains en traînant les pieds. Seule face à son miroir, elle prit alors le temps de s'éveiller tout à fait.

Plongée dans l'examen rêveur de son visage, les événements de la veille lui revinrent en mémoire. La jeune femme adressa un sourire serein à son reflet : elle avait réussi ! Elle n'avait d'ailleurs pas vraiment douté de son succès, même si les projets de sa sœur l'avaient un peu déstabilisée. Mais elle n'avait jamais vraiment perdu espoir.

Et de fait, à l'annonce de sa grossesse, Angèle avait fini par changer d'avis. Elle retardait son départ, demeurant à Bruxelles du moins pour quelque temps encore.

Lucy s'étira avec langueur. Puis elle entreprit de faire sa toilette, aspergeant d'eau froide son visage encore gonflé de sommeil. L'automatisme de ses ablutions lui permit de retarder l'assaut du quotidien, les soucis ordinaires liés au stress du matin, train-train obligatoire qui l'assaillait journellement de ses mornes agressions. Elle en ressentit soudain une lassitude décourageante, pic d'abattement brandissant dans son esprit la menace d'une déprime sur le point de gagner du terrain. Satanées hormones ! Lucy tenta de ne pas s'en formaliser. Elle savait d'expérience que son état la mettait à la merci de changements d'humeur aussi soudains que déplaisants. Et les légères dépressions naturelles de son moral n'en étaient que plus sollicitées. Elle éprouva soudain l'irrépressible envie de pleurer, ce dont elle se savait coutumière, surtout en cette période de début de grossesse. Mais pas question d'aller réveiller les enfants avec les yeux rougis de larmes, ils ne comprendraient pas et s'inquiéteraient pour rien. Elle prit donc sur elle et retint ses sanglots avec pugnacité. Puis elle acheva sa toilette.

C'était un matin comme les autres. Léa, comme à son habitude, resplendissait de vivacité. Max louchait avec sommeil sur son bol de céréales et Lucy l'exhorta pour la dixième fois à avaler son petit déjeuner. Yves finit par descendre, habillé et rasé de frais, but sa tasse de café par petites lampées prudentes tout en consultant sa montre, puis reposa la tasse vide d'un geste décidé sur la table.

La journée était bel et bien entamée.

Après avoir conduit les enfants à l'école, Lucy rentra chez elle et s'octroya sa petite demi-heure d'intimité isolée du reste du monde. Elle décida d'attendre qu'il soit 10 heures pour téléphoner à Angèle et lui proposer de venir déjeuner avec elle au « Pavillon » afin de lui expliquer en long et en large ses projets pour l'anniversaire d'Yves. Leur parfaite ressemblance allait lui servir et, non sans un délicieux vertige d'audace dont elle n'était d'ordinaire pas coutumière, elle se prit à élaborer avec exaltation une stratégie qui allait lui permettre d'organiser une surprise grand format dont son mari ne se douterait pas. Elle se voyait déjà aux commandes d'une opération clandestine, envoyant aux quatre coins du Brabant ses émissaires mandatés pour lui ramener toutes informations utiles à la réalisation de son plan.

À midi, elle rejoignait sa sœur et Miranda au bar du « Pavillon ».

Angèle avait mauvaise mine. « J'ai mal dormi », maugréa-t-elle en vidant sa troisième tasse de café. Miranda lui proposa un Alka-Seltzer que la jeune femme refusa en secouant la tête. Puis la restauratrice les abandonna à leur discussion, contrainte d'assurer le service du midi.

– Alors, raconte… Qu'est-ce que tu as en tête ? s'informa Angèle d'une voix morne.

– Justement, pas encore grand-chose de précis. Mais j'ai déjà une petite idée. Il faut juste savoir si tu es d'accord. J'ai donc l'intention d'organiser une soirée surprise pour Yves le jour de ses quarante ans. Jean-Michel et Miranda sont dans le coup, c'est évidemment eux qui prépareront le buffet. Il y aura une soixantaine d'invités si l'on compte les copains des enfants accompagnés de leurs parents. Pour la salle, j'ai peut-être une solution mais j'ai aussi un souci. Le problème, le voici : la maman d'Aurélie… Tu vois qui c'est, Aurélie, la grande copine de Léa ?

Angèle hocha la tête pour signifier qu'elle savait de qui l'on parlait.

– La maman d'Aurélie m'a donné l'adresse d'une salle de fête qui a l'air de correspondre exactement à ce que je cherche, poursuivit-elle comme si elle exposait un plan de guerre. Elle y a déjà organisé de grandes réceptions et je ne pense pas pouvoir trouver mieux. C'est une salle qui se situe du côté de Waterloo, à une demi-heure en voiture de Bruxelles. Les tarifs sont intéressants, l'espace est idéal, d'après elle, et l'entretien de la salle est assuré par une femme de ménage le lendemain matin de la fête, moyennant un petit supplément, cela va sans dire. Ça a l'air idiot mais c'est le genre de petit détail qui fait toute la différence. J'ai eu le propriétaire de la salle au téléphone et nous avons déjà convenu de la date. L'anniversaire d'Yves tombe un samedi, ce qui est parfait ! Le seul problème, c'est qu'il faut se rendre sur place pour régler toutes les formalités de location et que les horaires du propriétaire ne m'arrangent pas du tout. Il n'est là qu'en fin d'après-midi chaque jour de la semaine et toute la journée le week-end, ce qui veut dire chaque fois qu'Yves est à la maison. Pas question donc d'y aller moi-même, même si je lui invente un bobard : d'abord parce que je ne sais pas mentir et que, me connaissant, je finirai par me trahir. Ensuite parce que, même si j'arrive à lui faire croire à une carabistouille, il se doutera de quelque chose et, le connaissant, il fera tout pour découvrir ce que je mijote. Ma belle surprise tombera à l'eau. Donc…

Lucy s'interrompit, dévisageant Angèle d'un œil malicieux. Intriguée par le soudain silence de sa sœur, celle-ci lui lança un regard interrogateur.

214

– Donc ?

Lucy garda le silence puis se lança à l'eau :

– J'avais pensé que… J'avais pensé que tu pourrais peut-être y aller à ma place en te faisant passer pour moi.

La proposition de Lucy arracha à Angèle un ricanement cynique. Que tout cela était ironique ! Surtout après l'avortement de son projet la veille, à l'annonce de la grossesse de sa sœur. Avortement, grossesse… Angèle se mordit la lèvre inférieure pour ne pas éclater de rire. Un rire jaune, un rire féroce, un rire mauvais… Et voilà qu'aujourd'hui, Lucy lui proposait elle-même de prendre sa place pour une heure ou deux… À croire que leur gémellité dépassait de très loin le simple cadre de l'apparence.

– Pourquoi ne demandes-tu pas à Miranda d'y aller à ta place ? s'enquit-elle d'un ton indifférent afin de bien comprendre ce que Lucy exigeait d'elle.

– D'abord parce que les horaires ne l'arrangent pas non plus : c'est l'heure de la mise en place pour le service du soir et je ne peux pas lui demander d'y aller le jour de fermeture, c'est sa seule soirée de congé de la semaine. Et puis surtout parce que le bonhomme veut que ce soit la personne qui loue la salle qui vienne sur place, notamment pour toutes les garanties dont il a besoin. Ce qui veut dire qu'il exigera la carte d'identité. Il faudra aussi payer la totalité du montant de la location et, là non plus, je ne peux pas demander à Miranda de prendre en charge toute la responsabilité. Tu comprends, c'est la personne qui paie qui sera tenue responsable des éventuels dégâts.

– Alors je ne peux pas y aller moi-même, objecta Angèle.

– Mais si ! Je te donne mes papiers, l'argent de la location et tu te fais passer pour moi ! Même s'il

compare la photo d'identité, il croira que tu es moi…
Tu comprends ? Et pendant ce temps-là, moi je reste à
la maison et Yves ne se doute de rien.

Une fois de plus, Angèle ne put retenir un sourire
goguenard. Comme c'était drôle…

– Alors… Qu'en penses-tu ? s'enquit Lucy en retenant son souffle. Tu es d'accord ?

Angèle n'eut pas la force de répondre. L'annulation
de son plan l'avait fortement démoralisée et, en vérité,
elle n'avait pas fermé l'œil de la nuit. Tourmentée par
son impuissance à agir, elle était restée de longues
heures prostrée dans un état de rage mêlé d'accablement. L'annonce de la grossesse de Lucy avait été
un sérieux coup dur pour elle. Non seulement parce
qu'elle anéantissait toute possibilité de prendre la place
qui lui était due – comment expliquer que, soudain, le
ventre de Lucy soit vide de toute gestation ? – mais
surtout parce qu'elle remettait en cause tout ce qu'Angèle avait supputé sur les rapports conjugaux que le
couple entretenait selon elle.

– Tu ne prendras aucun risque, poursuivit Lucy qui
prenait le silence de sa sœur pour de la méfiance. Tout
se fera à mon nom… Je porterai l'entière responsabilité du moindre problème s'il s'en pose un.

Mais Angèle ne l'écoutait déjà plus. Elle se tenait
courbée sur le comptoir, la tête enfouie dans ses mains
comme si elle était en proie à un pénible dilemme.
En vérité, l'Idée venait de ressurgir dans son esprit,
l'accaparant tout entière de son petit refrain ricanant.
Lucy était en train de lui servir sur un plateau d'argent
la possibilité de mettre un nouveau plan sur pied. Et
peut-être même de manière encore plus commode que
celui qui venait d'échouer. Elle l'invitait à prendre sa
place ! Mieux encore, elle lui demandait d'être Lucy
Gilot pendant quelques instants.

– Et tu l'as déjà vue, cette salle ? demanda-t-elle abruptement en redressant soudain la tête.

– Non, mais la maman d'Aurélie me l'a décrite.

– Comment peux-tu être certaine qu'elle te convienne ? Quel était le genre des réceptions de la maman d'Aurélie ?

– Je n'en sais rien, je n'y étais pas.

Angèle adopta une attitude hésitante.

– Moi, je veux bien y aller pour toi, ça ne me pose pas vraiment de problème. Ce qui m'en pose, par contre, c'est de décider à ta place si la salle convient au style de soirée que tu comptes organiser. C'est tout de même risqué, non ? Admettons que j'y aille. Le propriétaire me prend pour toi, il me fait visiter les lieux, je lui paie la location et lui file tes coordonnées. Et puis, le matin même de l'anniversaire, tu te rends sur place pour préparer la fête et tu t'aperçois que ce n'est pas du tout le style de salle que tu désirais…

– Je n'ai pas vraiment le choix, objecta Lucy à son tour.

– Pas si sûr… J'ai peut-être mieux à te proposer.

Angèle considéra Lucy d'un regard soutenu. Ses yeux brillaient d'excitation et elle avait brutalement retrouvé l'exaltation qui l'avait abandonnée depuis la veille. Elle s'était redressée de toute sa taille, se tenant droite et intrépide sur son tabouret, déjà prête à dépenser tout son flot d'énergie nouvelle pour convaincre sa sœur.

– À quoi penses-tu ? questionna celle-ci, intriguée.

Angèle marqua une pause, tenant, elle aussi, à produire son petit effet.

– Dis-moi ! s'impatienta Lucy.

– Et si on faisait le contraire ? lâcha enfin Angèle.

– Comment ça ?

– Simple : tu te rends sur place pour organiser toute l'affaire et je reste à la maison avec Yves et les enfants. En me faisant passer pour toi.

Voilà, c'était dit. Angèle sentit les battements de son cœur tambouriner à pleines volées contre ses tempes. Le simple fait de formuler à haute et intelligible voix la phrase de tous ses désirs lui provoqua une montée d'adrénaline qui enflamma son corps et son esprit. Sa bouche s'assécha en une fraction de seconde, lui laissant une sensation de soif inextinguible. Bientôt prise de vertiges, elle commanda aussitôt un quatrième café à Miranda, qu'elle but d'une traite sans oser regarder Lucy. Lorsque enfin elle trouva la force de tourner la tête vers sa sœur, elle la découvrit figée, le regard perdu dans ses pensées.

– Qu'en dis-tu ? parvint-elle à articuler d'un ton qu'elle espérait badin.

Lucy ne répondit pas. Elle resta immobile quelques instants, comme sur le coup d'une révélation. Puis elle leva vers Angèle un regard à la fois émerveillé et apeuré.

– Je ne sais pas… murmura-t-elle. C'est risqué ! Et si Yves s'en apercevait ?

– Tu parles ! ricana Angèle en haussant les épaules. Depuis que nous avons la même coiffure, il n'arrête pas de me prendre pour toi !

– Et les enfants ?

Angèle fut sur le point de lui révéler qu'elle s'était déjà fait passer pour elle auprès des enfants… Mais elle ignorait si Max et Léa lui avaient raconté cette petite anecdote et, dans le doute, elle préféra ne pas prendre de risques inutiles. De plus, il était hasardeux de dévoiler à Lucy qu'elle connaissait une grande partie de ses habitudes et qu'elle serait parfaitement capable de se faire passer pour elle, même aux yeux de ses proches. Il fallait la convaincre d'une autre manière.

— Tu penses vraiment qu'ils s'apercevront de l'échange? reprit-elle d'un ton rassurant. Ce n'est que l'affaire d'une heure ou deux et j'ai déjà passé plusieurs soirées avec vous. Et puis, tu n'auras qu'à m'expliquer ce que je dois absolument savoir pour ne pas me fourvoyer.

Angèle pensait rêver. Avait-elle réellement demandé à Lucy de lui révéler l'intimité de sa vie de famille pour pouvoir se faire passer pour elle aux yeux de son mari et des enfants?

Oui, elle venait de le faire.

Lucy, quant à elle, demeurait prudente. Mais quelque chose dans son regard trahissait une sorte d'émoi fébrile, comme si l'idée d'Angèle la séduisait malgré elle, ne demandant plus grand-chose pour se laisser convaincre tout à fait. Angèle le décela. Elle prit une longue bouffée d'inspiration libératrice et poursuivit son raisonnement :

— Qu'est-ce que tu risques, sincèrement? Yves ne s'apercevra de rien, de cela, j'en suis certaine. Si je ne me révélais pas à lui chaque fois qu'il m'appelle par ton prénom, je suis persuadée qu'il m'embrasserait sans même deviner son erreur. Quant aux enfants…

Lucy observait à présent sa sœur avec curiosité. Angèle craignit d'avoir fait une erreur en supposant qu'Yves pouvait l'embrasser sans soupçonner qu'il se trompait de personne…

— Quant aux enfants? s'enquit Lucy avec un intérêt non feint.

— Eh bien… Ça m'étonnerait grandement qu'ils se posent des questions pour une heure ou deux… J'agirai exactement comme toi, je t'ai vue faire assez souvent pour savoir comment m'y prendre et…

Angèle s'interrompit. Lucy la dévorait du regard et tout son visage irradiait d'excitation. Les deux sœurs s'observèrent un long moment avec intensité, épiant dans les yeux de l'autre cette infime lueur qui allait tout faire basculer.

– Maintenant, je ne sais pas... murmura Angèle, consciente qu'un mot de plus ou de moins pouvait faire pencher la balance dans l'une ou l'autre direction. Peut-être que...

La jeune femme retint son souffle.

Et Lucy hocha la tête.

Pluies diluviennes

33

– Ça me fait plaisir d'être rien que nous deux. Et ça faisait longtemps qu'on n'avait plus fait les magasins ensemble…

Miranda admirait une blouse imprimée de petits motifs floraux qu'elle plaça devant elle pour en évaluer l'effet. À côté d'elle, Lucy jaugeait d'un œil critique l'harmonie du ton et la finition de la coupe du vêtement que son amie semblait vouloir acheter.

– Que veux-tu dire? s'enquit-elle d'un ton distrait.

– Je veux dire que, pour le moment, c'est plutôt difficile de te voir seule.

Lucy accorda un peu plus d'attention à ce que lui disait Miranda.

– Tu fais allusion à Angèle?

– Entre autres…

La jeune femme haussa les épaules comme pour ne pas aborder de front un sujet qu'elle sentait délicat.

– Qu'est-ce que tu lui reproches?

– Oh! Je ne lui reproche rien, n'emploie pas tout de suite les grands mots… Il y a juste que, depuis qu'elle est là, on n'a plus beaucoup l'occasion d'être seules toutes les deux. Et ça me manque.

Lucy esquissa un sourire attendri. Ce qu'elle aimait par-dessus tout chez Miranda, c'était son côté direct qui lui interdisait de tourner autour du pot.

– Angèle n'y est pour rien, rétorqua-t-elle d'une voix douce. C'est plutôt ma faute… Mais essaye de comprendre, aussi. Elle débarque ici, elle ne connaît personne, il est normal que je m'occupe un peu plus d'elle pour le moment.

Miranda replaça le vêtement sur la tringle comme si elle venait de décider qu'il ne lui allait pas. Puis elle se tourna vers Lucy.

– En fait, non ! Ce n'est pas vraiment le fait de ne plus t'avoir à moi toute seule qui me dérange. Ce serait plutôt…

Elle s'interrompit, paraissant chercher ses mots. Lucy garda le silence afin de permettre à son amie de rassembler ses idées.

– Je ne sais pas comment te l'expliquer, poursuivit Miranda d'un ton hésitant. Je crois surtout que ce qui me dérange, c'est votre ressemblance.

Lucy émit un petit trémolo rieur.

– On n'en est pas vraiment responsables ! se défendit-elle.

– Je ne parle pas de votre ressemblance physique, bien que de ce côté-là aussi, il y a quelque chose de… de troublant. En fait, je n'arrive pas à mettre des mots sur ce que je ressens, mais… Oh, laisse tomber !

– Non ! Explique-moi.

Miranda dévisagea son amie et Lucy perçut dans son regard toute la détresse qu'elle éprouvait à définir son embarras. Elles firent quelques pas entre les rayonnages du magasin, tandis que Miranda passait en revue d'une main distraite les rangées de vêtements alignés en bon ordre sur les présentoirs.

– J'aime beaucoup Angèle, le problème n'est pas là, reprit-elle en faisant face à Lucy. Mais je ressens comme un malaise. J'ai l'impression que vous avez inconsciemment éteint votre personnalité individuelle pour devenir une sorte de caricature de l'autre.

– Tu y vas un peu fort !

224

– Peut-être, oui… Ce qui me trouble, c'est que je ne peux pas dire qu'Angèle te copie ni que tu copies Angèle… C'est autre chose. Tu n'es plus la même, mais je ne te sens pas réellement heureuse. C'est comme si… C'est comme si Angèle avait déteint sur toi à ton insu et que tu ne parvenais pas à te situer dans le tandem que vous formez. Et vice versa.

Lucy fronça les sourcils. Les propos de son amie l'avaient touchée mais, à court d'arguments, elle prit le parti de ne pas chercher à s'expliquer. Constatant que la jeune femme ne se défendait pas, Miranda poursuivit son raisonnement.

– Oh… Sans doute y a-t-il un peu de jalousie de ma part, j'en suis consciente. Mais je reste persuadée qu'il y a aussi un petit côté malsain dans votre relation. Et le fait de ne pas pouvoir te l'expliquer de façon raisonnable me perturbe beaucoup, je ne te le cache pas.

– Malsain ?

– Le mot est peut-être un peu fort, mais je n'en vois pas d'autre. Je vous ai déjà observées, l'une et l'autre. À part les vêtements que vous portez, il n'y a aucun moyen de vous différencier. Je suis même persuadée qu'Yves vous confond constamment, je me trompe ?

– Non…

– Tu trouves normal que ton propre mari puisse t'amalgamer avec quelqu'un d'autre ?

Lucy ne répondit pas.

– En général, il y a toujours un petit quelque chose qui permet de reconnaître qui est qui dans un couple de jumeaux. Mais avec vous, rien ! Si vous vous habilliez pareil, plus personne ne pourrait savoir laquelle est Lucy et laquelle est Angèle.

– Tu exagères !

— Je ne crois pas, non.

Il y eut un long silence durant lequel les deux amies se dirigèrent à petits pas vers la sortie du magasin. Miranda se morigéna intérieurement. Elle espérait ne pas avoir été trop directe avec Lucy, craignant que celle-ci ne lui en veuille pour sa franchise. Mais le malaise qu'elle ressentait, loin de disparaître, n'avait fait que s'intensifier avec le temps. La nouvelle du prochain départ d'Angèle l'avait un peu rassurée, sentiment de soulagement très vite anéanti par le revirement de situation. Elle ignorait pourquoi Angèle avait changé d'avis, mais cette décision subite à la veille de son départ ne lui avait pas plu.

— Tu m'en veux? demanda-t-elle à Lucy comme celle-ci gardait obstinément le silence.

— Non, bien sûr que non. Mais je trouve que tu dramatises un peu… D'accord, c'est vrai qu'on joue souvent sur notre ressemblance. Mais je pense qu'il faut juste y voir quelque chose de ludique. Tu comprends, on a toujours cru qu'on était enfant unique, l'une et l'autre. Et de découvrir subitement qu'on a une jumelle fait que, dans un premier temps, on a eu envie d'intensifier notre ressemblance. Comme pour affirmer notre fraternité ou quelque chose comme ça. Mais ça n'a rien de vraiment grave.

— Je n'ai jamais dit que c'était grave! J'ai juste dit que c'était troublant. Et un peu déstabilisant pour moi. Je voulais seulement te faire prendre conscience que… Que tu avais ta propre identité et qu'il fallait la préserver. Tu n'es pas Angèle et Angèle n'est pas toi. Vous êtes deux personnes bien distinctes et on vous aime chacune pour vos différences.

— J'y ferai attention, déclara Lucy sans grande conviction.

Miranda soupira : la réponse de Lucy ne lui convenait pas. On eût dit que la jeune femme souhaitait échapper à une discussion qui la mettait mal à l'aise.

– En fait, ce qui me gêne, c'est que je ne sais jamais à qui je m'adresse ! reprit Miranda d'une voix plus énergique, comme si elle venait soudain de trouver une explication rationnelle à son trouble. Si ça se trouve, je suis en train de faire les boutiques avec Angèle. Comment être certaine que tu es bien Lucy ? Tu comprends ce que je veux dire ?

Lucy hocha la tête mais sans chercher à démentir les propos de Miranda.

– Chaque fois qu'il y en a une de vous deux qui passe la porte du bistro, je ne sais jamais si c'est toi ou si c'est Angèle. Bien sûr, j'arrive souvent à te reconnaître car je connais ton style vestimentaire, mais c'est un peu pauvre comme assurance. Surtout depuis que tu as donné des vêtements à Angèle. Et ça m'énerve. Je reste toujours un peu sur mes gardes.

– Tu veux qu'on convienne d'un code strictement confidentiel pour que tu saches toujours que je suis bien moi ?

Surprise par la proposition de son amie, Miranda éclata de rire, ce qui allégea un peu l'atmosphère. Lucy se mit également à rire et les deux femmes prirent implicitement le parti de dédramatiser la discussion.

– Ce serait une solution ! remarqua Miranda sans réprimer son hilarité.

Puis elles se regardèrent en souriant.

– Allons… Peut-être qu'en effet j'exagère un problème qui n'en est pas vraiment un, admit Miranda d'un ton plus léger. En tout cas, je n'ai aucune envie de me disputer avec toi à ce sujet. Oublie tout cela et profitons de l'après-midi. Après tout, c'est vrai qu'on n'a plus aussi souvent l'occasion d'être à nous deux, n'est-ce pas ?

– Ne t'inquiète pas, la rassura Lucy en passant son bras sous celui de son amie. Tout rentrera bientôt dans l'ordre et on pourra recommencer nos petites escapades comme avant. Laisse-moi simplement encore un peu de temps pour réaliser ce que je suis en train de vivre. Et surtout, fais-moi confiance.

– Je te fais confiance.

Et tandis qu'elles poursuivaient leur route en regardant droit devant elles, un sourire triomphal se dessina très distinctement sur le visage de Lucy.

34

Quelques jours plus tard, Angèle, Lucy et Miranda se retrouvèrent pour leur premier « briefing » comme elles le qualifièrent, riant du tour à la fois conspirateur et organisé que prenait leur petit complot. La réunion se déroula dans le salon de Lucy, les trois femmes s'installant en tailleur autour de la table basse, exaltées et piaillant comme trois adolescentes se retrouvant à l'insu de leurs parents afin de partager leurs premiers émois amoureux.

Lucy dressa tout d'abord la liste des invités qui se chiffra bientôt à 72 personnes, parmi lesquelles se comptaient les amis proches, les connaissances, les obligations, les collègues, les amis d'enfance, les conjoints de tout le monde, les quelques parents des camarades de Max et de Léa avec lesquels le couple avait sympathisé, sans oublier Jacques et Mireille, seuls représentants de la catégorie « famille ».

Puis elles se penchèrent sur le menu du buffet, riva-lisant d'idées et d'originalité pour offrir à Yves ainsi qu'à ses hôtes un festin digne de ce nom. Miranda proposa à Lucy un composite de plats froids, salades et assortiments en tout genre, dont les saveurs évoquées mirent l'eau à la bouche des deux sœurs. Le tout pour une somme plutôt modique, Miranda faisant profiter à son amie de l'avantage de ses prix de gros. La fête allait être des plus réussies.

Vers 11 heures, Angèle proposa de leur préparer une tisane. Surprise, Miranda s'enquit de ce changement de régime :

– Ce serait bien la première fois que je verrais Lucy remplacer son précieux café par une tisane !

– Lucy boit beaucoup trop de café, déclara Angèle d'un ton docte. J'ai décidé de l'éduquer sur ce point. Aujourd'hui, ce sera une tisane pour tout le monde, histoire de l'encourager à modérer sa consommation de caféine !

Lucy hocha la tête sans mot dire. Angèle n'avait pas tort. Elle savait que son état prescrivait une quantité moindre de café que ce qu'elle avait l'habitude d'ingérer quotidiennement, et la vigilance de sa sœur à son égard la toucha sincèrement. Miranda ne pouvait pas comprendre l'enjeu de cette attention puisqu'elle ignorait tout de sa grossesse. Lucy en fut d'ailleurs un peu confuse, pressentant que son amie serait affectée si elle apprenait qu'elle ne figurait pas parmi les premiers au courant de la bonne nouvelle. Mais elle avait promis à Yves de n'en rien dire avant trois mois.

Angèle disparut donc dans la cuisine. Elle s'activa pendant un bon quart d'heure avant de reparaître, les mains chargées d'un plateau sur lequel se trouvaient une théière, trois tasses, un pot de sucre ainsi que l'indispensable coupelle de biscuits aux chocolats dont raffolait Lucy. La jeune femme posa le plateau au centre de la table basse tout en conseillant aux deux autres d'attendre quelques instants que la tisane infuse. Le débat reprit donc de plus belle, abordant cette fois la décoration de la salle ainsi que le choix de la musique. Miranda proposa la location d'un petit orchestre de base qui ajouterait une note de gaieté, un soupçon d'originalité, un je-ne-sais-quoi d'entrain, donnant à l'ambiance de la fête un tour particulièrement séduisant. En général, on raffolait de ce genre de cachet. Rien n'empêchait, pour la suite, de troquer le musicien contre le DJ, le « live » contre le gravé, l'insolite contre le convenu. Ainsi, tout le monde y trouverait son compte. Angèle et Lucy approuvèrent à grands cris. Quant à la décoration de la salle et des tables, Miranda eut, une fois de plus, d'innombrables idées, que ce soit pour les couleurs, les matières ou les formes.

Angèle servit la tisane.

Lucy et Miranda trempèrent leurs lèvres avec prudence dans le liquide encore brûlant. Puis, après avoir goûté l'infusion, elles félicitèrent Angèle.

— Qu'est-ce que c'est ? s'enquit Miranda.

— Secret ! déclara Angèle. Tout ce que je veux bien vous dire, c'est que c'est un mélange d'herbes et de plantes. Rien que du naturel !

— Où as-tu trouvé ça ? demanda à son tour Lucy. Je n'ai rien de tel dans ma cuisine !

— Ça vient de chez moi, avoua Angèle. J'ai décidé de te faire découvrir les plaisirs du thé. J'en ai assez d'absorber des litres de café quand je suis avec toi, il est temps que tu apprennes à boire autre chose.

Miranda fit claquer sa langue contre son palais.

— C'est fort citronné !

— Oui, j'ai mis pas mal de citron pour alléger l'amertume de certaines plantes. C'est aussi un petit apport vitaminé qui ne fera pas de mal à Lucy.

— C'est dommage, ça gâche le goût de l'infusion, regretta Miranda.

Angèle ne répondit rien. Elle observait Lucy qui savourait son infusion par petites goulées régulières, l'esprit à nouveau absorbé par l'organisation de sa fête. Elle consultait d'un œil attentif les notes prises sur son bloc de brouillon, passant en revue les éventuels détails qui lui auraient échappé.

– Pour les cartons d'invitation... reprit-elle abruptement en relevant la tête. Il faudrait trouver une petite formule sympa en spécifiant bien aux invités qu'Yves n'est au courant de rien. Ce serait la cata si l'un d'entre eux lui vendait la mèche par accident.

Miranda ne put s'empêcher de jouer les trublions.

– Ne te fais pas d'illusions, ce serait un miracle si tout le monde arrivait à tenir sa langue jusqu'au soir de la fête ! Reste à voir si Yves a assez d'esprit pour jouer le jeu.

Devant la mine défaite de Lucy, Miranda haussa les épaules en rigolant.

– Ne fais pas cette tête-là... Parmi les 72 invités, il est plutôt normal de s'attendre à ce que quelqu'un fasse une gaffe.

– Je m'occupe du carton ! déclara Angèle. J'ai quelques petits talents de graphiste, je crois que je pourrai te concocter quelque chose de bien.

Lucy accepta la proposition de sa sœur avec ravissement.

Puis elles discutèrent encore de détails, petits riens qui, dans l'enthousiasme du projet, s'amplifièrent, virant bien vite au burlesque, chacune faisant bientôt monter les enchères d'idées toutes plus saugrenues les unes que les autres. Elles parvinrent en peu de temps à imaginer une soirée des plus loufoques, agrémentée d'un orchestre de 150 musiciens auxquels succéderait une sorte de mécanisme faisant apparaître une gigantesque piste de danse high-tech dotée des technologies dernier cri avec lasers, faisceaux lumineux, plans inclinés, étages supérieurs, etc. Le tout s'acheva dans un interminable fou rire qui mit fin à leurs élucubrations délirantes.

Elles se quittèrent en début d'après-midi, une fois les tâches et les fonctions distribuées. Lucy avait les yeux cernés et, d'une voix douce, Angèle lui conseilla discrètement d'aller se reposer.

– Il reste encore un peu de tisane dans la théière, l'informa-t-elle avec gentillesse. Sers-t'en une tasse et va t'allonger une petite heure, ça te fera du bien.

Lucy acquiesça d'un signe de la tête, non sans remercier sa sœur des aimables attentions dont elle était l'heureuse bénéficiaire.

Angèle et Miranda prirent congé de la jeune femme qui, debout sur son perron, leur fit un dernier signe de la main.

35

Les premiers saignements se manifestèrent trois jours plus tard. Au milieu de la matinée, Lucy ressentit une faible douleur au niveau du bas-ventre qui, même si elle ne l'inquiéta pas dans l'immédiat, la força à s'allonger quelques instants. Elle somnola une petite demi-heure puis, se sentant mieux, reprit ses activités domestiques. Vers midi, des coliques utérines apparurent, la laissant désemparée. Elle décida de se faire couler un bain chaud et se donna congé pour le reste de la journée.

Depuis deux semaines, ses nuits étaient fort agitées, elle dormait mal et la douleur constante qu'elle ressentait au niveau de la poitrine n'arrangeait rien à sa fatigue. Une lassitude grandissante la prenait de plus en plus souvent, légère dépression dont elle ne parvenait que difficilement à se défendre. Cette grossesse l'épuisait, bien plus que les deux précédentes. Elle mit cela sur le compte de l'âge, ainsi que des nombreux bouleversements qui venaient de marquer son existence. Avant de s'enfermer dans la salle de bains, elle passa un coup de téléphone à Angèle, lui demandant d'aller chercher les enfants à sa place. À l'autre bout du fil, sa sœur accepta sans peine de lui rendre ce service.

– Tout va bien ? demanda-t-elle d'une voix inquiète.

– Oui, oui… Juste un peu de fatigue. Rien de grave, j'aimerais seulement pouvoir me reposer.

L'espace d'un instant, elle eut envie de se confier à Angèle. Mais comme chaque fois qu'un tel désir se manifestait, une sorte de gêne pudique l'en empêcha. Comment pouvait-elle se plaindre auprès de sa sœur, elle qui avait tout ? Angèle l'enviait, elle le savait, elle le sentait. Cette petite jalousie était naturelle, Lucy le comprenait… Mais elle l'empêchait également d'être totalement à l'aise avec sa sœur. Toujours un peu sur le qui-vive, surveillant continuellement ses propos afin de ne rien dire qui puisse blesser Angèle.

– Tu n'as besoin de rien d'autre ? s'enquit celle-ci avant de raccrocher.

– Non, tout va bien… À tout à l'heure. Je vous attends vers 16h30 à la maison…

Après avoir reposé le combiné sur le téléphone, elle alla s'enfermer dans la salle de bains.

C'est en se déshabillant qu'elle découvrit les quelques taches de sang brunâtre qui venaient de souiller sa culotte. Le regard vide, elle fixa le fond du slip, sans réaction aucune, totalement détachée de la signification que la présence de cette souillure apportait aux douleurs ressenties quelques instants auparavant. Le silence alentour l'apaisait, seul le bruit cristallin de l'eau qui coule dans la baignoire marquait de son clapotis saccadé les secondes figées dans la contemplation du bout d'étoffe maculé. Les vapeurs d'eau chaude envahirent bientôt la petite pièce, étuve douillette plongeant dans la moiteur du lieu la doulou-reuse révélation.

Lucy ne ressentait rien.

Au bout d'un long moment pourtant, la tête lui tourna. Elle s'installa d'une demi-fesse sur le bord de la cuvette du W-C et reprit son attitude prostrée, anesthésiée par la chaleur humide qui s'évaporait en nuages compacts de la baignoire. Brouillard de vapeur troublant la surface lisse du miroir qui lui faisait face, la jeune femme redressa la tête pour poser sur l'ensemble de la pièce un regard étonné de se trouver encore là.

Elle allait perdre le bébé. Elle le savait déjà.

En toute logique, il aurait fallu se précipiter sur le téléphone pour joindre Yves afin qu'il l'emmène d'urgence à l'hôpital. Mais à quoi bon ? Il était déjà trop tard. Et puis...

Et puis rien.

Si elle ne disait rien, peut-être que tout cela ne se passerait pas ? Silence. Toujours silence. C'est bon, si calme, si rassurant. Se taire. Encore.

L'eau rampant jusqu'à ses pieds la sortit de sa torpeur. La baignoire débordait déjà depuis un bon moment. Quelques jouets de Max s'étaient échappés du bord de la cuve, emportés par les flots tranquilles qui s'évadaient du robinet en un généreux jet continu. Un canard jaune passa devant Lucy, sans même la regarder, tête droite et rieuse fixant un horizon inexistant.

Il lui fallait fermer le robinet.

D'un mouvement placide, Lucy se leva, droite et nue, tenant toujours l'élastique de sa culotte à la main. Elle s'avança vers la baignoire, se pencha sur l'eau transparente, frôla de son buste la surface trouble du bain bouillonnant. Puis se laissa mollement tomber dans la cuve au fond de laquelle elle se recroquevilla en position fœtale. Longtemps. Longtemps. Frisson de plaisir, l'eau chaude la pénétrait de partout, recouvrait ses formes d'un ressac miniature, réchauffait sa peau, dégelait son cœur, ranimait sa peine. Un troupeau de bulles d'air vint crever à la surface du bain, très vite talonné par quelques retardataires isolées. Le bourdonnement de l'eau se précipitant en cascade tout au fond de l'onde rythmait le temps d'un sursis. Ça ressemblait au battement d'un cœur en détresse. Rester là indéfiniment ? Pourquoi pas… Mon tout petit, pardon… Comme nous sommes bien, là, tous les deux, protégés par le chaud liquide d'un espace clos. Ne plus bouger. Oui, c'est cela… Ne plus bouger.

Quelques instants plus tard, Lucy émergeait violemment de l'eau, happant avec désespoir une grande bouffée d'air qu'elle aspira goulûment. Une toux grasse la secoua de toute part, crachant, mouchant, éructant glaires et morves. Convulsions. Hoquet.

Gémissements.

Alors seulement elle éclata en sanglots. D'une main aveugle, les yeux baignés de larmes, elle ferma le robinet d'eau chaude et le silence qui s'abattit brutalement sur elle laissa résonner une longue plainte déchirée.

Elle pleura l'enfant qu'elle était en train de perdre, elle pleura la mère qu'elle n'était déjà plus, elle pleura la femme qui venait de mourir en elle.

Mais surtout, elle pleura ce en quoi elle ne croyait plus.

36

Yves conduisit Lucy chez son gynécologue le lendemain matin. Les pertes de sang avaient été plus abondantes durant la nuit et le médecin envoya d'urgence
le couple à l'hôpital. Après analyses et échographie, le
verdict fut sans espoir : l'œuf n'était plus viable.

– Fort heureusement, la fausse couche n'est pas
hémorragique, diagnostiqua l'interne. Un curetage
hémostatique ne sera donc pas nécessaire. Il vous reste
seulement à attendre… L'œuf sera bientôt expulsé de
manière naturelle.

Lorsqu'ils s'enquirent de la raison de cette fausse
couche, le médecin leur révéla toute une série de causes
possibles sans pouvoir les renseigner plus avant quant
à celle qui avait directement provoqué la mort de l'embryon : il aurait fallu pour cela que Lucy recueille le
produit de ses pertes afin de pouvoir les faire analyser.
Mais qu'il soit dû à une anomalie chromosomique, une
infection gynécologique ou des problèmes hormonaux,
l'avortement spontané était assez fréquent au cours des
trois premiers mois de gestation. Après étude du dossier de Lucy, il prédit à la jeune femme une prochaine
grossesse menée à terme avec succès.

La nouvelle fut annoncée avec simplicité. Fort heureusement, seuls Jacques, Mireille et Angèle étaient au
courant. Les réactions furent celles attendues : Mireille
pleura, Jacques s'enferma dans son silence, Angèle
accusa le coup… avec calme et sagesse. Inquiète et

fragilisée, Lucy s'informa des intentions de sa sœur quant à ses projets de rentrer chez elle : à présent qu'elle n'était plus enceinte, peut-être Angèle allait-elle une nouvelle fois envisager de retourner vivre à Paris ? Celle-ci la rassura d'emblée : bien entendu, l'idée de retrouver ses meubles ne l'avait pas quittée, mais certainement pas dans les jours prochains alors que Lucy avait tant besoin d'elle. La jeune femme lui en fut reconnaissante.

Afin de détourner les pensées moroses de sa sœur, Angèle s'impliqua plus intensément dans l'organisation de la fête d'Yves, entraînant Lucy dans son sillage. Il y avait encore tant de choses à faire ! Et surtout, il leur fallait minutieusement coordonner l'échange qui allait permettre à Lucy de régler toutes les démarches pour la location de la salle.

Pour Angèle, plus rien ne faisait obstacle à son projet.

Au fil des jours, la ruse imaginée par les deux sœurs se mua en une sorte de gageure, un défi dont le but avoué n'eut bientôt plus beaucoup d'importance. Plus que d'utiliser ce subterfuge pour parvenir à leurs fins, ce devint en quelque sorte un moyen de se servir de leur gémellité. Ou de la justifier. Et sans doute même un pied de nez adressé au destin. À force d'en parler, à force d'en rêver, la méthode prit le dessus sur la cause. Bien sûr, le prétexte demeurait d'actualité. Il en était même la saveur, la permission, la licence. Mais sans oser se le confesser l'une à l'autre, chacune de son côté ressentait une excitation grandissante à l'idée de changer de peau. Quelques heures seulement pour Lucy, définitivement pour Angèle.

Là était toute la différence.

Elles se virent quotidiennement afin de passer en revue les différents aspects à étudier. Rien ne devait être laissé au hasard. Ce fut, pour Angèle, l'occasion de mettre ses notes à jour tandis que Lucy le prit comme un jeu. Les questions fusèrent d'une part, les réponses suivirent d'autre part. Malgré tout, Angèle restait sur ses gardes. Aucune interrogation ne devait porter sur d'autres horaires que celui qu'elle allait devoir combler. La jeune femme reprit donc son stratagème en main, l'adaptant à la situation nouvelle. Et s'il lui fallait encore quelques raisons pour justifier son acte, l'aubaine des circonstances lui apparut comme l'autorisation définitive de mettre son plan à exécution.

La chose allait se dérouler comme suit.

Pour l'échange en tant que tel, rien de problématique puisque les deux parties étaient consentantes. Angèle devait aller chercher les enfants en tant que Lucy, rentrer à la maison et suivre le programme de la soirée comme indiqué par sa sœur. L'importance d'exclure les enfants de leur complot était facile à deviner : Léa aurait été capable de tenir sa langue mais Max était encore trop petit pour comprendre l'enjeu de son silence. Dès lors, les deux sœurs prirent le parti de leur cacher leurs intentions.

Lucy, de son côté, avait donc tout le loisir de se rendre au rendez-vous fixé par le propriétaire de la salle, discuter avec lui des conditions de location, visiter les lieux, lui remettre la somme demandée et rentrer à la maison sans se presser.

Pour la seconde substitution, celle qui allait rendre à chacune des deux sœurs leur identité propre, les avis divergèrent. Angèle préconisa la solution la plus simple : Lucy se cacherait dans le garage, patientant qu'elle trouve un moment pour venir la rejoindre. Puis, une fois l'échange effectué, elle réapparaîtrait chez elle comme si elle ne s'était absentée que quelques instants. Quant à elle, elle n'avait plus qu'à sortir discrètement de la maison avant de rejoindre à pied le « Pavillon » qui n'était qu'à un quart d'heure de là.

Ce scénario, toutefois, ne convenait pas à Lucy. Elle prétexta que la présence d'Yves et des enfants à proximité était trop risquée.

– Et si Yves nous surprenait dans le garage ? Il n'est pas rare qu'il y descende le soir pour y bricoler quelques affaires… Comment expliquer ta présence chez nous à cette heure-là ? Je doute que nos explications le convainquent de notre bonne foi. Sans compter que je pourrai dire adieu à ma surprise !

Ses arguments firent hésiter Angèle. La jeune femme aurait souhaité entraîner sa sœur dans un endroit clos, à l'abri des regards, afin de pouvoir agir à sa guise. Pour ce faire, le garage lui paraissait suffisamment isolé du reste de la maison pour couvrir les bruits éventuels de l'agression qu'elle réservait à Lucy, mais la possibilité de se faire surprendre par Yves ébranla sa conviction. Faute de mieux, elle proposa une seconde alternative :

– Le mieux serait alors que tu te caches au fond du jardin, poursuivit-elle sur un ton d'évidence. Entre les rhododendrons et le mur. Dès que j'en aurai l'occasion, je viendrai te rejoindre pour faire l'échange.

Lucy hésita encore. L'idée de poireauter dehors en attendant sa sœur ne la séduisait que faiblement, mais cette solution avait l'avantage d'être plus sûre : Yves ne sortait que rarement dans le jardin une fois rentré à la maison. Elle accepta donc à contrecœur.

– Je te promets de faire le plus rapidement possible, poursuivit Angèle. À quelle heure penses-tu être de retour ?

– J'ai rendez-vous à Waterloo à 18h30. Je compte une grosse heure pour tout régler et encore une demi-heure pour rentrer. Je serai donc là entre 20h15 et 20h30.

– Parfait. Les enfants seront donc au lit, ce sera un souci en moins. Je te promets de venir te rejoindre au plus tard à 20h45.

Ce point réglé, Angèle souleva un autre problème :

– Comment iras-tu jusque-là ?

À la lumière de la question de sa sœur, l'impossibilité de prendre sa propre voiture sauta aux yeux de Lucy : Yves ne manquerait pas de s'étonner de l'absence du véhicule de sa femme dans le garage. Sans compter qu'afin que tout soit conforme à la routine journalière, Angèle devait elle-même conduire la voiture de Lucy pour aller chercher les enfants à l'école.

– Je peux demander à Miranda de me prêter sa voiture, proposa Lucy.

– Et quand la lui rendras-tu ?

– Le lendemain, après avoir conduit les enfants à l'école.

– Et si Yves remarque la voiture de Miranda stationnée dans le quartier lorsqu'il partira au boulot le lendemain matin… Il se posera peut-être des questions !

Un point pour Angèle ! Lucy resta dubitative quelques instants de plus.

– Alors je n'ai pas vraiment le choix… Je dois la lui ramener le soir même et rentrer à pied du « Pavillon » jusqu'à la maison. Ça me prendra un quart d'heure de plus, voilà tout !

– Ça me semble plus judicieux. Je viendrai donc te rejoindre au fond du jardin plutôt vers 21 heures.

L'affaire fut ainsi conclue. Angèle se sentit soulagée de ne pas avoir un problème de plus sur les bras, à savoir la présence encombrante du véhicule de Miranda. Il ne lui restait plus qu'à mettre sur pied la manière de se débarrasser définitivement de Lucy à son retour.

L'endormir au moyen du mouchoir imbibé de chloroforme demeurait la meilleure solution. Les buissons de rhododendrons au fond du jardin étaient suffisamment luxuriants pour occulter l'opération qui allait s'y dérouler, et le mur encerclant le jardin sécurisait parfaitement tout autre point de vue à découvert. La pénombre du soir ferait le reste. Angèle ne se sentait pas le courage d'assommer sa sœur à l'aide d'un gourdin ou d'autre chose d'approchant. La violence du contact l'effrayait toujours, sans compter qu'un tel procédé pouvait très mal tourner. La proximité de la maison donnait également lieu à de nouvelles inquiétudes. Si Lucy se mettait à crier, le risque d'alerter Yves ou même le voisinage devenait trop risqué. La nécessité de la neutraliser au plus vite devenait d'autant plus impérative. Surprise et efficacité restaient donc ses seules chances de réussite.

Mais une fois Lucy anesthésiée par le chloroforme, qu'allait-elle faire du corps ?

Plus question de la brûler vive comme envisagé précédemment ! Il fallait donc trouver un moyen de la garder sous contrôle jusqu'au lendemain matin. Angèle mit quelques jours avant de trouver une solution aussi prompte qu'efficace : l'injection d'air dans les veines. L'outillage ainsi que la réalisation de cet acte en étaient commodes : une seringue, une piqûre, peu de risque, pas de violence, pas de traces, pas de contact direct avec le corps, mais simplicité et rapidité... Une méthode parfaite pour débutante. Restait à dissimuler grossièrement le corps de Lucy dans les fourrés de rhododendrons, de telle sorte que personne ne la trouve avant le lendemain matin. Une fois les enfants à l'école, elle se chargerait de se débarrasser définitivement du corps.

Pour ce faire, il lui faudrait porter le cadavre jusqu'au coffre de la voiture sans se faire voir du voisinage. Madame Cannot, constamment pendue à sa fenêtre, restait un obstacle de taille. Angèle envisagea alors de téléphoner à la vieille dame au moment précis où il lui faudrait parcourir les quelques mètres à découvert en portant le corps inanimé de sa sœur jusqu'au coffre de la voiture. Cela lui laisserait certainement une bonne minute durant laquelle madame Cannot se verrait contrainte de quitter son poste d'observation pour aller répondre au téléphone. Le temps de s'apercevoir qu'il n'y avait personne à l'autre bout de la ligne, de raccrocher le combiné et de reprendre place devant la fenêtre, Angèle serait parvenue à balancer Lucy dans le coffre de la voiture et à le refermer tout aussi vite. Ce point était donc réglé.

Ensuite...

Ensuite, il ne lui restait plus qu'à reprendre les paramètres de son premier plan. Conduire la voiture jusqu'au terrain vague, dissimuler le corps derrière un quelconque relief, s'approprier tous les papiers d'identité de Lucy et lui attribuer ses propres papiers, en même temps que sa valise contenant tous ses effets, puis y mettre le feu. Alors seulement, elle pourrait rentrer à la maison et devenir Lucy pour toujours. Assurément le côté le plus plaisant de son projet.

Le reste ? Le reste concernait la disparition définitive d'Angèle. Là aussi, il s'agissait juste de reprendre la stratégie imaginée auparavant. La lettre posée sur le lit, toutefois modifiée en certains points : Angèle y ajouterait l'excuse de n'avoir pas eu le cœur de prévenir Lucy de son départ. Ses sentiments pour Yves, la honte ressentie de trahir ainsi sa sœur, l'insupportable impuissance à dominer son trouble, la peur de faire mal à ceux qu'elle aimait pourtant... Autant d'arguments plausibles dont elle allait se servir sans vergogne.

Voilà... À la veille du jour J, Angèle se sentait fin prête. Tout était minutieusement réglé, prévu, coordonné, imaginé, anticipé. Lucy n'était plus enceinte, rejoignant ainsi sa sœur dans une parfaite synchronisation de leur état. La tisane de sauge mélangée aux feuilles de framboisier avait fait son effet plus efficacement que prévu. Si la chose ne s'était pas produite, Angèle avait encore sous la main d'autres solutions plus radicales auxquelles elle n'avait pas eu besoin de recourir. Comme par exemple l'absorption d'un médicament originellement prévu contre les ulcères à l'estomac, très efficace pour déclencher une fausse couche.

De plus, Lucy s'était assez rapidement remise de la perte de son bébé. Ce qui avait d'ailleurs étonné Angèle. La jeune femme avait bien sûr broyé du noir pendant quelques jours, mais sa réaction avait été très éloignée de l'ampleur du drame auquel elle aurait été en droit de succomber. Bien au contraire, elle avait repris du poil de la bête et s'était rapidement impliquée dans d'autres préoccupations. Au grand soulagement de sa sœur.

Angèle domina la nervosité qui s'emparait d'elle chaque fois qu'elle songeait au lendemain. Elle avait rendez-vous chez Lucy à 15h30, une demi-heure avant d'aller chercher les enfants à l'école. À 16 heures, les deux sœurs quitteraient la maison, Angèle déposerait Lucy devant le « Pavillon » où elle prendrait possession de la voiture de Miranda. Celle-ci était la seule à être au courant du subterfuge des deux sœurs, ce qui n'était pas un problème en soi. Lucy patienterait au bar du « Pavillon » qu'il soit l'heure de faire route vers Waterloo tandis qu'Angèle se dirigerait vers l'école.

Mais avant tout cela, Angèle avait un ultime détail à régler. Une trouvaille de dernière minute qui la combla de fierté. La preuve irréfutable de tout ce qu'elle avançait dans sa lettre.

Et dont Yves serait lui-même le premier témoin.

37

– C'est Lucy ! Ouvre !

Surpris par cette visite inattendue, Yves hésita une infime seconde avant d'actionner la porte du studio. Quelques instants plus tard, Lucy apparut dans l'encadrement de la porte, belle et rayonnante, adressant à son mari un charmant sourire enjôleur.

– Lucy ? Qu'est-ce que tu fais ici ? demanda-t-il en s'avançant vers elle afin de l'accueillir.

La question avait été posée sans animosité, laissant seulement transparaître la stupéfaction que provoquait sa visite.

– Tu n'es pas heureux de me voir ?

– Si, bien sûr, mais…

Lucy pénétra dans le studio. C'était une vaste pièce, une sorte de petit loft retapé dont les murs et le plafond étaient entièrement repeints en blanc. Une immense toile tendue recouvrait le mur du fond, devant laquelle étaient alignés quelques projecteurs de différentes tailles. À l'extrémité opposée, une porte donnait accès au laboratoire tandis qu'au centre de la pièce, un large bureau trônait, meuble massif en bois de chêne, recouvert de clichés, planches-contacts, colle et ciseaux, books et revues. Quelques cadres ornaient les murs, un vieux fauteuil de cuir agrémentait l'un des coins, paré de sa table basse sur laquelle deux cadavres de bouteilles de vin semblaient se fondre dans le décor.

Lucy s'approcha de son mari, le sourire aux lèvres et l'œil rieur. Il l'embrassa distraitement sur la bouche, elle se colla tout contre lui. Il sentit son souffle haletant lui brûler la gorge, elle lui offrit l'embrasement d'un regard fiévreux, tourmenté, passionné. Elle le dévorait des yeux, se pressant fébrilement contre lui, cherchant sa bouche sans oser l'embrasser, avant de passer une main tremblante sur son visage, dans ses cheveux, le long de sa nuque…

– Lucy ! Qu'est-ce que tu as ? Tu vas bien ?

– Très bien, mon amour… répondit-elle d'une voix rauque. Pourquoi cette question ?

– Je ne sais pas… Tu… Tu es bizarre.

Elle passa un doigt tendre sur ses lèvres, desquelles elle s'approcha plus encore.

– Tu trouves bizarre que ta femme vienne te dire bonjour sur ton lieu de travail ?

Puis elle se mit à lui mordiller l'oreille avec passion, baisa fiévreusement sa tempe, sa joue, la commissure de ses lèvres, fourrant bientôt sa langue dans la bouche de son mari. De plus en plus ahuri, Yves se laissa faire sans chercher à se soustraire à cette soudaine et dévorante ardeur. Mais sans vraiment y répondre non plus.

Lucy parut ne pas remarquer son immobilisme peu flatteur. Elle s'abîma dans un long baiser enflammé, prenant son temps, tandis que, de ses mains, elle caressait langoureusement les fesses de son époux, par-dessus son pantalon de flanelle grise. Peu à peu, Yves se laissa entraîner dans cette étreinte. Il répondit bientôt au baiser de sa femme, l'attirant plus encore contre lui. Ses mains également répliquèrent, parcourant le dos de Lucy, descendant le long de son échine, palpant en retour ses fesses à elle, lui poignant fiévreusement la chair tendre sous le tissu de sa jupe. Ils ne firent bientôt qu'un seul corps mêlé, pressés l'un contre l'autre, et Lucy sentit contre son ventre le membre durci de son mari, cherchant désespérément l'espace nécessaire pour exprimer toute son ardeur. Sans se faire prier, elle releva prestement sa jupe tandis qu'Yves la soulevait d'un bloc pour la poser sur sa table de travail.

Ils firent l'amour à la sauvette, vite, sans perdre de temps. Puis, dès que ce fut fait, Yves se rhabilla rapidement, reprenant bonne figure comme si on pouvait les surprendre à tout instant.

– Si je m'attendais… gloussa-t-il en dévisageant Lucy d'un regard à la fois amusé et stupéfait.

– Ça n'a pas dû t'arriver souvent, n'est-ce pas ? railla-t-elle d'un ton moqueur.

Yves allait rétorquer lorsqu'il se figea, dévisageant la femme qui se tenait devant lui. Ses sourcils se froncèrent, son visage se referma aussitôt. Et elle, elle le regardait en riant, victorieuse, chaque trait de son visage clamant une vérité qu'elle ne cherchait plus à dissimuler.

– Ça t'a plu, hein ! affirma-t-elle sans le quitter des yeux.

Leurs regards s'accrochèrent l'un à l'autre, suspicieux pour lui, triomphal pour elle. Il lui posait une question, elle y répondait plus sûrement qu'en un mot. Plus formellement qu'en un prénom.

La gifle partit. Aussi soudaine que brutale. Le visage d'Angèle valsa sur le côté, lui faisant perdre l'équilibre. Elle tituba, se rattrapa d'une main au fauteuil placé devant la table, puis se redressa, pantelante. Malgré l'outrage qu'elle venait de subir, son regard n'avait rien perdu de sa superbe.

– Ce n'était pas nécessaire, Yves, murmura-t-elle toujours narquoise. Lucy n'en saura rien.

– Fous le camp !

Il fulminait, se dressant devant elle tel un bloc de fureur. Elle vit dans ses yeux qu'il était prêt à décharger sur elle toute la rage d'avoir été berné. Elle était encore pleine de lui, pleine de son désir, pleine de sa violence, marquée dans son corps et sur son visage de ses assauts. Elle fit un pas en avant, hésitante et frissonnante. Puis un autre pas, sans le quitter des yeux, sans effacer ce sourire frondeur qui la menait à sa perte mais dont elle ne parvenait pas à se défaire. Il ébaucha un nouveau geste d'agression, puis parut se raviser au prix d'un douloureux effort. Angèle tressaillit. Elle passa devant lui, tous les sens aux aguets, visant la porte close qui venait de cacher leurs ébats.

Elle sortit de l'atelier sans rien ajouter de plus, tandis que dans son dos, la porte se refermait dans un claquement rageur. Angèle redressa fièrement la tête. Sa joue brûlait, ses jambes tremblaient, elle se sentait poisseuse, sale, comblée, souillée, victorieuse.

« Tu m'aimeras, Yves ! Tu m'aimeras malgré toi. »

À présent, tout était en place. Il était 15 heures. Elle avait juste le temps de se rendre chez Lucy.

38

Installée derrière le comptoir du Pavillon, Miranda était penchée sur un recueil de Mark Twain dont elle dévorait les pages. À 15h35, il ne restait souvent que deux ou trois clients qui s'attardaient encore au restaurant, l'empêchant ainsi de clôturer la caisse du midi et d'entamer la mise en place du soir. Elle s'accordait alors quelques instants de lecture. Tom Sawyer, les aventures de Huckleberry Finn… Ces noms résonnaient à ses oreilles comme de lointains souvenirs de son enfance.

En parcourant les pages écrites par le célèbre auteur américain, elle retrouva, émue, les ambiances familières des récits que Nany, sa grand-mère, lui lisait au moment du coucher. Certes, la traduction française leur faisait perdre un peu de leur charme, mais la magie opérait à nouveau. Intacte.

Aujourd'hui, elle commençait avec intérêt la lecture d'un nouveau roman, *Le Prince et le Pauvre*, et, curieuse, elle s'immergea dans le récit de la vie incroyable de ce petit garçon des rues qui, grâce à son étonnante ressemblance avec le prince de Galles, et à la suite de quelques péripéties, avait endossé l'habit de son souverain en même temps que son identité.

Au fil des pages, Miranda dut ralentir sa lecture. Une idée entêtante venait sans cesse la troubler, sans qu'elle parvienne à la chasser de son esprit, l'obligeant à plusieurs reprises à relire le paragraphe qu'elle venait pourtant de parcourir. Une idée qui ne fit que confirmer son malaise, cette singulière sensation qui ne cessait de la tarauder chaque fois qu'elle pensait à Lucy et à Angèle.

Ça ne collait pas! Ça n'avait aucun sens! Elle connaissait le plan des deux sœurs, elle savait ce qui se tramait en cet instant même. Un sale pressentiment lui nouait l'estomac. Elle ne le sentait pas, ce coup-là! Cette histoire d'échange d'identité, pour quelques heures seulement, cette idée saugrenue qui faisait rire les deux sœurs, qui les galvanisait par son audace… C'était un truc d'adolescentes, de gamines en mal d'émotions. Mais venant de deux adultes, dont l'une était mère de famille de surcroît, ça devenait bizarre. Gênant. Malsain. Il y avait autre chose, elle ne savait pas quoi, quelque chose qui clochait dans le tableau. Quelque chose qu'il fallait empêcher à tout prix. Lucy n'était plus tout à fait elle-même depuis qu'elle connaissait Angèle. Ce double, ce duplicata pas net, comme une mauvaise photocopie couleur qui aurait fini par déteindre sur l'original. Miranda n'aimait pas Angèle. Elle se l'avouait enfin. Et de savoir qu'elle allait s'installer dans la vie de Lucy, même pour quelques heures, à l'insu de tous, ça lui laissait un sale goût dans la bouche.

N'y tenant plus, elle consulta sa montre. L'envie de téléphoner à Lucy la démangeait depuis une bonne demi-heure. Elle referma le livre, le rangea sur l'étagère et composa le numéro de Lucy. Au bout de quelques secondes, celle-ci décrocha le combiné.

— Lucy, c'est Miranda. Écoute, c'est peut-être idiot, mais il faut que je te parle.

— Je passe au restaurant dans une demi-heure, répondit tout naturellement Lucy.

252

– Non, ce n'est pas ce que je veux dire. Dans une demi-heure, j'aurai trop de travail, je dois faire la mise en place, je n'aurai pas le temps de te parler. Angèle est près de toi ?

– Oui...

– Ne le fais pas ! intima fermement la restauratrice à son amie.

– De quoi tu parles ?

– Échanger ton identité avec Angèle, ne le fais pas !

Un silence intrigué résonna à l'autre bout de la ligne. Miranda poussa un soupir, tentant de rassembler les mots qui allaient faire mouche, de formuler les phrases adéquates, capables de préciser sa pensée et de convaincre son amie.

– Vous n'avez plus quinze ans, bon Dieu ! Tu es sur le point de tromper ton mari et tes enfants, c'est absurde ! Il y a certainement un autre moyen de visiter cette foutue salle sans qu'Yves soit au courant !

Lucy gardait obstinément le silence. Miranda percevait son souffle, sa méfiance, son trouble.

– Tes enfants vont l'appeler « maman », Yves va l'embrasser sur la bouche, tu y as pensé ? poursuivit-elle d'un ton effaré. C'est... C'est dégueulasse ! Pour eux, pour toi, et même pour Angèle. Bon sang, Lucy, c'est complètement insensé, tu n'as pas le droit de faire ça !

– On se voit tout à l'heure, murmura Lucy dans le combiné.

Miranda perdit patience.

– Tout à l'heure, il sera trop tard ! s'énerva-t-elle de plus belle. C'est maintenant que tu dois tout annuler. Tu expliques à Angèle que tu ne peux pas faire ça, que tu trouveras un autre moyen. Je t'aiderai, on trouvera un boniment pour la bonne cause, un truc tout con dont Yves ne pourra pas se douter. Mais ne fais pas ça !

– Je te laisse, Miranda, je serai au restaurant dans moins d'une heure, rétorqua Lucy d'une voix joyeuse. À tout de suite !

Et elle raccrocha.

Miranda se sentit décontenancée. Cette tête de mule de Lucy n'avait pas l'air de prendre conscience de l'énormité de ce qu'elle était en train de faire. Dans une heure, Angèle serait déjà en route pour aller chercher les enfants à l'école. Peut-être avait-elle encore l'occasion de convaincre son amie de renoncer à son projet ? Miranda se convainquit que tout n'était pas perdu ! Lorsqu'elle aurait Lucy en face d'elle, seule à seule, elle aurait peut-être une chance de faire entendre raison à la jeune femme.

39

– C'était Miranda, déclara Lucy en raccrochant.

– Que voulait-elle ? s'informa distraitement Angèle.

– Rien… Elle voulait me parler.

Puis, revenant à leur préoccupation du moment :

– Comment te sens-tu ?

Nerveuse, la jeune femme enfilait à la hâte un jeans bleu clair tandis qu'Angèle avait mis le sien afin d'être habillée comme sa sœur. Il s'agissait d'être parfaitement identiques pour gagner un temps précieux lors de la seconde substitution.

– Un peu stressée, répondit Angèle. J'espère que tout se passera bien…

– Il n'y a pas de raison que ça se passe mal, la rassura Lucy sans deviner les pensées de sa sœur. Au pire, si vraiment il se doute de quelque chose, tu lui dis la vérité et voilà tout… Ce sera dommage, mais je ne pense pas qu'il nous en voudra.

Angèle esquissa un sourire sarcastique. La fureur d'Yves quelques instants auparavant lui fit augurer que sa réaction serait terrible. Mais il était évidemment hors de question de lui dire la vérité.

Ensuite elles vérifièrent leur maquillage, leur coiffure, leur apparence. Tous ces petits détails auxquels on ne pense pas et qui pouvaient les trahir. Boucles d'oreilles, bagues, collier. Fard à joues, rimmel, rouge à lèvres. La semaine précédente, elles avaient fait quelques emplettes afin d'acheter en double un jeans, un chemisier et des chaussures. Ainsi vêtues, elles étaient réellement semblables, copies conformes dont nul n'aurait pu deviner l'identité individuelle. Pas même leur propre mère, selon la formule consacrée. Elles-mêmes en eurent le souffle coupé. Elles s'observèrent dans le miroir en pied de la garde-robe, quelques secondes de surprise figée dans la confirmation de leur parfaite ressemblance.

– Bon ! soupira Lucy au bout d'un moment. Je crois que nous sommes prêtes. J'ai un de ces tracs… Oh ! On doit encore échanger nos sacs…

Les deux sœurs se saisirent de concert de leur sac à main respectif qu'elles vidèrent sur le lit. Puis elles firent l'échange et se mirent à remplir l'autre sac de leurs propres effets.

– Yves ne va jamais fouiller dans ton sac sans te le dire ?

– Non, pourquoi ?

– Pour ne pas prendre le risque qu'il aille fureter dans ton sac ce soir et qu'il y trouve mes affaires.

Lucy s'arrêta dans sa tâche, prise d'un doute.

– Alors quoi ? s'impatienta Angèle.

– Je ne sais pas… Il ne le fait pour ainsi dire jamais… Mais il arrive parfois qu'il ait besoin de monnaie, auquel cas il me prévient mais se sert lui-même dans mon portefeuille.

– Alors, on ne prend pas de risque, décida Angèle d'un ton ferme, heureuse de trouver là un argument pour conserver la majorité des affaires de Lucy. On garde seulement nos portefeuilles et on échange le reste. Je laisserai mon portefeuille dans ma veste pour plus de sécurité.

Lucy acquiesça. Elles vidèrent une nouvelle fois les sacs sur le lit et réintégrèrent les affaires qu'elles venaient de transférer, à l'exception des portefeuilles. Puis elles se dévisagèrent, troublées.

– On n'oublie rien?

– Je ne pense pas, non…

Lucy rajusta le chemisier de sa sœur, lui remit une mèche rebelle en place, puis l'admira.

– Ça te va bien, ce chemisier…

– Tu te fais un compliment à toi-même?

Elles pouffèrent.

– On récapitule?

– C'est bon! soupira Angèle. Je connais chaque détail par cœur.

– Comme tu voudras.

Puis, sans tenir compte de la lassitude de sa sœur, elle reprit :

– Quand tu rentres avec les enfants, ils peuvent regarder « Blabla » à la télévision. C'est leur émission préférée et je dois dire qu'elle est assez bien faite pour les petits. C'est sur la deux, il te suffit d'appuyer sur le chiffre 2 de la télécommande. Profites-en pour donner une pomme à Max, c'est le seul moment où il accepte de manger un fruit…

– Je sais, et je la lui épluche sinon il la refuse. Et dès que « Blabla » est terminé, ils filent tous les deux au bain. Je sais tout cela, Lucy, ne t'inquiète pas.

– Sois ferme avec eux, sinon tu ne t'en sortiras pas. Max est en pleine recherche de limites, il fait tout ce qu'il peut pour me faire enrager, il pousse le bouchon le plus loin possible pour voir jusqu'où il peut aller. Ne te braque pas, ça ne sert à rien… S'il est vraiment difficile, ça veut dire qu'il est fatigué, auquel cas tu accélères la cadence. Yves rentrera pendant qu'ils sont dans le bain, il te donnera un coup de main pour préparer le repas.

Angèle leva les yeux au ciel, attendant patiemment que sa sœur ait terminé sa litanie.

— Si Max est fatigué, il est possible qu'il refuse de manger, poursuivit Lucy sans remarquer l'attitude faussement excédée d'Angèle. Il n'y a qu'une seule phrase à lui dire : « pas de dessert et au lit tout de suite ». En général, ça marche. Il te faudra peut-être la répéter à chaque bouchée. Peut-être aussi va-t-il te demander de pouvoir dessiner après le repas… C'est hors de question ! Sans quoi il te sera impossible de l'envoyer se brosser les dents sans avoir droit aux cris et aux larmes. Il est impératif qu'ils soient tous les deux au lit à 20 heures au plus tard ! Quand tu les coucheras, ils vont essayer par tous les moyens de te retenir : un verre d'eau, une histoire, des câlins, puis une autre histoire, d'autres câlins… Ils sont très forts à ce jeu-là ! Sois ferme. Reste toujours sur tes positions et surtout, ne te laisse pas faire, sans quoi tu es perdue. Ah oui ! N'oublie pas de mettre Max sur le pot avant d'aller dormir. Il est propre depuis peu, mais il peut encore y avoir de petits accidents pendant la nuit.

Angèle ne put s'empêcher de rigoler.

— On dirait un plan de guerre !

— C'est pire qu'un plan de guerre, décréta Lucy parfaitement sérieuse. C'est une véritable guérilla qui recommence chaque soir.

— Bon. Tu as fini ?

Lucy sourit en essayant de se détendre.

— Je crois, oui…

— Tu sais, je suis déjà restée seule avec eux, et tout s'est très bien passé, fit remarquer Angèle.

— Oui, mais ils savaient que c'était toi. Ils sont beaucoup moins conciliants lorsqu'ils sont avec moi. C'est normal, je suis leur mère.

Angèle ricana intérieurement. « Plus pour long-temps… »

Elles descendirent au rez-de-chaussée et enfilèrent chacune le manteau de l'autre. Puis, juste avant d'ouvrir la porte de rue, Lucy se tourna vers sa sœur. Émue, elle la contempla une dernière fois avant de l'attirer contre elle tout en la serrant intensément dans ses bras.

— Bonne chance ! lui murmura-t-elle à l'oreille.

Angèle ferma les yeux. Décidément, rien ne lui serait épargné ! Elle répondit à l'étreinte de sa sœur non sans réprimer un hoquet nauséeux, enlaçant ce corps qui, dans quelques heures à peine, allait périr de sa main. Lucy se méprit sur la raison de l'élan d'Angèle et resserra encore sa pression.

— Ne te laisse pas faire, répéta-t-elle en chuchotant. Ce sont des monstres !

Angèle éclata de rire afin de dédramatiser la situation.

— N'exagère pas, tout de même !

Lucy ne répondit rien. Au bout d'un moment, elles se séparèrent sans se quitter des yeux et, face à sa sœur, Lucy émit un petit rire gêné.

— Je n'aurais jamais cru qu'on irait jusqu'au bout.

La situation devenait réellement pénible. Angèle domina à grand-peine l'irrépressible envie de lui hurler de se taire. N'était-ce pas assez difficile comme ça sans qu'elle en rajoute ?

— Moi non plus, murmura-t-elle finalement en détournant le regard.

La jeune femme était au supplice. La sensiblerie de sa sœur lui tapait sur les nerfs, elle avait hâte de la déposer devant le « Pavillon » pour ne plus avoir à endurer son regard larmoyant. Toutefois, lorsqu'elles arrivèrent devant le restaurant, Angèle ne put s'empêcher de la retenir une dernière fois, lui saisissant le poignet au moment où Lucy allait descendre de la voiture. Elle aurait souhaité lui demander pardon pour ce qu'elle allait faire. Elle aurait également désiré lui dire « adieu ». Tout aurait été tellement plus simple si Lucy avait pu comprendre, disparaître de son propre chef et saisir la chance qui lui était offerte de reprendre sa vie à zéro… Et pourquoi pas ? Qu'avait-elle fait jusqu'à présent de cette existence dorée ? Le petit nuage de prospérité s'était répandu en vain sur ce berceau stérile de toute audace… !

Lucy avait eu sa chance, elle n'en avait rien fait. Il était donc normal que quelqu'un d'autre prenne les commandes de ce destin gâché.

Surprise par ce geste qui ne ressemblait pas au tempérament de sa sœur, Lucy la dévisagea d'un œil intrigué et, prise de court, Angèle ne trouva pas ses mots.

– Ne t'inquiète pas, finit-elle par déclarer, comme si elle n'avait rien trouvé de mieux à dire. Ça passera vite.

Lucy acquiesça avant de claquer la porte du véhicule.

Restée seule dans l'habitacle, Angèle poussa un soupir de soulagement.

À présent, le compte à rebours avait commencé.

Revers de fortune

40

Au début, tout se passa sans encombre. Lorsque Angèle apparut dans le grand préau de l'école, les enfants s'élancèrent vers elle en criant : « Maman ! » De même, la responsable de la garderie l'appela « madame Gilot », lui relatant les diverses anecdotes ayant jalonné la journée de Max et de Léa. Rassurée par ces petits détails anodins qui anticipèrent d'entrée de jeu une victoire déjà assurée, Angèle prit confiance et s'installa sans attendre dans sa nouvelle vie. Elle récupéra toutes les affaires des enfants, manteaux, doudous, casquette de Max, cartables. Puis ils rentrèrent tous les trois à la maison.

La maison. Sa maison. Sa voiture, ses meubles, ses vêtements, ses enfants, son mari, son rôle, sa place...

Lorsqu'elle pénétra dans le hall d'entrée, Angèle frissonna de plaisir. Une vague de bonheur la submergea : elle était chez elle. Enfin. Comme revenue d'un long périple au cours duquel elle s'était maintes fois perdue. Home sweet home ! Malgré tout, elle mit quelques instants avant de parvenir à se donner une contenance. C'était idiot mais... Elle ne trouvait pas encore les gestes que l'on fait sans y penser lorsqu'on est chez soi, comme par exemple enlever ses chaussures, ou encore se servir un verre d'eau simplement parce qu'on a soif. Elle était encore chez « l'autre ».

En pénétrant dans le salon, les enfants se précipitèrent sur le petit écran qu'ils allumèrent tout en se chamaillant la télécommande. Max accusa Léa de tricherie, elle le traita de « gnome », ce qui provoqua la colère du petit garçon. Avec ravissement, Angèle mit fin à la dispute, confisquant la télécommande après avoir elle-même sélectionné la deuxième chaîne.

Elle venait de poser son premier acte maternel.

Wendy sortit de la cuisine à pas feutrés, considéra Angèle d'un œil méfiant avant de filer vers le hall où elle gravit les escaliers sans demander son reste. Angèle n'y prêta garde et, bientôt, elle évolua avec naturel dans ce lieu qui, désormais, lui appartenait. La vie aurait pu s'arrêter là. Elle était bien, si bien dans cette nouvelle peau. Elle s'aimait, se retrouvait, se découvrait, ne cessant de dévisager ses traits éblouis dans chaque miroir de la maison. Avait-elle changé ? Peut-être pas perceptiblement, mais elle sentait bien au fond d'elle-même qu'elle était différente. Ni Angèle, ni Lucy. Plutôt un être nouveau issu de l'esquisse maladroite qu'avaient individuellement ébauchée les deux sœurs au cours de ces trente-cinq années d'ignorance et de solitude. Un être pleinement mature auquel elle allait dès à présent donner vie, pour le plus grand bonheur de tous. Les jumelles avaient été conçues pour être deux ; la vie les avait séparées, sectionnant du même coup le fluide magique qui donnait un sens à leur existence. Angèle le comprit seulement. Elle était investie d'une mission ! Non pas à son avantage, non pas à l'encontre de sa sœur, juste une mission à laquelle Lucy avait failli. Rien de tout cela n'était personnel ! Les rôles auraient pu être inversés, cela n'aurait rien changé. À part peut-être qu'elle, Angèle, n'aurait pas manqué sa mission. Mais comment savoir ?

Qu'importe ! Les événements s'étaient déroulés ainsi, il était inutile de revenir sur le passé. L'essentiel maintenant était de reprendre les choses en main.

Malgré tout, au fil des heures, elle se sentit devenir nerveuse. L'imminence du retour d'Yves la tourmentait. Allait-il lui raconter la visite d'Angèle ? Allait-il lui avouer son infidélité contrainte ? Elle en doutait.

La lettre écrite à l'intention de sa sœur, ou plus exactement à sa propre intention, reposait à présent sur le lit de sa chambre, juste au-dessus du « Pavillon ». Grâce à sa visite impromptue de l'après-midi, Yves allait tout naturellement confirmer son témoignage, faisant comprendre à sa « femme » que les choses étaient sans doute mieux ainsi. Dans quelques heures, Angèle allait définitivement disparaître de leur vie.

« Blabla » s'acheva aux environs de 18 heures et, comme prévu, les enfants filèrent au bain. Angèle commença à préparer le repas, des saucisses de campagne accompagnées d'un stoemp de carottes, conformément aux instructions de sa sœur. Enfin, vers 18h20, un bruit se fit entendre dans le hall d'entrée : Yves était de retour. Le cœur d'Angèle s'emballa et elle se sentit rougir tout en se morigénant intérieurement.

« Sois naturelle, nom d'un chien ! Il n'y a rien d'extraordinaire à ce que ton mari rentre du boulot ! »

De la salle de bains, on entendit les enfants crier en appelant leur père. Au bout d'une éternité, Yves apparut enfin dans la cuisine. Il avait mauvaise mine. « Lucy » lui tournait le dos, affairée au-dessus de l'évier à laver les carottes. Il l'embrassa distraitement sans chercher son regard. Elle, de son côté, n'insista pas, trop heureuse de pouvoir lui cacher un trouble qu'elle ne parvenait pas encore à dominer tout à fait.

– Tu as passé une bonne journée ? lui demanda-t-elle tout en poursuivant sa tâche.

– Sale journée ! maugréa-t-il sans donner plus d'explication. Je vais voir les gosses.

Puis il disparut. Leurs « retrouvailles » n'avaient duré que quinze secondes.

Restée seule, Angèle se relâcha en soupirant. Était-ce tout ce qu'un couple vieux de dix années se témoignait après une journée de travail ? C'était charmant ! Mais peut-être était-il réellement affecté par l'incident de l'après-midi ? À la fois honteux et humilié, il était incapable de la regarder en face... Rien de plus naturel, après tout : il venait de coucher avec la sœur de sa femme !

À cette pensée, Angèle reprit confiance. N'était-ce pas à elle de lui manifester toute l'attention et le soutien qu'il était en droit d'attendre lorsqu'il rentrait à la maison après une journée de labeur ? Consciente de sa maladresse, elle coupa rapidement les carottes et les mit à cuire dans une casserole. Elle monta ensuite retrouver Yves auprès des enfants, leurs enfants, dans la salle de bains.

Adossée au chambranle de la porte. La scène qui se déroule à présent sous ses yeux s'apparente à l'image du bonheur. Yves fait rire les enfants en les aspergeant d'eau, lesquels ripostent de plus belle, inondant la salle de bains. Angèle soupire, frissonne, se consume. Dieu qu'il est beau ! Il a retroussé les manches de sa chemise et son visage dégouline déjà sous les trombes d'eau envoyées par les enfants. Les éclats de rire fusent, papa prend sa grosse voix faussement fâchée, maman rigole, elle aussi, de les voir s'amuser tant. Pas de doute, ils sont une vraie famille.

Comme pour lui assurer tout son soutien, Angèle caresse le dos d'Yves d'un geste de réconfort. Il semble ne pas y prendre garde et continue d'amuser les enfants. D'un coup d'œil soucieux, Angèle consulte sa montre. Il est 18h45. Le temps ne passe pas, lui qui, d'ordinaire, court à perdre haleine. Dans deux bonnes heures tout sera réglé. En attendant, elle ne peut profiter pleinement du bonheur qui, justement, rayonne à portée de main. Elle en veut plus encore à Lucy pour cela. Un moment volé de plus. Temps perdu. Temps mort. Qu'il faut pourtant tuer pour le passer...

Angèle redescend au rez-de-chaussée. Elle tourne en rond. Se sent fébrile, ne parvient pas à fixer son attention sur quoi que ce soit. Wendy est étalée sur le fauteuil et somnole en ronronnant. La jeune femme s'installe distraitement à côté de l'animal qu'elle caresse d'une main absente. Aussitôt, la chatte se redresse et souffle rageusement vers elle. Celle-ci se raidit, surprise par la réaction de l'animal, avant de prendre prudemment ses distances.

« On ne te la fait pas, à toi ! » songe-t-elle en défiant Wendy du regard.

Quelques instants plus tard, Yves la rejoint. Elle s'approche de lui à la recherche d'un instant de complicité. Il l'esquive aussitôt, semble vouloir la fuir.

« Il n'arrive pas à me regarder en face », pense-t-elle, touchée par le trouble de son mari. « Dire que Lucy a mis sa fidélité en doute ! Quelle idiote ! » Puis elle se détend. « Demain, après-demain au plus tard, tout rentrera dans l'ordre, quand il apprendra qu'Angèle a préféré partir loin de nous. Il pourra tout m'avouer. Et moi, je lui pardonnerai sans peine. Nous serons heureux. »

19h15. Le repas est prêt. Tout le monde prend place autour de la table de la cuisine. Les enfants se chamaillent encore, papa demande un peu de calme, « maman » remplit les assiettes. Max raconte le dessin qu'il a fait aujourd'hui à l'école. Entre deux babillages, « Lucy » tente d'en savoir plus sur la journée de son mari. Il bougonne.

– Rien de spécial.

267

– Tu m'as dit que tu avais passé une sale journée…

Yves hausse les épaules. Semble ne pas vouloir faire
de commentaires. Malgré tout, quelques instants plus
tard, il lui demande, d'un ton qui se veut détaché :

– Tu as vu Angèle, aujourd'hui ?

Elle se trouble.

– Non…

Il se tait. Elle reprend :

– Pourquoi ?

– Pour rien.

L'humeur est maussade. Les enfants sont nerveux.
Fatigués, sans doute, ils iront vite au lit. Max refuse
de manger.

– C'est pas bon, déclare-t-il en repoussant son
assiette.

– C'est vrai que ce n'est pas extraordinaire, ajoute
Yves sans compassion pour sa femme.

« Lucy » est désolée. Angèle a encore pas mal de
choses à apprendre avant de devenir une Lucy respectable. Elle n'a jamais été un fin cordon-bleu. À part
les lasagnes et quelques recettes de salades composées,
la cuisine n'est pas son fort. Le cœur serré, elle se
reprend néanmoins, essayant d'adopter l'attitude adéquate. Se réfère pour cela aux conseils de sa sœur.

– Max, si tu ne manges pas, tu n'auras pas de dessert et tu iras tout de suite au lit.

Le gamin rouspète mais avale quelques cuillerées de
plus. Léa en profite pour en rajouter une couche.

– Y a pas assez de sel.

Angèle commence à perdre patience.

– Si ça ne te plaît pas, la prochaine fois tu n'auras
qu'à cuisiner toi-même !

Yves lève sur elle un regard interloqué.

– Qu'est-ce qui te prend ?

Angèle se trouble. Ce n'est, apparemment, pas le genre de réaction qu'aurait eue Lucy. La jeune femme préfère alors se taire pour ne pas se fourvoyer plus encore. En vérité, elle est à bout de nerfs, consulte sans arrêt sa montre, se force à manger pour ne pas éveiller les soupçons. Mais dans sa bouche, chaque aliment se transforme en un infâme magma comestible, dépourvu de toute saveur. Max a raison : c'est dégueulasse.

19h35. Le repas est terminé. Les enfants montent à la salle de bains pour se brosser les dents. Angèle les suit afin de s'assurer qu'ils s'acquittent de cette tâche dans les règles de l'art. Lucy est très stricte là-dessus, elle le sait. Là encore, c'est le cirque. Léa fait sa toilette consciencieusement, mais Max joue avec le dentifrice. Il en met partout, s'en badigeonne les mains qu'il essuie aussitôt sur son pyjama… En deux minutes à peine, le constat est décourageant : il faut changer sa veste. De plus en plus nerveuse, Angèle se fâche. Léa la regarde de travers.

– Qu'est-ce que tu as à me regarder comme ça ? lui demande sa « mère » d'un ton irrité.

La fillette hausse les épaules.

– C'est normal qu'il s'en mette partout, maman ! s'exclame-t-elle avec évidence. Si tu le laisses jouer avec le dentifrice…

Angèle se mord la lèvre inférieure. Elle pressent que la tâche sera plus ardue que prévu. Pourquoi Lucy ne lui a-t-elle rien dit au sujet de la toilette du soir ? C'est malin, aussi…

Reprenant son calme autant que possible, « Lucy » change le petit garçon et lui brosse elle-même les dents. Le gamin se laisse faire, docile et conciliant. Puis elle les conduit tous les deux dans leur chambre. 19h50. Max réclame une histoire. Angèle lui fait promettre d'être bien sage et qu'une fois l'histoire racontée il s'endormira sans rouspéter.

– Que veux-tu que je te raconte comme histoire ?

– T'Choupi qui se perd au supermarché.

Angèle cherche le livre sur l'étagère.

– Mais non, maman ! s'écrie le petit garçon. T'Choupi, il est en bas, dans le salon.

Évidemment ! Tout cela est tellement logique ! Les nerfs en pelote, Angèle redescend au rez-de-chaussée à la recherche du bouquin. Yves est au téléphone, il parle boulot. Angèle parcourt l'ensemble de la pièce du regard. Mais dans le salon, elle ne voit rien qui ressemble à un livre d'enfant.

– Tu ne sais pas où serait le livre de T'Choupi ? demande-t-elle à Yves.

Il lui jette un regard courroucé et, d'un geste agacé, lui fait comprendre que ce n'est pas le moment de le déranger. Puis il lui tourne le dos et disparaît dans la cuisine, le téléphone sans fil à la main. De plus en plus désemparée, Angèle s'énerve toute seule. Peste contre sa sœur. Voilà bien le genre de petit tracas qu'elle aurait pu lui éviter. De l'étage supérieur, elle entend bientôt Léa brailler d'une voix stridente :

– Maman ! Max a renversé son verre d'eau sur son lit !

– Sale menteuse ! hurle aussitôt la voix du petit garçon. C'est toi qui l'as fait !

Léa réplique d'un cri rageur, Max pousse un hurlement colérique, puis se met à pleurer. Angèle est à bout de nerfs. Un problème à la fois, se dit-elle tout bas afin de maîtriser l'exaspération grandissante qui s'empare d'elle. Elle ouvre un tiroir, le referme, dérange quelques revues pour voir si le livre ne se cache pas en dessous, ronchonne, insulte Lucy à voix basse, aperçoit enfin sur l'étagère quelques livres aux couleurs vives. Ça y est ! Elle l'a trouvé !

Calme. Reprendre le contrôle de la situation. Si elle s'énerve…

Angèle remonte à toute vitesse jusqu'à la chambre des enfants. Le lit de Max est en effet trempé. Il faut tout changer : draps, housse, taie d'oreiller. Où se trouve le linge de maison ? Max pleure toujours, Léa boude dans son lit. Agacée par les sanglots de l'enfant, Angèle tente d'abord de le consoler. Il se calme enfin tandis qu'elle lui demande où sont ses draps propres. Surprise par cette drôle de question, le petit garçon la considère d'un œil interloqué.

– Ben, dans le tiroir !

Elle se dirige vers la commode, ouvre l'un des tiroirs, n'y voit que des vêtements, le referme aussitôt, perd ses moyens, sent bien que les deux enfants l'observent d'un regard curieux, s'apprête à ouvrir un deuxième tiroir…

– Dans le tiroir de ta chambre, maman ! précise Léa, elle aussi surprise par le comportement étrange de sa mère.

Angèle se mord une nouvelle fois la lèvre inférieure. Elle est en train de perdre les pédales et d'accumuler les impairs. Si elle n'y prend garde, les enfants vont finir par se douter de quelque chose. Demain, elle devra passer une bonne partie de la journée à explorer la maison, chaque coin et recoin, chaque armoire, chaque tiroir, de telle manière qu'elle sache parfaitement où tout se trouve. Mais pour l'heure, il faut donner le change, et vite !

– Je suis éreintée, les enfants… explique-t-elle d'une voix qui se veut douce. Il faut être bien sage, ce soir. D'accord ?

Les gamins se regardent avant d'opiner du bonnet. Angèle soupire. Consulte sa montre. 20 heures. Bon. Il faut changer le lit de Max, lui raconter une histoire, remplacer son verre d'eau, le dorloter, faire pareil à Léa et... La jeune femme file dans « sa » chambre, cherche les draps, ne les trouve pas, contient difficilement l'envie de crier, de hurler, de se défouler, de taper partout, de casser quelque chose... Sous le lit, il y a un large tiroir qu'elle ouvre rageusement. Sauvée ! Les draps s'y trouvent.

20h20.

Les enfants sont au lit. Yves est monté les embrasser. Dans le baby-phone, Angèle les entend chuchoter. Elle craint qu'ils ne racontent à leur père son étrange comportement. Elle colle l'appareil à son oreille, prête à intervenir en cas de besoin... Mais non, ce ne sont que des câlins échangés avec tendresse.

Angèle tente de se détendre. Puis se dirige fébrilement vers la fenêtre de la cuisine d'où elle devine, tout au fond du jardin, les buissons de rhododendrons dissimulés dans la pénombre qui s'installe doucement. Elle vérifie une dernière fois que la vue ne s'étend pas au-delà des épais feuillages et profite ensuite de l'absence d'Yves pour contrôler la présence de ses accessoires dans les poches de son manteau : mouchoir, chloroforme, seringue, tout y est. Sa valise, quant à elle, est déjà dans le coffre de « sa » voiture, prête à rejoindre le corps de Lucy pour la phase finale de son plan.

20h30.

Yves redescend. Et maintenant ? Un peu anxieuse, elle lui demande si tout va bien. Il répond par l'affirmative et lorsqu'elle s'inquiète des enfants, il la rassure tout de suite :

– Ils étaient épuisés... Max s'endormait déjà quand j'ai quitté la chambre.

– Tant mieux...

– Il faut que je te parle.

272

Le ton est grave et le regard que lui jette Yves laisse présager le pire. Son cœur s'est remis à tambouriner dans sa poitrine, elle a l'impression qu'elle n'aura aucun moment de répit avant demain. Mon Dieu... 20h34 ! Il veut lui parler ! Pourvu que cela ne prenne pas plus d'un quart d'heure. À quelques minutes à peine de l'accomplissement de son plan, Angèle se sent au bord d'un précipice. Angoisse. Panique. Et si elle ne parvenait pas à neutraliser Lucy avant que celle-ci ne donne l'alarme ? Perdue dans ce qu'il y a à faire, ce qu'il y a à dire, ce qu'il y a à penser, la jeune femme se sent glacée de la tête aux pieds. Comme paralysée par l'effroi qui s'empare d'elle au fil des secondes. Et si Yves ne la lâchait pas avant l'heure du rendez-vous ? Lucy attendra, bien sûr ! Elle aurait trop peur de se fourvoyer auprès de son mari. Allons, du calme, du calme ! Angèle ne s'en est pas trop mal sortie, jusqu'à présent. Et demain, elle aura tout le temps pour trouver ses marques, explorer la maison, s'organiser, investir son nouveau rôle.

– Oui ? murmure-t-elle d'une voix à peine audible.

– Ça ne va pas te faire plaisir, mais je ne peux pas faire comme si rien ne s'était passé.

Presque malgré elle, la jeune femme laisse échapper un soupir de soulagement. OK, rien de grave, Yves va lui raconter la visite d'Angèle cet après-midi au studio. Il est vraiment chou, cet homme ! Tellement honnête sous des dehors un peu bourrus, un peu ours mal léché... « Lucy » est tout ouïe.

– Raconte, l'invite-t-elle d'un ton très compréhensif.

Alors il lui déballe tout, la visite de sa sœur, son imposture, ses avances très... chaudes, leur... acte sexuel, très rapide, il n'y a vu que du feu, il ne savait pas, il croyait que...

« Lucy » feint la surprise, puis le choc, enfin la fureur. Elle monte sur ses grands chevaux, menace de téléphoner à Angèle sur-le-champ, passe d'ailleurs à l'acte, tout de suite, hors d'elle. En vérité, cette petite comédie lui permet de se décharger des tensions insupportables qu'elle a dû dominer tout au long de la soirée. Ses nerfs ont été mis à rude épreuve et la jeune femme n'est pas peu soulagée de pouvoir s'en apaiser librement durant quelques instants. De fait, elle compose son propre numéro de portable avant de raccrocher violemment. Il est éteint. Et pour cause : elle n'aurait pas pris le risque de recevoir un appel destiné à Angèle sur son portable. Puis elle s'affale sur le divan. Consulte une énième fois sa montre, à la sauvette : 20h57.

Son cœur a repris sa course effrénée tout au fond de sa poitrine. Lucy doit déjà être cachée derrière les rhododendrons ! Prise de court et de panique, Angèle éclate en sanglots. Yves tente maladroitement de la consoler, lui demande pardon pour sa franchise, mais lui explique qu'il n'aurait pas pu jouer la comédie et revoir Angèle comme si rien ne s'était passé. « Lucy » comprend et le remercie.

Finalement, l'enchaînement des événements se déroule à merveille. Sous prétexte de vouloir être seule pour encaisser la trahison de sa sœur, « Lucy » informe son mari qu'elle va faire quelques pas dans le jardin. Il comprend. Lui demande si elle a besoin de lui. D'un regard tendre, elle lui assure que tout va bien, qu'elle a juste besoin d'être seule pour étancher sa peine.

Angèle se met en route. Elle se dirige vers la cuisine dont la porte donne dans le jardin. Ça bourdonne de partout dans sa tête. Son cœur explose dans sa poitrine, résonne jusque dans ses tempes tandis que sa gorge s'assèche, comme si la plus petite goutte de salive était instantanément aspirée par toutes les aspérités présentes dans sa bouche. Ses doigts picotent, s'engourdissent, s'ankylosent, se paralysent. Pour l'amour du ciel, frémit-elle silencieusement, ce n'est pas le moment! Instinctivement, elle ouvre et ferme les poings, forçant ses mains à une gymnastique improvisée. Bientôt, sa respiration s'accélère, rythme ses pas, saccade ses mouvements, l'hyperventile enfin et donne alors naissance à un vertige. Elle s'arrête à mi-chemin entre la porte de la cuisine et la porte du jardin, se retient à la table, ferme les yeux et tente de se ressaisir.

– Tout va bien, chérie? s'inquiète Yves. Tu veux que je t'accompagne?

La question donne un coup de fouet à la jeune femme qui se reprend aussitôt.

– Non... Merci. Tout va bien. J'ai juste besoin d'être un peu seule.

Elle se domine enfin, chasse sa peur et son angoisse d'un claquement de langue et reprend sa route vers la porte du jardin.

À 21h03, elle disparaît dans la pénombre du soir et se dirige lentement vers les buissons de rhododen-drons.

41

Lucy n'est pas encore là !

Merde !

Lorsque Angèle constate que les buissons sont déserts, l'angoisse la reprend de plus belle. Le mouchoir imbibé de chloroforme à la main, elle ne sait plus que faire de son attirail fatal. Mais bien vite, elle parvient à se ressaisir. Elle cache le mouchoir dans sa poche et tente de faire le point de la situation. « Allons, pas de panique ! Lucy ne va plus tarder à présent. » Elle devait encore passer au « Pavillon » pour rendre la voiture de Miranda. Peut-être auront-elles échangé deux ou trois mots, prenant ainsi un peu de retard ?

Tous les sens aux aguets, Angèle épie anxieusement le coin du jardin qui donne sur la rue et par lequel Lucy est censée apparaître. Mais l'allée est déserte, et le silence qui résonne aux alentours la plonge dans le désarroi. Seules les loupiotes provenant des autres maisons trahissent une vague activité dans le quartier. La jeune femme se raidit, observe les environs, fait courir son imagination… Le fait d'être là avant Lucy ne lui donne-t-il pas un avantage de taille ? En se dissimulant ici, accroupie dans les fourrés, elle peut tranquillement attendre que sa sœur arrive au rendez-vous, se cache dans les rhododendrons et lui tourne le dos afin d'épier son arrivée. À ce moment-là, l'affaire ne sera plus qu'un jeu d'enfant : Angèle surgira par-derrière et, surprise par cette présence inattendue, Lucy n'aura plus guère de possibilité d'appeler à l'aide avant d'être endormie par le chloroforme…

Exploiter les imprévus pour servir le prévu, voilà bien la marque des grands !

Angèle se félicite silencieusement tout en disparaissant dans les fourrés. Voilà. Il n'y a plus qu'à attendre. Pourvu que Lucy ne tarde pas trop. Le temps devient véritablement froid et humide, elle grelotte déjà sous son manteau de toile. Et la nervosité n'arrange rien à l'affaire.

Tandis qu'elle attend là sans bouger, Angèle avise à ses pieds un petit carré de terre plus meuble. Au souvenir de cette légère dénivellation du terrain, la jeune femme ne peut s'empêcher d'avoir un sourire narquois : c'est là que sont enterrés les chatons qu'elle a tués de ses propres mains.

Les minutes passent, glaciales et muettes. Rien ne bruisse, rien ne bouge. Angèle commence à s'impatienter. Elle regrette de ne pas avoir pensé à prendre son portable pour pouvoir appeler Lucy. Recroquevillée au milieu des buissons, la jeune femme est aux abois : ainsi tapie, il lui est impossible d'apercevoir le chemin qui mène à la rue. Seuls les bruits alentour peuvent l'informer d'une éventuelle approche. Mais le silence semble la défier, l'enfermer dans son angoisse, la paralyser dans son gigantesque manteau nocturne, amplifiant d'instant en instant la crainte qui suinte de chaque parcelle de son corps. Ça ressemble à un cauchemar. Un bourdonnement la fait sursauter, manquant de peu lui arracher un cri de terreur. Ce n'est qu'une mouche ! Angèle se ressaisit, tente de retrouver son calme. Ses jambes commencent à fourmiller, ses bras s'ankylosent, son dos est douloureux. Elle aimerait s'étendre mais n'ose plus bouger, de peur de trahir sa présence. Lucy peut arriver d'une seconde à l'autre. Ce serait trop bête si…

Et si elle avait eu un accident ?

Angèle tressaille un peu plus. Ce serait une véritable catastrophe ! Si c'était le cas, ayant conservé son portefeuille muni de ses papiers d'identité, les ambulanciers l'enregistreraient automatiquement sous le nom de Lucy Gilot. De plus, ils préviendraient directement Yves de l'accident de sa femme et… Mon Dieu ! Le cher homme n'y comprendrait plus rien. Peut-on croire que sa femme ait eu un accident de voiture alors que l'on passe la soirée avec elle ? Sans compter que n'importe quel étudiant en médecine serait à même de différencier les deux sœurs, tout simplement grâce aux deux grossesses de Lucy alors que les entrailles d'Angèle sont vierges de toute maternité. Si Lucy avait un accident de voiture, ce serait un réel désastre. Sauf si le véhicule explosait, bien sûr, mais il est impossible de compter sur cette éventualité. Et après sa visite de l'après-midi, Angèle n'aurait plus qu'à disparaître définitivement comme indiqué dans sa lettre.

Toujours cachée dans les fourrés, la jeune femme panique tant et plus. Que faire ? Il est maintenant 21h23 et Lucy n'est toujours pas reparue. Angèle grelotte de peur autant que de froid. Bientôt, elle entend la porte de la cuisine s'ouvrir tandis que la voix d'Yves retentit dans le jardin.

– Lucy ? Chérie ? Ça va ? Rentre, maintenant, tu vas prendre froid !

Que faire ? Merde, Lucy, qu'est-ce que tu fiches ? Merde ! Merde ! Merde !

– Lucy ?

Si Lucy arrivait maintenant, ce serait la fin de tout. Mieux vaut rentrer tout de suite et, dès que l'occasion se présentera, l'appeler sur son portable afin de lui demander une explication. Ensuite, il sera toujours temps d'aviser. Si, du moins, la situation n'est pas désespérée.

– J'arrive !

Angèle sort des fourrés avant de rejoindre Yves sur le pas de la porte de la cuisine.

– Tu vas bien ? s'enquiert-il en scrutant les traits défaits de sa femme.

« Lucy » est complètement frigorifiée. Son visage présente une pâleur inquiétante et elle tremble de tous ses membres. Yves met cela sur le compte du choc qu'elle vient d'éprouver en apprenant la trahison de sa sœur.

– Ça va, ça va… murmure-t-elle non sans retenir un sanglot de rage.

Il l'entoure de ses bras tout en l'entraînant à l'intérieur de la maison. Par-dessus l'épaule de son mari, « Lucy » jette un dernier regard au-dehors.

Là, tout au fond du jardin, le calme et le silence résonnent en elle comme un très mauvais présage.

42

L'attente se prolonge, interminable. Perpétuellement sur le qui-vive, proche de la crise de nerfs, Angèle ne cesse de scruter les buissons de rhododendrons par la fenêtre de la cuisine, espérant enfin y deviner la silhouette de sa sœur. Yves ne pose pas de questions, heureusement. La trahison d'Angèle doit être, à ses yeux, une raison suffisante pour justifier l'étrange comportement de « sa femme ». À 11 heures, las de la voir tourner en rond sans parvenir à la calmer, il monte se coucher. La jeune femme prétexte vouloir rester encore quelques instants en bas avant de le rejoindre. Ensuite elle attend un bon quart d'heure qu'il soit endormi puis se précipite dans le jardin afin de fouiller une nouvelle fois les buissons de rhododendrons. Toujours aucune trace de Lucy !

De plus en plus nerveuse, Angèle tente de la joindre sur son portable. Éteint ! Au moment où la messagerie s'enclenche sans laisser la moindre tonalité résonner, elle a la sensation que son sang se vide de son corps.

Que se passe-t-il ?

Tout se brouille dans son esprit : l'heure du rendez-vous, la raison de sa présence, l'absence de sa sœur… Et la voiture de Miranda ? Angèle se raidit de plus en plus. Miranda connaît le plan des deux sœurs ! Si sa voiture ne lui est pas rapportée dans la soirée, elle va bien finir par se douter que la femme qui joue au papa et à la maman avec Yves et les enfants n'est pas Lucy.

Angèle regagne la cuisine afin de faire le point de la situation. Que faire ? Tout avouer à Yves ? Après la scène de l'après-midi dans son bureau, cette solution est devenue totalement inconcevable. Poursuivre la comédie ? Elle n'a pas vraiment le choix ! À cette idée, Angèle ne peut s'empêcher de railler : n'est-elle pas à présent acculée à jouer le rôle qu'elle a tant convoité ? Alors pourquoi se sent-elle maintenant incapable d'assumer cette place dont elle rêve depuis de si longs mois ?

Angèle tente une nouvelle fois de joindre Lucy. Sans plus de succès. Elle refait de nombreux allers-retours entre la cuisine et le fond du jardin, tourne en rond dans la maison, ressort, revient, croit perdre la tête, se reprend, monte à l'étage pour découvrir Yves profondément endormi... Elle décide alors d'aller jusqu'au « Pavillon » afin de vérifier si la voiture de Miranda est rentrée – ou non – au bercail. Ce dont elle doute. Mais tout vaut mieux que de rester là à attendre. Elle enfile son manteau et sort dans la nuit froide. Il est presque 1 heure du matin.

Après un bon quart d'heure de marche, Angèle arrive enfin en vue du restaurant. Les lumières de l'établissement sont encore allumées et elle aperçoit de loin, par la fenêtre, les derniers clients arrimés au bar. Miranda s'active dans la salle, range et nettoie les tables tandis que Jean-Michel sert les derniers verres avant la fermeture. Angèle prend garde de ne pas se faire voir. Elle reste prudemment sur le trottoir d'en face, dissimulée derrière les voitures garées le long de la bordure. Après s'être assurée qu'on ne peut la voir du restaurant, elle passe en revue toutes les voitures stationnées dans les environs.

Au bout d'un court instant, la jeune femme hoquète de surprise. Le souffle court, le visage décomposé, elle écarquille les yeux comme si elle venait de voir le diable en personne : à quelques mètres à peine, la voiture de Miranda est bien là, tous feux éteints, comme si elle n'avait jamais quitté le quartier.

Lucy est donc rentrée de Waterloo !

Hébétée, Angèle repart en sens inverse, la démarche mécanique et l'œil absent. Que s'est-il passé ? Pourquoi Lucy n'est-elle pas réapparue comme convenu ? A-t-elle fait une mauvaise rencontre sur le chemin du retour, entre le restaurant et la maison ? Dans ce quartier familial, l'éventualité d'une agression est plutôt restreinte. Mais nul n'est à l'abri d'une racaille en mal de mauvais coup, peut-être un voleur venu se servir dans ces propriétés cossues, que Lucy aurait surpris et alors…

Ça ne tient pas la route. Aucun voleur ne dévalise une maison à 9 heures du soir.

Angèle n'y comprend plus rien. D'un geste machinal, elle consulte sa montre : il est maintenant plus d'1 heure et demie. La jeune femme se met à courir, pressée à présent de regagner la chaleur du foyer. De son foyer ? Ma foi, personne n'est plus en mesure de prouver le contraire. Elle ne fait rien de mal, elle est là en toute légalité, avec l'accord de sa sœur ! Que celle-ci se manifeste pour démentir une vérité qu'Angèle s'est appropriée, voilà tout ce qu'on demande. Alors pourquoi s'en faire ?

Faire face à l'immédiat. Elle aurait préféré régler le problème une bonne fois pour toutes, mais après tout, n'est-elle pas parvenue à ce qu'elle souhaitait ? Peut-être le destin s'est-il lui-même chargé de remettre les pendules à l'heure, la délivrant d'une tâche que la justice et la morale des hommes auraient de toute façon condamnée. Si Lucy est réellement en vie, aurait-elle laissé sa sœur se glisser sous la couette aux côtés de son mari?

Tout en marchant, la jeune femme reprend peu à peu confiance. De toute façon, que peut-elle faire d'autre? Elle va rentrer à la maison et aller se coucher, comme Lucy elle-même le fait chaque soir. Demain, elle y verra plus clair. Et en attendant, pourquoi ne pas profiter de sa nouvelle vie? Pourquoi ne pas savourer ces premiers instants au cours desquels elle devient enfin une femme normale, mère de deux enfants et épouse d'un homme séduisant?

Et pourquoi ne pas tout simplement rejoindre Yves sous la couette et reproduire la scène de cet après-midi, en toute légalité cette fois? Non... La chose est peut-être un peu prématurée. Qu'aurait fait Lucy à sa place? Aurait-elle eu le cœur à « ça », sachant qu'à peine quelques heures auparavant, sa propre sœur... Connaissant Lucy, son côté coincé, petite-bourgeoise bien propre sur elle, Angèle devine qu'une telle attitude ne laisserait pas de surprendre l'époux abusé. Mieux vaut ne pas changer de comportement trop abruptement, surtout avant de savoir exactement ce qu'est devenue sa sœur.

Angèle réintègre le domicile conjugal sur la pointe des pieds, tel un voleur promenant sa silhouette fantomatique parmi les meubles d'un autre, drapé d'obscurité afin de ne pas trahir sa présence. Et tandis qu'elle s'emploie à ne pas faire de bruit, la jeune femme s'immobilise soudain dans sa prudence. Que fait-elle? N'est-elle pas chez elle? Les émotions de la journée lui font perdre la tête! Entre Angèle et Lucy, son esprit dérive sans parvenir à rejoindre le port d'une identité définitive. Elle n'est déjà plus Angèle, mais pas encore tout à fait Lucy puisqu'un reste du passé subsiste quelque part dans la nature. Chassant ces sombres pensées, elle allume volontairement la lampe de l'escalier et monte à l'étage.

Dans la salle de bains, Angèle scrute les traits de son visage dans le miroir. Le reflet lui renvoie l'image d'une femme écroulée de fatigue, tourmentée d'incertitude, et dont le masque de détresse la dote d'une fragilité qui rejoint étrangement la vulnérabilité naturelle de Lucy. Mon Dieu, comme elle ressemble à sa sœur ! Elle-même est sur le point de ne plus savoir faire la différence.

« Lucy ! Je me prénomme Lucy ! Je suis Lucy ! » murmure-t-elle à l'intention de la femme qui la regarde dans le miroir.

Pour toute réponse, celle-ci hoche la tête en signe d'approbation. Alors tout redevient d'une simplicité éblouissante. Il y a juste eu un twist dans le temps, un mauvais rêve duquel elle vient seulement de s'éveiller. En un seul regard, la vie reprend ses droits, ainsi que le cours à peine interrompu d'une existence rêvée.

Exactement comme avant.

Au moment où « Lucy » veut se brosser les dents, elle louche avec contrariété sur les deux brosses à dents contenues côte à côte dans le verre posé sur l'évier. Allons bon, voilà qu'elle ne sait plus ! Quelle est sa brosse à dents ? La bleue ou l'orange ?

C'est idiot, mais il lui est soudain impossible de se souvenir laquelle est la sienne et laquelle appartient à Yves !

43

Ce matin n'a rien d'habituel.

Il règne dans l'air une sorte de liesse inaccoutumée. « Lucy » est d'excellente humeur et les enfants, surpris par le joyeux dynamisme de leur mère, ne cessent de lui jeter nombre de regards réjouis. Un panier rempli de couques et de croissants trône au milieu de la table. Et comme si ce n'était pas assez, Maman a fait des crêpes qu'elle s'amuse à faire voltiger dans les airs, adoptant à chaque volée des poses toutes plus drôles les unes que les autres. Chaque crêpe réceptionnée dans la poêle laisse éclater des clameurs d'enthousiasme et le petit déjeuner s'achève bientôt dans un concert d'éclats de rire.

Lorsque Yves apparaît dans la cuisine, il s'étonne de cette hilarité inhabituelle. Les enfants l'accueillent à grands cris, rivalisant pour être le premier à lui raconter les prouesses de maman. Papa dévisage « Lucy » d'un regard interrogatif. Pour toute réponse, Angèle lui sourit gentiment en haussant les épaules. Un peu inquiet tout de même, il insiste :

– Tu vas bien ?

Le sourire radieux de son épouse, loin de le rassurer, accroît sa perplexité.

– Mieux qu'hier, apparemment ! ajoute-t-il afin de lui rappeler implicitement les révélations de la veille.

Les traits de maman se figent un court instant. Elle paraît hésiter avant de finalement darder sur son mari un regard espiègle. Puis elle déclare à haute et intelligible voix :

– Je ne veux plus en parler. Toute cette histoire appartient désormais au passé.

Yves la considère quelques secondes encore, cherchant à déceler un écho de douleur enfoui sous ce masque trop rayonnant à son goût. Mais il n'y trouve rien, rien qui puisse évoquer la terrible déconvenue éprouvée la veille.

– Où est ma tasse ? s'étonne-t-il en découvrant qu'aucune tasse de café ne l'attend sur la table, comme à l'accoutumée.

– Ta tasse ? demande Angèle sans comprendre de quoi il s'agit.

– Je suis en retard, Lucy ! s'énerve-t-il en perdant patience. J'ai rendez-vous pour une séance de prises de vue dans une demi-heure à peine ! Je n'ai pas le temps de jouer !

Agacé, il s'empare d'une tasse propre dans le lave-vaisselle qu'il remplit à ras bord. Puis il boit son café sans desserrer les dents. Mutine, maman adresse aux enfants toute une série de grimaces, silencieuses et cocasses, signifiant qu'il s'agit d'être sage. Max et Léa pouffent, ce qui accroît encore l'irascibilité de leur père. Il jette à sa femme un coup d'œil exaspéré.

– Bon, vous m'excuserez, mais je n'ai pas le temps de faire le pitre !

Et, joignant le geste à la parole, il dépose sa tasse vide sur la table avant de quitter la cuisine. Max le suit aussitôt afin de recevoir les câlins matinaux. Après avoir enfilé sa veste, Yves saisit son petit garçon à bras-le-corps et le chatouille vigoureusement. L'enfant se contorsionne comme une anguille en éclatant de rire, puis il embrasse son père. « Lucy » apparaît alors, suivie de Léa.

– Tu n'oublies pas que Marc et Didier viennent souper à la maison, ce soir ? lui rappelle Yves, plein d'évidence.

Angèle a du mal à cacher sa surprise. Elle bredouille son trouble, se sent rougir, bégaie quelques mots incompréhensibles avant de hocher la tête en signe d'assentiment.

– Tu t'en souviens ou pas ? s'irrite-t-il de plus belle.

– Oui, oui ! lui assure Angèle d'un ton qui trahit tout le contraire.

Il la dévisage encore un court moment, l'œil suspicieux, puis pousse un soupir de contrariété.

– Bon, ce coup-ci, je suis vraiment en retard. À ce soir.

Les enfants répondent à ses adieux avant de se précipiter dans la cage d'escalier. Aussitôt, maman leur emboîte le pas en courant derrière eux, prête à faire la course pour arriver en haut la première.

Après avoir conduit les enfants à l'école, Angèle se précipite dans le jardin, filant vers les buissons de rhododendrons dont elle fouille méthodiquement chaque parcelle. Toujours aucune trace de Lucy ! Perplexe et quelque peu désemparée, elle rebrousse chemin et rentre dans la maison où elle tente encore une fois de joindre sa sœur sur son portable. La messagerie de Lucy se déclenche instantanément, son téléphone cellulaire est bel et bien éteint.

Perdue dans ses pensées, Angèle s'installe à la table de la cuisine, sirotant un café sucré tout en tentant de faire le point de la situation. Que s'est-il passé ? S'il est arrivé quelque chose à Lucy, quelqu'un – police ou hôpital – aurait déjà prévenu sa famille ! Cette absence, aussi soudaine qu'inexplicable, reste un vrai mystère. Comme si elle s'était évaporée dans la nature. Disparue, envolée, volatilisée !

A-t-elle été agressée sur le chemin du retour, entre le « Pavillon » et la maison ? Cette explication demeure la seule plausible : une agression sans témoin, sans tache et sans pitié. Et Lucy ne s'en est pas sortie vivante. Dans le cas contraire, Yves n'aurait-il pas déjà été prévenu de la catastrophe ? Angèle glousse : ainsi donc, quelqu'un s'est chargé de la sale besogne ! Comme si, quoi qu'il advienne, l'heure de Lucy avait sonné, sans aucune possibilité pour elle de négocier avec le destin. Angèle hoche silencieusement la tête : oui, c'est ainsi que les choses ont dû se dérouler. Lucy a quitté le « Pavillon » vers 21 heures et s'est alors fait surprendre au détour d'un virage, ou peut-être en passant à proximité d'un recoin obscur, à l'ombre duquel un quelconque prédateur s'est dissimulé, épiant sa proie. Ou alors est-ce une voiture noire venue se ranger aux côtés de la femme isolée, marchant d'un pas nerveux dont l'écho résonne dans les rues désertes ?

Ensuite… Ensuite tout est envisageable : viol, agression, enlèvement… Meurtre. Quel que soit le sort réservé à la jeune femme, il semble qu'on ne lui ait laissé aucune chance. Peut-être est-elle déjà en partance vers quelque pays exotique où elle rejoindra un réseau de prostitution international ?

Angèle se force à sourire : quelle aubaine, n'est-ce pas ? Ne vient-elle pas d'obtenir l'avantage d'une situation sans en subir les conséquences ? Mains propres et esprit en paix, elle peut désormais jouir en toute quiétude de sa nouvelle identité, sans ressentir les désagréments d'une conscience tourmentée.

Néanmoins, les déductions de ces nouvelles données ne la tranquillisent qu'à moitié. Si Lucy s'est fait assassiner par quelque criminel de passage dans le quartier, son corps va vraisemblablement être retrouvé un jour ou l'autre ! Telle une épée de Damoclès perpétuellement suspendue au-dessus de sa tête. À moins que… Si personne ne déclare sa disparition aux autorités judiciaires, qui donc va s'inquiéter de son absence ? N'est-il pas dans l'intérêt des agresseurs de dissimuler parfaitement l'unique preuve de leur forfait ? Sans cadavre, pas de crime, tout le monde sait cela !

Allons ! Tout cela est évident ! Profiter des aléas de la vie, voilà la seule attitude sage qu'il convient à présent d'adopter.

Angèle achève son café en soupirant d'aise. Jusqu'à présent, elle ne s'en est pas trop mal tirée, compte tenu des circonstances. Et ce soir, pour la première fois, elle va endosser son habit de maîtresse de maison. Elle reçoit ! Amis inconnus, étrangers intimes, relations amicales, connaissances personnelles… Qui donc sont ce Marc et ce Didier ? Sans doute des collègues d'Yves, ou peut-être de vieux amis du lycée… Mais pourquoi deux hommes ? Un couple d'homos ? Peut-être juste deux frères… Qu'importe ! L'incongruité de la situation, loin de l'inquiéter, l'exalte plutôt. Elle décide de procéder par étapes. Dans un premier temps, il lui faut examiner la maison de fond en comble afin qu'aucune parcelle ne lui soit plus étrangère.

L'exploration lui prend une bonne partie de la matinée. Pour chaque pièce, une multitude d'idées d'aménagements nouveaux lui viennent à l'esprit, transformations et décorations en tout genre. Mais encore une fois, tout changement trop soudain peut devenir suspect. Mieux vaut réfréner ses envies et agir petit à petit. Pour l'heure, il s'agit de se familiariser avec ce nouvel environnement afin que celui-ci ne devienne pas une source d'erreur. Il sera toujours temps, par la suite, d'y apporter sa touche personnelle.

Wendy se cache. La cohabitation entre la femme et la femelle n'est pas des plus amicales. Elle sait bien, elle, que cette copie n'est pas l'original. Elle le sent. Alors Angèle l'évite autant que possible.

« Et si ça ne te plaît pas, murmure-t-elle à l'adresse de l'animal lorsqu'elles se croisent d'un regard farouche, prends garde à ta fourrure. Ils font de belles descentes de lit avec ce que tu as sur le dos ! »

Wendy semble se le tenir pour dit.

Vers midi, Angèle déjeune d'un sandwich avalé sur le pouce tout en consultant les livres de recettes de sa sœur à la recherche d'un menu qui soit aussi délectable que facile à préparer. Elle arrête son choix sur des blinis au saumon nappés de crème aigre et parsemés de petits oignons frais, suivis de filets de plie marinés à la sauce madère, puis d'un plateau de fromages. Pour le dessert, elle estime plus prudent de le commander directement chez « Renders » afin de ne pas se surcharger de travail. Les courses et la préparation du repas vont déjà lui prendre le reste de la journée, sans compter qu'il faut aller chercher les enfants à l'école et s'en occuper durant toute la première partie de la soirée. Refusant de céder à un sentiment d'angoisse, Angèle se demande comment faire pour mener à bien toutes ces tâches dont la nature lui paraît des plus exotiques. Nulle ne s'improvise femme au foyer sans ressentir quelques appréhensions.

L'espionnage méthodique des habitudes de sa sœur accompli durant les semaines précédentes lui est d'un grand secours. Ne fût-ce que pour trouver tous les ingrédients dont elle a besoin. Néanmoins, les courses lui prennent plus de temps que prévu et, lorsqu'elle rentre à la maison chargée de ses sacs, l'heure affichée sur l'horloge murale de la cuisine lui arrache un cri de panique : 14h53 ! Dans une heure à peine, elle doit déjà se mettre en route pour aller chercher les enfants à l'école. Jamais elle ne parviendra à tout organiser à l'avance afin de pouvoir s'occuper de Max et de Léa en toute quiétude.

Fort heureusement, l'entrée se prépare à la dernière minute. Restent les marinades à préparer d'urgence, sans oublier la table, qu'il vaut mieux dresser à l'abri de la tornade enfantine qui va s'abattre sur la maison une fois Max et Léa rentrés de l'école. Une nouvelle fouille méthodique des armoires et placards du salon lui fournit les accessoires dont elle a besoin : vaisselle, couverts, nappe, serviettes, sous-plats, bougies, décoration de table…

Merde !

Elle a oublié l'apéritif ! Un coup d'œil sur l'horloge, un autre sur le bar… Question alcools, l'approvisionnement semble pouvoir suffire. Mais il ne reste que quelques paquets de chips déjà bien entamés, totalement insuffisants pour faire croire à un apéritif minutieusement préparé. L'espace d'une petite minute, Angèle est à nouveau prête à céder à la panique : elle est bonne pour retourner au magasin alors qu'il est grand temps de mettre le cap sur l'école des enfants. Conservant son sang-froid au prix d'une maîtrise acquise au fil des heures précédentes, elle décide de s'arrêter en chemin dans une petite épicerie de quartier pour acheter un paquet de cacahuètes, deux ou trois paquets de chips ainsi qu'une boîte d'olives. Tant pis pour l'originalité, elle invoquera le manque de temps.

À 16h45, Angèle est de retour avec les enfants. La journée a filé à toute vitesse, elle ne comprend pas où sont passées les heures qui s'étendaient devant elle en début de matinée, tellement persuadée qu'elle parviendrait sans trop de difficulté à s'acquitter de chaque besogne. La cuisine est dans un triste état, c'est à peine si elle a eu le temps de ranger ses courses. Le couvert déjà dressé la rassure quelque peu, mais un nouveau choc affolé manque de lui décrocher le cœur lorsqu'elle aperçoit ses filets de plie totalement décomposés, baignant à présent sans forme dans la marinade. Elle les a oubliés avant de partir chercher les enfants. C'est la catastrophe !

De plus en plus nerveuse, Angèle informe Max et Léa qu'elle a une course urgente à faire. « Blabla » lui servira de baby-sitter. Elle estime également que Léa est maintenant assez grande pour veiller sur son frère pendant une petite demi-heure. De toute façon, elle sera de retour avant la fin de l'émission.

La jeune femme se précipite ventre à terre vers sa voiture, à bord de laquelle elle sillonne le quartier à la recherche d'une poissonnerie. Elle en trouve une au bout d'un bon quart d'heure, fait ses emplettes puis reprend dare-dare le chemin du retour. Elle passe la porte de la maison quelques minutes après 18 heures, au moment précis où le générique de fin de « Blabla » défile sur le petit écran.

Mais lorsqu'elle pénètre dans le salon, un nouveau choc lui fait dresser les cheveux sur la tête. Sa table, sa jolie table est à présent sens dessus dessous. La moitié de la nappe traîne lamentablement par terre, jonchée d'une bonne partie du couvert dressé. Deux assiettes sont cassées, de même que trois verres à vin. De toute évidence, l'un des deux enfants s'est, pour une raison inconnue, suspendu à la nappe, faisant basculer le couvert et entraînant avec lui la vaisselle disposée sur la table.

C'est la goutte d'eau qui fait déborder le vase.

Angèle pousse un hurlement de fureur qui tétanise les deux enfants installés sur le divan. Elle lâche son sac de courses et se gonfle de rage, yeux exorbités vers les deux petites frimousses apeurées.

– Qui a fait ça ? vocifère-t-elle en s'approchant d'eux à grands pas furieux.

Le silence consterné qui suit décuple sa colère. Elle empoigne Max par le bras et le traîne jusqu'à la table du salon, l'obligeant à contempler les dégâts.

– C'est toi qui as fait ça ? C'est toi qui as tout cassé, sale petit morveux ?

Puis, comme l'enfant éclate en sanglots terrifiés sans répondre à sa question, elle le saisit violemment par les deux bras et se met à le secouer avec brutalité sans cesser de l'invectiver.

– Réponds-moi ! Réponds-moi ou tu reçois la raclée de ta vie ! T'as pas pu t'en empêcher, hein ? Il a fallu que tu fasses l'idiot, juste pour me faire chier ! C'est pas vrai ? Je m'évertue à ce que tout soit parfait et toi, tu n'as rien trouvé de mieux que d'aller tout casser !

Les traits de son visage, à quelques centimètres à peine de la frimousse tourmentée de Max, sont crispés en un rictus haineux. Elle lâche les bras du petit garçon pour le saisir par les cheveux, le forçant ainsi à s'agenouiller devant les débris de vaisselle.

– Tu vas ramasser, maintenant ! Et tu vas remettre cette foutue table exactement comme elle était lorsque je suis partie ! Tu m'entends ?

Max est terrorisé. Derrière lui, sa sœur sanglote également, suppliant sa mère d'arrêter de crier. L'attention attirée par les pleurs de Léa, Angèle rejette brutalement le petit garçon avant de se retourner vers la fillette, fulminant de rage.

– Silence ! rugit-elle en pointant sur elle un doigt menaçant.

Léa se cache précipitamment le visage dans les mains, secouée de spasmes et de sanglots affolés. Max est toujours par terre, gémissant de peur, levant vers « sa mère » un regard d'incompréhension angoissée.

– Ramasse ! hurle Angèle en revenant sur lui, les yeux fous.

Effrayé, le petit garçon se met à ramasser les morceaux de vaisselle cassée. Du haut de sa taille d'adulte, Angèle le regarde faire, fulminant toujours de colère. Puis elle ramasse le sac de la poissonnerie et quitte le salon en direction de la cuisine, sans un regard derrière elle.

Sanglots étouffés. Chuchotements d'angoisse. Petits pas trottinant sur le parquet puis grimpant les escaliers à toute vitesse.

Quelques instants plus tard, Angèle pénètre dans la chambre des enfants. Max et Léa se tiennent l'un contre l'autre, pelotonnés sur le lit du petit garçon. Dès qu'ils voient « leur mère » apparaître dans la pièce, ils se remettent à pleurer, la suppliant de ne plus crier. D'apparence plus calme, Angèle s'avance vers eux et s'installe sur le lit. Son visage a retrouvé son expression habituelle et un sourire indulgent éclaire ses traits.

– Allons… commence-t-elle d'une voix posée. C'est fini, d'accord ? Je vais arranger cela. Mais il faut me promettre d'être bien sage, à l'avenir.

Les deux enfants la dévisagent d'un regard à la fois méfiant et soulagé. Aussitôt, ils acceptent le marché.

– On fait la paix ? demande-t-elle en leur tendant la main.

Prudents, ils hésitent avant de tendre chacun leur petite main. Angèle éclate de rire puis les saisit dans ses bras, les forçant ainsi à venir contre elle. Elle les embrasse vigoureusement et les serre un peu trop fort contre elle.

– Vous comprenez, j'ai passé une bonne partie de l'après-midi à dresser cette table, continue-t-elle d'un ton encore un peu réprobateur. Alors quand j'ai vu que tout était à refaire, je n'étais pas contente du tout ! Qu'est-ce qui vous a pris d'aller tout mettre sens dessus dessous ?

Ils n'osent pas répondre. Angèle les considère avec tendresse avant de leur tapoter gentiment la tête.

– Allons, je ne suis plus fâchée. Allez prendre votre bain pendant que je répare les dégâts. Papa ne va pas tarder à rentrer, maintenant.

Les deux enfants quittent la pièce main dans la main, tandis qu'Angèle les regarde s'éloigner avec bienveillance.

« Ah la la, ces enfants ! songe-t-elle en souriant. Ils nous en font voir de toutes les couleurs ! »

44

Assise au milieu des dunes, Lucy jette un dernier
regard vers l'horizon. Les joues baignées de larmes
qu'elle essuie du revers de sa manche, la jeune femme
ramène contre elle les deux pans du col de son manteau,
bien serré contre sa gorge. Le bruit des flots berce son
chagrin d'un tempo mélancolique tandis que, de temps
à autre, une mouette tournoyant dans le ciel lance un
cri railleur. Elle frissonne. Puis s'apprête à rejoindre la
digue, dès qu'elle aura trouvé la force de se lever.

Quelques instants plus tard, elle pénètre dans le hall
d'un petit hôtel désert, au charme suranné, à la réception duquel un vieil homme somnole en dodelinant de
la tête. L'arrivée de Lucy le fait sursauter. Il se redresse
d'un bond sur son séant puis, gêné, il se racle la gorge
et adresse à la jeune femme un sourire emprunté.

— Vous avez fait une bonne promenade?

Lucy acquiesce d'un signe de la tête.

— Vous dînerez ici ce soir? ajoute-t-il en lui tendant
un trousseau de clés.

— Oui, merci.

— Comme hier, dans votre chambre?

— Si cela ne vous dérange pas.

Le vieux bonhomme hoche la tête à son tour.

— Je vous apporte tout cela dans une demi-heure.

Lucy s'empare des clés puis, tout en lui souhaitant
une bonne soirée, se dirige lentement vers l'escalier
qu'elle gravit d'un pas fatigué.

Arrivée dans sa chambre, elle s'affale sur le lit dont les ressorts protestent d'un grincement sinistre. Elle n'a pas allumé la lumière, ni ne s'est dévêtue de son manteau. Seul l'éclairage de la digue allume d'un halo blafard la petite pièce désuète qui lui sert de chambre depuis la veille. Étendue et abandonnée, elle reste là de longues minutes, fixant le plafond sans le voir. Ses pensées rejoignent une fois de plus les visages enjoués de ses deux enfants. Mon Dieu, comme ils lui manquent ! La douleur lui broie le cœur. Jamais elle n'aurait cru que leur absence allait à ce point la déstabiliser.

Chassant cette image de son esprit, elle se lève d'un bond et se dirige vers la petite salle de bains attenante à sa chambre. Devant la glace, elle se dévisage avec curiosité. Et de l'autre côté du miroir, une femme l'observe d'un regard étrange, une femme en tous points semblable à elle, dont les traits épousent à merveille sa physionomie si familière et pourtant si éloignée de ce qu'elle est aujourd'hui. Le reflet…

45

Le reflet esquisse un vague sourire de contentement. Angèle se sent métamorphosée. Les produits cosmétiques de Lucy sont d'une qualité dont elle n'a guère l'habitude. Soigneusement maquillée, elle se reconnaît à peine et s'observe, rêveuse.

Il est 20 heures. Tout est prêt. Les enfants sont sur le point d'aller au lit : ils ont mangé et viennent de se brosser les dents. La table a retrouvé son air de fête : nappe blanche aux contours bordés d'un liseré de soie, vaisselle de porcelaine, verres de cristal, couverts d'argent. La cuisine est plus ou moins en ordre et, sur la table du salon, l'apéritif attend les convives. Quelques bougies disséminées dans la salle à manger enrichissent l'éclairage ambiant d'infimes petites lueurs de douceur.

Lorsque Yves passe la porte d'entrée, Angèle achève de se préparer dans la salle de bains. Aussitôt, Max et Léa se précipitent dans les bras de leur père. Avertie du retour de son « mari » par les bruits provenant du hall, la jeune femme apparaît à son tour sur le palier du haut.

– Ah ! Tu es là ? s'écrie-t-elle non sans cacher son soulagement. Je me demandais ce que tu faisais ! Les enfants t'attendent pour aller au lit.

La tête levée vers sa femme, Yves la contemple d'un regard étonné. « Lucy » est de toute beauté : elle a revêtu une robe de satin rose dont la matière fluide épouse ses formes à la perfection. Son décolleté, sans être plongeant, dévoile la naissance d'une poitrine ferme et généreuse. Enfin, chaussée d'escarpins à talons hauts, sa chute de reins présente une cambrure naturelle qui met en valeur ses rondeurs féminines.

— Qu'est-ce qui te prend ? lui demande-t-il sans la quitter des yeux.

— Ça ne te plaît pas ? minaude-t-elle en guise de réponse.

— Si, bien sûr ! Mais disons que c'est... Que c'est plutôt inhabituel !

Angèle émet un gloussement suave.

— J'ai presque terminé. Tu veux bien aller mettre les enfants au lit ? Je te rejoins dans cinq minutes.

Yves soulève ses deux enfants, puis les porte tendrement jusque dans leur chambre. Lorsque Angèle les rejoint quelques minutes plus tard, il se tourne vers elle et la dévisage d'un regard sévère.

— Qu'est-ce qui s'est passé ? lui demande-t-il gravement. Ils ont l'air complètement paniqués !

— Oh ! s'exclame Angèle comme si Yves ne faisait allusion qu'à une simple péripétie de la vie de famille. Disons qu'ils n'ont pas été très sages, ce soir. Alors j'ai été obligée de les gronder.

Léa l'observe à la dérobée, le regard farouche, tandis que Max tend vers elle son petit index accusateur.

— Maman, elle a crié très fort ! pleurniche le gamin. Et elle a fait mal à Max ! Et Max, il a eu très peur ! Je suis fâché avec maman !

— Qu'est-ce que ça veut dire ? réplique Yves de plus en plus sévère. Je ne les ai jamais vus comme ça ! Tu les as frappés ou quoi ?

— Mais non ! se défend Angèle en adoptant un ton frivole. Si tu veux tout savoir, ils ont cassé de la vaisselle et je leur ai demandé de ramasser, voilà tout. Ce n'est tout de même pas la fin du monde !

Yves l'observe un court moment, suspicieux. Puis il l'entraîne en dehors de la chambre dont il ferme la porte.

— Lucy, commence-t-il d'une voix soucieuse. Je sais ce qui s'est passé entre moi et Angèle te perturbe beaucoup, et j'en suis désolé. Mais je n'admettrai pas que tu t'en décharges sur les enfants, tu m'entends ?

Angèle hausse les épaules.

— Mais qu'est-ce que tu racontes ? Il ne s'est rien passé de grave ! J'ai tout de même le droit de gronder mes enfants quand ils font une bêtise, non ?

— Les gronder, oui. Les traumatiser, non !

— Pff ! réplique-t-elle, hautaine. Les traumatiser ! Je ne les ai pas battus, non plus ! C'est fou ça ! On dirait que c'est moi qui suis fautive ! C'est le monde à l'envers, ici !

Yves ne répond rien. Il ne la quitte pas des yeux, tentant de déceler dans son attitude une vérité qui lui échappe. Puis il lui demande froidement de l'attendre en bas pendant qu'il borde les enfants. Angèle s'apprête à répliquer lorsqu'un coup de sonnette détourne son attention.

— Ce sont eux, déclare Yves d'un ton péremptoire. Va leur ouvrir, je vous rejoins en bas dans cinq minutes.

Angèle hoche la tête puis descend les escaliers jusqu'au hall d'entrée. Avant d'ouvrir la porte, elle s'arrête devant le miroir afin de vérifier son apparence. La nouvelle femme qui brille en elle l'émerveille. Elle se sent si bien, si belle, et tellement à sa place. Elle a bien un peu le trac, ne sachant pas vraiment à qui elle va ouvrir la porte dans une ou deux secondes… Mais comme vient de le lui faire très justement remarquer Yves, toute étrangeté dans son comportement pourra être mise sur le compte de la trahison d'Angèle. À ce propos, elle n'a eu aucune nouvelle de Miranda, aujourd'hui! Celle-ci n'a donc pas encore trouvé la lettre posée sur le lit, informant la famille Gilot de son départ définitif. Patience, ce n'est certainement l'affaire que d'un jour ou deux.

Bon! Elle est prête. Angèle affiche sur son visage un sourire de bienvenue. Puis elle ouvre la porte d'entrée.

Devant elle se tiennent deux hommes d'une cinquantaine d'années, dont l'aspect général évoque deux hommes d'affaires : complets gris, chaussures vernies, cheveux gominés, rasés de frais, panse ventrue, tempes grisonnantes forçant le respect... À première vue, elle en déduit que ce sont des relations de travail d'Yves. Tant mieux! Ils ne feront pas allusion à d'obscurs souvenirs d'amitié dont elle ignore tout.

– Bonjour! s'exclame-t-elle d'un ton joyeux. Soyez les bienvenus!

– Salut ma belle! réplique l'un des deux hommes tout en attirant contre lui la jeune femme dont il pince malicieusement les fesses. Tu t'es mise sur ton trente et un, ma parole! C'est bien, ça fait plaisir à voir.

Surprise par la trivialité de son invité, Angèle esquisse un geste de défense qu'elle réprime aussitôt. Son sourire se crispe, sans toutefois mourir, puis elle s'efface pour laisser entrer les deux hommes. Mon Dieu! Elle ne sait absolument pas qui est Marc et qui est Didier! Le deuxième homme passe devant elle en lui adressant un simple signe de la tête, comme s'il ne la connaissait pas vraiment.

Troublée par cette entrée en matière pour le moins inattendue, Angèle reste sur le palier sans savoir que faire. Le premier homme n'attend pas qu'elle leur indique le chemin. Il se dirige sans attendre vers le salon, puis vers le divan sur lequel il s'affale comme s'il était chez lui. L'autre le suit et l'imite.

— Tu as fait les choses en grand, aujourd'hui ! s'exclame-t-il en découvrant la table dressée dans la salle à manger. Que nous vaut cet honneur ?

Angèle sourit d'un air gêné. Puis, en bonne maîtresse de maison, elle leur propose un apéritif.

— Yves ne va pas tarder à arriver, il met les enfants au lit. Porto, Martini, whisky ?

Les deux hommes font leur choix. Quelques instants plus tard, Yves fait son apparition dans le salon. Il salue ses convives en leur serrant la main en même temps qu'il s'informe de leur santé. Angèle est rouge comme une pivoine. Elle se sent très mal à l'aise mais n'ose pas faire de remarque, ni même informer son époux de la conduite plutôt inconvenante de ses invités. Quelque chose d'étrange règne dans l'air. Ce n'est pas à proprement parler l'ambiance à laquelle elle s'attendait lorsqu'elle s'imaginait recevoir des amis chez elle. Mais peut-être n'est-ce pas là une soirée entre amis ? Peut-être est-ce juste une soirée d'affaires, raison pour laquelle tout le monde est surpris de ses efforts vestimentaires ? La jeune femme se mord la lèvre : elle sent confusément que quelque chose lui échappe, sans parvenir à déceler où elle a commis une erreur.

L'apéritif se déroule plus ou moins normalement, si ce n'est que les sujets de conversation sont plutôt impersonnels. Impossible de détecter le lien qui unit ces deux hommes à la famille Gilot. On parle de politique étrangère, puis de destination de vacances, enfin de cinéma. Lorsqu'on passe à table, Angèle n'en sait pas plus sur la raison qui amène ces deux hommes à partager leur repas. Ce ne sont assurément pas des amis, l'un d'entre eux est plutôt réservé, comme si c'était la première fois qu'il venait ici. L'autre se comporte comme un habitué, si ce n'est que ses manières sont assez déplacées. Ce qui est sûr, c'est que Lucy ne lui a jamais parlé d'eux.

Mais ce qui devient de plus en plus désobligeant au fil du temps, c'est qu'aucun des hommes présents, Yves compris, ne lui adresse la parole. Tous la traitent plutôt comme si elle était la cuisinière ou la femme de ménage. La situation devient des plus déplaisantes, mais Angèle n'ose s'en offusquer. À plusieurs reprises, elle émet une remarque, tantôt facétieuse, tantôt acerbe, qui ne provoque d'ailleurs aucune réaction. Bientôt, lassée d'être transparente, elle adopte l'attitude qu'on semble attendre d'elle et garde le silence. Après tout, cela lui évite de se trahir.

Le repas se passe ainsi et Angèle tente de tenir son rôle du mieux qu'elle le peut, servant et desservant les plats, remplissant les verres et gratifiant tout le monde d'un charmant sourire que nul ne remarque. De plus en plus, elle a la sensation d'être inexistante. Mais ce qui l'intrigue surtout, c'est qu'à aucun moment les trois hommes n'abordent de sujets professionnels, ni ne semblent partager une quelconque activité commune. Yves est froid, distant, indifférent. Elle tente à plusieurs reprises d'attirer son attention mais jamais il ne répond à ses appels discrets.

Enfin, le plus dérangeant, c'est que les trois hommes paraissent considérer le repas comme un détail secondaire de la soirée. Ils ne font aucun commentaire sur la qualité des plats qui leur sont servis. Ils engloutissent distraitement les mets, l'un à la suite de l'autre, comme s'ils désiraient passer au plus vite à autre chose.

Lorsque Angèle apporte le plateau de fromages, Yves lui jette un regard contrarié.

– Je crois que ça suffira comme ça, Lucy, déclare-t-il froidement. On va passer aux choses sérieuses.

Comme s'il venait de donner un signal, les trois hommes se lèvent de table et se dirigent vers le hall d'entrée. À présent seule dans la pièce, et de plus en plus surprise, Angèle reste plantée là, son plateau de fromages entre les mains, avant de faire demi-tour pour le rapporter en cuisine. Puis, ne sachant que faire, elle hésite quelques instants : où sont-ils allés ? Est-ce le moment désigné pour laisser les hommes aborder leurs affaires communes ? Voilà peut-être la raison de cet étrange dîner : ils ne sont pas venus pour manger, pas plus que pour passer un agréable moment entre amis. Ils sont juste venus pour travailler. Angèle soupire ; elle s'était fait une joie de cette soirée et voilà que…

– Qu'est-ce que tu fous ? On t'attend !

Yves vient de passer la tête par l'embrasure de la porte. Il paraît excédé et la dévisage sévèrement. De plus en plus désemparée, Angèle l'interroge du regard puis se reprend. Elle se hâte alors de le rejoindre et passe devant lui pour retourner vers la salle à manger. Mais juste avant de quitter la cuisine, il la saisit par le bras.

– Je ne sais pas ce que tu as aujourd'hui, mais je te préviens que tu commences sérieusement à m'agacer, chuchote-t-il en serrant les dents. Alors maintenant, tu la mets en veilleuse et tu fais ce qu'on attend de toi.

– Mais qu'est-ce que…

– Tais-toi, Lucy ! lui ordonne-t-il de plus en plus sèchement. S'il te plaît, tais-toi !

Et, sans rien ajouter de plus, il la pousse froidement devant lui et la guide à son tour vers le hall. Sans plus rien y comprendre, Angèle constate que la porte de la cave est ouverte. La jeune femme tressaille, se braque, se fige. Que lui veut-il ? Où l'emmène-t-il ? Elle s'apprête à se rebeller lorsque Yves lui empoigne fermement le bras et l'oblige à descendre l'étroit escalier de bois qui mène vers le sous-sol de la maison.

– Où va-t-on ? bégaye-t-elle en tournant vers « son mari » un regard dans lequel se lit une incompréhension grandissante.

D'une voix dure, Yves coupe court à tout dialogue.

– La ferme, Lucy !

Au bas de l'escalier, un étroit corridor apparaît bientôt, sombre et humide, au bout duquel Angèle aperçoit une porte basse, entrouverte, dont s'échappe une faible lumière tamisée aux lueurs orangées. La jeune femme frémit de plus belle, se laissant mécaniquement pousser vers l'avant par Yves qui, de plus en plus pressant, la conduit d'un geste sec. Sans la lâcher, il pousse la porte qui s'ouvre grande devant elle, dévoilant l'intérieur d'une salle dont les dimensions et l'aménagement la font hoqueter de stupeur.

C'est une vaste pièce qui se découvre à ses yeux, incongrue autant qu'inattendue dans un lieu ordinairement prévu pour stocker le charbon de chauffage : murs repeints de clair, moquette épaisse et moelleuse, la pièce est meublée de trois fauteuils et un divan disposés en arc de cercle. Et au centre de cet étrange agencement trône un large lit, meuble massif, imposant, incontournable, et dont l'usage ne laisse planer aucun doute quant à la fonction de cette salle secrète.

Sur le pas de la porte, Angèle se raidit d'horreur. Marc et Didier sont là, devant elle, entièrement nus. L'un des deux hommes est assis dans un fauteuil, l'attitude décontractée, tandis que l'autre, celui qui lui a pincé les fesses, s'est installé sur le bord du lit, paraissant patienter comme s'il se trouvait dans la salle d'attente d'un dentiste. À l'apparition de la jeune femme, il se lève sans hâte et, venant à sa rencontre, l'accueille d'un rire gras. Angèle est tétanisée. La vision cauchemardesque qui se révèle à elle la fustige d'épouvante. Que fait-elle là ? Qu'attend-on d'elle ? Pourquoi... Tout bascule dans sa tête. Autour d'elle, les murs dansent en se disloquant au son déformé du rire de l'homme, écho graveleux se répercutant à l'infini dans les méandres de sa conscience. Dans un sursaut de panique, la jeune femme s'arrache violemment de la poigne d'Yves et tente désespérément de quitter la pièce. Mais Yves reste là, bloquant l'ouverture de sa carrure inébranlable. Il la repousse vers l'intérieur de la pièce et ferme aussitôt la porte.

Dans un sanglot accablé, Angèle se fige sur place. Devant elle, l'homme nu s'approche un peu plus, et son corps hideux, gras, adipeux lui arrache une plainte de dégoût. Aussitôt, il la saisit par la taille et lui empoigne vigoureusement les fesses d'une main, tandis que de l'autre, il palpe fiévreusement sa poitrine à peine protégée par la soie de sa robe. Angèle se raidit et tente mollement de se dégager, mais l'homme l'attrape plus fermement encore et glisse aussitôt sa main dans l'ouverture de son décolleté, malaxant brutalement son sein tout en lui pinçant le téton.

Horreur !

Angèle tourne désespérément la tête vers Yves, les yeux révulsés par l'effroi de ce qu'on lui fait subir. Mais Yves s'est retiré dans un coin de la pièce, tenant dans ses mains un objet sur lequel il semble effectuer quelques vérifications et dont Angèle ne perçoit pas la nature. L'autre homme reste un peu en retrait, toujours installé dans le fauteuil, comme si... Comme s'il attendait son tour !

Alors seulement elle abandonne tout espoir.

Yves se poste bien en face du lit, portant à hauteur de son regard un appareil photo sur lequel il achève les dernières mises au point.

L'homme nu vient de relever sa robe d'un coup sec, jouant déjà avec l'élastique de son slip afin de plonger plus facilement sa main dans l'intimité de son anatomie. La jeune femme sent la main sèche lui écarter rudement les jambes, puis s'avancer plus avant, plus profondément en elle.

– Détends-toi, ma belle ! lui murmure-t-il à l'oreille tandis que sa langue s'apprête à lui lécher le lobe. Tu vas aimer ça.

Haut-le-cœur ! Angèle tressaille de tout son être, se fige de répulsion, se contracte d'un élan révolté. La gifle part toute seule. Elle n'a même pas décidé sciemment de se défendre, elle a frappé l'homme de toutes ses forces, abattant sa main d'un soufflet claquant sur la joue bouffie de son agresseur.

Le silence consterné qui suit la terrifie plus encore.

L'homme l'a lâchée d'un bloc et s'est retourné vers Yves, les traits convulsés de stupéfaction autant que de colère.

– Qu'est-ce que ça veut dire ? lui demande-t-il d'une voix cinglante.

Yves a aussitôt posé son appareil sur le fauteuil et se confond déjà en excuses.

– Je suis désolé, balbutie-t-il en se dirigeant vers Angèle. Je ne sais pas ce qu'elle a aujourd'hui. Elle… Elle est perturbée. Mais je vais arranger ça. Ne vous inquiétez pas, tout va rentrer dans l'ordre.

– Je l'espère pour vous !

Tout s'est passé très vite et Angèle n'a rien vu venir. Yves l'a rejointe en quelques pas puis l'a violemment giflée à son tour, faisant valdinguer sa tête. Anéantie par le coup, elle reste étourdie, sur le point de s'affaisser. Décidément, Yves a la main leste, c'est la deuxième fois qu'il la bat en moins de quarante-huit heures !

– Voilà, déclare-t-il placidement en retournant s'asseoir. Elle va être sage maintenant.

La jeune femme n'a pas le temps de reprendre ses esprits que le gros homme est déjà auprès d'elle. Ses gestes sont plus brusques et ses yeux l'épient d'un regard dominateur, dépourvu de toute compassion. Il la saisit une nouvelle fois par la taille, comme s'il reprenait une tâche interrompue quelques instants auparavant et dont la répétition l'exaspère. D'un geste agacé, il glisse à nouveau sa main sous la jupe d'Angèle qui, instantanément, se révulse, frissonnant de dégoût. Sans douceur, il arrache alors la culotte de la jeune femme et, l'attrapant par les cheveux, la force à se baisser à hauteur de son bas-ventre tout en lui relevant la robe sur ses hanches afin que la moitié inférieure de son corps soit totalement dénudée, offerte à la vue de tous.

Paniquée par ce qui l'attend, éperdue d'effroi, Angèle tente de se débattre. Mais l'homme la maintient toujours fermement par les cheveux et chaque mouvement qu'elle ébauche lui arrache un cri de douleur. Lorsqu'elle tente de cacher ses parties intimes, on l'écartèle de plus belle. Lorsqu'elle tente de se défendre, lorsqu'elle refuse de participer, on la frappe. Juste des claques, des gifles qui ne laissent aucune trace corporelle. On la repousse, on la reprend, on la rudoie, on la raille. Que peut-elle faire ? Elle est seule parmi trois hommes apparemment bien décidés à lui faire subir les pires outrages.

Et tandis qu'elle se noie dans la fange de l'horreur, le cliquetis répété de l'appareil photo danse autour d'elle, rythmant sa terreur, son dégoût et sa haine.

Marc et Didier l'ont violée, chacun à leur tour, la forçant aux actes les plus humiliants sans se soucier de ses protestations d'abord, de ses plaintes ensuite, de ses supplications enfin. Elle ressent une rage indicible lui broyer le ventre et les entrailles, impuissante à pouvoir stopper l'ignominie de ce qu'elle subit. Chaque contact la brûle de dégoût, faisant monter en elle une aversion virulente qui amplifie sa terreur. Elle n'est bientôt plus que haine, rongée par l'hostilité qui la grignote de l'intérieur. Parce que sa fureur ne parvient pas à s'exprimer, à hurler sa révolte, à faire mal à son tour, et qu'elle sait déjà qu'aucune vengeance ne sera possible pour elle.

Alors l'épouvante a fait place à la prostration. Dans une sorte d'état comateux, elle a senti les deux hommes utiliser son corps comme objet de leurs fantasmes. Yves, quant à lui, n'a rien fait. Indifférent à la détresse de « sa femme », il s'est contenté de photographier la scène, allant même parfois jusqu'à demander qu'« on » se tourne légèrement afin de permettre un plan plus intéressant, une vue plus originale.

Angèle a compris. Elle a bien compris que plus elle allait se défendre, plus elle allait avoir mal. Alors elle a subi. En serrant les dents, les poings, les cuisses. Mais ça n'a rien empêché. Le premier homme – Marc ou Didier, elle ne sait pas – s'est énervé. Il lui a reproché son manque de coopération. Il a fait remarquer à Yves que c'était très désagréable de faire ça avec de la « viande froide ». Alors Yves s'est à nouveau levé et l'a menacée de la battre à nouveau si elle n'arrêtait pas son « petit jeu ».

Mais surtout, Angèle a subitement compris la raison de la disparition de Lucy. Épouvantée, l'évidence de l'absence de sa sœur au rendez-vous de la veille vient de lui sauter au visage, plus violente que toutes les gifles du monde.

Ce n'est pas elle qui a tendu un piège à Lucy, mais bien le contraire !

En un dixième de seconde, Angèle se repasse le film de ces dernières semaines : la facilité avec laquelle Lucy s'est laissé convaincre d'échanger leur identité, celle avec laquelle elle a laissé Angèle s'insinuer dans sa vie, l'imiter dans ses gestes, son apparence, ses habitudes, s'attacher aux enfants, lui envier son existence, la jalouser, la haïr pour ce qu'elle était... Même la coiffure ! Se couper les cheveux pour se ressembler plus encore, n'était-ce pas une idée de Lucy ? À vrai dire, Angèle ne sait plus. Non, c'est elle qui l'a suggéré à sa sœur mais en y repensant, Lucy n'a-t-elle pas émis en premier le souhait d'être coiffée comme elle ?

Enfin, elle se souvient des dernières paroles que Lucy lui a adressées, juste avant de se séparer. Et ces quelques mots aux apparences si anodines retentissent dans son crâne, tel un écho spectral.

« Ne te laisse pas faire. Ce sont des monstres ! »

La chute est vertigineuse. Elle n'a rien vu, rien pressenti, rien compris ! Aveuglée par l'éclat d'une existence dorée, l'apparence trompeuse d'un couple uni et sans histoire, le simulacre d'un bonheur faisandé, Angèle a foncé tête baissée dans le stratagème imaginé par sa sœur : s'échapper de son enfer quotidien à l'insu de son tortionnaire en y mettant à sa place sa copie conforme. Aussi simple que diabolique.

Angèle n'est plus qu'une petite chose informe. Un corps anonyme, sans lien, sans visage et sans amour. Ça ne fait même plus mal. Il n'y a que l'âme qui hurle sa misère dans un lieu sombre aux limites absentes, un cri sans timbre, muet parce que personne n'est là pour l'entendre.

Et ça aussi, on le lui reproche. Les trois hommes semblent très contrariés par le déroulement de la soirée. Ce n'est pas « ce qu'ils attendaient d'elle ».

Finalement, ils ont arrêté.

– Ça ressemble à de la charcuterie ! a décrété le gros bonhomme de plus en plus exaspéré. Si cette petite pute n'y met pas du sien, je ne suis pas d'accord de payer le prix plein.

Yves foudroie Angèle du regard. Ses traits sont crispés dans un rictus haineux, on dirait qu'il est prêt à la tuer. Les deux hommes se rhabillent sans mot dire, le visage fermé et mécontent. Puis l'habitué des lieux sort une liasse de billets de sa poche. Il se plante devant Yves et réitère ses critiques.

– Je te donne la moitié. Ça ne vaut pas plus.

Yves hoche la tête, désolé.

– Je ne sais pas ce qui lui prend… Ça ne se reproduira plus, j'y veillerai.

L'homme grommelle son irritation.

– Règle tes problèmes avec ta femme avant d'accepter des rendez-vous. Tu nous fais perdre notre temps et notre fric.

Yves acquiesce en serrant les dents. Puis ils parlent du développement des photos ainsi que d'une date de rendez-vous pour remettre les clichés et les négatifs.

Enfin ils sortent sans lui jeter un seul regard.

Yves les raccompagne jusqu'à la porte d'entrée où Angèle discerne encore, au loin, quelques plates excuses proférées d'une voix mortifiée.

46

Lucy a fini par enlever son manteau. Puis, lorsque le tenancier de l'hôtel lui a apporté son repas, elle a picoré dans son assiette, sans appétit, sans même regarder ce qu'elle mangeait. Ses yeux sont rivés à l'horloge de la télévision, quatre chiffres de lumière rouge qui semblent indiquer le décompte final de son enfer.

Voilà, c'est l'heure. Elle sait que la sonnette de la porte d'entrée va bientôt retentir. Elle sait qu'Angèle va ouvrir la porte à ses invités. Elle sait ce qui l'attend. Alors elle demande pardon à sa sœur.

Pardon, mon Angèle ! Je suis un monstre ! Mais jusqu'à la dernière minute, j'ignorais encore que j'allais trouver le courage d'aller jusqu'au bout. Jusqu'au bout de l'ultime espoir qui me permettait de tenir le coup. Tu voulais être moi. Tu enviais ma place, mon rang social, ma vie. Tu l'enviais tellement que tu n'as rien vu. Je l'ai très vite compris, par tes regards, par tes paroles, ces mots qui sortaient de ta bouche malgré toi, criant l'injustice du hasard, celui qui a fait de toi ce que tu es. Dès le début de notre rencontre, j'ai senti cette rage qui t'habitait, te dévorait, t'aveuglait. Notre maison, notre situation, nos enfants, nos biens, tout ce que tu aurais pu avoir si tes parents m'avaient choisie… J'ai ricané, j'ai pleuré, j'ai brûlé de te mettre à ma place. Oh oui ! Tu la désirais tellement, cette place, que j'ai fini par envisager la possibilité d'échanger nos identités. Puis, je me suis ravisée. J'ai hésité, j'ai douté, j'ai attendu, le plus longtemps possible… Tu étais là, à portée de main, telle une dernière chance de mettre fin à ce calvaire qui me détruit depuis tant d'années.

Comment ai-je pu en arriver là ? Oh… C'est si simple et si terrible à la fois. Yves est un homme profondément malheureux. Son enfance a été monstrueuse. Il a grandi au milieu des cris, de la violence, du chagrin et de la haine. C'est le monde qu'on lui a appris. Il faut lui pardonner, tu sais, ce n'est pas complètement sa faute. Battu par son père, délaissé par sa mère, il ignore ce que pourrait être la quiétude d'un foyer, l'équilibre d'une vie sans histoire.

Quand je l'ai connu, il n'était pas comme ça. Il était plutôt courageux et travailleur. Nous étions passionnément épris l'un de l'autre. Je travaillais comme secrétaire dans une agence de production, une petite boîte qui s'occupait de produire des courts-métrages, des documentaires… Mon boulot n'était pas très intéressant en soi, mais je m'y plaisais bien, j'appréciais les gens que j'y côtoyais, l'ambiance en général, le côté « place dans la société » que j'occupais, me lever le matin pour aller quelque part, le sandwich du midi avec les collègues, les potins, les amitiés de bureau qui prennent fin à 16h30, les antipathies de couloirs… La vie, bêtement. Le soir, lorsque je rentrais à la maison et que je racontais ma journée à mon mari, il dénigrait l'intérêt de mon travail, se moquait des histoires de collègues, ne comprenait pas le plaisir que je pouvais tirer d'un tel emploi. Je perdais mon temps, là-bas. D'après lui, la meilleure chose que j'avais à faire était de tout plaquer. Devant ma réticence, il m'a dit que je valais mieux que ça, que je pouvais trouver autre chose, un poste plus intéressant, mieux payé, secrétaire c'était pas un boulot pour moi, si je donnais ma démission, j'aurais tout le temps de chercher quelque chose de plus épanouissant…

J'ai fini par accepter.

Je me suis mise à chercher un autre emploi. Mais chaque fois que je trouvais une place susceptible de me plaire, chaque fois qu'un entretien s'était bien passé, il me considérait avec agacement. Qu'avais-je besoin de travailler ? Je voulais des enfants ? Ça tombait bien, lui aussi. Et vite. Est-ce que j'avais pensé à ça ? Alors oui, d'accord, j'allais travailler. Et puis après ? Est-ce que je voulais vraiment mettre notre enfant en crèche à trois mois ? Est-ce que je voulais vraiment que notre vie ressemble à celle de tous les clampins qui courent toute la journée, métro-boulot-dodo, voir les gosses une demi-heure le matin, une heure le soir, sans avoir le temps de s'en occuper ? Il fallait penser à tout ça ! Ce n'était pas la vie qu'il désirait ! Si c'était pour faire des gosses dans ces conditions, alors non, ça n'en valait pas la peine. Après tout, peut-être s'était-il trompé à mon sujet ? Il avait cru naïvement que ma priorité, comme la sienne d'ailleurs, était une qualité de vie au-dessus de la moyenne. On en avait les moyens, alors pourquoi s'en priver ? Mais bon, si je voulais vraiment reproduire le schéma type des « bœufs » qui perdent leur vie à la gagner, alors oui, je n'avais qu'à trouver un autre travail.

J'ai fini par croire qu'il avait raison, que nous serions sans doute plus heureux si je prenais soin de notre foyer. Et puis, ne gagnait-il pas assez d'argent pour nous faire vivre ?

Ensuite, ce fut mon entourage. Mes amies l'horripilaient, mes anciens collègues de travail l'agaçaient, les hommes que je côtoyais à l'époque n'avaient, selon lui, qu'une idée en tête : me draguer. J'étais si jolie ! Et si naïve… Comment pouvait-il en être autrement ? Il m'ouvrait les yeux sur la férocité du monde, la vanité des autres, le danger de la vie. J'étais un oiseau pour le chat. Chaque fois que quelqu'un venait à la maison, pour prendre un verre ou pour manger, il jouait le rôle du type sympa, on passait un bon moment. Mais sitôt la porte refermée, la valse des reproches commençait. Comment pouvais-je trouver mon compte dans ce genre de relations ? « Il » était stupide, « elle » était niaise. « Il » ne s'intéressait qu'à des conneries, « elle » ne savait pas tenir une conversation. Ces gens-là étaient à l'opposé de nous, comment pouvais-je ne pas m'en apercevoir ?

Si je tentais de justifier le plaisir que j'avais à côtoyer de telles personnes, il prenait son air déçu, se renfermait, me traitait avec distance. Que faisais-je avec lui ? Si je « les » trouvais si bien, si fascinants, peut-être ferais-je mieux de reconsidérer le mode de vie que je désirais réellement. Ces soirées se terminaient toujours de la même façon : je pleurais, je le suppliais de me faire confiance, bien sûr il avait raison, bien sûr « ils » étaient inintéressants, bien sûr on valait mieux que ça.

Je suis devenue de plus en plus seule. J'avais rompu avec une existence que j'aimais pourtant, je me suis retrouvée isolée, ne pouvant confier mon désarroi à personne. Les seules personnes que nous côtoyions étaient ses amis, ses relations. Lorsqu'il partait le matin, une longue journée de solitude se déroulait devant moi, à perte de vue, sans le moindre relief, sans le moindre obstacle à contourner, lisse et silencieuse. C'était terrible. Même seule, je n'osais plus téléphoner à mes amies. Je me disais : « Si je leur téléphone maintenant, en cachette d'Yves, elles vont peut-être me rappeler un soir, lorsqu'il sera à la maison. Et là… » Il m'était impossible de leur dire : « Je t'appelle maintenant, mais surtout, ne me téléphone jamais en soirée, ni même le week-end ! » Elles n'auraient pas compris. Comment peut-on accepter d'être une amie clandestine ? J'avais honte, l'important était de cacher coûte que coûte la vie de recluse qui était devenue la mienne. Et surtout, je n'osais pas me plaindre. J'avais trop peur qu'Yves s'aperçoive qu'il s'était trompé, que je n'étais pas assez forte pour survivre à l'existence d'élite à laquelle il me destinait. Je n'avais rien à faire, je n'avais pas de soucis, je n'avais personne à supporter, j'étais libre, libre, si libre ! Tellement libre que j'ai fini par tomber.

Mais je lui faisais confiance. Il m'aimait. Il ne désirait que mon bien. Donc il avait raison.

Lorsque Léa est née, la présence de ce petit être m'a totalement happée. Après tout, c'est ce que je voulais, non ? Être occupée… Je me suis lancée à corps perdu dans l'éducation de ma fille. Et lorsque je dis « à corps perdu », on ne peut imaginer expression plus adaptée à la situation ! Notre vie de couple s'est rapidement dégradée. Pourquoi parle-t-on si peu de cet aspect de la maternité ? Il y a des couples que la venue d'un enfant consolide, soude et rapproche plus encore. Mais il y en a d'autres pour qui ce n'est pas le cas : un enfant, loin de réunir deux êtres qui s'aiment, les sépare, les fractionne, les morcelle. Mon corps ne parvenait pas à suivre l'exigence de mon mari en même temps que celle de mon enfant. Yves en a ressenti une grande frustration. Les disputes se sont amplifiées, en nombre autant qu'en virulence. J'ai découvert un homme que je ne connaissais pas. Un homme tourmenté, torturé, suspicieux, jaloux, possessif. Un homme violent. Il m'a battue, quelquefois. Au début, une simple claque, une petite gifle. Je n'ai pas réagi. J'aurais dû me révolter tout de suite. Les coups ont rapidement suivi. Ensuite venait l'épisode de la réconciliation : il s'excusait en pleurant, jurant de ne plus recommencer, me promettant un bonheur parfait. J'étais perdue, incapable de me confier à qui que ce soit. Je le croyais désespérément lorsqu'il implorait mon pardon. Et puis surtout, je l'aimais éperdument, malgré tout ! J'espérais de toutes mes forces, j'espérais retrouver l'enchantement de nos premières années, tout ce qu'il représentait à mes yeux, tout ce que nous étions alors. Au début, je n'ai jamais douté que ce serait possible. Nous avions été heureux, pourquoi n'en serait-il pas autrement à l'avenir ? De toute façon, que pouvais-je faire ? Je n'avais plus de travail, aucun moyen de subvenir à mes besoins comme à ceux de ma fille, et surtout j'étais farouchement décidée à ne pas faire subir à Léa ce que j'avais subi durant mon enfance, ou quoi que ce soit d'approchant : une famille éclatée, meurtrie, une enfant privée d'un de ses parents… C'était hors de question ! Je suis restée, bien sûr !

Léa avait un an lorsqu'il m'a proposé de faire des photos de charme. À l'époque, notre vie sexuelle n'avait plus rien à voir avec ce qu'elle était au début de notre union. De mon côté, j'obéissais à un devoir conjugal, bien consciente que les besoins de mon mari réclamaient des actes plutôt que des paroles. Du sien, c'était une sorte de soulagement physique qui ne ressemblait plus en rien à l'acte d'amour. Même le lit était devenu un lieu de disputes. Il disait que j'étais coincée, que notre sexualité était devenue un marasme auquel il devenait urgent de redonner tout son sel si je ne voulais pas « courir à la catastrophe ». Je ne l'excitais plus. J'étais devenue transparente, inexistante et je pensais qu'il n'hésiterait pas à aller voir ailleurs si je ne réveillais pas très vite ma libido. Le coup des photos de charme, c'était juste une manière de me mettre en valeur, de me montrer ce que je ne voyais plus, d'ajouter du piment dans notre vie. Nous avons fait quelques séances, juste lui et moi, ce n'était pas vraiment mon truc mais ça avait l'air de lui plaire.

Lorsqu'il a parlé de faire ça avec d'autres hommes, j'ai refusé. L'idée même d'être photographiée en compagnie d'un inconnu me révulsait. Mon rejet l'a profondément agacé. Quelle égoïste je faisais ! Est-ce que je pensais réellement que ça lui plaisait, à lui, de m'imaginer dans les bras d'un autre homme ? Mais il se faisait violence, il passait outre la mesquinerie d'un sentiment de jalousie, de possession. Il faisait ça pour moi !

D'égoïste, je suis devenue ingrate.

Comme je refusais toujours, il a cessé de me parler. L'ambiance à la maison est devenue irrespirable. Nous communiquions par petits mots interposés, laissés sur la table de la cuisine. Lorsqu'il s'occupait de Léa, il m'interdisait de les approcher. Si je passais outre ses interdictions, il me remettait le bébé dans les bras et quittait la maison, ne rentrant que tard dans la nuit.

Cette indifférence, ce manque total de contact était pire encore que les violences physiques. Je n'existais même plus à ses yeux. Lui, la seule personne qui comptait dans mon univers, avec ma fille. Ce n'était plus le monde qui avait déserté ma vie, c'était moi qui errais aux confins d'un no man's land lointain, inconnu, déserté de tout regard. J'étais brisée. Je regrettais le temps où il me hurlait dessus, lorsqu'il me maltraitait de sa haine et de sa colère. Là, du moins, j'existais encore ! Je n'avais plus de chair, plus d'os, plus de sang. J'étais un fantôme, un spectre, une ombre. Parfois, pendant la journée, je prenais le combiné du téléphone juste pour entendre la tonalité. Comme ça, longtemps, sans rien faire. Je regardais les chiffres du cadran, en me disant qu'il suffisait d'appuyer dessus pour joindre le monde qui tournait autour de moi. Mais ma main restait immobile. Je n'y arrivais plus. La tonalité finissait par s'interrompre et devenait discontinue. Spasmodique. Elle ressemblait à ma vie. Une vie en pointillé. J'étais morte, je vivais. J'étais morte, je vivais. J'ouvrais les yeux, je les fermais. Je respirais, j'étouffais.

Seule Léa me permettait de tenir le coup.

Cette situation devenait réellement intenable. J'étais à bout de forces. J'ai envisagé de le quitter. Alors la ronde des menaces et des intimidations a commencé. Le divorce? Je n'y pensais pas! Avec ma situation, comment pouvais-je imaginer un seul instant qu'il allait me laisser la garde de Léa? Il était également évident qu'il conserverait la maison puisqu'il était le seul à pouvoir rembourser le prêt. Toute résistance de ma part me conduirait irrémédiablement à la rue, sans ressource ni possibilité de me défendre. À cette seule idée, j'étais terrorisée. Retourner chez mes parents? Ce n'était qu'un emplâtre sur une jambe de bois. Et après? Je ne pouvais compter ni sur leur aide financière, ni sur leur aide morale. Maman n'aurait rien compris à la situation, papa se tairait, c'était au-dessus de mes forces. À leurs yeux, Yves était le gendre idéal puisqu'il subvenait à nos besoins. J'étais fragile, vulnérable, et surtout tellement seule.

J'ai fini par accepter. Contrainte et vaincue, je me suis pliée à ses exigences.

La première séance fut assez « soft ». Des attouchements, des caresses, de l'érotisme de bas étage. C'était avec un homme recruté par petite annonce, un mec petit et sec, imberbe, genre adolescent prépubère qui avait pourtant passé la quarantaine. Un frustré. Yves dominait le jeu et donnait ses directives. Je me sentais sale, humiliée, mais je me taisais. Ce n'était qu'un mauvais moment à passer. Lors de la deuxième séance, nous avons fait la connaissance de « Didier », toujours par petite annonce. Je n'ai jamais su son vrai nom. En plein milieu de la séance, il est devenu plus entreprenant. Je tentais de résister, j'avais fait promettre à Yves qu'« on » n'irait jamais jusqu'au bout. Mais Didier en imposait. Il paraissait habitué à ce genre de « rencontre », il en jetait, Yves était impressionné. Et bientôt, il n'a plus rien contrôlé. Il se contentait de photographier. Le dérapage était inévitable. De toute façon, ça ne changeait plus grand-chose. Mon âme avait déjà été violée depuis longtemps. Elle ne m'appartenait plus. Le reste n'était plus qu'une formalité.

Après la séance, Didier a pris Yves à part et lui a parlé des possibilités de se faire de l'argent avec ce genre de séances. Il connaissait des hommes prêts à payer pour mettre leur fantasme en scène et se faire photographier. Il y avait du chicon à se faire, pourquoi se priver de joindre l'utile à l'agréable ? Yves a accepté. À ce stade-là, je n'avais même plus mon mot à dire. Et puis, comme un ultime argument pour me convaincre, ne serait-ce pas là ma contribution aux frais de notre foyer ?

Monstrueux, me diras-tu ? Oui et non. À cette époque, Yves me battait toujours. Lors d'une des séances, mon corps portait la marque de ses violences. « Didier » en a exprimé du mécontentement. Il n'aimait pas faire cela avec de la « viande martyrisée ». Il a conseillé à Yves de « prendre soin de son matériel ».

Du jour au lendemain, nos disputes se sont raréfiées. Yves a cessé de me battre. Au fil du temps, nous avons renoué un contact… disons amical. De l'extérieur, nous ressemblions à un couple normal. Et surtout, il n'a plus jamais levé la main sur moi. Je dirais même que nous avons retrouvé un semblant d'équilibre. Si ce n'est ces effroyables soirées au cours desquelles je n'étais plus qu'une chose, un objet sexuel vendu à d'autres hommes, forcée de réaliser leurs fantasmes les plus inavouables, privée de toute dignité. Au début, j'ai cru que j'allais devenir folle. Je me dégoûtais et je le haïssais. Et puis, tu sais, on s'habitue à tout. Même à ça ! Si j'étais bien sage, on ne me faisait aucun mal. L'unique douleur demeurait morale. C'est devenu une sorte d'habitude. Comme un travail très désagréable mais nécessaire. Je croyais que le bonheur de Léa était à ce prix, et j'étais prête à le payer. Si l'on m'avait séparée de mon enfant, j'en serais morte. Alors j'ai vécu.

Léa grandissait, elle semblait heureuse. Yves était un bon père, il était fou de sa fille, il la choyait, s'en occupait, s'investissait dans son éducation. Pour la préserver de nos « activités d'adultes » (c'est ainsi qu'il nommait les séances de photos), il a aménagé la cave comme un studio. Il ne voulait pas risquer qu'elle se lève un soir et, voulant nous rejoindre au salon, nous surprenne en « plein travail ». Pour plus de sécurité, il prenait soin de verrouiller la porte de sa chambre chaque fois que nous attendions de la visite.

Et puis Max est arrivé. Max est un accident. Je ne l'ai pas désiré. Je ne sais même pas s'il est le fils d'Yves. Mais je l'ai aimé.

Et l'étau s'est resserré.

J'étais prise dans un engrenage duquel j'étais incapable de me sortir. Un jour, je me suis rendue dans un centre pour femmes battues. À ce moment-là, je n'étais plus battue, mais je ne savais pas vers où me tourner. On m'a dit qu'il me fallait consulter un médecin, prouver les mauvais traitements dont j'étais victime. Et surtout qu'il me fallait porter plainte. Porter plainte contre mon mari ! J'ai abandonné tout espoir. Yves avait les moyens d'engager les meilleurs avocats, et je savais que ses menaces ne resteraient pas vaines. Qu'il m'enlèverait mes enfants. Il avait tout, je n'avais rien. De plus, comment prouver que je n'étais pas consentante ? Je ne portais sur moi aucune trace de viol, aucune séquelle de brutalités physiques.

Me confier à Miranda, la seule amie que j'avais pu conserver ? Il en était hors de question ! Sa réaction aurait été violente et, la connaissant, elle m'aurait forcée à porter plainte. Devant mon refus obstiné, j'étais presque certaine qu'elle aurait elle-même dénoncé Yves, sans même imaginer toutes les conséquences qu'une telle démarche allait entraîner pour moi.

Alors j'ai continué de faire ce qu'il voulait. J'ai tenté de trouver dans cette existence le meilleur du bonheur dont je pouvais profiter : mes enfants, une vie de couple en apparence tranquille, une certaine image de femme heureuse. Je pense même que j'ai fini par y croire ! Et lorsque d'aventure, au lendemain de l'une de ces soirées cauchemardesques, il m'arrivait de remettre en doute le sens de mon existence, je chassais bien vite les idées sombres qui m'envahissaient, arguant qu'il n'y a rien de pire que de se dire un jour : « J'étais heureuse et je ne le savais pas ! »

Et puis, tu as surgi dans ma vie.

Ce fut pour moi comme une bouée de sauvetage lancée dans l'océan de mon désespoir. Je m'y suis accrochée de toutes mes forces, cramponnée tant bien que mal à ce petit bout d'illusion au milieu de la tempête qui rugissait dans ma tête. Et j'ai décidé de ne plus te lâcher.

Je crois que nous avons eu l'Idée toutes les deux

au même moment. Tu voulais prendre ma place, je voulais prendre la tienne. Recouvrer ma liberté, ma dignité, l'estime de moi-même. Comme je te l'ai dit, j'ai beaucoup hésité. Mais en constatant que tu t'accrochais désespérément à cette éventualité, je me suis laissée aller à imaginer le plus fou. Exaucer ton désir tout en comblant le mien. Nous sommes jumelles, t'en souviens-tu ? Ce dont tu es capable, je peux le faire aussi. Je savais que si je te mettais à ma place, si je te donnais l'opportunité de prendre mon identité, tu jouerais le jeu peut-être même mieux que moi. L'important pour moi était de te passer le flambeau.

Lorsque nous sommes allées ensemble chez le coiffeur, l'Idée de te céder « le rôle » s'est réellement concrétisée. Tout devenait possible. Le lendemain, quand tu m'as téléphoné pour connaître la réaction d'Yves au sujet de notre coiffure, j'ai pleuré au téléphone en prétextant avoir des doutes quant à la fidélité de mon mari. J'ai menti. Ce soir-là, Yves est bien rentré à l'heure, comme toujours. En vérité, ce fut l'une de ces soirées cauchemardesques, celle de trop, celle au cours de laquelle j'ai décidé que c'en était assez. J'allais passer à l'acte. La méprise de Miranda m'est apparue comme une merveilleuse « confirmation ». À partir de là, je n'ai cessé d'élaborer toute une série de plans pour réaliser notre désir commun. Comprends-moi : je ne pouvais pas t'exposer matériellement mon projet, tu n'aurais pas compris, tu te serais méfiée et sans doute aurais-tu utilisé cet aveu contre moi. Nous ne sommes pas assez proches pour que je puisse te faire confiance. Une fois encore, tu étais trop aveuglée par ta jalousie. Tu m'imitais, copiais mes gestes, mes habitudes vestimentaires, ma façon d'être. Le jour où tu as rencontré maman sur le parking du supermarché, tu savais très bien qu'elle te prenait pour moi. Tu ne l'as pas détrompée, et ce fut à mes yeux une preuve supplémentaire que mon souhait le plus improbable était devenu réalisable. Et aussi que tu te jouais de moi.

Malheureusement, je suis à nouveau tombée enceinte. Un autre accident. Je n'avais plus la force de continuer. À la seule idée de devoir mener à terme une grossesse non désirée, engendrée dans des conditions répugnantes, je sombrais dans la déprime. Il me fallait agir, d'une manière ou d'une autre. Je me sentais sale. Je me dégoûtais. J'étais décidée à ne pas garder le bébé.

Ce jour-là, tu m'as annoncé ton désir de retourner vivre à Paris. J'étais paniquée, je me suis mise à douter de tes intentions : peut-être avais-tu abandonné l'idée de prendre ma place ? Jusque-là, la seule pensée de savoir qu'il était possible de m'évader de mon enfer me permettait de tenir le coup, de voir l'avenir plus sereinement. Je n'avais pas encore réellement réfléchi à la façon de mettre un plan quelconque en pratique. L'annonce de ton départ m'a prise de court. Il me fallait absolument te convaincre de rester, t'induire implicitement que tout était encore possible. J'ai imaginé cette fête surprise pour l'anniversaire d'Yves qui s'est, en vérité, matérialisée ce soir-là dans mon esprit. Puis, je t'ai fait entrevoir la possibilité de prendre ma place. Comme pour la coiffure, il suffisait de te mettre sur les rails pour que tu fasses le reste du trajet toute seule. Lorsque tu m'as proposé d'inverser les rôles et de te faire passer pour moi le temps d'une soirée, soi-disant pour me permettre de visiter moi-même la salle des fêtes à Waterloo, j'ai su que tout était gagné.

Le seul obstacle était mon état. Alors j'ai pris un médicament destiné à combattre les ulcères d'estomac. Le résultat fut immédiat : j'ai perdu le bébé.

Désormais, plus rien ne nous empêchait d'intervertir nos identités. Tu es tombée dans le panneau, sans te poser de questions.

Le plus ironique dans tout cela, le petit détail qui tue, c'est que Miranda a tenté de me mettre en garde. Juste avant mon départ pour Waterloo, lorsque j'attendais au bar du « Pavillon » l'heure de partir, elle a passé un bon moment à essayer d'annuler « l'opération », me faisant prendre conscience de l'énormité de ce que nous étions en train de faire. Elle en parlait comme d'un danger qui planait au-dessus de ma tête, la folie d'un tel acte, impardonnable, injustifiable. Je devais me méfier, je n'avais pas le droit, j'étais en train de me faire piéger. Je l'écoutais, mon cœur battait dans ma poitrine, elle ne savait pas, elle t'accusait des pires intentions, elle déployait des efforts d'imagination insensés pour me sauver... Et moi, je secouais la tête, je lui disais non, tu te trompes, que vas-tu imaginer là, tu es folle, ne t'inquiète pas, ce n'est pas si grave, c'est juste pratique, dans quatre heures tout redeviendra normal, tout sera remis en place...

Elle a fini par hausser les épaules et elle m'a dit !

« Fais ce que tu veux. »

C'est ce que je voulais.

Pardonne-moi.

Je sais que tout cela peut paraître fou. Qu'on ne peut imaginer pouvoir subir de telles humiliations sans se révolter. Mais le cercle infernal s'est refermé sur moi sans que je prenne conscience de sa force et de sa tyrannie. Au début, on accepte un dérapage que l'on qualifie d'exception. Une erreur de parcours. Alors on pardonne et on oublie. Ensuite... Ensuite l'exception se multiplie mais il est déjà trop tard. Puisque l'on a déjà pardonné une fois. On croit toujours que l'on s'en sortira, que c'est une mauvaise passe, que les choses redeviendront comme avant. On espère, on vit, on rêve, on se dit qu'il y a pire. On trouve la force de continuer, de trouver des excuses, en se créant d'autres limites, en remettant la révolte au lendemain, parce qu'aujourd'hui ce n'est pas le jour, on n'en a pas le courage, il y a d'autres problèmes auxquels il faut faire face, plus urgents, plus contraignants. Chaque jour qui passe est un pas de plus dans l'abîme. Et quand on s'en aperçoit enfin, il est trop tard.

Les enfants ne se sont jamais aperçus de rien et n'ont jamais souffert de cette situation. Du moins je le pense. Ils vivent dans une belle maison et sont à l'abri du besoin. De quel droit pouvais-je les priver de ce confort?

Voilà, c'est fini. Il est 23h30. Ton calvaire doit toucher à sa fin. Ils vont partir, sans se retourner, sans te regarder.

Et maintenant? Je ne sais pas. Jusqu'à hier soir, j'ignorais même que j'irais jusqu'au bout. Mais je l'ai fait.

Ce que j'espère? Il m'est impossible de vivre sans mes enfants. Il me faudra donc rentrer à la maison, très vite. Sans doute même demain. En vérité, mes espoirs sont encore plus fous que je n'oserais l'imaginer consciemment. À présent que tu connais mon enfer, peut-être pourrait-on unir nos forces, au lieu de les opposer? Utiliser notre gémellité pour nous sortir de là? On est toujours plus forts à deux, n'est-ce pas? Tu es solide, bien plus que moi! Alors? Qu'aurais-tu fait, à ma place? Que vas-tu faire? Porter plainte?

Oui… Avoir le cran que je n'ai jamais eu. Je te suivrai. Ce que je n'ai pas pu faire, je sais que tu le feras! Je serai mise au pied du mur, je n'aurai plus le choix. Avec toi, j'irai jusqu'au bout.

Toi aussi, tu es allée trop loin pour faire marche arrière.

Tu ne peux plus m'abandonner.

Tu ne peux plus me trahir.

Puisque aujourd'hui, tu es moi.

47

La porte d'entrée claqua avec fureur, faisant trembler les murs de la maison. Puis ce furent des bruits de pas rageusement déterminés qui résonnèrent dans le hall d'entrée, l'escalier de la cave, le corridor. Quelques secondes plus tard, Yves apparut dans l'encadrement de la porte, fulminant de rage.

– Tu te fous de ma gueule ? hurla-t-il en tremblant de colère.

Angèle frémit. Après le viol dont elle venait d'être victime, elle n'était plus que l'ombre d'elle-même, cernée, échevelée, décomposée, se recroquevillant comme si elle cherchait encore à protéger ce qui lui restait d'intimité, tel un réflexe aussi vain qu'irréfléchi. Elle porta sur Yves de petits yeux farouches et apeurés, un regard de biais, méfiant et craintif.

– Qu'est-ce qui te prend de jouer les vierges effarouchées ? poursuivit-il sans cesser de crier. Tu te rends compte de la situation dans laquelle tu nous as mis ? Si tu tiens à garder ton train de vie, tu as intérêt à éviter ce genre de caprices.

Ses yeux lançaient des éclairs de violence, ses lèvres tremblaient et, tout en vociférant, ses mâchoires se contractaient, faisant palpiter de grosses veines bleues jusqu'à la naissance de ses tempes.

Il garda le silence, le souffle haletant. Puis sa menaçante silhouette quitta l'encadrement de la porte et il s'approcha d'Angèle à pas pesants. Lorsqu'il l'eut rejointe, il se tint devant elle, la dominant de toute sa taille. La jeune femme se tassa plus encore, protégeant son visage dans le creux de ses genoux.

– Je ne sais pas ce qui me retient de t'arracher les yeux ! ajouta-t-il dans un murmure haineux.

Attendait-il une réaction ? Angèle n'eut pas la force de se poser la question. Tout se brouillait dans son esprit, elle ne savait plus ce qu'elle faisait là. Elle n'était plus qu'un petit amas de chair martyrisée, vidée de toute énergie, ratatinée sur elle-même comme pour échapper au danger qui semblait encore peser sur elle. Une fois de plus, la vie venait de lui cracher au visage, et des larmes de dépit vinrent escorter les sanglots muets qu'elle retenait au fond de sa poitrine.

Comme rien ne se passait plus, elle osa un regard angoissé vers son « mari ». Il la considérait à présent d'un œil fatigué, soudain las.

– On en reparlera demain, déclara-t-il d'une voix blanche. Va ranger la cuisine et viens te coucher.

Puis il tourna les talons et sortit de la pièce.

Restée seule, Angèle mit un long moment avant de rassembler ses forces. Car si son corps avait été souillé, son âme, elle, venait d'être brisée. Après un temps infini, elle se redressa péniblement, retrouva sa robe qu'elle enfila tant bien que mal, puis remonta l'escalier de la cave pour se diriger vers la cuisine en titubant. Là, elle but un grand verre d'eau, avec avidité, comme pour se purifier.

La maison était plongée dans le silence. Pieds nus sur le carrelage froid, Angèle contempla d'un œil éteint les reliefs du repas, le plateau de fromages auquel personne n'avait touché, de même que la bombe au chocolat de chez Renders, toujours intacte. Saveurs et douceurs méprisées. Quel gâchis ! Ses yeux se posèrent sur chaque élément qui l'entourait, passant des assiettes sales posées à la hâte sur la table aux cadavres de bouteilles, de l'évier au lave-vaisselle, des armoires à l'horloge, des chaises à la batterie de casseroles, suspendues au mur par ordre de grandeur.

Alors la rage explosa en elle comme une tornade de feu, incendiant tout sur son passage. Un bourdonnement intense, infernal, insupportable explosa dans son crâne et, l'espace de quelques instants, elle fut aveuglée par la fureur. Haine. Dégoût. Répulsion. Une vague de fiel déferla en vrac dans sa poitrine. Elle se cramponna précipitamment à la table pour ne pas tomber et parvint, pendant de longues secondes durant lesquelles le sang lui battait à toute volée dans les tempes, à conquérir le violent déluge de sauvagerie qui l'étouffait de toutes parts.

C'est alors qu'elle les vit. Les couteaux. Sagement rangés dans leur socle de bois. De toutes les tailles. Grands et fins, petits ou larges, affilés, tranchants, pointus.

Les battements de son cœur s'accélérèrent, palpitant avec frénésie au fond de sa poitrine. Un flot de salive envahit sa bouche, hydratant enfin sa gorge sèche, la ramenant instantanément à la vie. L'espace d'un instant, son regard se brouilla une nouvelle fois avant de refaire la mise au point sur les objets convoités. Elle franchit précipitamment la distance qui la séparait des couteaux, comme si sa vie en dépendait. Puis elle les sortit un à un de leur étui, les examinant avec attention, les touchant, passant un doigt prudent sur leur lame affilée comme pour en vérifier l'efficacité.

Alors elle fit son choix.

C'était un long couteau de cuisine, pointu et fuselé, dont la lame en biseau était aussi fine qu'une feuille de papier à cigarettes. Elle s'en saisit d'un geste ferme et serra fiévreusement le manche dans son poing crispé. Puis elle aspira une grande bouffée d'air.

Quelques instants plus tard, elle gravissait les marches jusqu'à l'étage, se dirigeant mécaniquement vers la chambre conjugale. En passant devant la chambre des enfants, elle fit une halte. De sa main libre, elle saisit la poignée de porte qu'elle actionna pour s'assurer de leur sommeil. À sa grande surprise, elle s'aperçut que la porte était fermée à clé. La clé était d'ailleurs juste sous ses yeux, dans la serrure. Ainsi donc, c'était de cette manière qu'Yves et Lucy garantissaient la sécurité psychologique de leurs enfants : ils les enfermaient dans leur chambre, s'assurant ainsi qu'aucun d'eux n'ait la mauvaise idée de descendre au rez-de-chaussée pour une raison ou une autre.

Prudente, elle se garda bien d'ouvrir la porte, profitant durant quelques instants de cette sécurité protectrice.

Puis elle poursuivit son chemin.

Coup de sang

48

C'est un taxi qui déposa Lucy devant chez elle, le lendemain en fin de matinée. Pâle et cernée, elle porta sur sa maison un regard plein d'appréhension. Immédiatement, la présence de la voiture d'Yves stationnée devant le garage fit bondir son cœur. Comment se faisait-il qu'il n'était pas au bureau ? Par contre, sa voiture à elle était absente… L'incongruité de la chose l'affola aussitôt. Elle régla rapidement le montant de sa course puis elle se pressa de gravir les quelques marches qui la menaient au perron.

Machinalement, elle fouilla dans son sac à la recherche de ses clés. Les affaires d'Angèle qu'elle y trouva lui rappelèrent que c'était sa sœur qui possédait son trousseau de clés. Lucy se mordit les lèvres. Tremblante, elle pressa le bouton de la sonnette. Puis elle attendit, immobile, l'oreille à l'affût d'un bruit quelconque provenant de l'intérieur de la maison. Le silence qui fit écho au carillon la déconcerta plus encore. Elle réitéra son geste, plus impatient, plus insistant.

Derrière la porte, rien ne bougea.

De plus en plus anxieuse, Lucy fit le tour de la maison, passant par le jardin pour rejoindre la porte de la cuisine. Par les fenêtres, elle remarqua aussitôt le grand désordre qui y régnait. Elle se précipita sur la porte qu'elle ouvrit d'une main fébrile. Dieu soit loué, elle n'était pas fermée à clé !

En pénétrant dans la maison, la jeune femme ne put s'empêcher de marquer un temps d'arrêt. Le triste spectacle qui s'étalait sous ses yeux lui arracha un gémissement découragé. Son beau service de porcelaine était dispersé sur la table et dans l'évier, maculé des restes d'un repas qu'elle imaginait dramatique. Les cadavres de bouteilles, le plateau de fromages intact, les sacs de courses défaits mais non rangés… Sans perdre de temps, elle se dirigea rapidement vers le salon puis dans la salle à manger. Là aussi, la table n'avait pas été débarrassée, témoin d'une soirée vraisemblablement cauchemardesque.

– Yves ?

À sa voix, un frôlement se fit entendre du côté du hall. Lucy retint son souffle. Elle fixa la porte d'entrée d'un œil ahuri, déjà prête à hurler au moindre bruissement. Le battant bougea légèrement en grinçant, puis s'immobilisa. Le temps s'arrêta. Figée d'effroi, Lucy retint son souffle. Puis Wendy apparut, poussant un miaulement de bienvenue, et sauta dans les bras de sa maîtresse. Elle accueillit l'animal sans cacher son soulagement.

– Ma toute belle ! murmura-t-elle tandis que la chatte ronronnait d'aise tout contre elle. Tu peux me dire ce qui s'est passé ici ?

Le silence qui régnait sur la maison ne lui dit rien qui vaille. Rapidement, Lucy parcourut des yeux l'ensemble du mobilier. Malgré le désordre inaccoutumé, tout semblait être à sa place. Sur la desserte située à côté de la porte du salon, le répondeur téléphonique clignotait, signalant la présence de messages. Lucy déposa Wendy sur le fauteuil et se dirigea prestement vers l'appareil. Elle enclencha aussitôt la touche « play ». Le premier message laissa retentir la voix d'un modèle qui avait apparemment rendez-vous avec

Yves dans la matinée. Elle s'étonnait de son absence, se plaignait de poireauter depuis plus de trois quarts d'heure devant le studio et lui demandait de la rappeler sur son portable dont elle lui rappelait le numéro. Un deuxième message suivait. Aussitôt, Lucy reconnut la voix du directeur de l'école des enfants qui s'étonnait, lui aussi, de l'absence de Max et de Léa.

Lucy ne put réprimer un cri d'angoisse. Max et Léa n'étaient pas à l'école ? Que se passait-il ? Et s'ils n'étaient pas à l'école, où donc se trouvaient-ils ?

L'anxiété céda bientôt la place à la panique.

– Max ! Léa ! hurla-t-elle en se précipitant dans l'escalier jusqu'à la chambre des enfants.

La pièce était déserte.

Recouvrant quelque peu son sang-froid, elle tenta de trouver une explication aux différentes anomalies qui régnaient dans la maison : le désordre, la présence de la voiture d'Yves, l'absence de sa propre voiture, l'absence des enfants à l'école, celle d'Yves à son rendez-vous… De toute évidence, quelque chose qu'elle n'avait pas prévu s'était passé au cours de la soirée, très certainement au moment où Angèle avait compris ce qui l'attendait. Sans doute avait-elle alors révélé sa véritable identité à Yves afin de ne pas être soumise au funeste sort qui lui était réservé en qualité de « Lucy » ? Connaissant son mari, la jeune femme imagina sans peine la fureur qui avait dû être la sienne. Mais après ? Avait-il renvoyé Marc et Didier ? Si Angèle avait dévoilé le pot aux roses, cela signifiait sans doute qu'elle avait eu assez de cran pour s'opposer aux deux hommes… L'espace d'un court instant, Lucy en ressentit une jubilation triomphale, espérant que sa sœur ait pu fermer le clapet de ces deux porcs !

Mais tout cela n'expliquait pas l'absence des enfants à l'école, ni même celle d'Yves à l'atelier. À moins qu'il n'ait pris sa voiture ? Mais pour quelle raison ? Yves détestait conduire un autre véhicule que le sien. À moins que… Furieux de s'être laissé berner, il avait réveillé les enfants, obligé Angèle à prendre le volant et, tous les quatre, ils étaient partis à sa recherche…

N'y tenant plus, Lucy redescendit et se précipita sur le téléphone. Qu'importe la dispute qui allait suivre, elle voulait à présent mettre un terme à cette pénible situation et pouvoir serrer ses enfants dans ses bras. Sans attendre, elle composa le numéro du portable d'Yves.

Au moment où la tonalité discontinue résonna dans le combiné, signalant que la communication était établie, Lucy se figea d'effroi.

Tel un sinistre écho, la sonnerie du mobile de son mari retentit à l'étage.

D'une main raidie par l'épouvante, Lucy lâcha le combiné.

Le cœur tambourinant à toute volée dans sa poitrine, elle se dirigea une nouvelle fois vers l'escalier, rythmant inconsciemment ses pas sur le tempo lancinant des sonneries. Mais arrivée au pied de l'escalier, celles-ci se turent brutalement. Lucy tressaillit. Elle tendit l'oreille mais ne perçut aucun souffle de vie. La boîte vocale avait dû se déclencher. Alors elle se mit à gravir les marches, lentement, de plus en plus angoissée par la situation.

Parvenue au premier étage, retenant son souffle, elle se dirigea à pas feutrés vers sa chambre. Elle avait la désagréable sensation d'être une étrangère dans sa propre maison, comme si elle devenait soudain le témoin fâcheux d'une intimité qui n'était plus la sienne. La porte de la chambre était entrouverte. Son cœur battait à tout rompre, sa bouche était sèche et râpeuse, et chacun de ses muscles était tendu à l'extrême. Puis, rassemblant son courage, elle poussa la porte d'une main tremblante.

D'abord elle ne vit rien. Les rideaux n'avaient pas été ouverts et la chambre était encore plongée dans la pénombre. La première chose qu'elle remarqua, ce fut une odeur âcre, obsédante, dont l'amertume prenait à la gorge dès que l'on s'avançait dans la pièce.

– Yves ? murmura-t-elle d'une voix à peine audible tout en faisant un pas en avant.

Elle se figea une seconde fois, refusant d'aller plus loin. Puis elle balaya d'un coup d'œil confus l'ensemble de la pièce sans s'attacher aux détails. Tout semblait normal. Ses yeux habitués à la lumière du jour ne parvenaient pas encore à distinguer les différents accessoires qui décoraient sa chambre. Elle fit la grimace, de plus en plus incommodée par l'odeur entêtante qui régnait dans la pièce. Alors, n'y tenant plus, elle s'avança jusqu'à la fenêtre où, d'un mouvement ample et décidé, elle tira la lourde tenture de part et d'autre du châssis.

C'est en se retournant vers l'intérieur de la chambre qu'elle poussa un hurlement de terreur.

Yves était là, étendu sur le lit. Les draps de couleur crème, abondamment tachés de rouge, recouvraient la moitié inférieure de son corps apparemment nu. Son visage était crispé dans un rictus douloureux, les yeux ouverts fixant, horrifiés, un point indéterminé. Et sur son ventre, une plaie béante laissait entrevoir un amas de viscères figés dans une mare de sang.

Enfin, au pied du lit, sa robe, sa jolie robe de satin rose gisait par terre, maculée d'un rouge poisseux.

Lucy n'en finissait plus de hurler. Incapable de faire un seul pas vers la porte de la chambre, elle restait là, comme pétrifiée, laissant toute son énergie s'échapper dans ce long cri d'horreur. Elle manqua de s'écrouler. Épuisée, les jambes prêtes à se dérober sous elle au premier pas, elle se cramponna désespérément à la tenture qu'elle venait de lâcher. Alors, abandonnée à cette poignée de fortune, son corps, entraîné par l'élan d'une chute à peine ébauchée, pivota enfin face à la fenêtre. La vue du quartier qui s'offrait à ses yeux lui ordonna de se taire. Elle s'agrippa plus fermement encore au pan de tenture, tant elle avait encore besoin de se poser pour retrouver un semblant de calme. Puis elle éclata en sanglots, abondants, libérateurs et vibrants.

Pendant un long moment, elle n'osa pas se retourner. Pourtant, le simple fait d'être dans la même pièce que le cadavre de son mari la terrorisait plus encore. Il fallait qu'elle sorte de là. Mais le seul chemin qui menait à la porte de la chambre l'obligeait à passer devant le lit. Les yeux rivés sur la rue, elle rassembla le peu de force qui lui restait pour tenter de se ressaisir. Puis, lentement, elle se déplaça à la façon d'un crabe, de telle manière qu'elle puisse longer le mur en tournant le dos au lit. Ajoutant un pas après l'autre, elle traversa la pièce, désespérément concentrée sur le mur qui lui faisait face.

Elle était presque parvenue à rejoindre la porte lorsque son pied heurta un objet sur le sol. C'était une chose d'apparence spongieuse et flasque. Instinctivement Lucy baissa les yeux pour voir ce que c'était. D'abord indistincte, la chose prit un contour plus défini lorsque la jeune femme se courba pour tenter de comprendre ce que c'était.

Son sang se figea dans ses veines : là, devant elle, une petite chose molle et allongée gisait lamentablement par terre.

C'était un sexe d'homme tranché à la base.

49

Lucy déboucha dans le jardin comme si elle avait littéralement été éjectée de la maison. Sitôt parvenue à l'air libre, elle se courba en deux et rendit instantanément le contenu de son estomac, le corps secoué de convulsions terrorisées. Pendant de longues minutes, elle resta là sans parvenir à se redresser, vomissant tripes et boyaux avant d'éructer un reste de bile.

Qu'avait-elle fait?

Et ses enfants? Mon Dieu, les enfants!

L'esprit tétanisé par la panique, elle fit quelques pas en titubant vers le milieu de la pelouse, les joues baignées de larmes, rugissant son effroi dans un cri rauque de désespoir. Puis elle s'effondra sur l'herbe et sanglota, éperdue.

Longtemps.

Une éternité.

C'est la sonnerie de son téléphone portable qui l'arracha à son épouvante. Par-delà ses pleurs affolés, elle perçut le carillon familier et redressa brusquement la tête. Puis, elle se précipita à l'intérieur de la cuisine à la recherche de son sac à main. Angèle! C'était Angèle qui l'appelait pour lui rendre ses enfants!

Elle se saisit de son mobile comme si sa vie en dépendait.

Mais la voix masculine qui retentit de l'autre côté de la ligne lui arracha un cri de désespoir.

— Allô ? Lucy ? s'informa-t-on comme elle ne parvenait pas à articuler le moindre mot.

Pour toute réponse, Lucy émit un gémissement accablé.

— Allô ? répéta la voix d'homme. C'est Jérémie à l'appareil ! Lucy, c'est toi ?

— Où sont mes enfants ? parvint-elle à articuler entre deux sanglots.

— Lucy ! s'exclama Jérémie comme s'il venait d'avoir une révélation. J'aurais dû m'en douter... Lucy, c'est Jérémie ! Que se passe-t-il ? Angèle est arrivée chez moi en pleine nuit avec les enfants en se faisant passer pour toi ! Tu m'entends, Lucy ?

À l'évocation de ses enfants, Lucy cessa instantanément de pleurer. Elle se ressaisit en un quart de seconde et pressa plus intensément le combiné contre son oreille.

— Jérémie ! Tu as vu mes enfants ? demanda-t-elle d'une voix qui frôlait l'hystérie. Où sont-ils ? Comment vont-ils ?

— Écoute, Lucy ! lui intima-t-il d'une voix ferme. Je ne sais pas ce qui s'est passé, mais Angèle était encore chez moi il y a de cela deux heures. Elle est venue sonner à ma porte à 5 heures du matin. Les enfants dormaient sur la banquette arrière de la voiture. Ils venaient de faire le trajet jusqu'à Paris, en pleine nuit ! Elle m'a dit qu'elle était Lucy. J'étais complètement dans le gaz, je l'ai crue. Elle disait qu'elle venait de se disputer avec Yves, qu'il l'avait battue et qu'elle partait quelque temps dans le Sud pour y voir plus clair. Elle demandait juste à pouvoir dormir deux ou trois heures chez moi avant de reprendre la route.

— Où sont mes enfants ? rugit Lucy sans paraître comprendre ce que Jérémie lui disait.

– C'est ce que j'essaie de t'expliquer ! répliqua Jérémie en perdant patience. Alors écoute-moi ! Elle… Elle était bizarre, mais les enfants l'appelaient maman, alors je n'ai pas remis en doute ce qu'elle avançait. Ils ont dormi quelques heures chez moi mais ils sont repartis vers 10 heures ce matin. Et depuis, ça tourne dans ma tête… J'ai bien senti que quelque chose ne collait pas. Son comportement était… Je ne sais pas. Je croyais que c'était toi, et comme je ne te connais pas bien, j'ai mis cela sur le compte de la dispute que tu avais soi-disant eue avec ton mari. Mais depuis qu'ils sont partis, je me sens très mal à l'aise. J'ai essayé de joindre Angèle sur son portable pour en savoir plus mais il est éteint. Alors j'ai téléphoné chez toi, mais ça sonne continuellement occupé. Je voulais parler à Yves, savoir s'il était vrai que vous vous étiez disputés…

Lucy écoutait sans mot dire. Savoir que ses enfants étaient en vie venait de lui redonner un regain d'énergie. Ça réfléchissait à toute vitesse dans sa tête.

– Que s'est-il passé, Lucy ? reprit Jérémie à l'autre bout du fil. Pourquoi Angèle a-t-elle enlevé tes enfants ?

– Où sont-ils partis ? demanda-t-elle comme si elle venait de prendre une décision.

– Je n'en sais rien ! Et je pense qu'elle ne le savait pas elle-même. Elle m'a dit qu'elle allait vers le Sud, c'est tout ce que je sais. Écoute ! Je connais Angèle mieux que personne. Moi seul peux t'aider à les retrouver. Alors viens me rejoindre à Paris. Prends le Thalys, ça ira plus vite. Je t'attendrai à la gare du Nord. Ensuite, on prendra ma voiture. D'ici là, j'ai quelques coups de téléphone à passer. J'ai peut-être une idée de l'endroit où elle se rend.

Lucy s'apprêta à répliquer mais Jérémie ne lui en laissa pas le temps.

– Fais ce que je te dis ! File à la gare, prends le premier Thalys, je t'attendrai sur le quai à l'arrivée.

Puis il raccrocha.

Lucy mit quelques secondes avant de réagir. Ses enfants étaient en vie ! C'est tout ce qui comptait à présent.

Elle se redressa d'un bond et fila jusqu'au hall d'entrée. Dieu soit loué, les clés de la voiture d'Yves étaient à leur place. Elle s'en saisit et, empoignant son sac au passage, sortit en trombe de la maison.

Deux minutes plus tard, elle faisait route vers la gare du Midi.

50

Comme il l'avait dit, Jérémie l'attendait à l'arrivée. Dès qu'elle apparut parmi la foule des passagers, il se précipita vers elle puis s'arrêta, figé, la contemplant avec stupeur.

– Angèle ? murmura-t-il comme s'il se trouvait en face d'un fantôme.

Interloquée, Lucy le dévisagea sans comprendre.

– Bordel ! jura-t-il en perdant patience. Tu es Angèle ou tu es Lucy ?

– Qu'est-ce que tu racontes ? s'énerva Lucy. Tu m'as téléphoné il y a deux heures à peine en me demandant de venir te rejoindre ici…

Jérémie parut se rendre à l'évidence.

– Excuse-moi, rétorqua-t-il en l'entraînant aussitôt vers le parking. Angèle était habillée exactement comme toi, ce matin. J'ai cru que je me trouvais en face de la même femme.

Lucy était pâle, les yeux cernés, la tête recroquevillée entre ses épaules. Jérémie filait au milieu de la foule, zigzaguant entre les voyageurs tandis qu'elle trottinait derrière lui, expliquant d'une voix serrée la raison pour laquelle elle était vêtue comme sa sœur.

– Angèle aura très certainement remis les mêmes vêtements que lorsque nous nous sommes quittés avant-hier, acheva-t-elle d'une voix désespérée. Et moi, je n'ai pas changé de tenue depuis mon départ.

– Quel départ? s'informa Jérémie qui ne comprenait rien.

– Je t'expliquerai tout cela dans la voiture.

Une fois dans l'habitacle du véhicule, il démarra sur les chapeaux de roues et prit la direction du boulevard Magenta.

– Tu as vu mes enfants? se risqua-t-elle enfin tandis que Jérémie conduisait d'une main experte dans le trafic parisien. Comment vont-ils?

– Ils vont bien, rassure-toi. Un peu fatigués, mais tout avait l'air d'aller bien.

Puis il extirpa son téléphone mobile de la boîte à gants, qu'il lui tendit d'un geste ferme.

– Essaie d'appeler Angèle. J'ai déjà tenté de la joindre il y a une heure mais son portable était éteint.

Lucy composa le numéro de sa sœur sans se faire prier. Elle resta silencieuse puis raccrocha.

– Il est éteint, murmura-t-elle d'une voix sombre.

– J'ai essayé de t'appeler sur ton portable il y a une heure pour savoir quel train tu avais pris… Mais tu n'as pas répondu.

– Je l'ai oublié à la maison, balbutia Lucy. Lorsque tu as raccroché, tout à l'heure, je suis partie sur les chapeaux de roues. Je crois que je l'ai oublié dans le hall d'entrée, au moment où j'attrapais les clés de voiture d'Yves.

– Que s'est-il passé? reprit Jérémie tandis qu'ils arrivaient sur la place de la République. Qu'est-ce que c'est que cette histoire de départ et d'échange? Pourquoi Angèle a-t-elle enlevé tes enfants?

Lucy garda le silence pendant de longues secondes, apparemment en proie à un dilemme aussi cruel que douloureux. Elle se mordillait la lèvre inférieure, fixant la route droit devant elle. Les larmes s'étaient remises à couler à flots, silencieuses et abondantes. Puis elle poussa un long soupir, comme si elle déposait les armes.

Ils avaient rejoint l'autoroute. La voiture filait sur le bitume, avalant les kilomètres avec rapidité. Alors, d'une voix serrée, elle lui déballa tout, du début jusqu'à la fin. Elle lui raconta l'enfer qu'elle vivait depuis sept longues années, l'arrivée d'Angèle dans sa vie, la jalousie de sa sœur, l'espèce de rivalité qui en avait émergé, l'espoir fou qu'elle avait alors nourri de pouvoir prendre le large, de se libérer de sa prison d'apparences, ce projet insensé d'exaucer le vœu d'Angèle tout en lui tendant le pire des pièges qui soit…

Parler lui faisait du bien. Parler enfin, avouer, déverser ses peurs et ses rancœurs, formuler avec des mots l'indicible secret qu'elle cachait tout au fond de sa honte, sans s'occuper de l'opinion d'autrui. Jérémie ne disait rien. Il l'écoutait sans l'interrompre, ne faisait aucun commentaire.

Son récit lui prit près d'une heure. Elle ne chercha pas à se justifier. Elle racontait, c'est tout. En s'arrêtant parfois sur des détails, en évoquant ses sentiments, son état psychologique, ses craintes, ses espoirs, en décrivant par le menu l'évolution des faits, tels qu'elle les avait vécus.

Puis elle se tut.

Elle n'attendait ni jugement, ni pitié, ni compassion. Elle avait dit tout ce qu'elle avait sur le cœur, tout ce qu'elle savait, hormis le meurtre de son mari. Elle arrêta son récit au moment où, après avoir garé la voiture de Miranda devant le restaurant, au retour de Waterloo, elle avait lentement pris le chemin de la maison. Mais au fil de sa progression, ses pas s'étaient faits plus lourds, plus pesants, comme ralentis par un instinct plus fort qu'elle-même.

Et lorsqu'elle fut en vue de la maison, elle s'arrêta.

Voilà. Elle devait prendre une décision. Cette décision qu'elle avait constamment remise à plus tard, tandis qu'elle mettait en place tous les paramètres qui allaient lui permettre de faire son choix. Sans savoir si elle aurait la force, le courage, la lâcheté, la folie d'aller jusqu'au bout. Elle pouvait encore tout annuler. Rentrer chez elle, reprendre sa place, son identité, sa vie. Mais en avait-elle réellement envie ?

Il était 21h10. Angèle devait l'attendre, dissimulée derrière les fourrés de rhododendrons. Les enfants étaient au lit, Yves regardait peut-être la télévision… Si elle ne se rendait pas au lieu de rendez-vous fixé par sa sœur, qu'allait-il se passer ?

Rien.

Elle le savait, elle le sentait intimement au fond d'elle-même. Angèle allait s'engouffrer tête baissée dans le tunnel qui la conduirait à la réalisation de son rêve. Elle allait sortir de sa cachette et profiter de l'opportunité qui lui était offerte. Quoi de plus normal ? Elle en rêvait depuis si longtemps ! Et après avoir rejoint son « mari », elle allait poursuivre l'existence de la famille Gilot. Comme si de rien n'était. Lucy lui avait fourni suffisamment d'informations pour que cela fonctionne. Elle aimait les enfants, elle avait un faible pour Yves (ses regards l'avaient trahie depuis bien longtemps)… Elle allait être heureuse. Enfin.

Jusqu'au lendemain soir.

Demain soir…

Alors Lucy avait brutalement fait demi-tour et, rejoignant la rue de la Victoire, avait pris un taxi qui la conduisit jusqu'à la gare du Midi. Elle étouffait. Une envie irrépressible de voir l'horizon la submergea, urgente, impérieuse, insoutenable. Quitter la ville, ses bâtiments, ses obstacles et ses détours. Être seule face à l'immensité du monde. Face à elle-même.

En arrivant à la gare, elle avait rapidement consulté le tableau des départs. Le prochain train était pour Ostende. Elle ne voulait pas partir trop loin. Seulement prendre l'air avant de décider de la suite des événements. Vivre, l'espace de quelques heures, sans penser au lendemain. En vérité, elle n'avait pas réfléchi. Elle acheta son billet dans une sorte d'état second et monta aussitôt dans le train. Puis elle s'était laissé porter par le roulis, à présent indifférente au paysage qui défilait sous ses yeux.

Le lendemain, elle avait passé sa journée à se balader, à marcher pieds nus dans le sable, laisser l'eau lui caresser les chevilles, puis à rester de longues heures face à la mer. Et maintenant, qu'allait-elle faire ? Elle ne pouvait pas rester là indéfiniment ! Ses enfants lui manquaient et, d'heure en heure, les remords l'avaient envahie, lui malmenant les boyaux et faisant grossir la boule qui bloquait sa gorge. Plusieurs fois, elle avait regardé sa montre. Puis, calculant mentalement le temps dont elle avait besoin pour rentrer chez elle, elle avait envisagé d'éviter à Angèle l'horreur de ce qui l'attendait. Si elle arrivait avant 18 heures, tout était encore possible. Yves ne s'apercevrait de rien, il retrouverait femme et enfants à son retour du bureau, comme chaque jour.

Mais non. Elle n'avait pas bougé. Jusqu'à la limite d'un possible retour en arrière, elle était restée là, épiant l'horizon comme à la recherche d'un signe. Ou d'une réponse.

Qui n'avait pas surgi.

Alors elle était rentrée à l'hôtel.

– Je n'aime pas du tout ça! maugréa Jérémie sans quitter la route des yeux. Mais ça ne répond toujours pas à ma question : pourquoi Angèle s'est-elle enfuie avec les enfants? Il lui suffisait de partir sans demander son reste… Pourquoi a-t-elle emmené les enfants avec elle?

Lucy baissa la tête. L'image du cadavre d'Yves lui revint en mémoire, son visage cireux, crispé sous la douleur, son corps mutilé, les draps tachés de sang. Elle réprima un haut-le-cœur nauséeux. Le plus dur restait à dire. L'innommable qu'elle n'aurait jamais pu prévoir. Mais au point où elle en était, elle ressentit comme un douloureux soulagement cet instant où elle allait enfin pouvoir partager son effroyable découverte.

– Quand je suis rentrée à la maison ce matin, Yves était mort… Assassiné! répondit-elle dans un souffle.

La voiture fit une embardée. Sous le choc de ce que Lucy venait de lui apprendre, Jérémie avait brutalement appuyé sur l'accélérateur.

– Par qui? hurla-t-il épouvanté. Par Angèle?

– Je… Je n'en sais rien, balbutia Lucy en sanglotant. Je le crois, mais je n'en sais vraiment rien.

Elle lui décrivit l'horrible spectacle qu'elle avait découvert en entrant dans la chambre, sans omettre l'ultime et sinistre détail.

– C'est elle! vociféra Jérémie en tapant du poing sur le volant. Elle l'a buté! Merde!

Il accéléra encore, puis se rabattit sur la gauche, cherchant une aire de repos pour pouvoir s'arrêter. Dix kilomètres plus loin, il trouva un emplacement et put reprendre ses esprits.

Lorsqu'il retrouva son calme, il se tourna vers Lucy.

– La situation est beaucoup plus dramatique que je ne l'ai cru ce matin, commença-t-il le plus posément possible. Angèle a toujours évolué sur le fil du rasoir.

Jusqu'à présent, on a pu éviter le pire, mais cette fois-ci, j'ai l'impression qu'elle a basculé. Il n'y avait plus personne pour la retenir. Bien au contraire ! La perversité d'Yves a ouvert les vannes. Elle s'y est précipitée.

Comme Lucy le dévisageait, ne paraissant pas comprendre de quoi il parlait, il ajouta :

— Tes enfants sont en danger !

À ces mots, la jeune femme céda à un accès de panique.

— Comment ça, mes enfants sont en danger ? hurla-t-elle en tremblant de tous ses membres. Mais Angèle les aime, jamais elle ne leur ferait de mal !

— On n'en est plus là, Lucy ! rétorqua-t-il d'un ton sévère. Angèle a un lourd passé derrière elle, elle a toujours été très fragile du point de vue psychologique. Elle t'en a parlé, non ?

L'étonnement de Lucy s'amplifia encore.

— De quoi aurait-elle dû me parler ? interrogea-t-elle d'un ton qui ne cachait pas son anxiété grandissante.

— Elle ne t'a rien dit ?

— Non !

Jérémie jura une nouvelle fois, mais cette fois plus d'accablement que de colère. Il fixa un point droit devant lui, le regard soucieux, le visage tendu à l'extrême, tandis qu'il paraissait cogiter à toute vitesse, analysant la situation sous un jour nouveau. À côté de lui, Lucy ne soufflait plus mot, perdue, affolée, dépassée par des circonstances dont elle ne parvenait pas encore à assimiler toute la gravité.

— Tu as prévenu la police ? lui demanda-t-il soudain d'une voix dure.

Lucy secoua la tête.

— Non… Tu m'as téléphoné juste après que j'ai découvert Yves sur le lit. J'étais sous le choc, je suis partie sans réfléchir, mais… J'aurais peut-être dû le faire ?

— Surtout pas ! s'écria Jérémie. Tant qu'elle est avec les enfants, il ne faut surtout pas qu'elle se sente acculée. Récupérons d'abord les enfants, et ensuite, on mettra la police sur le coup.

Puis, comme si cette nouvelle donnée changeait tout, Jérémie redémarra précipitamment et rejoignit l'autoroute sans attendre.

— De quoi aurait-elle dû me parler ? insista Lucy de plus en plus angoissée tandis qu'ils prenaient de la vitesse. Et où allons-nous, à la fin ?

— Je ne suis sûr de rien, mais j'ai comme dans l'idée qu'elle va rendre visite à sa mère.

— Sa mère ?

— Sa mère adoptive, précisa-t-il aussitôt. Je n'ai pas retrouvé son numéro de téléphone, mais je sais qu'elle vit à Merinchal, dans la Creuse. D'après ce qu'Angèle m'en a dit, c'est un tout petit bourg de moins de mille habitants… Un bled perdu, selon elle. Une fois là-bas, il ne sera pas très difficile de les retrouver.

— Tu connais son nom ?

— Massaux. Elle s'appelle Michèle Massaux.

— Mais tu n'as aucune garantie que c'est bien là qu'elle se rend ? s'obstina Lucy d'une voix serrée.

— Non ! Mais je n'ai pas d'autres pistes non plus. Que préfères-tu ? Rester à Paris à attendre la prochaine catastrophe ou lui filer le train dans la seule direction qui soit plausible ?

— Qu'est-ce qui te fait dire qu'elle va rendre visite à sa mère ?

— Je la connais. Elle se prend désormais pour toi, et les enfants sont avec elle. Elle n'a nulle part où aller et elle m'a dit qu'elle descendait dans le Sud. D'après moi, elle va chez sa mère pour régler ses comptes.

352

Tout d'abord parce que ses parents adoptifs ne lui ont jamais dit qu'elle avait une sœur jumelle alors qu'ils le savaient parfaitement. Si elle se présente à sa mère comme étant Lucy Gilot, elle aura l'impression de la mettre face à ses erreurs, et surtout face à son échec. Lui montrer ce qu'elle aurait pu devenir s'ils avaient choisi l'autre bébé, c'est-à-dire toi. Ou plutôt ce qu'elle aurait pu être s'ils avaient été de bons parents. Angèle est incapable de faire face à ses responsabilités. Tous ses échecs sont du fait des autres. À commencer par ses parents, et surtout par sa sœur.

– Moi ?

– Non, sa demi-sœur. L'enfant que ses parents ont eu lorsqu'elle avait 5 ans. Elle m'a toujours dit que sa vie avait basculé le jour de la naissance de ce bébé. Que ses parents s'étaient tout d'abord désintéressés d'elle, puis qu'ils avaient voulu s'en débarrasser en l'envoyant dans un pensionnat. Elle les tient responsables de tous ses échecs. En fait, je crois qu'elle a été très malheureuse. Moi, je l'ai connue à l'adolescence. C'était une jeune fille assez violente, prête à basculer dans la délinquance au moindre problème. À l'époque, je me souviens que l'assistante sociale du pensionnat a diagnostiqué chez elle des troubles du comportement et, à 17 ans, elle a fait un séjour dans un hôpital psychiatrique. À ce moment-là, je l'avais plus ou moins perdue de vue, je ne sais pas très bien ce qui s'est passé pour elle. Nous nous sommes retrouvés deux années plus tard grâce à des amis communs. Elle paraissait en bonne santé, plus sûre d'elle, plus sereine. Mais en la côtoyant plus régulièrement, j'ai remarqué qu'elle avait des accès de violence qu'elle était incapable de contrôler. Il suffisait parfois d'un rien, un simple détail qui la contrariait et elle basculait dans un état d'agressivité tel qu'il était très difficile de la calmer.

Il se tut quelques instants, paraissant replonger dans ses souvenirs. À côté de lui, Lucy baissa la tête.

– Elle ne m'en a jamais parlé, murmura-t-elle comme pour se justifier.

– Avant de connaître ma femme, j'ai eu une aventure avec Angèle. Nous étions très épris l'un de l'autre, mais la vie avec elle est rapidement devenue un enfer. La moindre déconvenue donnait lieu à des scènes très pénibles. Elle était d'une jalousie maladive. Si j'adressais la parole à une femme, n'importe laquelle, même à une de ses amies, elle se mettait dans une colère indescriptible, m'accusait des pires intentions, puis refusait de m'adresser la parole parfois pendant plusieurs jours. Au bout de quelques mois, j'ai décidé de rompre. Malgré tout, je l'aimais sincèrement. Je suis resté en contact avec elle, ce qui me permettait de la surveiller de loin. J'ai bien tenté de la faire suivre par un spécialiste, mais à chaque fois, après une ou deux séances, elle n'allait plus aux rendez-vous. Lorsqu'elle a découvert ton existence, te retrouver est devenu une priorité pour elle. J'ai cru que ça l'aiderait à se stabiliser, que le fait de retrouver quelqu'un de sa famille allait enfin lui apporter les réponses qu'elle cherchait. Et puis, elle est partie vivre à Bruxelles. Elle semblait enfin heureuse, comme si elle avait trouvé sa place, parmi les siens. Elle m'a dit t'avoir mise au courant de son passé... J'ai cru qu'elle était entre de bonnes mains.

Lucy se remit à pleurer.

– Et mes enfants ? reprit-elle entre deux sanglots.

– Espérons que tout se passe bien, expliqua-t-il d'une voix soucieuse. Le problème, c'est qu'Angèle peut devenir incontrôlable. S'ils se montrent un peu difficiles, elle peut avoir des accès de rage qu'elle est incapable de maîtriser. Et je suppose que tes enfants sont comme tous les enfants : tant qu'ils sont avec d'autres personnes que leurs parents, ils sont sages comme des images. Mais aux côtés de leurs proches, ils se lâchent et peuvent être capricieux. Et le problème, c'est que Léa et Max pensent qu'ils sont avec toi.

Lucy frémit. Qu'avait-elle fait ? Dans quelle situation sordide avait-elle jeté ses propres enfants ? Pétrie de remords, elle se ratatina sur elle-même et fixa désespérément la route. Jérémie consulta sa montre.

– Il est presque 15h30. Angèle a quatre heures d'avance sur nous. Et nous en avons encore pour deux bonnes heures de route en roulant vite. Espérons que j'ai vu juste et qu'elle va bien chez sa mère. Comptons aussi sur le fait qu'elle a dû s'arrêter en route pour faire manger les enfants, ce qui lui aura fait prendre un peu de retard. Si on roule bien, c'est notre seule chance de la rattraper avant qu'elle ne fasse d'autres bêtises.

51

Le reste du voyage se passa dans un silence opaque. Lucy luttait désespérément contre l'angoisse qui la harcelait, l'écartelait, la broyait entre ses sentiments de peur, d'inconnu, d'impuissance. Chaque seconde passée dans l'ignorance du sort réservé à ses enfants était une torture, un supplice dont la jeune femme pensait ne pas pouvoir se relever. Et chacune de ces secondes était pire que la précédente. Il n'y avait pas de répit, pas de trêve dans l'horreur de ce qu'elle vivait, dans l'abomination de ce qu'elle imaginait. Une simple seconde équivalait à une éternité de tourments, sans fin, une monstrueuse agonie sans délivrance, un abominable trépas privé de toute libération. Même la mort avait perdu tout son pouvoir. Le temps était devenu une gigantesque pieuvre aux tentacules couverts de griffes et de crocs, il déchiquetait Lucy de sa perpétuité, sans jamais l'achever.

Les secondes s'additionnèrent les unes aux autres, elles devinrent des minutes, et puis des heures.

Jérémie restait concentré sur la route, tentant par tous les moyens de gagner un maximum de temps. Toutes les demi-heures, Lucy réitérait ses essais sans jamais perdre espoir de parvenir à joindre sa sœur sur son portable. Mais celui-ci restait désespérément éteint. Ils perdirent quelques précieuses minutes en ratant la nationale 144 qui devait les mener à Durdat-Larequille, un détour qui faillit avoir raison de leur calme apparent.

Lorsqu'ils arrivèrent enfin à bon port, ils s'arrêtèrent devant une épicerie dans laquelle Jérémie s'enquit de l'adresse de madame Massaux. Comme il l'avait supposé, il obtint le renseignement sans difficulté : Merinchal était une toute petite commune dont tous les habitants se connaissaient. Quelques minutes plus tard, ils se garèrent devant la maison.

Lucy retint son souffle. Elle examina avec fébrilité les alentours : ivre d'espoir, elle cherchait sa voiture parmi les quelques véhicules stationnés à proximité.

La voiture n'y était pas.

– Ne t'affole pas, l'encouragea Jérémie d'un ton qui se voulait rassurant. Ça ne veut encore rien dire.

Lucy sortit précipitamment de l'habitacle, comme si rester une seconde de plus dans cet espace confiné était soudain au-dessus de ses forces. Puis elle se dirigea d'un pas rapide vers la porte et appuya sur la sonnette dès que Jérémie l'eut rejointe.

Ils patientèrent quelques secondes avant de percevoir des bruits de pas à l'intérieur de la demeure. Le cliquetis d'une clé que l'on introduit dans la serrure se fit entendre, puis la porte s'ouvrit. Devant eux apparut une petite femme de belle tenue, coiffée et maquillée avec soin malgré un âge déjà avancé. Elle portait un ensemble dont l'étoffe claire et fluide accentuait l'air majestueux qu'elle affichait naturellement sur ses traits.

Lorsqu'elle aperçut Lucy sur son perron, sa bouche se crispa. Elle leva légèrement la tête afin de manifester à la jeune femme un courroux qu'elle ne chercha nullement à dissimuler.

– Vous êtes Lucy, n'est-ce pas ? déclara-t-elle avec mécontentement. Je vous ai déjà dit que ça ne m'intéressait pas de vous rencontrer. Laissez-moi tranquille !

Et sans attendre une quelconque réaction, elle s'apprêta à refermer la porte au nez de ses visiteurs. Jérémie eut juste le temps de glisser son pied dans l'entrebâillement avant que celle-ci ne se referme définitivement. Aussitôt, la vieille femme s'offusqua de sa conduite :

– Veuillez retirer votre pied de ma porte, monsieur ! ordonna-t-elle sans s'émouvoir.

– Comment savez-vous que je m'appelle Lucy ? demanda-t-elle aussitôt.

La vieille dame ne sourcilla pas. Elle fit glisser son regard offensé vers la jeune femme et la jaugea avec froideur.

– Vous me paraissez être aussi perturbée que votre sœur ! déclara-t-elle après un silence glacial. Et maintenant, je vous prie de quitter ma maison, sans quoi je me verrais contrainte d'appeler la police.

– Avez-vous reçu un coup de téléphone d'Angèle ce matin ? interrogea Jérémie sans tenir compte des menaces de la vieille dame.

Celle-ci haussa un sourcil hautain.

– Je n'ai plus eu de nouvelles d'Angèle depuis la mort de mon mari, il y a quelques mois. Et je n'ai absolument pas l'intention d'en recevoir. Vos histoires ne m'intéressent pas !

– Mais vous vous attendiez à ma visite ! insista Lucy d'une voix suppliante. Vous connaissiez mon nom !

– Écoutez ! ajouta précipitamment Jérémie pour ne pas risquer de voir la porte se refermer avant qu'ils aient eu l'occasion d'expliquer la situation. Ce matin, vous avez reçu un coup de téléphone d'une femme affirmant s'appeler Lucy et être la sœur jumelle d'Angèle, n'est-ce pas ? Eh bien cette femme vous a menti ! Voici la véritable Lucy, ce n'est pas elle qui vous a contactée. Jusqu'à tout à l'heure, elle ignorait tout de vous, à commencer par votre nom. C'est Angèle elle-même qui vous a téléphoné! Nous sommes désolés de vous déranger, madame, croyez-le bien, poursuivit-il d'un ton plus courtois, sentant implicitement qu'un surcroît de politesse allait servir leur cause. Angèle a de gros ennuis, ce qui, je peux le concevoir, ne vous concerne plus. Malheureusement, elle a enle... elle a emmené avec elle les enfants de Lucy et nous ignorons où elle se trouve en ce moment. Vous êtes notre seule chance de les retrouver.

La vieille dame les observa quelques instants sans mot dire, l'œil suspicieux. Puis elle poussa un profond soupir.

— Je ne veux en aucun cas être mêlée à quoi que ce soit concernant Angèle, décréta-t-elle sans se départir de son attitude hautaine. Elle a déjà suffisamment bouleversé notre vie comme ça. Mais il est vrai que ce matin, vers 11 heures, j'ai reçu un appel téléphonique d'une femme dont la voix ressemblait en tous points à celle d'Angèle. Elle me disait être la sœur jumelle de ma fille et vouloir me rencontrer. Je lui ai signifié qu'Angèle n'était nullement ma fille avant de l'informer que je ne désirais absolument pas la voir. Elle est devenue agressive, m'a accusée de torts dont je n'ai pas entendu la teneur puisque j'ai aussitôt raccroché.

— Vous a-t-elle dit où elle se trouvait? demanda Lucy, pleine d'espoir.

— Non, et je dois dire que ça ne m'intéressait pas de le savoir.

Lucy s'affaissa sur elle-même et ses joues furent à nouveau baignées de larmes. Surprise par la réaction de la jeune femme, la vieille dame la considéra plus attentivement. Pour la première fois, elle parut hésiter et ses traits s'adoucirent imperceptiblement.

– Mon Dieu, comme vous vous ressemblez ! murmura-t-elle au bout de quelques secondes.

– Madame, reprit Jérémie, encouragé par la réaction de Michèle Massaux. Pardonnez-moi d'insister, mais Angèle se trouve en ce moment même responsable de deux enfants dont le plus jeune n'a que trois ans. Comme vous le savez, elle a de sérieux problèmes psychologiques et nous craignons pour la sécurité de ces enfants. Permettez-nous d'entrer quelques instants, nous sommes en route depuis de longues heures et, comme je vous l'ai dit, vous êtes notre seule chance de la retrouver avant qu'il ne soit trop tard.

– Trop tard pour quoi ? rétorqua-t-elle aussitôt en retrouvant toute son hostilité.

Lucy releva la tête vers elle et la vieille dame fut à nouveau ébranlée par l'appel au secours qu'elle lisait dans le regard de la jeune femme. Elle garda le silence quelques instants puis poussa une nouvelle fois un soupir ostentatoire.

– Entrez, finit-elle par dire tout en s'effaçant.

– Merci, sanglota Lucy en pénétrant dans la maison.

La maîtresse des lieux les guida jusqu'au salon où elle les pria de prendre place. Puis, comme si c'était le premier pas qui lui avait coûté, elle leur proposa un rafraîchissement. Bien qu'il en mourût d'envie, Jérémie refusa poliment son offre. Lucy, quant à elle, se contenta de secouer la tête. Michèle Massaux prit alors place en face d'eux.

– Qu'a-t-elle encore fait ? demanda-t-elle pour aborder sans attendre le vif du sujet.

– C'est une longue histoire et nous ne voulons pas vous importuner plus qu'il ne sera nécessaire, commença Jérémie. En résumé, elle a échangé son identité avec celle de sa sœur et se fait aujourd'hui passer pour elle. Ce qui n'était au départ qu'un simple jeu est devenu un réel problème puisque Angèle a pris ce petit échange très au sérieux.

— Mais pourquoi donc est-elle partie avec vos enfants ? interrogea leur hôtesse en se laissant aller à plus de compassion. Comment avez-vous pu confier vos enfants à cette femme ?

Jérémie comprit qu'elle le prenait pour le père de Max et de Léa. Il esquissa un petit sourire indulgent puis s'apprêta à détromper la vieille dame. Lucy répondit à la question avant qu'il n'ait eu le temps d'ouvrir la bouche.

— Je ne sais pas ce qui lui a traversé l'esprit, murmura-t-elle d'une voix épuisée. Vous comprenez, nous nous sommes découvertes il y a quelques mois à peine et… Je ne savais pas qu'elle souffrait de tels troubles, j'ignorais tout de son état psychique. Nous avons seulement voulu nous amuser. En tout cas je le pensais…

Lucy se mordit la lèvre inférieure. Elle mentait, elle le savait, mais selon un accord tacite passé avec Jérémie, ils avaient tous deux décidé de ne révéler le meurtre commis par Angèle à personne ! Et surtout pas à sa mère adoptive.

— Toujours est-il que mes enfants la prennent pour moi et qu'il devient urgent que je les retrouve, acheva-t-elle pour ne pas s'empêtrer davantage dans ses mensonges.

— Je constate avec tristesse qu'Angèle continue à semer le malheur partout où elle passe… Cette femme devrait être internée jusqu'à la fin de ses jours ! Mais bon… Tout cela ne fera pas avancer les choses. Que puis-je faire pour vous aider ?

Reprenant espoir, Lucy jeta un rapide coup d'œil à Jérémie.

– Il faudrait essayer de la joindre sur son portable et lui dire que vous avez changé d'avis et que vous acceptez de la rencontrer… Malheureusement, elle a éteint son téléphone, ou alors elle n'a plus de batterie, ce qui serait une catastrophe. Mais jusqu'à preuve du contraire, il est peut-être encore possible de la joindre… Il y aura bien un moment où elle le rallumera pour… Pour téléphoner à quelqu'un ou que sais-je !

– Mais je ne connais pas son numéro de téléphone ! objecta madame Massaux.

– Nous, nous l'avons.

– Mais elle, elle le sait que je n'ai pas son numéro…

– Ça n'a pas d'importance, déclara Jérémie. Aujourd'hui, la plupart des appareils téléphoniques sont dotés de systèmes permettant d'enregistrer les numéros appelants. Si elle vous pose la question, vous n'aurez qu'à lui répondre que lorsqu'elle vous a contactée, son numéro s'est affiché sur votre téléphone. Vous n'êtes pas censée savoir que c'est le numéro d'Angèle. Vous avez tout naturellement cru que c'était le numéro du portable de Lucy. C'est logique.

– Bon… acquiesça la vieille dame. Si vous le dites… Donnez-moi son numéro, je vais l'appeler immédiatement.

Lucy avait retrouvé un pauvre sourire empreint d'espoir. Jérémie dicta le numéro d'Angèle à son hôtesse qui avait déjà décroché le combiné du téléphone.

L'espoir ne fut que de courte durée. Quelques secondes plus tard, Michèle Massaux raccrochait d'un geste lent.

– La communication n'est pas possible, déclarat-elle d'un ton pincé. Comme toujours avec Angèle !

Lucy s'effondra en gémissant.

– Elle se méfie, murmura Jérémie d'un ton soucieux. C'est mauvais signe.

Un silence consterné plana dans la pièce. Puis Jérémie se leva de son siège.

– Eh bien... Nous sommes désolés de vous avoir dérangée... Nous n'allons pas vous importuner plus longtemps.

– Que comptez-vous faire ?

Jérémie jeta un coup d'œil en direction de Lucy. Celle-ci le dévisageait avec désespoir, le suppliant des yeux de ne pas quitter le seul endroit où ils avaient encore une chance de retrouver Angèle. Et ses enfants.

– Nous allons rester à Merinchal jusqu'à demain, déclara-t-il en soupirant. Il doit bien y avoir un hôtel dans le coin, non ? Si jamais vous aviez des nouvelles d'Angèle, pouvez-vous nous appeler à ce numéro ?

Et joignant le geste à la parole, il nota son propre numéro de portable sur un bout de papier qu'il tendit à la vieille dame. Celle-ci s'en saisit avec quelque hésitation.

– Il y a un hôtel-restaurant un peu plus loin mais... Allons, mes enfants, ajouta-t-elle d'une voix plus douce, teintée de regret. Je suis désolée de vous avoir accueillis avec tant de méfiance mais comprenez-moi : Angèle est pour moi synonyme de malheurs et... Restez encore quelques instants. Nous essaierons de la joindre un peu plus tard.

52

Les minutes passent au ralenti.

Lasse de tourner autour du téléphone, Michèle Massaux s'est éclipsée dans sa cuisine où elle prépare une omelette à l'intention de ses hôtes tandis que Lucy et Jérémie, installés à proximité de l'appareil, tentent à intervalles réguliers de joindre Angèle sur son portable. La vieille dame a abandonné son air glacial et austère après avoir compris le désarroi dans lequel se trouve cette jeune femme qu'elle ne connaît pas, mais dont le visage est la copie conforme de l'enfant qu'elle a adoptée trente-cinq ans auparavant. Sa réticence et sa méfiance se sont littéralement envolées lorsque Lucy s'est répandue en pleurs sur le pas de sa porte. Jamais elle n'a vu Angèle s'abandonner à une telle tristesse. Au contraire ! Elle garde en mémoire le souvenir de scènes effrayantes lorsque, enfant, Angèle se mettait en colère. Des accès de rage dont la violence et l'agressivité les laissaient, elle et son mari, complètement désemparés. Angèle n'a jamais été une enfant très câline. Dès son plus jeune âge, elle était en proie à des sautes d'humeur aussi soudaines qu'inexplicables, d'un tempérament naturellement jaloux, possessif et coléreux. Elle a très vite rendu l'ambiance familiale lourde et pesante.

Le cœur de la vieille dame se serre tandis qu'elle verse les œufs dans une poêle. Depuis une bonne demi-heure, sans pouvoir se l'expliquer rationnellement, elle ressent pour Lucy une sympathie naturelle qui la pousse à vouloir l'aider. Cette jeune personne semble si malheureuse, si désemparée… Un étrange sentiment s'insinue dans son cœur… Elle ne sait rien de Lucy tout en ayant la sensation de la connaître depuis toujours. L'incroyable ressemblance avec Angèle en est la raison majeure, c'est certain, mais il y a autre chose. C'est un peu comme si… Oui, c'est un peu comme si elle retrouvait la fillette dont elle avait tant rêvé étant plus jeune, lorsqu'une stérilité diagnostiquée par les médecins les obligea, elle et son mari, à adopter un enfant.

Bien sûr, l'idée que Lucy ait pu être leur fille s'ils avaient choisi l'autre bébé lui a traversé l'esprit. Elle se souvient de ce bébé rose paisiblement endormi dans le berceau de la maternité. Qu'est-ce qui les a poussés à choisir l'autre nourrisson ? À vrai dire, elle ne s'en souvient pas. Sans doute leur a-t-il fallu choisir, tout simplement.

Oui ! À présent que les souvenirs rejaillissent à la surface de sa mémoire, elle se rappelle ! Les deux bébés étaient couchés côte à côte, chacun dans leur berceau respectif. Lorsqu'elle arriva à la maternité en compagnie de son mari, ils contemplèrent avec émoi les deux nourrissons assoupis. Le médecin avait vainement tenté de les convaincre de prendre les deux sœurs, mais il leur était, à l'époque, impossible d'assumer l'éducation de deux enfants en même temps. Le dilemme fut des plus cruels ! Michèle avait observé les deux bébés durant un long moment, passant de l'une à l'autre sans parvenir à se prononcer. Elles se ressemblaient tant ! Et son mari était tout aussi perplexe. Alors elle s'était dit que le premier nourrisson qui ouvrirait les yeux serait celui qu'ils adopteraient. Elle n'avait rien trouvé d'autre !

Et pour Angèle et Lucy, la compétition avait déjà commencé.

Ensuite ils étaient restés près de trois quarts d'heure devant les berceaux, à attendre que l'une des deux fillettes se réveille. Au fil des minutes, le cœur de Michèle battait à tout rompre dans sa poitrine. Elle épiait avec émotion le visage des deux petites, misant sur l'une dont la paupière avait frémi, puis sur l'autre qui venait de pousser un soupir. L'attente s'était prolongée, interminable. Puis le médecin était entré dans la pièce, leur demandant s'ils avaient fait leur choix. Au bruit de l'intrus, le bébé de droite avait bougé, poussant un petit cri de surprise. Mais c'était le bébé de gauche qui avait ouvert les yeux en premier.

Le sort en était jeté. Et Angèle fut adoptée.

– Je vous ai préparé une omelette, vous devez être morts de faim !

Michèle passe sa tête par l'embrasure de la porte du salon, informant ainsi ses hôtes qu'un couvert les attend dans la cuisine. Surpris, Lucy et Jérémie la remercient chaleureusement. Décidément, cette femme était étrange ! Elle pouvait être d'une froideur imperturbable et, quelques instants plus tard, d'une gentillesse déconcertante.

Lucy n'a pas faim. Mais Michèle semble si heureuse de pouvoir l'aider qu'elle n'ose refuser le repas préparé à son intention. Jérémie, quant à lui, se jette littéralement sur son assiette. Tandis qu'ils mangent, la vieille dame les observe d'un petit sourire tranquille, telle une mère veillant sur ses petits. Se faisant violence pour avaler quelques bouchées, Lucy en profite pour poser une ou deux questions sur l'enfance de sa sœur.

– Vous dites qu'Angèle a suffisamment bouleversé votre vie comme ça et que, pour vous, elle est synonyme de malheur… Elle était vraiment très difficile ?

Michèle Massaux garde le silence quelques secondes. À l'évocation de l'enfance d'Angèle, son visage se referme et ses traits se durcissent à nouveau. Lucy regrette aussitôt sa question. Elle n'a aucune envie de voir la vieille dame redevenir cassante et désagréable. En vérité, elle ressent une peur panique à l'idée que leur hôtesse puisse changer d'avis et les mettre à la porte.

Mais Michèle Massaux ne fait rien de tout cela.

Après être restée muette un court instant, elle se met à parler d'une voix atone, laissant le flot de ses souvenirs l'envahir.

– Lorsque nous avons adopté Angèle, j'ai cru que la vie allait enfin ressembler à tout ce que j'avais souhaité jusque-là. Je rêvais d'une famille soudée. J'avais alors trente-trois ans et cela faisait cinq longues années que mon mari et moi tentions vainement de concevoir un enfant. Toutes nos tentatives furent soldées par des échecs. Notre moral était au plus bas. Lorsque nous nous sommes rendus à l'évidence qu'il nous était impossible de réaliser notre vœu de façon naturelle, nous avons opté pour l'adoption. Je vous passe les détails, mais grâce à quelques connaissances dans le milieu médical, on nous a finalement annoncé la naissance de deux petites filles que la mère ne désirait pas garder. Je vous avoue que nous avons hésité à vous adopter toutes les deux, mais à l'époque, nos moyens financiers ne nous permettaient pas d'envisager l'éducation de deux enfants en bas âge. De plus, nous vivions encore à Paris, mais mon mari, qui était enseignant, avait postulé pour un poste dans la région de Bordeaux. Lorsque Angèle fêta son deuxième anniversaire, une place se

367

libéra dans un collège de la région bordelaise. Nous attendions cette opportunité depuis tellement de temps que nous n'avons pas hésité. Paris ne nous convenait plus. Nous aspirions à plus d'espace, plus de verdure et, surtout, plus de soleil.

La vieille dame esquisse un maigre sourire comme si, à la lueur de ce qu'elle sait aujourd'hui, elle s'apercevait enfin de l'immense naïveté dont elle a fait preuve à l'époque.

– Je dois dire que les trois premières années passées avec Angèle furent assez joyeuses, poursuit-elle de la même voix un peu fatiguée. Bébé, elle était assez facile. Mais lorsqu'elle atteignit l'âge de trois ans, son caractère se modifia. J'en ignore la raison. Peut-être étais-je moins disponible... À l'époque, j'avais trouvé un emploi d'aide-soignante dans un hôpital pour enfants. C'était un travail qui me passionnait, mais qui me prenait également beaucoup de temps et d'attention. Lorsque je rentrais à la maison, le soir, j'étais très fatiguée, et parfois un peu démoralisée par les souffrances de ces enfants que je côtoyais chaque jour. Il est vrai que j'avais sans doute moins de patience avec Angèle qui, me disais-je, avait beaucoup de chance d'être ce qu'elle était : aimée, choyée, en bonne santé, ne manquant jamais de rien... Mais cela n'explique pas tout ! Elle devenait capricieuse, piquait des crises de colère indescriptibles dès qu'une petite déception venait la contrarier. Lorsqu'elle se mettait dans ces états de fureur, mon mari et moi étions totalement incapables de la calmer. Elle hurlait, tapait des pieds, prenait tout ce qui lui tombait sous la main et le jetait à travers la pièce, se roulait par terre et même, parfois, se blessait en se tapant la tête contre le sol, en s'arrachant les cheveux ou en se griffant le visage. C'était terrifiant ! Nous étions totalement impuissants à la raisonner. Je me souviens avoir couru les cabinets de pédopsychiatres afin de trouver la raison qui plongeait notre fille dans de tels accès de rage. Entre quatre et cinq ans, les crises se sont raréfiées. Angèle semblait avoir retrouvé une sérénité qui apportait à la maison un peu de calme et de gaieté. Et puis…

Michèle Massaux s'interrompt quelques secondes, l'œil humide et le sourire triste.

– Et puis, je suis tombée enceinte. Ce fut un bouleversement indescriptible dans notre vie. Nous ne pensions même plus à cette possibilité, les médecins nous ayant prévenus que nous n'avions que très peu de chances de concevoir un enfant de façon naturelle. J'avais alors 38 ans, ce qui n'est pas très jeune pour une première grossesse, surtout à cette époque. Je fus donc surveillée de très près par mon gynécologue. Mais nous n'étions pas au bout de nos surprises ! Après trois mois de grossesse, nous avons découvert l'existence d'un deuxième embryon ! J'attendais des jumeaux !

– Des jumeaux ! s'exclament de concert Lucy et Jérémie, abasourdis par cette révélation.

– Des jumelles pour dire vrai ! Mais à l'époque, je ne le savais pas encore.

– Mais Angèle ne m'a jamais parlé de jumelles ! s'étonne Jérémie. Elle m'a toujours dit qu'elle avait une petite sœur dont la naissance avait bouleversé son existence.

La vieille dame hoche la tête sans pouvoir cacher son émoi.

– Cette grossesse m'a épuisée ! Et lorsque j'ai enfin donné naissance à ces deux enfants que j'attendais depuis si longtemps, j'ai bizarrement sombré dans un état dépressif dont j'ai eu du mal à me remettre. La fameuse dépression post-partum ! Redoutable dans mon cas. Elle a duré cinq bonnes semaines. Un long mois durant lequel je devais me forcer à m'intéresser à mes deux petites filles. Je ne parvenais pas à reprendre le dessus ! J'avais la sensation que chaque parcelle d'énergie s'écoulait de moi dès que je les entendais pleurer. Mon mari m'a beaucoup aidée, mais Angèle a trinqué, de cela j'en suis certaine. Dès le premier jour où je suis rentrée de la maternité, elle a considéré ces deux intruses comme ses ennemies mortelles. Cela se voyait dans son regard. Elle avait alors cinq ans et jamais elle n'a eu le moindre geste de tendresse envers les petites. Au contraire ! Bien souvent, je la surprenais à leur tordre discrètement un pied, ou une main, à les mordre ou à les pincer. Elle était maladivement jalouse. J'avoue que mes réactions ne furent pas celles que j'aurais sans doute dû avoir, mais j'étais encore trop fragile pour comprendre l'enjeu de mon comportement. Je n'avais aucune patience, j'étais à bout de forces. J'ai dû la gronder plus que de raison, et sans doute même lui donner des fessées, des gifles…

La vieille dame réprime un petit sanglot avant de poursuivre son récit.

– Nous n'avons rien vu venir. Les colères d'Angèle devenaient à nouveau de plus en plus fréquentes, de plus en plus ingérables. Mais nous n'avions plus la force ni le temps d'essayer de la comprendre. Sans doute a-t-elle dû se sentir rejetée… J'avais l'impression qu'elle était l'élément perturbateur de notre vie, que sans elle le bonheur aurait été parfait. Parfois, ses cris et ses accès de colère réveillaient les deux petites à un moment où j'avais surtout besoin de repos. Alors je lui en voulais terriblement ! Je faisais très certainement peser sur elle une culpabilité trop lourde pour une enfant de son âge. Mais encore une fois, je ne pense pas que cet épisode de notre vie puisse tout expliquer. Deux mois plus tard, j'étais plus ou moins remise de mon baby-blues, comme on l'appelle aujourd'hui. J'avais retrouvé quelques forces et il est vrai que je choyais mes deux petites : la déprime avait fait place à la culpabilité. Je m'en voulais terriblement de m'être désintéressée d'elles durant de trop longues semaines, d'avoir eu à leur encontre de mauvaises pensées...

La vieille dame pousse un soupir qui semble contenir toute la tristesse du monde.

– Et puis, une nuit, je fus réveillée par un grand bruit provenant de la chambre des petites, aussitôt suivi par les pleurs de l'une de mes jumelles. Elles avaient exactement deux mois et trois jours. Je me suis précipitée dans leur chambre et... Ce que j'ai vu m'a horrifiée !

La voix de Michèle meurt dans un sanglot déchiré. De grosses larmes se mettent à couler le long de ses joues fardées, et ses yeux d'un bleu délavé ne sont bientôt plus que deux ruisseaux en pleurs. Lucy et Jérémie gardent le silence, troublés par le récit de la vieille dame.

– L'un des deux berceaux était retourné, poursuit-elle au bout d'un moment. Angèle se tenait debout au milieu de la pièce, juste à côté du berceau renversé. J'ai hurlé ! Je me suis précipitée pour extraire mon bébé coincé sous le berceau. Ma petite Valérie... Mon petit ange. Elle... Elle était morte.

Lucy et Jérémie sont écrasés sous le poids de cette révélation. Ils n'osent plus souffler mot, ne sachant que conclure de cette accusation à peine suggérée.

– C'est... C'est Angèle qui l'a tuée ? murmure enfin Lucy dans un souffle.

Michèle Massaux met quelque temps avant de répondre, paraissant peser le poids de ses pensées.

– Nous n'avons jamais vraiment pu savoir ce qui s'était passé. Angèle nous a dit qu'elle avait voulu voir si les petites dormaient bien et qu'elle avait voulu prendre Valérie dans ses bras parce qu'elle était « malade ». Mais que le berceau avait basculé et que le bébé était tombé. C'est, en tout cas, ce que nous avons compris de son récit, très incohérent. Mais je ne peux m'empêcher de penser que… Dans la chambre, près du berceau renversé, j'ai trouvé l'oreiller d'Angèle… Les médecins ont conclu à une mort subite, mais moi…

La vieille dame se tait. Son ton, lourd d'accusation, ne laisse planer aucun doute sur ses soupçons. Au bout d'un instant, elle relève la tête tout en s'essuyant les yeux.

– Après ça, poursuit-elle comme si elle désirait surtout rompre le silence, je n'ai plus su la regarder comme une petite fille blessée. Elle me révulsait. Sa présence même dans ma maison m'était devenue intolérable. Elle était pour moi la cause de tous nos malheurs. Nous l'avons envoyée dans un pensionnat. Malgré tout, elle revenait à la maison pour le week-end ainsi que pour les vacances scolaires. Lorsqu'elle était là, la vie ressemblait à un cauchemar. J'étais incapable du moindre mouvement de tendresse envers elle. Mon mari était plus pondéré que moi. Il refusait d'admettre l'évidence. Il disait qu'il ne fallait pas l'accuser à tort, que peut-être Angèle n'y était pour rien. Mais moi, je savais ! Je l'avais bien vu dans ses regards, quand elle était avec les petites. Elle les haïssait. D'ailleurs elle était incapable de s'insérer dans un groupe. Elle s'est fait renvoyer de plusieurs pensionnats pour mauvaise conduite, agression envers ses condisciples, insultes à l'égard des professeurs, délabrement du matériel scolaire. Lorsqu'elle a atteint l'adolescence, un psychologue de l'internat pour enfants caractériels dans lequel nous avions fini par la placer est venu nous parler de ses troubles comportementaux. Il nous a mis en garde, nous informant qu'Angèle présentait certains symptômes d'un trouble de la personnalité « borderline ». Il nous a fait un rapide topo du profil des personnes souffrant de ces troubles et c'est vrai qu'Angèle correspondait bien à sa description : sautes d'humeur, impulsivité, colères, automutilation, statut de victime du malade… Lorsque nous lui avons révélé qu'Angèle était une enfant adoptée, il nous a parlé de gènes, mais surtout de traumatismes liés à la petite enfance. Selon lui, le traumatisme ne venait pas de l'adoption elle-même, mais de l'abandon. Je l'ai reçu comme une gifle en pleine figure, car s'il nous parlait d'abandon, ce n'était pas tant celui de sa mère biologique puisque Angèle était, à l'époque, trop petite pour s'en apercevoir, mais bien de notre abandon à nous, lorsque nous avons décidé de la placer dans un pensionnat. C'était un peu comme s'il nous accusait ! Je ne pouvais pas l'accepter. J'ai décidé d'entamer une procédure d'annulation d'adoption.

– Quel âge avait Angèle à cette époque ? s'informe Jérémie d'une voix douce.

– Dix-sept ans, si mes souvenirs sont bons.

– C'est à cette époque qu'elle a fait un séjour en hôpital psychiatrique ?

– Sans doute, oui… Mais n'essayez pas de me mettre également cela sur le dos ! Cela faisait longtemps qu'Angèle partait à la dérive. Je vous raconte tout ceci… Mais ce n'est qu'un pâle résumé de l'horreur que nous avons vécue. Cette enfant était un véritable démon, incapable de la moindre générosité envers les autres, ne pensant jamais qu'à elle-même. Nous ne demandions qu'à l'aimer. C'est elle qui n'a jamais voulu accepter les règles de la vie en société et celles de la vie de famille en particulier. Je… Je la hais !

Lucy est glacée de la tête aux pieds. Le récit de la vieille dame l'a fortement troublée, à présent déchirée entre l'horreur de son histoire et la pitié qu'elle ne peut s'empêcher de ressentir pour Angèle. La mort de la petite Valérie était sans conteste un drame dont il avait naturellement été difficile pour Michèle Massaux de se relever. Mais la dureté de cette femme envers une enfant de cinq ans était frappante. On ne pouvait l'ignorer. Si Angèle était déjà fragile au niveau affectif à cette période de sa vie, que dire des suites endurées durant l'adolescence ?

Mais plus que tout, suite à cet effrayant récit, Lucy se sent littéralement écrasée par l'effroi qui la broie de toutes parts, s'insinuant dans son ventre, sa poitrine, sa gorge : comme l'a si bien dit Jérémie, ses enfants sont bel et bien en danger, totalement à la merci d'une femme dont les réactions peuvent, à tous moments, faire basculer leur existence dans un monde à la dérive, sans aucun rempart pour les retenir, les protéger. Et c'est elle-même, leur propre mère, qui les a abandonnés à ce monstre, cet être malade dont, finalement, elle ne savait rien. Et tout cela pourquoi ? Parce qu'elle était trop lâche pour régler ses problèmes toute seule, repoussant sans cesse les limites de sa dignité. Elle avait accepté l'inacceptable et sa faiblesse seule était responsable du meurtre de son mari et de la perte de ses enfants.

Anéantie par une foudroyante culpabilité, Lucy se sent défaillir. Elle est comme amputée de tout ce qui peut l'aider à se sortir du marasme de son existence. Elle n'a plus rien à quoi se raccrocher. Pas même l'estime d'elle-même. Alors elle se sent sombrer dans un abîme sans fin, sans air et sans lumière. C'est un cauchemar ! Elle est là, assise sur une chaise, incapable de bouger, pétrie de douleur, pendant que ses enfants, elle ne sait où, risquent à tous moments d'être terrorisés, d'avoir mal, d'appeler à l'aide sans que personne ne vienne les secourir. C'est insupportable !

– Il faut appeler la police ! rugit-elle soudain, comme si elle prenait subitement conscience du côté dramatique de la situation.

Jérémie lève vers elle un regard fatigué. Il la considère sans mot dire, puis il hoche la tête, paraissant se rendre à l'évidence de cette décision. Oui, il n'y a plus rien à faire. Dieu seul sait où peut être Angèle en ce moment, de même que ce qu'elle fait subir aux enfants. Il a essayé de sauver son amie mais il s'aperçoit maintenant qu'il ne peut plus rien pour elle. Ce qui la retenait encore dans un monde de raison vient de s'effondrer, entraînant dans son délire deux enfants innocents.

En effet, oui, il faut appeler la police. Tant pis pour Angèle. L'important maintenant, c'est de sauver les enfants.

Après son récit, Michèle Massaux se mure dans un douloureux silence et, dans la cuisine, personne ne bouge. Alors la vieille dame se lève dans un soupir et quitte la pièce d'un pas lent pour se diriger vers le téléphone. S'emparant du combiné, elle compose le numéro du poste de police. Au bout d'un instant d'éternité, elle semble reprendre vie et murmure d'une voix sans timbre :

– Michèle Massaux à l'appareil. Il y a chez moi deux personnes qui souhaiteraient vous signaler un enlèvement d'enfants.

Lucy et Jérémie restent immobiles, têtes baissées, attendant la suite. La vieille dame dicte son adresse, donne quelques précisions sur l'itinéraire, puis raccroche lentement le combiné.

– Ils seront là dans dix minutes, murmure-t-elle presque à regret en regagnant la cuisine.

Lucy hoche la tête. Voilà. L'attente se poursuit une fois de plus, même si elle est sur le point de toucher à sa fin. Dix minutes !

Une autre éternité…

C'est alors qu'un coup de sonnette retentit dans le silence oppressé de la maison. Tous trois relèvent brutalement la tête, se dévisageant les uns les autres dans un coup d'œil interrogatif. Ce ne peut pas être la police, madame Massaux vient à peine de raccrocher le téléphone !

– Vous attendez quelqu'un ? s'enquiert Jérémie en s'adressant à la vieille dame.

– Non !

Lucy est la première à se précipiter vers la porte d'entrée qu'elle ouvre d'un geste violent, comme si elle manquait d'air.

Devant elle, Angèle se tient sur le perron, stupéfiée de découvrir sa sœur de l'autre côté de la porte. Et l'espace d'un quart de seconde, les deux femmes s'affrontent, horrifiées.

53

— Où sont mes enfants ?

La question a jailli dans un cri de désespoir. Mais à la surprise générale, ce n'est pas Lucy qui l'a posée, mais la nouvelle venue, pénétrant dans la maison en bousculant tout le monde et passant d'une pièce à l'autre en criant le prénom des deux enfants. L'absence évidente des gamins la ramène dans le hall d'entrée. Elle bondit sur sa sœur qu'elle empoigne à présent par les épaules et qu'elle secoue vigoureusement sans cesser de lui hurler l'implacable question. Madame Massaux et Jérémie, accourus à la suite de Lucy, assistent médusés à cette scène burlesque sans plus rien y comprendre : deux personnes au même visage, vêtues exactement de la même manière s'affrontent dans un face-à-face enragé. Lucy hoquette sous le coup de la surprise, incapable de se libérer de la poigne de cette femme en furie, ni même de proférer le moindre son.

— Qu'as-tu fait de mes enfants ? continue de rugir Angèle tout en maltraitant violemment Lucy.

Au bout de quelques instants, Jérémie s'interpose avec brutalité entre les deux femmes, obligeant la nouvelle arrivée à lâcher sa sœur.

— Ça suffit ! hurle-t-il tout en les maintenant à bonne distance l'une de l'autre.

Puis, se tournant vers Angèle, il l'attrape par le revers de son chemisier et l'immobilise de force tout en la contraignant à le regarder.

– Ça suffit, Angèle ! Arrête ton cinéma ! Le jeu est terminé ! Dis-nous où sont les enfants !

Angèle le dévisage avec stupeur.

– Angèle ? Je ne suis pas Angèle ! braille-t-elle dans un sanglot hystérique. C'est elle, Angèle ! C'est elle qui a enlevé mes enfants !

Perdant patience, Jérémie renforce sa prise tout en plaquant son amie contre le chambranle de la porte.

– Tu vas arrêter, oui ? tonne-t-il avec colère. C'est fini pour toi, Angèle ! Nous venons d'appeler la police, ils seront là dans cinq minutes à peine ! Alors, si j'étais toi, j'arrêterais tout de suite. Qu'as-tu fait des enfants ?

De plus en plus paniquée, la jeune femme contemple Jérémie avec effroi.

– Pour l'amour du ciel, Jérémie, je ne suis pas Angèle ! Je suis Lucy ! Lucy, tu m'entends ? Je suis Lucy !

– Elle ment ! rugit Lucy à son tour. Tu le sais qu'elle ment ! Elle est complètement folle ! Qu'as-tu fait de mes enfants ? reprend-elle à l'adresse de sa sœur. Où sont-ils ? Je te préviens que si tu as touché à un seul de leurs cheveux, je te tue ! Tu m'entends ? Je te tue !

Mais Angèle ne semble pas l'entendre. Elle se concentre sur Jérémie et capte son regard comme s'il en allait de sa vie.

– As-tu la moindre assurance qu'elle est bien Lucy ? Comment peux-tu être certain qu'elle t'a dit la vérité ?

– C'est simple, répond Jérémie en serrant les dents. Je l'ai appelée sur son téléphone mobile en lui donnant rendez-vous dans un lieu précis et c'est elle qui s'est présentée.

– Évidemment ! raille la jeune femme dans un éclat de rire forcé. Nous avons tout échangé il y a deux jours, y compris les portables !

– C'est faux ! hurle Lucy de plus en plus hystérique. Elle ment ! Nous avons gardé chacune notre propre téléphone, comme notre portefeuille d'ailleurs.

– Alors ce sera facile à vérifier, déclare calmement Michèle Massaux. Que chacune nous montre son portefeuille !

Jérémie lâche Angèle sans la quitter des yeux tandis que Lucy file à toute vitesse vers le salon où elle s'empare de son sac à main. Lorsqu'elle reparaît dans le hall d'entrée, ses cheveux se dressent sur sa tête. Angèle exhibe à Jérémie un portefeuille qu'elle reconnaît sans peine au premier coup d'œil : c'est son vieux portefeuille, celui qu'on lui a volé quelques semaines auparavant lors de la braderie du quartier.

– Voleuse ! hurle-t-elle en se précipitant vers sa sœur pour lui arracher le portefeuille. C'était donc toi ! C'est toi qui me l'as volé !

Imperturbable, Angèle se tourne vers Jérémie.

– Cette fille est complètement folle ! Elle ne sait plus quoi inventer pour faire croire à ses salades !

De fait, Jérémie semble assez perturbé. Il contemple les deux jeunes femmes sans plus souffler mot, passant de l'une à l'autre d'un regard suspicieux. Quant à Lucy, elle présente d'une main tremblante son nouveau portefeuille dont elle extrait la carte d'identité.

– Il y a peu, on m'a volé mon portefeuille, explique-t-elle d'une voix vacillante à Jérémie. J'ignorais que c'était Angèle qui me l'avait volé. J'ai dû demander un duplicata de mes papiers d'identité. Les voilà !

– Elle a très bien pu se présenter à la commune en se faisant passer pour moi et inventer cette histoire de vol pour dupliquer mes papiers d'identité ! déclare Angèle d'un ton accusateur. N'importe quel employé a pu tomber dans le panneau, ça n'a rien d'impossible. Ça fait longtemps qu'elle prépare son coup ! Mais ce portefeuille est le seul vrai portefeuille que je possède : la preuve, il contient les photos de mes enfants, tous mes papiers d'identité, de mutuelle, mon permis de conduire, mes cartes de fidélité...

– Alors comment connais-tu cette adresse, l'interrompt madame Massaux d'un ton railleur. La vraie Lucy n'aurait pas pu venir jusqu'ici sans l'aide de Jérémie. Elle ne me connaît pas et encore moins mon adresse. Or, tu es là !

– Tout à fait ! proclame la jeune femme sans se troubler. Et je suis désolée de faire votre connaissance dans de telles circonstances, madame ! Lorsque j'ai compris qu'Angèle avait enlevé mes enfants, j'ai pris ma voiture et j'ai filé jusque chez elle, à Paris. J'étais persuadée que j'allais les retrouver là-bas. Mais arrivée devant sa porte, personne n'est venu m'ouvrir. La concierge de l'immeuble m'a prise pour elle et j'avoue m'être servie de sa méprise pour me faire ouvrir la porte. J'ai attendu là une bonne partie de la journée, espérant les voir arriver d'un moment à l'autre. Et pendant que j'attendais, j'en ai profité pour fouiller dans ses affaires. C'est comme ça que j'ai découvert votre adresse : dans un de ses tiroirs se trouvaient des papiers sur lesquels étaient inscrites vos coordonnées. Je n'en pouvais plus de tourner en rond, à attendre un hypothétique retour d'Angèle. J'ai alors pris la décision de venir jusqu'ici. J'espérais que vous seriez à même de m'aider à la retrouver.

– Bon sang ! s'emporte Jérémie de plus en plus excédé par la situation. La question est pourtant simple : qui est venu chez moi à 5 heures du matin avec les enfants ?

– C'est elle ! rugissent les deux sœurs en se pointant mutuellement du doigt.

380

Michèle Massaux et Jérémie ne savent plus à quel saint se vouer. Perdant patience, Jérémie les empoigne toutes les deux par le bras et les mène sans douceur jusqu'au salon où il les installe de force chacune dans un fauteuil faisant face à l'autre.

– Reprenons tout depuis le début, commence-t-il en se tournant vers la nouvelle venue. Raconte-moi exactement ce qui s'est passé selon toi.

Lucy bondit de son fauteuil et se plante devant Jérémie.

– Tu ne vas tout de même pas la croire ! l'implore-t-elle en roulant des yeux fous. Sa mère vient de te le dire : elle est complètement déséquilibrée !

Très irrité par cette intervention intempestive, Jérémie se tourne vers elle et la contemple d'un regard froid.

– Je me demande laquelle de vous deux semble la plus déséquilibrée en ce moment, lui assène-t-il sèchement.

Lucy le dévisage avec horreur, tremblant de la tête aux pieds, avant de s'effondrer en sanglots, totalement à bout de nerfs. Michèle Massaux s'approche alors de la jeune femme qu'elle invite avec douceur à reprendre sa place dans le fauteuil. Puis Jérémie se retourne une nouvelle fois vers Angèle.

– Alors ? exige-t-il d'une voix cassante. Quelle est ta version des faits ?

– Angèle et moi avons échangé nos identités il y a deux jours, commence-t-elle d'un ton bouleversé. Il était convenu que…

– Je sais ! l'interrompt Jérémie de plus en plus sèchement. Tout cela, je le sais. Je voudrais savoir ce qui s'est passé selon toi depuis ce matin.

– Mais je l'ai dit ! s'emporte-t-elle en maîtrisant les trémolos de pleurs qui trahissent son émoi. Je suis rentrée chez moi ce matin. J'ai découvert mon mari baignant dans son sang, les... les tripes à l'air et... Et... Oh! Mon Dieu!

La jeune femme éclate à son tour en sanglots. Madame Massaux s'est raidie, considérant Jérémie, Angèle et Lucy d'un œil affolé.

– Qu'est-ce que c'est que cette histoire de mari baignant dans son sang? Personne ne m'a parlé de ça! De... De quoi parlez-vous?

Le visage en larmes, Lucy se redresse brutalement sur son fauteuil et pointe vers sa sœur un doigt accusateur.

– C'est elle! vocifère-t-elle d'une voix hystérique. C'est cette cinglée qui a tué mon mari!

– C'est faux! hurle l'autre de plus belle. C'est totalement faux!

– STOP! crie Jérémie en se plantant au milieu du salon. La première qui dit encore un mot sans y être autorisée, je lui fais passer jusqu'à l'envie de murmurer! Ne vous inquiétez pas, madame Massaux, poursuit-il en se tournant vers la vieille dame. La police sera ici d'une seconde à l'autre maintenant.

– Pourquoi m'avez-vous caché qu'il y avait eu un meurtre? demande la vieille dame qui semble, elle aussi, sur le point de craquer. C'est... C'est très grave, ça!

– Nous ne voulions pas vous affoler... Je vous demande juste de tenir le coup quelques instants encore, jusqu'à l'arrivée de la police.

La vieille dame hoche silencieusement la tête avant de prendre à son tour place sur le divan, comme si ses jambes risquaient à tout moment de se dérober sous elle.

– Continue, ordonne Jérémie en se retournant vers la nouvelle venue.

— Je… Je n'ai pas réfléchi ! J'étais tellement paniquée à l'idée que mes enfants puissent être seuls avec la meurtrière de leur père que j'ai sauté dans ma voiture et j'ai filé jusqu'à Paris. La suite, je viens de vous la raconter.

— D'accord, concède Jérémie. Donc, d'après toi, tu es Lucy, tu es rentrée chez toi ce matin, tu as découvert le cadavre d'Yves et tu as roulé jusque Paris. Et, toujours d'après toi, ce serait elle (il se tourne vers Lucy en la pointant du doigt) qui est venue sonner chez moi à 5 heures du matin avec les enfants. Mais il y a tout de même quelque chose qui ne tient pas dans ton histoire : comment expliques-tu qu'étant encore chez moi ce matin à 10 heures avec les enfants, à Paris donc, ta sœur ait pu se trouver chez toi, à Bruxelles, à 11 heures quand je lui ai téléphoné, c'est-à-dire à peine une heure plus tard ? Même le Thalys ne roule pas aussi vite !

À l'énoncé de cette impossibilité, Lucy relève la tête avec espoir et rugit son soulagement de pouvoir enfin confondre sa sœur dans toute l'énormité de ses mensonges.

— Et quel numéro as-tu composé pour la joindre ? glapit Angèle en perdant patience à son tour.

— Le numéro de son mobile, répond Jérémie en baissant le ton.

— Alors quelle preuve as-tu qu'elle était effectivement à Bruxelles ? Elle pouvait très bien se trouver à Paris ! Tout le monde sait cela : pour joindre un correspondant à l'étranger sur son mobile, où qu'il soit, il faut composer le préfixe de son pays, même s'il se trouve dans un autre pays. Et il est tout à fait normal qu'en faisant mon numéro, tu sois tombé sur Angèle puisque, encore une fois, nous avons échangé nos portables il y a deux jours. Elle n'a eu aucun mal à te faire croire à son histoire : tu lui téléphones, elle se fait passer pour moi, te dit qu'elle est à Bruxelles, tu lui donnes rendez-vous, elle se débarrasse de mes enfants puis se rend tranquillement au lieu de rendez-vous. À partir de là, tout est simple : tu es persuadé d'être en compagnie de Lucy et elle me fait porter le chapeau du meurtre d'Yves.

– C'est faux ! hurle Lucy au bord de la crise de nerfs. Tout cela est un fatras de mensonges, elle veut me faire endosser la culpabilité du meurtre. C'est elle qui a tué mon mari.

– OK ! s'exclame Jérémie sans cacher son exaspération. On n'en sortira pas comme ça. Madame Massaux, Angèle a été votre fille ! Ne pouvez-vous pas la reconnaître ?

Hébétée, la vieille dame s'avance au centre du salon et, se concentrant sur chacune des deux sœurs, passe un temps infini à les dévisager avec indécision.

– Je suis désolée, bafouille-t-elle au bout d'un moment. Comme je vous l'ai dit, cela fait longtemps que je n'ai plus partagé l'intimité d'Angèle ! Elles se ressemblent tant que… Je suis incapable de les différencier l'une de l'autre.

Le silence qui suit laisse une assemblée en proie à la perplexité et à la consternation. Jérémie ne sait plus que croire et semble soudain las de cette confrontation. Madame Massaux se sent complètement dépassée par les événements, continuant de dévisager l'une après l'autre les deux jeunes femmes sans parvenir à se raccrocher à une quelconque certitude. Quant à Lucy, elle s'aperçoit avec horreur qu'Angèle a jeté le doute dans l'esprit de Jérémie, de même que dans celui de la vieille dame. Et elle, totalement impuissante à prouver sa bonne foi, se sent défaillir sous une charge émotionnelle trop forte pour pouvoir l'encaisser : l'incertitude qui entoure la santé de ses enfants, l'assassinat de son mari, la possibilité de plus en plus évidente qu'on puisse l'accuser du meurtre…

– Salope! hurle-t-elle en se jetant soudain sur Angèle. Espèce de répugnante vipère! Charogne! Qu'as-tu fait de mes enfants? Où sont mes petits?

Elle saisit la chevelure de sa sœur qu'elle maltraite en tous sens d'une main, lui assenant des coups et des gifles de l'autre, tandis qu'Angèle se défend tant bien que mal, tentant désespérément d'esquiver la raclée de Lucy… Puis, dans un sursaut de rage, elle se met à rendre les coups, empoignant à son tour les cheveux de sa sœur, la griffant au visage, mordant violemment tout ce qu'elle peut. Les deux femmes roulent au milieu du salon dans un concert de cris, de coups, de plaintes et d'injures.

Jérémie n'a plus le courage d'intervenir. Il contemple d'un œil fatigué les deux femmes s'opposant avec sauvagerie, lorsqu'un coup de sonnette lui fait tourner la tête vers la porte d'entrée. Madame Massaux se précipite vers le hall d'entrée et fait aussitôt entrer trois policiers. Jérémie s'avance alors à leur rencontre et leur explique la situation en deux mots :

– L'une d'entre elles a tué le mari de l'autre. Mais nous sommes incapables de confondre la véritable coupable. Du moins, pas dans l'immédiat. Alors si j'étais vous, je les embarquerais toutes les deux.

54

Les policiers se chargèrent de séparer les deux sœurs. Une fois le calme rétabli, Jérémie et madame Massaux les informèrent de la situation. Au début, les policiers tentèrent de démêler le vrai du faux : les deux sœurs ne correspondaient pas vraiment aux modèles de meurtriers qu'ils avaient l'habitude d'interpeller. Surtout que chacune d'elles mettait toute son énergie à accuser l'autre plutôt que de tenter une possible fuite. Mais devant la pugnacité des deux femmes, chacune demeurant farouchement sur ses positions, ils décidèrent de les embarquer toutes les deux au poste de police et de les placer en garde à vue.

Dès leur arrivée au poste, Angèle et Lucy furent enfermées dans deux cellules séparées, le temps pour les autorités françaises de se mettre en rapport avec la gendarmerie belge. Celle-ci se rendit sans attendre au domicile de Lucy : le meurtre fut constaté ainsi que la disparition des enfants. À partir de là, une instruction fut ouverte. Mais il fallut encore attendre qu'un médecin légiste soit dépêché sur place pour établir l'heure approximative du décès de la victime.

La nuit était tombée. Seule dans sa cellule, Lucy était en proie à d'effroyables angoisses. Comment avait-elle pu en arriver là ? Comment se pouvait-il qu'en quarante-huit heures à peine, sa vie ait pu basculer dans l'horreur d'une telle situation ? Égarée, elle ne cessait de vouloir trouver la logique des événements qui l'avaient amenée à être accusée d'un meurtre qu'elle n'avait pas commis, celui de son mari de surcroît, sans compter l'insupportable suspense qui entourait le sort de ses enfants. Elle se jetait régulièrement contre la porte de sa cellule en hurlant son innocence, ainsi que l'urgence d'obliger Angèle à révéler l'endroit où elle avait laissé les enfants. Devant l'absence totale de réaction des policiers, elle s'écroulait en pleurs.

Alors la danse cauchemardesque des tourments reprenait possession de son esprit.

Les enfants… Elle les imaginait seuls, terrifiés, enfermés quelque part, elle ne savait où, un endroit assurément sordide, glauque, sombre, humide… Ou peut-être perdus en rase campagne ou en pleine forêt, terrorisés par l'obscurité environnante, les bruits nocturnes, grelottants, sanglotant, affamés, serrés l'un contre l'autre en appelant leur maman. Ou encore aux mains de peu recommandables personnes qui, dépourvues d'amour et d'humanité, leur faisaient subir les pires tourments. Au fil des minutes, son imagination s'affolait, surenchérissant une horreur sans limite.

Mais ce qui la torturait par-dessus tout fut d'imaginer que ses enfants s'étaient crus abandonnés par leur propre mère. Et en cet instant précis, à cette seconde même, ils le pensaient toujours. Cette idée lui était tout simplement insupportable ! Ils avaient suivi Angèle, confiants, persuadés qu'elle était leur mère, sans se douter un seul instant que cette femme qu'ils chérissaient plus que tout être au monde les menait à leur perte. Et c'était elle, leur véritable mère, qui les avait abandonnés aux mains de leur bourreau ! Outre les possibles maltraitances physiques qu'elle avait pu leur infliger, la torture mentale à laquelle ils devaient être en proie en ce moment même, les doutes, la peur et l'intolérable certitude que maman ne les aimait plus mettaient Lucy dans un état proche de la folie.

Les murs de sa cellule l'étouffaient un peu plus chaque seconde. Elle avait la sensation qu'ils se rapprochaient imperceptiblement, prêts à la broyer, à disloquer ses membres, à briser ses os, à lui comprimer ce cœur qui la faisait tant souffrir. Alors elle se relevait et se jetait de plus belle contre la porte, hurlant, vociférant, la martelant de ses poings jusqu'à épuisement total. Ces accès de violence soulageaient momentanément son tourment : pendant qu'elle s'époumonait, pendant qu'elle martyrisait physiquement son corps, son esprit s'en trouvait vidé de toute torture mentale. Mais bientôt la fatigue l'obligeait à s'écrouler à même le sol. Elle restait là, prostrée, reprenant son souffle en même temps que conscience. Conscience de l'insoutenable situation dans laquelle elle se trouvait, conscience de son impuissance à agir pour sauver ses enfants, conscience surtout de l'incertitude de son avenir.

Qu'allait-on faire d'elle ? Le cauchemar reprenait peu à peu consistance... Personne ne la croyait. Tout le monde doutait de sa parole. À commencer par Jérémie ! L'image du cadavre d'Yves revenait la hanter, son regard épouvanté, son teint cireux, son sang répandu, son... Son sexe tranché ! Aurait-elle été capable de faire ça ?

Dans la dérive de son égarement, elle se surprit à croire que... oui ! Qu'avait-elle ressenti en découvrant le corps de son mari ? De l'horreur, du dégoût, de la crainte... Mais aucune tristesse ! Et depuis cette macabre découverte, jamais elle n'avait réellement pleuré la perte de son époux. Seul le sort de ses enfants avait occupé son esprit. Était-elle vraiment certaine de ne pas avoir commis cet acte ? Tout s'embrouillait dans sa tête. Lorsqu'elle était rentrée, ce matin, elle… Elle ne savait plus. Certaines images se bloquaient désespérément dans ses souvenirs, telle la lecture d'un film mise sur pause. Impossible de débloquer les images pour en connaître la suite. Elle se souvenait avoir monté les escaliers, s'être dirigée vers la chambre, avoir poussé la porte… Puis plus rien ! L'image d'après la représentait pliée en deux dans le jardin, rendant tripes et boyaux jusqu'à ce que la sonnerie de son téléphone portable l'oblige à se relever.

Une nouvelle vague de panique l'envahit. Et si c'était elle qui avait tué Yves ? Combien de fois, durant les années précédentes, n'avait-elle pas imaginé pouvoir à son tour faire souffrir celui qui l'humiliait sans cesse ? Assassiner le père de ses propres enfants… L'avait-elle réellement souhaité ? Oui, elle en aurait été capable si…

Non, c'était impossible ! Ce n'était pas elle, elle le savait, elle le sentait. Mais alors, pourquoi personne ne voulait la croire ? Si on retrouvait ses enfants, ils pourraient leur dire qu'elle… Mais non ! Ses propres enfants étaient persuadés d'avoir quitté la maison en pleine nuit en compagnie de leur mère. À leur insu, ils seraient les premiers à l'accuser du meurtre de leur père, premiers témoins d'une fuite nocturne vers une improbable destination !

Elle était responsable de toute cette abomination ! Et tout s'effondrait autour d'elle ! Car quelle raison aurait-elle eue de quitter le domicile conjugal en plein milieu de la nuit si ce n'était après avoir commis l'irréparable ?

Lucy se mit à hurler. Ses cris résonnèrent entre les murs de sa cellule dans un vacarme bientôt insoutenable. Mais ce fut pour elle le seul moyen de ne pas sombrer dans la folie.

Enfin, au bout d'un temps interminable, la porte s'ouvrit. En Belgique, le médecin légiste venait d'établir l'heure de la mort de la victime aux environs d'une heure du matin.

Ce fut, pour Lucy, la fin du calvaire...

Elle seule fut en mesure de donner son emploi du temps à l'heure du crime. Elle fournit aux policiers l'adresse de l'hôtel dans lequel elle s'était réfugiée à Ostende durant les deux jours précédents. Le patron, aussitôt joint par téléphone, corrobora sa déclaration, attestant de sa présence dans son établissement jusqu'au matin même.

Une heure plus tard, la jeune femme fut libérée. Lucy eut la sensation de se réveiller d'une longue descente en enfer.

Restait à retrouver les enfants.

Pendant que Lucy reprenait ses esprits dans une salle du commissariat en compagnie de Jérémie qui l'avait rejointe, Angèle fut aussitôt mise sur le gril. Sa résistance céda peu à peu lorsqu'elle apprit que sa sœur avait été innocentée. Elle parut être prise de doutes, revenait sur certaines déclarations avant de se contredire une fois de plus. La seule chose qu'elle ne cessait de clamer haut et fort était qu'elle s'appelait Lucy et qu'elle voulait revoir ses enfants. Le reste devenait de plus en plus confus, trouble et incertain. Enfin, elle éclata en sanglots et raconta son viol.

Quelques minutes plus tard, elle avouait le meurtre d'Yves, qu'elle ne cessa pourtant jamais d'appeler son « mari ».

L'inspecteur chargé de son interrogatoire revint alors sur l'endroit où elle avait laissé les enfants.

– Ils sont en sécurité, répondit Angèle d'une voix sans timbre.

Puis elle se tut. Ni les menaces ni la pression psychologique exercée par les policiers sur la jeune femme ne parvinrent à lui faire dire autre chose.

« Ils sont en sécurité », répétait-elle en sanglotant. « Là où ils sont, personne ne pourra plus leur faire de mal. »

Vers 3 heures du matin, on la laissa tranquille, lui permettant de prendre un peu de repos. Mais devant l'état presque catatonique de l'inculpée, les policiers craignirent le pire.

Le lendemain matin, ce fut Angèle elle-même qui demanda à être entendue. Après quelques heures d'un sommeil relatif, elle se sentait vidée de toute énergie, paraissait avoir déposé les armes et semblait ne plus comprendre ce qu'elle faisait là. Toute révolte l'avait abandonnée. Toutefois, déclara-t-elle, elle s'inquiétait de la bonne santé de « ses » enfants et désirait communiquer l'endroit où ils se trouvaient afin qu'on aille les chercher et qu'on les lui ramène. L'espoir revint. Mais, dit-elle, elle n'acceptait de parler qu'à une seule personne : sa sœur. Lucy, qui avait refusé de quitter le poste de police tant qu'Angèle n'avait pas livré son secret, fut aussitôt menée auprès d'elle.

Lorsqu'on introduisit Lucy dans la salle d'interrogatoire, Angèle leva vers elle un regard soucieux. Elle demanda qu'on les laisse en tête à tête et attendit que la porte se soit refermée derrière le policier qui venait d'introduire sa sœur.

Silencieusement, Lucy prit place en face d'elle.

Longtemps, elles se dévisagèrent, paraissant communiquer par une sorte de code visuel. Dans la pièce contiguë à la salle d'interrogatoire, les policiers suivaient cet étrange débat muet sur le poste de surveillance. Le silence perdurait, jouant sur les nerfs de chacun.

Seule Lucy semblait apaisée, faisant face à sa sœur, l'observant d'un regard simplement fatigué. La tension de ces trois derniers jours était lourdement retombée. Il n'y avait plus d'animosité entre elles. Elles se dévisageaient dans une sorte d'examen réciproque, comme si chacune tentait de reprendre ce qui lui appartenait.

Enfin, Angèle finit par briser le silence.

— Tu as gagné, murmura-t-elle doucement. Tu vas pouvoir prendre ma place et vivre heureuse avec les enfants.

Lucy hocha faiblement la tête sans chercher à la contredire.

— Comment te sens-tu ? lui demanda-t-elle avec douceur.

— Je m'inquiète pour les enfants...

— Dis-moi où ils sont. Nous irons les chercher ensemble.

— Toutes les deux ? interrogea Angèle d'une petite voix enfantine en ouvrant de grands yeux émerveillés.

— Bien sûr ! lui assura Lucy.

Angèle considéra sa sœur avec tendresse. Puis, brutalement, son visage s'assombrit.

— Mais... Et eux ? demanda-t-elle en indiquant d'un mouvement de tête la porte de la salle.

— On s'en fout ! rétorqua Lucy dont le visage s'éclaira d'un grand sourire. On s'en fout, puisque je suis toi !

— C'est vrai... murmura Angèle sans cacher son soulagement.

Les deux sœurs se sourirent d'un air complice. Et Lucy attendit quelques secondes avant de demander :

— Où sont-ils ?

— Chez maman.

55

Jérémie roulait à vive allure sur l'autoroute. Lucy se tenait silencieuse à côté de lui, les yeux perdus dans le vague, tenant dans sa main un petit bout de papier qu'elle n'aurait lâché pour rien au monde. Ce qu'elle venait d'apprendre l'avait littéralement bouleversée. En 24 heures à peine, sa vie tout entière venait de basculer : elle avait perdu son mari mais avait retrouvé sa mère.

Maman !

Angèle lui avait menti. Maman était bien en vie. En quittant l'appartement de Jérémie, hier matin, la jeune femme avait déposé les enfants chez elle, le temps, avait-elle dit, de régler quelques affaires.

La surprise fut de taille. Lorsque Angèle avait prononcé le nom de « maman », Lucy s'était d'abord imaginé qu'elle parlait de madame Massaux. Elle avait alors fait remarquer à sa sœur qu'elle devait se tromper, que les enfants ne se trouvaient pas chez « sa » mère. Mais Angèle avait esquissé un sourire énigmatique, répétant ce qu'elle venait d'affirmer : ils étaient bien chez « maman ».

– Maman ? murmura Lucy après un long silence ému.

– Oui, répondit calmement Angèle. « Notre » maman !

Alors elle demanda un bout de papier et un stylo qu'on lui apporta sans attendre. Elle y inscrivit un nom et une adresse, puis tendit le papier à sa sœur.

Le cœur de Lucy explosa dans sa poitrine. Elle observait Angèle d'un regard absent tandis que cette surprenante révélation se frayait avec difficulté un chemin jusqu'à la conscience de son esprit.

Puis Angèle se tut, fixant le bout de papier que sa sœur serrait entre ses doigts. Au bout d'un moment, Lucy releva la tête, cherchant le regard d'Angèle. Mais celle-ci restait concentrée sur le bout de papier, comme si elle refusait désormais tout contact visuel.

– Elle… Elle est vivante ? bégaya Lucy sans oser y croire.

Angèle ne répondit rien. Elle paraissait absente, étrangère à tout ce qui pouvait l'entourer. Lucy avança sa main à la rencontre de celle de sa sœur, mais celle-ci se déroba instinctivement à toute approche. Elle resta de marbre, un bloc de silence que nulle supplication ne parvint à briser. Enfin elle détourna la tête et demanda à être reconduite dans sa cellule.

De sa mère, Lucy ne put donc en apprendre davantage. Qui était-elle ? Quel âge avait-elle ? Quel sentiment nourrissait-elle envers ses filles ? S'était-elle remariée ? Pourquoi les avait-elle abandonnées ? Comment Angèle avait-elle réussi à la retrouver ? Pourquoi lui avait-elle caché la vérité ?

À toutes ces questions, Angèle ne fournit aucune réponse, comme si elle venait de se dégager du dernier lien qui la reliait encore à l'existence de celle qu'elle n'était déjà plus.

Celle que Lucy s'était désormais appropriée.

Deux policiers entrèrent dans la pièce. Lucy voulut prendre congé de sa sœur. Elle se dirigea vers elle afin de pouvoir la serrer dans ses bras mais Angèle esquiva l'étreinte avec indifférence. D'une démarche mécanique, elle rejoignit les deux policiers et leur signifia d'un mouvement de tête qu'elle était prête à les suivre. Alors elle disparut sans adresser un seul regard à Lucy.

Celle-ci s'informa du sort qui serait réservé à sa sœur. On lui parla d'instruction, d'examen psychologique, de possible demande d'extradition venant de Belgique puisque le crime avait eu lieu sur son territoire, de procès d'assises, lui signalant du même coup qu'elle serait très certainement appelée à témoigner. Lucy ne pouvait plus rien faire pour elle : Angèle était désormais soumise à la justice.

L'adresse indiquée par Angèle se situait dans le Loiret, à proximité d'Orléans. Aussitôt, l'inspecteur se mit en contact avec la police locale. Il communiqua l'adresse donnée par Angèle et demanda qu'une patrouille se rende immédiatement sur place pour y récupérer les enfants. Jérémie leur donna son numéro de portable afin qu'on les informe au plus vite de l'état de santé des petits.

Juste avant de quitter le commissariat, Lucy demanda à l'inspecteur ce qu'il serait advenu d'elle si elle n'avait pas été en mesure de justifier son emploi du temps à l'heure du crime. L'inspecteur haussa les épaules.

– La procédure d'identification aurait simplement pris un peu plus de temps. Il existe un grand nombre de différences entre deux jumeaux, peut-être pas visibles au simple regard, mais je peux vous assurer que, dans ce cas-ci, l'erreur judiciaire n'aurait pas été possible. Nous aurions fait venir votre entourage proche pour vous confondre et, si besoin en était réellement, un simple examen dentaire ou gynécologique aurait permis de vous différencier l'une de l'autre sans aucun doute. Je suis désolé pour les frayeurs que nous vous avons causées…

Lucy hocha la tête. Puis elle quitta le commissariat en compagnie de Jérémie. Juste avant de reprendre la route, ils firent leurs adieux à madame Massaux, qu'ils remercièrent vivement pour son aide.

– Nous reverrons-nous ? demanda la vieille dame à Lucy, visiblement émue.

– Je vous le promets !

Dehors, le temps était lumineusement ensoleillé. Lucy et Jérémie prirent sans attendre la route vers Orléans. L'autoroute déroulait devant eux son long ruban de bitume encadré de champs, de prairies, de stations d'essence. Lucy avait la sensation de renaître, de recouvrer l'usage de ses poumons, de ses sens, de ses membres. Elle regardait droit devant elle, avalant chaque kilomètre au fond de sa rétine, chaque mètre qui la rapprochait un peu plus de ses enfants. Et de sa maman. De temps à autre, elle baissait les yeux vers le morceau de papier remis par Angèle et relisait une fois de plus les quelques mots qui y étaient inscrits.

Adeline Lebrun. C'était le nom de maman. Adeline… Quel merveilleux prénom ! À présent qu'elle le connaissait, Lucy avait la sensation qu'elle n'aurait pu s'appeler autrement. C'était d'une évidence ! La jeune femme esquissa un sourire béat. Ses enfants étaient auprès de sa mère… Sa vraie mère ! Celle qui lui avait donné la vie.

Celle qui, aujourd'hui et pour la deuxième fois, allait lui rendre la vie.

Mais tout cela restait encore très abstrait. La seule priorité du moment était de rejoindre Orléans au plus vite afin de retrouver les enfants. Seule leur santé physique et mentale occupait encore l'esprit de la jeune femme.

Lorsque le portable de Jérémie sonna, Lucy sursauta littéralement sur son siège. Elle s'empara précipitamment de l'appareil qu'elle porta à son oreille comme si sa vie en dépendait. À l'autre bout de la ligne, on l'informa qu'on avait retrouvé les enfants sains et saufs, en bonne santé, et qu'ils l'attendaient dans les locaux de la police judiciaire dont on lui communiqua l'adresse. Lucy demanda à leur parler… Elle put alors échanger quelques mots avec Léa, à laquelle elle tenta de résumer la situation, sans toutefois aborder la mort de son papa. L'important était de lui dire que c'était Angèle qui les avait abandonnés, et non leur véritable mère.

– Je sais, maman ! répondit la fillette d'une petite voix grave.

– Tu le savais, ma chérie ?

– Oui, je le savais ! Je savais bien que ce n'était pas toi !

Les larmes aux yeux, Lucy lui promit d'être là très bientôt. Puis elle tenta de savoir qui était la personne qui les avait hébergés depuis la veille. « Une très gentille madame », répondit Léa. Le cœur serré, Lucy n'osa en demander plus. Elle ne savait comment formuler ses questions sans trahir son émotion ni révéler à sa fille l'identité de cette « gentille madame ». Tout cela se ferait petit à petit, sans rien brusquer. Apprendre à se connaître, à se découvrir… Et à s'aimer, peut-être. Laisser le temps aux enfants d'assimiler les changements qui allaient se produire dans leur vie. Le deuil de leur papa, l'apparition d'une nouvelle mamy, sans doute même un déménagement…

Lorsqu'elle coupa la communication, Lucy poussa un long soupir dans lequel étaient mêlés autant de bonheur que de tristesse.

56

Quelques heures plus tard, Lucy retrouvait ses enfants. Elle n'eut de cesse de les serrer, de les palper, de les embrasser, de les humer, de les caresser. Les joues baignées de larmes, elle passait de l'un à l'autre, puis les étreignait tous deux dans ses bras avant de les tenir à distance suffisante pour pouvoir les détailler du regard. Allaient-ils bien ? Leur avait-on fait du mal ? Avaient-ils eu peur ?

À toutes ces questions, les petits fournirent des réponses rassurantes. Tatie Angèle s'était un peu fâchée mais elle n'avait pas levé la main sur eux. Ils avaient eu un peu peur, surtout lorsqu'elle les avait réveillés en pleine nuit en leur demandant de s'habiller et de partir avec elle. Elle avait des yeux bizarres, elle criait, elle était brusque, mais elle ne leur avait pas fait mal. Max demanda à sa maman si elle était toujours fâchée contre lui pour la vaisselle qu'il avait cassée.

– C'est pas maman qui s'est fâchée, expliqua Léa à son petit frère. C'est tatie Angèle.

Max haussa les épaules, marmonnant qu'il n'y comprenait plus rien. Lucy l'étreignit tendrement en lui assurant que tout allait bientôt rentrer dans l'ordre.

– Et papa, où qu'il est ? reprit le petit garçon en jetant à Jérémie un regard farouche.

Le cœur de Lucy se serra. Elle tourna la tête vers Jérémie dans un appel au secours muet. Répondant à son signal de détresse, il s'accroupit à hauteur du petit garçon et lui tapota gentiment la tête.

– Ton papa est malade, il a besoin de calme et ne pourra pas te voir tout de suite.

Jérémie leva les yeux vers Lucy qui lui adressa un pauvre sourire de reconnaissance. L'important était d'esquiver momentanément le sujet, le temps pour elle de trouver la réponse adéquate, la plus proche de la réalité, mais sans précipiter les choses. Au grand soulagement de Lucy, le petit garçon se contenta de la réponse fournie et reporta toute son attention sur sa maman.

Quelques instants plus tard, ils quittaient tous les quatre les locaux de la police judiciaire.

Une fois dans la voiture, Lucy se tourna vers ses enfants.

– Et si on allait dire merci à la gentille madame qui vous a accueillis depuis hier.

Les enfants hochèrent vivement la tête.

– Tu vas voir, maman, s'écria Max d'un ton émerveillé. Elle vit dans un château avec plein d'autres madames !

Lucy et Jérémie échangèrent un regard intrigué.

– Un château ? s'exclama la jeune femme.

– Enfin, une sorte de château, expliqua Léa d'un ton docte. C'est très grand, avec un beau jardin à l'intérieur.

– Allons voir ça, murmura Lucy en tentant de cacher l'émotion qui l'étreignait.

Les policiers leur avaient indiqué la direction à suivre. En quittant Orléans par la nationale, il fallait compter un bon quart d'heure de route avant de bifurquer sur un chemin de campagne. Ils ne pouvaient pas se tromper : il leur suffisait de continuer tout droit jusqu'à la lisière de la forêt.

Jérémie suivit les indications à la lettre. Au fil des minutes, Lucy tentait de réaliser qu'elle était sur le point de rencontrer sa mère. Mais la chose demeurait floue. La violence des émotions ressenties au cours des dernières heures l'avait complètement anesthésiée. De plus, le joyeux babillage des enfants à l'arrière de la voiture lui apportait une force et une sérénité telles qu'elle se sentait prête à faire face à toutes les vérités. Après tout, ce n'était peut-être pas plus mal. Elle n'avait guère eu le temps de se préparer à cette rencontre, et cela avait l'avantage d'apaiser toutes ses craintes.

Au bout d'une demi-heure, ils aperçurent un vieil édifice se dresser à l'orée des bois.

– C'est là ! s'écrièrent en chœur les deux enfants.

Lucy fronça les sourcils. C'était une ancienne et noble bâtisse de pierres de taille, en forme de U, accolée à une petite chapelle de campagne. Un mur d'enceinte agrémenté d'un vieux portique de fer forgé entourait le bâtiment. Il y régnait une sensation de paix, un calme tranquille que nul bruit ne venait troubler. La campagne alentour était belle, étirant à perte de vue ses champs aux couleurs chaudes, d'un vert profond qui invitait au recueillement. De l'autre côté de la bâtisse, la forêt étalait ses arbres feuillus, alignés les uns à côté des autres en ordre dispersé. On se serait cru dans un autre siècle.

Lucy et Jérémie décidèrent de garer la voiture sur le bord du chemin et de continuer à pied.

Le cœur de Lucy battait à tout rompre. Était-il possible que sa mère soit propriétaire de ce domaine ? Les enfants s'étaient élancés sur le chemin comme en terrain conquis, appelant déjà à pleins poumons :

– Adeline ! Adeline ! On est là !

Lucy et Jérémie firent encore quelques pas. Puis, soudain, Jérémie s'arrêta net, saisissant d'une main ferme le bras de Lucy.

– Lucy, s'exclama-t-il d'un ton ébahi... Regarde l'inscription suspendue au-dessus du portique.

Lucy leva les yeux. Après l'avoir déchiffrée, elle se figea sur place.

– Un couvent ! murmura-t-elle dans un souffle.

Cette nouvelle lui fit l'effet d'un électrochoc. Elle s'avança sur le chemin, se dévissant la tête pour découvrir ce qu'il y avait au-delà du portique de fer. Au centre de la bâtisse, entre les deux ailes, des religieuses vaquaient à leurs occupations : certaines circulaient par petits groupes, traversant la cour intérieure du bâtiment pour rejoindre l'aile opposée. D'autres se tenaient assises sur des bancs de pierre adossés au mur d'enceinte, plongées dans la lecture de quelques missels défraîchis. Toutes étaient habillées à l'identique, portant avec grâce l'uniforme réglementaire de leur communauté.

Les enfants s'étaient engouffrés dans la cour. Une sœur se détacha d'un petit groupe et vint à leur rencontre. Elle sembla les saluer amicalement en leur caressant la tête avec gentillesse. Puis, comme ils désignaient leur mère et Jérémie du doigt, elle s'avança vers l'arche du grand portique où se tenait à présent Lucy. Celle-ci prit une grande bouffée d'air. La gorge nouée, elle reprit sa progression, s'avançant à la rencontre de l'inconnue. Au bout de quelques mètres, ses jambes manquèrent de se dérober sous elle. Du coin de l'œil, elle chercha la présence de Jérémie qui se tenait derrière elle, discrètement en retrait. Il devina son émoi et accéléra sensiblement le pas afin de la suivre de près. Se sentant soutenue, un flux d'énergie nouvelle vint lui porter secours. Lorsqu'elle rejoignit la religieuse, Lucy s'arrêta.

– Je… Je cherche Adeline Lebrun, articula-t-elle d'une voix émue.

La sœur hocha la tête d'un signe entendu.

– Suivez-moi.

Elle repartit en sens inverse et se dirigea vers l'entrée principale du bâtiment dont elle poussa la porte avant de s'effacer pour laisser entrer le petit groupe de visiteurs. À l'intérieur, une grande salle carrelée de pierres se dévoila à leurs yeux, laissant deviner, à chacune de ses extrémités, l'avancée d'un long couloir plongé dans la pénombre. La sœur s'avança vers la coursive de gauche qu'elle emprunta d'un pas énergique. Lucy ne disait mot, le cœur serré par la révélation imminente. Elle se souvint des paroles d'Angèle lorsque celle-ci lui avait décrit sa rencontre avec leur mère : une folle vivant dans des conditions précaires, recluse en pleine campagne en compagnie d'autres femmes. La signification de cette étrange description s'éclaira d'un jour nouveau. Sans doute leur mère avait-elle été recueillie dans cette communauté de religieuses qui l'avait prise en charge… Lucy ignorait encore la raison pour laquelle sa sœur lui avait caché la vérité, inventant que leur mère était morte alors qu'elle était toujours en vie. Peut-être était-ce pour lui épargner la déception de découvrir une vieille femme rongée par la folie et qui, de toute façon, ne conservait plus le moindre souvenir de ses filles…

Un sursaut de panique étreignit la jeune femme. Dans quel état allait-elle découvrir sa mère ? Lucy allait bientôt le savoir.

Le petit groupe croisa deux novices qui les saluèrent d'un signe de la tête. Le bruit de leurs pas résonna entre les murs, accompagné de chuchotements inaudibles ainsi que du frôlement de leurs étoffes. Partout, ça sentait l'encens et l'eau bénite. L'acoustique particulière du lieu ajoutait son lot de mystère tandis que les fenêtres, de petites ouvertures taillées à même la pierre, dispensaient avec avarice une lumière diffuse.

Parvenue à l'autre bout du couloir, la religieuse s'arrêta devant une lourde porte de bois. Elle frappa deux coups discrets puis attendit. Au bout de quelques secondes, une voix leur parvint de l'intérieur, leur permettant d'entrer. La sœur ouvrit le battant puis s'effaça pour laisser le passage aux visiteurs.

Le cœur de Lucy cognait à tout rompre dans sa poitrine.

Elle s'avança de quelques pas à l'intérieur de la pièce. C'était une grande salle dont la luminosité, belle et éclatante, contrastait en tout point avec la pénombre du couloir qui les avait conduits jusque-là. Lucy cligna des yeux. Au centre de la pièce trônait un large bureau, meuble massif en bois sombre, derrière lequel se tenait une petite femme vêtue de la coiffe et de la robe des religieuses supérieures. À l'entrée du petit groupe, elle se leva tout en arborant sur son visage un sourire serein. Les enfants se précipitèrent vers elle et allèrent l'embrasser. Elle les accueillit dans un éclat de rire avant de se tourner vers Lucy. Jérémie demeurait en retrait, discrètement immobilisé sur le pas de la porte.

La pieuse femme rejoignit Lucy d'une démarche tranquille et sereine. Son habit de religieuse ne laissait planer aucun doute quant à la fonction qu'elle remplissait au sein du couvent. Émergeant de sa coiffe, son beau visage marqué par les ans laissait transparaître une nature sage et paisible. Lorsqu'elle s'arrêta devant Lucy, un sourire lumineux éclaira ses traits fatigués.

Bouleversée, Lucy la dévisagea à travers un rideau de larmes libératrices.

– Vous... Vous êtes Adeline Lebrun? balbutia-t-elle en sanglotant.

La religieuse hocha tranquillement la tête sans se départir de son doux sourire.

– Appelez-moi « ma mère », mon enfant, répondit-elle en ouvrant les bras.

Lucy fit un pas vers elle et les deux femmes s'étreignirent longuement.

C'est un matin comme les autres. Les enfants ont pris place autour de la table, Max encore tout endormi devant son bol de cacao, avec ses cheveux en bataille et sa frimousse froissée, fermée à l'agitation matinale. Léa, déjà pimpante au réveil, ses cheveux châtains mi-longs sagement rangés derrière ses oreilles, comme si elle n'avait pas bougé de la nuit, entame ses céréales avec délectation. Jérémie ne parvient pas à comprendre comment elle fait pour s'éveiller de frais chaque matin, comme si elle avait déjà passé de longues heures dans la salle de bains. Cette jeune fille est un vrai mystère.

Comme à son habitude, Lucy descend vers 8 heures moins le quart, tenant Gabrielle dans ses bras, déjà prête à partir pour la crèche. Elle installe la fillette dans sa chaise haute et prend à son tour place à la table de la cuisine afin de partager le petit déjeuner auprès de ses enfants. Elle avale trois grandes tartines à la confiture tout en se délectant d'une tasse de café sucré. Jérémie en profite pour remonter dare-dare à la salle de bains. Six minutes. C'est le temps qu'il prend chaque matin de la semaine pour se donner une allure présentable, son déguisement de papa respectable comme il dit.

Quand il redescend, Lucy achève son petit déjeuner. Elle papote gentiment avec Max et Léa tandis que Gabrielle babille.

– Je vais être en retard, soupire-t-elle en jetant un regard contrarié à l'horloge murale.

– Il y a une boum chez Aurélie samedi soir ! déclare Léa en épiant sa mère du coin de l'œil. Je peux y aller, maman ?

Lucy dévisage sa fille sans cacher sa désapprobation.

– Tu crois vraiment que c'est le moment de m'en parler ?

– Ben quoi… Tout le monde y va ! Et c'est samedi soir ! Pourquoi je pourrais pas y aller, moi aussi ?

– On en reparlera ce soir.

Léa affiche un sourire en demi-teinte, sachant déjà que la partie est gagnée. Lucy se lève de table, court jusqu'au vestibule pour se vêtir de son manteau, puis revient dans la cuisine afin d'extraire Gabrielle de sa chaise haute.

– À ce soir, mes chéris, dit-elle en embrassant tendrement Max, puis Léa. Dépêchez-vous de vous habiller, vous allez être en retard à l'école.

Jérémie l'accompagne jusqu'à l'entrée. Il se saisit de Gabrielle qu'il embrasse tendrement, lui faisant promettre d'être bien sage à la crèche. Le bébé lui adresse un beau sourire qui fait chavirer son cœur de père, tandis que Lucy perd encore quelques précieuses secondes à retrouver son sac à main, puis ses clés.

– Tu donnes des cours, aujourd'hui ? demande-t-elle en lui posant un doux baiser sur la bouche.

– Deux cours de piano et un cours de solfège ce matin. Ensuite j'ai rendez-vous avec le groupe pour une répétition ! Je ne rentrerai pas avant 17 heures.

– D'accord, j'irai chercher les enfants à l'école et Gabrielle à la crèche.

– Tu n'oublies pas que Jean-Michel et Miranda viennent dîner à la maison, ce soir ?

– Non, ne t'inquiète pas. J'ai déjà fait les courses hier, mais tu te chargeras du repas.

– Compte sur moi !

Prétextant de reprendre Gabrielle dans ses bras, elle se serre quelques instants contre la poitrine de Jérémie avant d'échanger avec lui un long baiser passionné.

– Ouh ouh ouh ! Les amoureux !

Max se tient debout à côté d'eux, les observant d'une moue dégoûtée.

Lucy et Jérémie échangent un regard complice.

– Et toi ? lui demande Jérémie en riant. Tu n'embrasses pas ton amoureuse ?

Le gamin secoue vigoureusement la tête.

– Berk ! Les filles, c'est trop bête !

– Allons, je file ! s'exclame Lucy en déposant un dernier baiser sur le front de Max. Léa ! Je m'en vais ! À ce soir, ma chérie.

La jeune fille débouche dans le hall pour venir embrasser sa mère. Les deux enfants se haussent ensuite sur la pointe des pieds pour dire au revoir à leur petite sœur. Lorsque la porte d'entrée se referme derrière Lucy, Jérémie houspille les deux grands.

– Allons, on se dépêche ! Nous aussi, on va être en retard à l'école !

De retour à la maison, Jérémie s'affale sur une chaise de la cuisine. C'est un de ces petits moments de quiétude qu'il affectionne tout particulièrement : la maison est vide, le silence résonne paisiblement autour de lui, et même si son premier élève ne va pas tarder à sonner à la porte, le quart d'heure qui suit ne sera consacré qu'à cette inertie béate, quelques minutes de paresse indolente qu'il s'octroie farouchement chaque matin.

Cinq années ont passé. Cinq années durant lesquelles la vie a déroulé son manteau d'imprévus. Les choses ont bien changé depuis le jour où Lucy a retrouvé sa maman. Aujourd'hui, les deux femmes se voient régulièrement, même si la distance qui les sépare ne leur autorise pas de visites aussi fréquentes qu'elles le souhaiteraient. Elles ont appris à se connaître, à s'apprécier, à se comprendre. Depuis sa prime jeunesse, Adeline Lebrun a voué sa vie à Dieu, et Lucy a dû l'admettre, même si cette réalité lui fut, au début, difficile à accepter. D'un autre côté, la réponse à son éternelle question lui fut fournie sans même devoir s'appesantir sur un long débat de justifications. Adeline n'a jamais voulu réellement aborder le sujet de front. De son père, ou plutôt de son géniteur, Lucy ne sait toujours rien. Tout ce qu'elle sait, c'est qu'au moment où la jeune novice Adeline allait prononcer ses vœux, le ciel lui tomba sur la tête. Est-ce le fruit d'un viol ? Lucy s'en doute un peu. Quoi qu'il en soit, l'éternelle dévotion de sa mère lui apporta toutes les explications qu'elle attendait : il aurait été impensable pour Adeline d'abandonner le voile.

Aujourd'hui, leurs rapports sont sereins. Mais il n'en a pas toujours été de même. Lorsque Lucy dut reconstruire son existence, cinq années auparavant, elle espéra de sa mère un investissement que celle-ci n'était pas prête à lui fournir. La religieuse entamait la dernière partie de sa vie au sein du couvent qu'elle dirigeait maintenant depuis plusieurs années. Au début, Lucy crut qu'elles allaient rattraper le temps perdu. De son côté, Adeline lui signifia qu'elle était entièrement disponible pour le réconfort de son âme, pour l'aider à trouver le chemin de la paix intérieure, mais en aucun cas elle n'accepterait d'abandonner l'existence qu'elle avait choisie. Lucy en conçut une déception qui se mua bien vite en rancœur à l'adresse de sa mère. Longtemps, elle chercha à comprendre comment on pouvait préférer Dieu à ses propres enfants. Au fil du temps, la sérénité d'Adeline, sa douceur et sa béatitude eurent raison de ses tourments. Lucy finit par accepter le choix de sa mère. Et à l'aimer pour ce qu'elle était.

Durant les mois qui suivirent leur rencontre, les deux femmes passèrent de longs moments à se parler, à se raconter, à se… dévoiler. Malgré son mutisme concernant les circonstances de sa grossesse non désirée, Adeline révéla à sa fille les multiples chagrins qui jalonnèrent cette période de sa vie. Bien sûr, la décision d'abandonner ses enfants fut difficile à prendre, mais celle de renoncer à la mission dont Dieu l'avait investie lui aurait été plus terrible encore. Elle perçut sa grossesse comme une épreuve. Et lorsqu'elle apprit qu'elle attendait des jumelles, elle tenta de trouver un sens à cette adversité. Elle en conclut que le bonheur et le chagrin se disputaient son âme, tels l'ange et le démon se querellant son corps. C'est ainsi que les fillettes furent prénommées Angèle et Lucy.

C'est en 2001 qu'Angèle retrouva la trace de sa mère biologique. Lorsqu'elle découvrit la fonction d'Adeline, lorsqu'elle apprit la raison pour laquelle celle-ci les avait abandonnées, elle et sa sœur, la jeune femme se rebella violemment contre le choix de la religieuse. L'immuable sérénité de celle-ci, loin de calmer la révolte de sa fille, ne fit qu'accroître sa colère. Maladivement jalouse, refusant farouchement de partager sa mère avec l'humanité entière, Angèle ne pardonna jamais à Adeline. Dès lors, si elle ne pouvait profiter de l'amour maternel, il fut évident pour elle que personne n'y aurait droit. Et certainement pas Lucy ! Plutôt que de vivre avec d'éternels regrets, la jeune femme prit aussitôt le parti d'effacer de son cœur et de son esprit l'existence de cette indigne génitrice.

Elle se persuada que sa mère était morte et finit par y croire.

De retour à Bruxelles, Lucy dut faire face à d'énormes changements. Elle déménagea sans attendre et s'installa dans un appartement de la rue d'Espagne, à proximité de l'école des enfants. Le décès d'Yves apporta également son lot d'épreuves, à commencer par la nécessité pour Lucy de trouver rapidement un travail afin de subvenir à ses besoins ainsi qu'à ceux de Max et de Léa. Cette obligation de prendre les choses en main l'aida à surmonter les nombreuses difficultés que cette nouvelle situation engendra dans leur existence. Les enfants durent également affronter le vide laissé par leur père, le manque et la différence de train de vie qui fut difficile à négocier. Miranda, Jean-Michel, Mireille et Jacques furent très présents et les soutinrent de manière efficace, aimante et énergique.

Lorsqu'ils apprirent les mauvais traitements dont leur fille avait été victime durant toutes ces années, Mireille et Jacques s'effondrèrent. De multiples discussions s'ensuivirent, des mises au point, et même des altercations au cours desquelles Lucy vida son sac, régla ses comptes avant de parvenir à faire la paix avec son passé. Les choses furent dites, formulées sans mensonges ni dissimulations, pour ensuite apaiser le cœur de chacun, ce qui permit à la jeune femme de repartir sur de bonnes bases. Mireille accepta sans trop de jalousie l'intrusion de la mère biologique de sa fille dans leur existence. Elle la rencontra quelques fois et la trouva charmante.

Quant à Angèle, un expert la déclara psychiquement malade et irresponsable de ses actes, ce qui lui évita les assises. Elle fut donc internée dans un hôpital psychiatrique. Lucy se battit pour que sa sœur soit admise dans une institution proche de la banlieue bruxelloise. Angèle parut trouver un apaisement salutaire au sein de l'établissement spécialisé. Elle disait toujours s'appeler Lucy, prenait régulièrement des nouvelles de « ses » enfants, pleurait encore le décès de « son mari », mais semblait avoir abandonné toute révolte agressive contre autrui. Quelques années plus tard, les médecins commencèrent à parler de rémission. Elle fut autorisée à sortir pour passer les fêtes de fin d'année en famille, ainsi que quelques semaines de vacances pendant les mois de juillet et août, mais toujours sous la responsabilité de sa sœur. Michèle Massaux accepta également de lui rendre visite de temps à autre, sans toutefois renouer des liens brisés depuis trop longtemps. Du moins, la vieille dame parvint à pardonner à Angèle et à en retirer une certaine paix.

Durant toute cette période de reconstruction, Jérémie fut très présent. Il aida Lucy à surmonter cette époque difficile de son existence. L'amour ne naquit pas tout de suite entre eux. Il s'installa petit à petit, au fil des mois, au fil des rencontres. Sans se l'avouer délibérément, il avait la sensation de retrouver en elle la jeune fille dont il était tombé amoureux durant sa jeunesse, cette Angèle qu'il avait un jour considérée comme la femme de sa vie. Il s'en défendait secrètement, refusant de croire que le destin était assez pervers pour lui faire un tel pied de nez.

Pourtant…

Et si Lucy était effectivement Angèle ? Et si Angèle n'était autre que Lucy ? L'identité n'est qu'une forme d'empreinte administrative permettant aux hommes d'ordonner l'humanité afin d'organiser la société. Bien sûr, la femme avec laquelle il vivait se nommait Lucy, veuve Gilot, aujourd'hui madame Jérémie Lavaux. Il n'y avait aucun doute là-dessus. Mais la réduction d'une telle certitude n'apaisa pas son trouble. Au cours des quelques mois durant lesquels elles s'étaient côtoyées, Angèle et Lucy n'avaient eu de cesse de se fondre l'une dans l'autre. Elles avaient minutieusement nivelé chaque différence pour l'anéantir de toute la puissance de leurs similitudes. La folie d'Angèle avait répondu à la désolation de Lucy, la fragilité de l'une s'était opposée à la résistance de l'autre. Elles s'étaient hissées toutes les deux au sommet de leur gémellité à coups de cœur, à coups de gueule, à coups de ciseaux. Et leur destin avait basculé de coups montés en coups de théâtre.

Et maintenant ? Lucy avait conservé en elle une part d'Angèle. Angèle s'était approprié l'identité de Lucy.

Individuelles et solidaires, elles s'étaient perdues pour tenter de mieux se retrouver.

Après trois ans, Lucy et Jérémie se marièrent.

Au moment où leurs cœurs se rapprochèrent, lorsqu'ils ne purent cacher les sentiments qu'ils éprouvaient l'un pour l'autre, Jérémie décida de sceller à tout jamais les doutes qui taquinaient périodiquement ses certitudes. Oui, il l'aimait, telle qu'elle était, avec sa force et ses faiblesses, avec son histoire, avec son passé. Et de vivre quotidiennement à ses côtés ne cessa jamais de le perturber, de l'émouvoir, de l'éblouir.

Elle ressemblait tant à Angèle ! Dans ses gestes, dans ses regards, dans cette façon de se mordiller la lèvre inférieure lorsqu'elle avait des soucis, dans sa façon de parler, sa voix, son rire, son corps, son visage... Une femme aujourd'hui bien dans sa peau, comme si la jeune Angèle d'autrefois avait enfin trouvé sa place dans la vie. Comme si la jeune Lucy d'avant avait enfin réussi à reconquérir son existence.

Mais qui était-elle vraiment ?

Ni l'Angèle de sa jeunesse, ni la Lucy d'hier.

Son entourage proche était unanime : elle avait changé. Plus forte, plus mature, plus sereine. Plus intransigeante. Mais plus grave aussi.

Aujourd'hui encore, Jérémie interroge parfois Mireille, ou Miranda, comme ça, sans en avoir l'air, lorsque le passé fait irruption dans leurs souvenirs. Ce qu'il en retire ? Pas grand-chose. Peut-être juste une histoire de mensonges, de jalousie, de rivalité, de non-dits, d'hypocrisies et d'apparences trompeuses.

L'histoire d'un secret.

Qu'importe...

La femme qui partage aujourd'hui sa vie est unique.

C'est la seule certitude qu'il a.

Et ça lui suffit amplement.